HARRY POTTER

und der Stein der Weisen

KU-523-927

Als Joanne K. Rowling 1997 den ersten Harry-Potter-Band veröffentlichte, war ihr Name noch völlig unbekannt. Heute ist sie eine der weltweit erfolgreichsten Schriftstellerinnen. Ihre Bücher wurden in über 60 Sprachen übersetzt.

Joanne K. Rowling lebt mit ihrem Mann und ihren drei Kindern in Schottland.

Joanne K. Rowling

HARRY POTTER
und der Stein der Weisen

Aus dem Englischen
von Klaus Fritz

CARLSEN

Für Jessica, für Anne und für Di;
Jessica mag Geschichten,
Anne mochte sie einst,
und Di hörte diese Geschichte zuerst.

Veröffentlicht im Carlsen Verlag
20 21 22   13 12 11
Originalcopyright © Joanne K. Rowling 1997
Originalverlag: Bloomsbury Publishing Plc, London 1997
Originaltitel: »Harry Potter and the Philosopher's Stone«
HARRY POTTER, characters, names and related indicia
are trademarks of and © Warner Bros. Entertainment Inc.
(s11)
Harry Potter publishing rights are copyright JK Rowling.
Copyright © der deutschsprachigen Ausgaben: 1998, 2000
Carlsen Verlag GmbH, Hamburg
Umschlagbild: Sabine Wilharm
Umschlaggestaltung: Doris K. Künster
Corporate Design Taschenbuch: Dörte Dosse
Druck und Bindung: GGP Media GmbH, Pößneck
ISBN 978-3-551-35401-3
Printed in Germany

Alles über Harry Potter
Harry Potter und der Stein der Weisen
Harry Potter und die Kammer des Schreckens
Harry Potter und der Gefangene von Askaban
Harry Potter und der Feuerkelch
Harry Potter und der Orden des Phönix
Harry Potter und der Halbblutprinz
Harry Potter und die Heiligtümer des Todes
Die Märchen von Beedle dem Barden
Phantastische Tierwesen und wo sie zu finden sind
Quidditch im Wandel der Zeiten

Harry-Potter-Bücher im Internet: **www.carlsen-harrypotter.de**

Ein Junge überlebt

Mr. und Mrs. Dursley im Ligusterweg Nummer 4 waren stolz darauf, ganz und gar normal zu sein, sehr stolz sogar. Niemand wäre auf die Idee gekommen, sie könnten sich in eine merkwürdige und geheimnisvolle Geschichte verstricken, denn mit solchem Unsinn wollten sie nichts zu tun haben.

Mr. Dursley war Direktor einer Firma namens Grunnings, die Bohrmaschinen herstellte. Er war groß und bullig und hatte fast keinen Hals, dafür aber einen sehr großen Schnurrbart. Mrs. Dursley war dünn und blond und besaß doppelt so viel Hals, wie notwendig gewesen wäre, was allerdings sehr nützlich war, denn so konnte sie den Hals über den Gartenzaun recken und zu den Nachbarn hinüberspähen. Die Dursleys hatten einen kleinen Sohn namens Dudley und in ihren Augen gab es nirgendwo einen prächtigeren Jungen.

Die Dursleys besaßen alles, was sie wollten, doch sie hatten auch ein Geheimnis, und dass es jemand aufdecken könnte, war ihre größte Sorge. Einfach unerträglich wäre es, wenn die Sache mit den Potters herauskommen würde. Mrs. Potter war die Schwester von Mrs. Dursley; doch die beiden hatten sich schon seit etlichen Jahren nicht mehr gesehen. Mrs. Dursley behauptete sogar, dass sie gar keine Schwester hätte, denn diese und deren Nichtsnutz von einem Mann waren so undursleyhaft, wie man es sich nur denken konnte. Die Dursleys schauderten beim Gedanken daran, was die Nachbarn sagen würden, sollten die Potters eines Tages in ihrer Straße aufkreuzen. Die Dursleys wussten, dass auch die Potters einen kleinen Sohn hatten, doch den hatten sie nie gesehen. Auch dieser Junge war ein guter Grund, sich von den Potters fernzuhalten; mit einem solchen Kind sollte ihr Dudley nicht in Berührung kommen.

Als Mr. und Mrs. Dursley an dem trüben und grauen Dienstag, an dem unsere Geschichte beginnt, die Augen aufschlugen, war an dem wolkenverhangenen Himmel draußen kein Vorzeichen der merkwürdigen und geheimnisvollen Dinge zu erkennen, die bald überall im Land geschehen sollten. Mr. Dursley summte vor sich hin und suchte sich für die Arbeit seine langweiligste Krawatte aus, und Mrs. Dursley schwatzte munter vor sich hin, während sie mit dem schreienden Dudley rangelte und ihn in seinen Hochstuhl zwängte.

Keiner von ihnen sah den riesigen Waldkauz am Fenster vorbeifliegen.

Um halb neun griff Mr. Dursley nach der Aktentasche, gab seiner Frau einen Schmatz auf die Wange und versuchte es auch bei Dudley mit einem Abschiedskuss. Der ging jedoch daneben, weil Dudley gerade einen Wutanfall hatte und die Wände mit seinem Haferbrei bewarf. »Kleiner Schlingel«, gluckste Mr. Dursley, während er nach draußen ging. Er setzte sich in den Wagen und fuhr rückwärts die Einfahrt zu Nummer 4 hinaus.

An der Straßenecke fiel ihm zum ersten Mal etwas Merkwürdiges auf – eine Katze, die eine Straßenkarte studierte. Einen Moment war Mr. Dursley nicht klar, was er gesehen hatte – dann wandte er rasch den Kopf zurück, um noch einmal hinzuschauen. An der Einbiegung zum Ligusterweg stand eine getigerte Katze, aber eine Straßenkarte war nicht zu sehen. Woran er nur wieder gedacht hatte! Das musste eine Sinnestäuschung gewesen sein. Mr. Dursley blinzelte und starrte die Katze an. Die Katze starrte zurück. Während Mr. Dursley um die Ecke bog und die Straße entlangfuhr, beobachtete er die Katze im Rückspiegel. Jetzt las sie das Schild mit dem Namen *Ligusterweg* – nein, sie *blickte* auf das Schild. Katzen konnten weder Karten *noch* Schilder lesen. Mr. Dursley gab sich einen kleinen Ruck und verjagte die Katze aus seinen Gedanken. Während er in Richtung Stadt fuhr, hatte er nur noch den großen Auftrag für Bohrmaschinen im Sinn, der heute hoffentlich eintreffen würde.

Doch am Stadtrand wurden die Bohrmaschinen von etwas anderem aus seinen Gedanken verdrängt. Er saß im üblichen morgendlichen Stau fest und konnte nicht umhin zu bemerken, dass offenbar eine Menge seltsam gekleideter Menschen unterwegs waren. Menschen in langen und weiten Umhängen. Mr. Dursley konnte Leute nicht ausstehen, die sich komisch anzogen – wie sich die jungen Leute herausputzten! Das musste wohl irgendeine dumme neue Mode sein. Er trommelte mit den Fingern auf das Lenkrad und sein Blick fiel auf eine Ansammlung dieser merkwürdigen Gestalten nicht weit von ihm. Ganz aufgeregt flüsterten sie miteinander. Erzürnt stellte Mr. Dursley fest, dass einige von ihnen überhaupt nicht jung waren; nanu, dieser Mann dort musste älter sein als er und trug einen smaragdgrünen Umhang! Der hatte vielleicht Nerven! Doch dann fiel Mr. Dursley plötzlich ein, dass dies wohl eine verrückte Verkleidung sein musste – die Leute sammelten offenbar für irgendetwas ... ja, so musste es sein. Die Autoschlange bewegte sich, und ein paar Minuten später fuhr Mr. Dursley auf den Parkplatz seiner Firma, die Gedanken wieder bei den Bohrern.

In seinem Büro im neunten Stock saß Mr. Dursley immer mit dem Rücken zum Fenster. Andernfalls wäre es ihm an diesem Morgen schwergefallen, sich auf die Bohrer zu konzentrieren. *Er* bemerkte die Eulen nicht, die am helllichten Tage vorbeischossen, wohl aber die Leute unten auf der Straße; sie deuteten in die Lüfte und verfolgten mit offenen Mündern, wie eine Eule nach der andern über ihre Köpfe hinwegflog. Die meisten von ihnen hatten überhaupt noch nie eine gesehen, nicht einmal nachts. Mr. Dursley jedoch verbrachte einen ganz gewöhnlichen, eulenfreien Morgen. Er machte fünf verschiedene Leute zur Schnecke. Er führte mehrere wichtige Telefongespräche und schrie dabei noch ein wenig lauter. Bis zur Mittagspause war er glänzender Laune und wollte sich nun ein wenig die Beine vertreten und beim Bäcker über der Straße einen Krapfen holen.

Die Leute in der merkwürdigen Aufmachung hatte er schon längst vergessen, doch nun, auf dem Weg zum Bäcker, begegnete er einigen dieser Gestalten. Im Vorbeigehen warf er ihnen zornige Blicke zu. Er wusste nicht, warum, aber sie bereiteten ihm Unbehagen. Auch dieses Pack hier tuschelte ganz aufgeregt und eine Sammelbüchse war nirgends zu sehen. Auf dem Weg zurück vom Bäcker, eine Tüte mit einem großen Donut in der Hand, schnappte er ein paar Worte von ihnen auf.

»Die Potters, das stimmt, das hab ich gehört –«

»– ja, ihr Sohn, Harry –«

Mr. Dursley blieb wie angewurzelt stehen. Angst überkam ihn. Er wandte sich nach den Flüsterern um, als ob er ihnen etwas sagen wollte, besann sich dann aber eines Besseren.

Hastig überquerte er die Straße, stürmte hoch ins Büro, fauchte seine Sekretärin an, er wolle nicht gestört werden, griff nach dem Telefon und hatte schon fast die Nummer von daheim gewählt, als er es sich anders überlegte. Er legte den Hörer auf die Gabel und strich sich über den Schnurrbart. Nein, dachte er, ich bin dumm. Potter war kein besonders ungewöhnlicher Name. Sicher gab es eine Menge Leute, die Potter hießen und einen Sohn namens Harry hatten. Nun, da er darüber nachdachte, war er sich nicht einmal mehr sicher, ob sein Neffe wirklich Harry hieß. Er hatte den Jungen noch nicht einmal gesehen. Er konnte auch Harvey heißen. Oder Harold. Es hatte keinen Sinn, Mrs. Dursley zu beunruhigen, sie geriet immer so außer sich, wenn man ihre Schwester auch nur erwähnte. Er machte ihr deswegen keinen Vorwurf – wenn *er* eine solche Schwester hätte ... Und dennoch, diese Leute in den Umhängen ...

An diesem Nachmittag fiel es ihm um einiges schwerer, seine Gedanken auf die Bohrer zu richten, und als er das Büro um fünf Uhr verließ, war er immer noch so voller Sorge, dass er beim ersten Schritt nach draußen gleich mit jemandem zusammenprallte.

»Verzeihung«, grummelte er, als der kleine alte Mann ins Stolpern kam und beinahe hinfiel. Erst nach ein paar Sekunden bemerkte Mr. Dursley, dass der Mann einen violetten Umhang trug. Dass er ihn fast umgestoßen hatte, schien ihn gar nicht weiter zu ärgern. Im Gegenteil, auf seinem Gesicht öffnete sich ein breites Lächeln, und die Leute, die vorbeigingen, blickten auf, als er mit piepsiger Stimme sagte: »Heute verzeih ich alles, mein lieber Herr, heute kann mich nichts aus der Bahn werfen! Freuen wir uns, denn Du-weißt-schon-wer ist endlich von uns gegangen! Selbst Muggel wie Sie sollten diesen freudigen, freudigen Tag feiern!«

Und der alte Mann umarmte Mr. Dursley ungefähr in Bauchhöhe und ging von dannen.

Mr. Dursley stand da wie angewurzelt. Ein völlig Fremder

hatte ihn umarmt. Auch hatte er ihn wohl einen Muggel genannt, was immer das sein mochte. Völlig durcheinander
eilte er zu seinem Wagen und fuhr nach Hause. Er hoffte,
sich diese Dinge nur einzubilden, und das war neu für ihn,
denn von Einbildungskraft hielt er normalerweise gar nichts.

Als er in die Auffahrt von Nummer 4 einbog, fiel sein
Blick als Erstes – und das besserte seine Laune nicht gerade – auf die getigerte Katze, die er am Morgen schon gesehen hatte. Sie saß jetzt auf seiner Gartenmauer. Gewiss
war es dieselbe Katze; sie hatte dasselbe Muster um die
Augen.

»Schhhh!«, zischte Mr. Dursley laut.

Die Katze regte sich nicht. Sie blickte ihn nur aus erns-
ten Augen an. War so etwas denn normal für Katzen, fragte
sich Mr. Dursley. Er versuchte sich zusammenzureißen
und öffnete die Haustür. Immer noch war er entschlossen,
nichts von alledem seiner Frau zu sagen.

Mrs. Dursley hatte einen netten, gewöhnlichen Tag hinter sich. Beim Abendessen erzählte sie ihm alles über Frau
Nachbarins Probleme mit deren Tochter und dass Dudley
ein neues Wort gelernt hatte (»pfui«). Mr. Dursley versuchte
sich ganz wie immer zu geben. Nachdem Dudley zu Bett
gebracht worden war, ging er ins Wohnzimmer, wo er sich
das Neueste in den Abendnachrichten ansah.

»Und hier noch eine Meldung. Wie die Vogelkundler
im ganzen Land berichten, haben sich unsere Eulen heute
sehr ungewöhnlich verhalten. Obwohl Eulen normalerweise nachts jagen und tagsüber kaum gesichtet werden,
wurden diese Vögel seit Sonnenaufgang hunderte Male beobachtet, wie sie kreuz und quer über das Land hinwegflo-
gen. Die Fachleute können sich nicht erklären, warum die
Eulen plötzlich ihre Gewohnheiten geändert haben.« Der
Nachrichtensprecher erlaubte sich ein Grinsen. »Sehr mys-

teriös. Und nun zu Jim McGuffin mit dem Wetter. Sind heute Abend noch weitere Eulenschauer zu erwarten, Jim?«

»Nun, Ted«, meinte der Wetteransager, »das kann ich nicht sagen, aber es sind nicht nur die Eulen, die sich heute seltsam verhalten haben. Zuschauer aus so entfernten Gegenden wie Kent, Yorkshire und Dundee haben mich heute angerufen und berichtet, dass anstelle des Regens, den ich gestern versprochen hatte, ganze Schauer von Sternschnuppen niedergegangen sind! Vielleicht haben die Leute zu früh Silvester gefeiert – das ist noch eine Weile hin, meine Damen und Herren! Aber ich kann Ihnen für heute eine regnerische Nacht versprechen.«

Mr. Dursley saß starr wie ein Eiszapfen in seinem Sessel. Sternschnuppen über ganz Großbritannien? Eulen, die bei Tage flogen? Allerorten geheimnisvolle Leute in sonderbarer Kleidung? Und ein Tuscheln, ein Tuscheln über die Potters ...

Mrs. Dursley kam mit zwei Tassen Tee ins Wohnzimmer. Es hatte keinen Zweck. Er musste ihr etwas sagen. Nervös räusperte er sich. »Ahm – Petunia, Liebes – du hast in letzter Zeit nichts von deiner Schwester gehört, oder?«

Wie er befürchtet hatte, blickte ihn Mrs. Dursley entsetzt und wütend an. Schließlich taten sie für gewöhnlich so, als hätte sie keine Schwester.

»Nein«, sagte sie scharf. »Warum?«

»Komisches Zeug in den Nachrichten«, murmelte Mr. Dursley. »Eulen ... Sternschnuppen ... und heute waren eine Menge komisch aussehender Leute in der Stadt ...«

»Und?«, fuhr ihn Mrs. Dursley an.

»Nun, ich dachte nur ... vielleicht ... hat es etwas zu tun mit ... du weißt ... *ihrem Klüngel.*«

Mrs. Dursley nippte mit geschürzten Lippen an ihrem Tee. Konnte er es wagen, ihr zu sagen, dass er den Namen

11

»Potter« gehört hatte? Nein, das konnte er nicht. Stattdessen bemerkte er so beiläufig, wie er nur konnte: »Ihr Sohn – er wäre ungefähr in Dudleys Alter, oder?«

»Ich nehme an«, sagte Mrs. Dursley steif.

»Wie war noch mal sein Name? Howard, nicht wahr?«

»Harry. Ein hässlicher, gewöhnlicher Name, wenn du mich fragst.«

»O ja«, sagte Mr. Dursley und das Herz rutschte ihm in die Hose. »Ja, da bin ich ganz deiner Meinung.«

Bis es Zeit zum Schlafen war und sie nach oben gingen, verlor er kein Wort mehr darüber. Während Mrs. Dursley im Bad war, schlich sich Mr. Dursley zum Schlafzimmerfenster und spähte hinunter in den Vorgarten. Die Katze war immer noch da. Sie starrte auf den Ligusterweg, als ob sie auf etwas wartete.

Bildete er sich das alles nur ein? Konnte all dies etwas mit den Potters zu tun haben? Wenn es so war … und wenn herauskäme, dass sie verwandt waren mit einem Paar von – nein, das würde er einfach nicht ertragen können.

Die Dursleys gingen zu Bett. Mrs. Dursley schlief rasch ein, doch Mr. Dursley lag wach und wälzte alles noch einmal im Kopf hin und her. Bevor er einschlief, kam ihm ein letzter, tröstender Gedanke. Selbst wenn die Potters wirklich mit dieser Geschichte zu tun hatten, gab es keinen Grund, warum sie bei ihm und Mrs. Dursley auftauchen sollten. Die Potters wussten sehr wohl, was er und Petunia von ihnen und ihresgleichen hielten … Er konnte sich nicht denken, wie er und Petunia in irgendetwas hineingeraten sollten, was dort draußen vor sich ging – er gähnte und drehte sich auf die Seite –, damit würden er und seine Frau jedenfalls nichts zu tun haben …

Wie sehr er sich täuschte.

Mr. Dursley mochte in einen unruhigen Schlaf hinübergeglitten sein, doch die Katze draußen auf der Mauer zeigte keine Spur von Müdigkeit. Sie saß noch immer da wie eine Statue, die Augen, ohne zu blinzeln, auf die weiter entfernte Ecke des Ligusterwegs gerichtet. Kein Härchen regte sich, als eine Straße weiter eine Autotür zugeknallt wurde oder als zwei Eulen über ihren Kopf hinwegschwirrten. In der Tat war es fast Mitternacht, als die Katze sich zum ersten Mal rührte.

An der Ecke, die sie beobachtet hatte, erschien ein Mann, so jäh und lautlos, als wäre er geradewegs aus dem Boden gewachsen. Der Schwanz der Katze zuckte und ihre Augen verengten sich zu Schlitzen.

Einen Mann wie diesen hatte man im Ligusterweg noch nie gesehen. Er war groß, dünn und sehr alt, jedenfalls der silbernen Farbe seines Haares und Bartes nach zu schließen, die beide so lang waren, dass sie in seinem Gürtel hätten stecken können. Er trug eine lange Robe, einen purpurroten Umhang, der den Boden streifte, und Schnallenstiefel mit hohen Hacken. Seine blauen Augen leuchteten funkelnd hinter den halbmondförmigen Brillengläsern hervor, und seine Nase war sehr lang und krumm, als ob sie mindestens zweimal gebrochen wäre. Der Name dieses Mannes war Albus Dumbledore.

Albus Dumbledore schien nicht zu bemerken, dass er soeben in einer Straße aufgetaucht war, in der alles an ihm, von seinem Namen bis zu seinen Stiefeln, keineswegs willkommen war. Gedankenverloren durchstöberte er die Taschen seines Umhangs. Doch offenbar bemerkte er, dass er beobachtet wurde, denn plötzlich sah er zu der Katze hinüber, die ihn vom andern Ende der Straße her immer noch anstarrte. Aus irgendeinem Grunde schien ihn der Anblick der Katze zu belustigen. Er gluckste vergnügt und murmelte: »Ich hätte es wissen müssen.«

In seiner Innentasche hatte er gefunden, wonach er suchte. Es sah aus wie ein silbernes Feuerzeug. Er ließ den Deckel aufschnappen, hielt es hoch in die Luft und ließ es knipsen. Mit einem leisen »Plop« ging eine Straßenlaterne in der Nähe aus. Er knipste noch mal – und die nächste Laterne flackerte und erlosch. Zwölfmal knipste er mit dem Ausmacher, bis die einzigen Lichter, die in der ganzen Straße noch zu sehen waren, zwei kleine Stecknadelköpfe in der Ferne waren, und das waren die Augen der Katze, die ihn beobachtete. Niemand, der jetzt aus dem Fenster geschaut hätte, auch nicht die scharfäugige Mrs. Dursley, hätte nun irgendetwas von dem mitbekommen, was unten auf dem Bürgersteig geschah. Dumbledore ließ den Ausmacher in die Umhangtasche gleiten und machte sich auf den Weg die Straße entlang zu Nummer 4, wo er sich auf die Mauer neben die Katze setzte. Er sah sie nicht an, doch nach einer Weile sprach er mit ihr.

»Was für eine Überraschung, Sie hier zu sehen, Professor McGonagall.«

Mit einem Lächeln wandte er sich zur Seite, doch die Tigerkatze war verschwunden. Statt ihrer lächelte er einer ziemlich ernst dreinblickenden Frau mit Brille zu, deren Gläser quadratisch waren wie das Muster um die Augen der Katze. Auch sie trug einen Umhang, einen smaragdgrünen. Ihr schwarzes Haar war zu einem festen Knoten zusammengebunden. Sie sah recht verwirrt aus.

»Woher wussten Sie, dass ich es war?«, fragte sie.

»Mein lieber Professor, ich habe noch nie eine Katze so steif dasitzen sehen.«

»Sie wären auch steif, wenn Sie den ganzen Tag auf einer Backsteinmauer gesessen hätten«, sagte Professor McGonagall.

»Den ganzen Tag? Wo Sie doch hätten feiern können?

Ich muss auf dem Weg an mindestens einem Dutzend Feste und Partys vorbeigekommen sein.«

Verärgert schnaubte Professor McGonagall durch die Nase.

»O ja, alle Welt feiert, sehr schön«, sagte sie ungeduldig. »Man sollte meinen, sie könnten ein bisschen vorsichtiger sein, aber nein – selbst die Muggel haben bemerkt, dass etwas los ist. Sie haben es in ihren Nachrichten gebracht.« Mit einem Kopfrucken deutete sie auf das dunkle Wohnzimmerfenster der Dursleys. »Ich habe es gehört. Ganze Schwärme von Eulen … Sternschnuppen … Nun, ganz dumm sind sie auch wieder nicht. Sie mussten einfach irgendetwas bemerken. Sternschnuppen unten in Kent – ich wette, das war Dädalus Diggel. Der war noch nie besonders vernünftig.«

»Sie können ihnen keinen Vorwurf machen«, sagte Dumbledore sanft. »Elf Jahre lang haben wir herzlich wenig zu feiern gehabt.«

»Das weiß ich«, sagte Professor McGonagall gereizt. »Aber das ist kein Grund, den Kopf zu verlieren. Die Leute sind einfach unvorsichtig, wenn sie sich am helllichten Tage draußen auf den Straßen herumtreiben und Gerüchte zum Besten geben. Wenigstens könnten sie Muggelsachen anziehen.«

Dabei wandte sie sich mit scharfem Blick Dumbledore zu, als hoffte sie, er würde ihr etwas mitteilen. Doch er schwieg und sie fuhr fort: »Das wäre eine schöne Bescherung, wenn ausgerechnet an dem Tag, da Du-weißt-schon-wer endlich verschwindet, die Muggel alles über uns herausfinden würden. Ich nehme an, er ist wirklich verschwunden, Dumbledore?«

»Es sieht ganz danach aus«, sagte Dumbledore. »Wir müssen für vieles dankbar sein. Möchten Sie ein Brausebonbon?«

»Ein *was?*«

»Ein Zitronenbrausebonbon. Eine Nascherei der Muggel, auf die ich ganz scharf bin.«

»Nein, danke«, sagte Professor McGonagall kühl, als sei jetzt nicht der richtige Moment für Zitronenbrausebonbons. »Wie ich schon sagte, selbst wenn Du-weißt-schon-wer wirklich fort ist –«

»Mein lieber Professor, eine vernünftige Person wie Sie kann ihn doch sicher beim Namen nennen? Der ganze Unsinn mit ›Du-weißt-schon-wer‹ – seit elf Jahren versuche ich die Leute dazu zu bringen, ihn bei seinem richtigen Namen zu nennen: *Voldemort.*« Professor McGonagall zuckte zurück, doch Dumbledore, der zwei weitere Bonbons aus der Tüte fischte, schien davon keine Notiz zu nehmen. »Es verwirrt doch nur, wenn wir dauernd ›Du-weißt-schon-wer‹ sagen. Ich habe nie eingesehen, warum ich Angst davor haben sollte, Voldemorts Namen auszusprechen.«

»Das weiß ich wohl«, sagte Professor McGonagall halb aufgebracht, halb bewundernd. »Doch Sie sind anders. Alle wissen, dass Sie der Einzige sind, den Du-weißt- … ahm, na gut, *Voldemort* fürchtete.«

»Sie schmeicheln mir«, sagte Dumbledore leise. »Voldemort hatte Kräfte, die ich nie besitzen werde.«

»Nur weil Sie zu – ja – *nobel* sind, um sie einzusetzen.«

»Ein Glück, dass es dunkel ist. So rot bin ich nicht mehr geworden, seit Madam Pomfrey mir gesagt hat, ihr gefielen meine neuen Ohrenschützer.«

Professor McGonagall sah Dumbledore scharf an und sagte: »Die Eulen sind nichts gegen die *Gerüchte*, die umherfliegen. Wissen Sie, was alle sagen? Warum er verschwunden ist? Was ihn endlich aufgehalten hat?«

Offenbar hatte Professor McGonagall den Punkt erreicht,

über den sie unbedingt reden wollte, den wirklichen Grund, warum sie den ganzen Tag auf einer kalten, harten Mauer gewartet hatte, denn weder als Katze noch als Frau hatte sie Dumbledore mit einem so durchdringenden Blick festgenagelt wie jetzt. Was auch immer »alle« sagen mochten, offensichtlich glaubte sie es nicht, bis sie es aus dem Mund von Dumbledore gehört hatte. Der jedoch nahm sich ein weiteres Zitronenbrausebonbon und schwieg.

»Was sie *sagen*«, drängte sie weiter, »ist nämlich, dass Voldemort letzte Nacht in Godric's Hollow auftauchte. Er war auf der Suche nach den Potters. Dem Gerücht zufolge sind Lily und James Potter – sie sind – *tot*.«

Dumbledore senkte langsam den Kopf. Professor McGonagall stockte der Atem.

»Lily und James ... Ich kann es nicht glauben ... Ich wollte es nicht glauben ... Oh, Albus ...«

Dumbledore streckte die Hand aus und klopfte ihr sanft auf die Schultern. »Ich weiß ... ich weiß ...«, sagte er mit belegter Stimme.

Professor McGonagall fuhr mit zitternder Stimme fort: »Das ist nicht alles. Es heißt, er habe versucht, Potters Sohn Harry zu töten. Aber – er konnte es nicht. Er konnte diesen kleinen Jungen nicht töten. Keiner weiß, warum oder wie, aber es heißt, als er Harry Potter nicht töten konnte, fiel Voldemorts Macht in sich zusammen – und deshalb ist er verschwunden.«

Dumbledore nickte mit düsterer Miene.

»Ist das – *wahr*?«, stammelte Professor McGonagall. »Nach all dem, was er getan hat – nach all den Menschen, die er umgebracht hat –, konnte er einen kleinen Jungen nicht töten? Das ist einfach unglaublich ... ausgerechnet das setzt ihm ein Ende ... aber wie um Himmels willen konnte Harry das überleben?«

»Wir können nur mutmaßen«, sagte Dumbledore. »Vielleicht werden wir es nie wissen.«

Professor McGonagall zog ein Spitzentaschentuch hervor und betupfte die Augen unter der Brille. Dumbledore zog eine goldene Uhr aus der Tasche und gab ein langes Schniefen von sich. Es war eine sehr merkwürdige Uhr. Sie hatte zwölf Zeiger, aber keine Ziffern; stattdessen drehten sich kleine Planeten in ihrem Rund. Dumbledore jedenfalls musste diese Uhr etwas mitteilen, denn er steckte sie zurück in die Tasche und sagte: »Hagrid verspätet sich. Übrigens nehme ich an, er hat Ihnen erzählt, dass ich hierherkommen würde?«

»Ja«, sagte Professor McGonagall. »Und ich nehme nicht an, dass Sie mir sagen werden, *warum* Sie ausgerechnet hier sind?«

»Ich bin gekommen, um Harry zu seiner Tante und seinem Onkel zu bringen. Sie sind die Einzigen aus der Familie, die ihm noch geblieben sind.«

»Sie meinen doch nicht – Sie *können* einfach nicht die Leute meinen, die hier wohnen?«, rief Professor McGonagall, sprang auf und deutete auf Nummer 4. »Dumbledore – das geht nicht. Ich habe sie den ganzen Tag beobachtet. Sie könnten keine zwei Menschen finden, die uns weniger ähnln. Und sie haben diesen Jungen – ich habe gesehen, wie er seine Mutter den ganzen Weg die Straße entlang gequält und nach Süßigkeiten geschrien hat. Harry Potter und hier leben?«

»Das ist der beste Platz für ihn«, sagte Dumbledore bestimmt. »Onkel und Tante werden ihm alles erklären können, wenn er älter ist. Ich habe ihnen einen Brief geschrieben.«

»Einen Brief?«, wiederholte Professor McGonagall mit erlahmender Stimme und setzte sich wieder auf die Mauer.

»Wirklich, Dumbledore, glauben Sie, dass Sie all das in einem Brief erklären können? Diese Leute werden ihn nie verstehen! Er wird berühmt werden – eine Legende –, es würde mich nicht wundern, wenn der heutige Tag in Zukunft Harry-Potter-Tag heißt – ganze Bücher wird man über Harry schreiben – jedes Kind in unserer Welt wird seinen Namen kennen!«

»Genau«, sagte Dumbledore und blickte sehr ernst über die Halbmonde seiner Lesebrille. »Das würde reichen, um jedem Jungen den Kopf zu verdrehen. Berühmt, bevor er gehen und sprechen kann! Berühmt für etwas, an das er sich nicht einmal erinnern wird! Sehen Sie nicht, wie viel besser es für ihn wäre, wenn er weit weg von alledem aufwächst, bis er bereit ist, es zu begreifen?«

Professor McGonagall öffnete den Mund, änderte ihre Meinung, schluckte und sagte: »Ja – ja, Sie haben Recht, natürlich. Doch wie kommt der Junge hierher, Dumbledore?« Plötzlich musterte sie seinen Umhang, als dachte sie, er verstecke vielleicht den kleinen Harry darunter.

»Hagrid bringt ihn mit.«

»Sie halten es für – *klug*, Hagrid etwas so Wichtiges anzuvertrauen?«

»Ich würde Hagrid mein Leben anvertrauen«, sagte Dumbledore.

»Ich behaupte nicht, dass sein Herz nicht am rechten Fleck ist«, grummelte Professor McGonagall, »doch Sie können nicht so tun, als ob er besonders umsichtig wäre. Er neigt dazu – was war das?«

Ein tiefes Brummen hatte die Stille um sie her zerbrochen. Immer lauter wurde es, und sie schauten links und rechts die Straße hinunter, ob vielleicht ein Scheinwerfer auftauchte. Der Lärm schwoll zu einem Dröhnen an, und als sie beide zum Himmel blickten – da fiel ein riesiges

Motorrad aus den Lüften und landete auf der Straße vor ihnen.

Schon das Motorrad war gewaltig, doch nichts im Vergleich zu dem Mann, der breitbeinig darauf saß. Er war fast zweimal so groß wie ein gewöhnlicher Mann und mindestens fünfmal so breit. Er sah einfach verboten dick aus, und so *wild* – Haar und Bart verdeckten mit langen Strähnen fast sein ganzes Gesicht, er hatte Hände, so groß wie Mülleimerdeckel, und in den Lederstiefeln steckten Füße wie Delphinbabys. In seinen ausladenden, muskelbepackten Armen hielt er ein Bündel aus Leintüchern.

»Hagrid«, sagte Dumbledore mit erleichterter Stimme. »Endlich. Und wo hast du dieses Motorrad her?«

»Hab es geborgt, Professor Dumbledore, Sir«, sagte der Riese und kletterte vorsichtig von seinem Motorrad. »Der junge Sirius Black hat es mir geliehen. Ich hab ihn, Sir.«

»Keine Probleme?«

»Nein, Sir – das Haus war fast zerstört, aber ich hab ihn gerade noch herausholen können, bevor die Muggel angeschwirrt kamen. Er ist eingeschlafen, als wir über Bristol flogen.«

Dumbledore und Professor McGonagall neigten ihre Köpfe über das Leintuchbündel. Darin steckte, gerade eben zu sehen, ein kleiner Junge, fast noch ein Baby, in tiefem Schlaf. Unter einem Büschel rabenschwarzen Haares auf der Stirn konnten sie einen merkwürdigen Schnitt erkennen, der aussah wie ein Blitz.

»Ist es das, wo –?«, flüsterte Professor McGonagall.

»Ja«, sagte Dumbledore. »Diese Narbe wird ihm immer bleiben.«

»Können Sie nicht etwas dagegen tun, Dumbledore?«

»Selbst wenn ich es könnte, ich würde es nicht. Narben können recht nützlich sein. Ich selbst habe eine oberhalb des linken Knies und die ist ein tadelloser Plan der Londoner U-Bahn. Nun denn – gib ihn mir, Hagrid –, wir bringen es besser hinter uns.«

Dumbledore nahm Harry in die Arme und wandte sich dem Haus der Dursleys zu.

»Könnte ich ... könnte ich ihm adieu sagen, Sir?«, fragte Hagrid.

Er beugte seinen großen, struppigen Kopf über Harry und gab ihm einen gewiss sehr kratzigen, barthaarigen Kuss. Dann, plötzlich, stieß Hagrid ein Heulen wie ein verletzter Hund aus.

»Schhhh!«, zischte Professor McGonagall, »Sie wecken noch die Muggel auf!«

»V-v-verzeihung«, schluchzte Hagrid, zog ein großes, gepunktetes Taschentuch hervor und vergrub das Gesicht darin. »Aber ich k-k-kann es einfach nicht fassen – Lily und James tot – und der arme kleine Harry muss jetzt bei den Muggels leben –«

»Ja, ja, das ist alles sehr traurig, aber reiß dich zusammen, Hagrid, oder man wird uns entdecken«, flüsterte Professor McGonagall und klopfte Hagrid behutsam auf den Arm, während Dumbledore über die niedrige Gartenmauer stieg und zum Vordereingang trat. Sanft legte er Harry vor die Eingangstür, zog einen Brief aus dem Umhang, steckte ihn zwischen Harrys Leintücher und kehrte dann zu den beiden andern zurück. Eine ganze Minute lang standen die drei da und sahen auf das kleine Bündel; Hagrids Schultern zuckten, Professor McGonagall blinzelte heftig, und das funkelnde Licht, das sonst immer aus Dumbledores Augen schien, war wohl erloschen.

»Nun«, sagte Dumbledore schließlich, »das war's ... Wir haben hier nichts mehr zu suchen. Wir sollten lieber verschwinden und zu den Feiern gehen.«

»Jaow«, sagte Hagrid mit sehr dumpfer Stimme, »ich bring am besten diese Kiste weg. Nacht, Professor McGonagall – Professor Dumbledore, Sir.«

Hagrid wischte sich mit dem Jackenärmel die tropfnassen Augen, schwang sich auf das Motorrad und erweckte die Maschine mit einem Fußkick zum Leben; donnernd erhob sie sich in die Lüfte und verschwand in der Nacht.

»Wir werden uns bald wiedersehen, vermute ich, Professor McGonagall«, sagte Dumbledore und nickte ihr zu. Zur Antwort schnäuzte sich Professor McGonagall die Nase.

Dumbledore drehte sich um und entfernte sich die Straße entlang. An der Ecke blieb er stehen und holte den Ausmacher hervor. Er knipste einmal und zwölf Lichtbälle huschten zurück in ihre Straßenlaternen. Mit einem Mal leuchtete der Ligusterweg in Orange, und er konnte eine kleine Tigerkatze sehen, die am anderen Ende der Straße um die Ecke strich. Auf der Türschwelle von Nummer 4 konnte er gerade noch das Bündel aus Leintüchern erkennen.

»Viel Glück, Harry«, murmelte er. Er drehte sich auf dem Absatz um und mit einem Wehen seines Umhangs war er verschwunden.

Eine Brise kräuselte die sorgfältig geschnittenen Hecken des Ligusterwegs, der still und ordentlich dalag unter dem tintenfarbenen Himmel, und nie wäre man auf den Gedanken gekommen, dass hier etwas Unerhörtes geschehen könnte. In seinen Leintüchern drehte sich Harry Potter auf die Seite, ohne aufzuwachen. Seine kleinen Finger klammerten sich an den Brief neben ihm, und er schlief weiter, nicht wissend, dass er etwas Besonderes war, nicht wissend, dass er berühmt war, nicht wissend, dass in ein paar Stunden, wenn Mrs. Dursley die Haustür öffnen würde, um die Milchflaschen hinauszustellen, ein Schrei ihn wecken würde, und auch nicht wissend, dass ihn sein Vetter Dudley in den nächsten Wochen peinigen und piesacken würde … Er konnte nicht wissen, dass in eben-diesem Moment überall im Land geheime Versammlungen stattfanden, Gläser erhoben wurden und gedämpfte Stim-men sagten: »Auf Harry Potter – den Jungen, der lebt!«

Ein Fenster verschwindet

Fast zehn Jahre waren vergangen, seit die Dursleys eines Morgens die Haustür geöffnet und auf der Schwelle ihren Neffen gefunden hatten, doch der Ligusterweg hatte sich kaum verändert. Wenn die Sonne aufging, tauchte sie dieselben fein säuberlich gepflegten Vorgärten in ihr Licht und ließ dasselbe Messingschild mit der Nummer 4 über der Tür erglimmen. Schließlich krochen ihre Strahlen ins Wohnzimmer. Dort sah es fast genauso aus wie in jener Nacht, als Mr. Dursley im Fernsehen den unheilvollen Bericht über die Eulen gesehen hatte. Nur die Fotos auf dem Kaminsims führten einem vor Augen, wie viel Zeit verstrichen war. Zehn Jahre zuvor hatten dort eine Menge Bilder gestanden, auf denen etwas, das an einen großen rosa Strandball erinnerte, zu sehen war und Bommelhüte in verschiedenen Farben trug – doch Dudley Dursley war nun kein Baby mehr, und jetzt zeigten die Fotos einen großen, blonden Jungen, mal auf seinem ersten Fahrrad, mal auf dem Rummelplatz Karussell fahrend, mal beim Computerspiel mit dem Vater und schließlich, wie ihn die Mutter knuddelte und küsste. Nichts in dem Zimmer ließ ahnen, dass in diesem Haus auch noch ein anderer Junge lebte.

Doch Harry Potter war immer noch da, er schlief gerade, aber nicht mehr lange. Seine Tante Petunia war schon wach und ihre schrille Stimme durchbrach die morgendliche Stille.

»Aufstehen, aber dalli!«

Mit einem Schlag war Harry hellwach. Noch einmal trommelte seine Tante gegen die Tür.

»Aufstehen!«, kreischte sie. Harry hörte, wie sie in die Küche ging und dort die Pfanne auf den Herd stellte. Er drehte sich auf den Rücken und versuchte sich an den Traum zu erinnern, den er gerade noch geträumt hatte. Es war ein guter Traum. Ein fliegendes Motorrad war darin vorgekommen. Er hatte das merkwürdige Gefühl, den Traum schon einmal geträumt zu haben.

Draußen vor der Tür stand jetzt schon wieder seine Tante.

»Bist du schon auf den Beinen?«, fragte sie.

»Fast«, sagte Harry.

»Beeil dich. Ich möchte, dass du auf den Schinken aufpasst. Und lass ihn ja nicht anbrennen, an Duddys Geburtstag muss alles tipptopp sein.«

Harry stöhnte.

»Was hast du gesagt?«, keifte seine Tante durch die Tür.

»Nichts, nichts …«

Dudleys Geburtstag – wie konnte er den nur vergessen haben? Langsam kletterte Harry aus dem Bett und begann nach Socken zu suchen. Unter seinem Bett fand er ein Paar, zupfte eine Spinne davon weg und zog sie an. Harry war an Spinnen gewöhnt, weil es im Schrank unter der Treppe von Spinnen wimmelte. Und in diesem Schrank schlief Harry.

Als er angezogen war, ging er den Flur entlang und betrat die Küche. Der ganze Tisch war über und über bedeckt mit Geburtstagsgeschenken. Offenbar hatte Dudley den neuen Computer bekommen, den er sich gewünscht hatte, und, der Rede gar nicht wert, auch noch den zweiten Fernseher und das Rennrad. Warum Dudley eigentlich ein Rennrad haben wollte, war Harry ein Rätsel, denn Dudley war sehr dick und verabscheute Sport – außer natürlich, wenn es darum ging, andern eine reinzuhauen. Dudleys Lieblingsopfer war Harry, doch den bekam er nicht so oft zu fassen. Man sah es Harry zwar nicht an, aber er konnte sehr schnell rennen.

Vielleicht hatte es damit zu tun, dass er in einem dunklen Schrank lebte, jedenfalls war Harry für sein Alter immer recht klein und dürr gewesen. Er sah sogar noch kleiner und dürrer aus, als er in Wirklichkeit war, denn alles, was er zum Anziehen hatte, waren die abgelegten Klamotten Dudleys, und der war etwa viermal so dick wie Harry. Harry hatte ein schmales Gesicht, knubbelige Knie, schwarzes Haar und hellgrüne Augen. Er trug eine Brille mit runden Gläsern, die, weil Dudley ihn auf die Nase geschlagen hatte, mit viel Klebeband zusammengehalten wurden. Das Einzige, das Harry an seinem Aussehen mochte, war eine sehr feine Narbe auf seiner Stirn, die an einen Blitz erinnerte. So weit er zurückdenken konnte, war sie da gewesen, und seine allererste Frage an Tante Petunia war gewesen, wie er zu dieser Narbe gekommen war.

»Durch den Autounfall, bei dem deine Eltern starben«, hatte sie gesagt. »Und jetzt hör auf zu fragen.«

Hör auf zu fragen – das war die erste Regel, wenn man bei den Dursleys ein ruhiges Leben fristen wollte.

Onkel Vernon kam in die Küche, als Harry gerade den Schinken umdrehte.

»Kämm dir die Haare!«, bellte er als Morgengruß.

Etwa einmal die Woche spähte Onkel Vernon über seine Zeitung und rief, Harry müsse endlich einmal zum Friseur. Harry musste öfter beim Friseur gewesen sein als alle Jungen seiner Klasse zusammen, doch es half nichts. Sein Haar wucherte einfach vor sich hin – wie ein wilder Garten.

Harry briet gerade Eier, als Dudley mit seiner Mutter in

die Küche kam. Dudley sah Onkel Vernon auffällig ähnlich. Er hatte ein breites, rosa Gesicht, nicht viel Hals, kleine, wässrige blaue Augen und dichtes blondes Haar, das glatt auf seinem runden, fetten Kopf lag. Tante Petunia sagte oft, dass Dudley aussehe wie ein kleiner Engel – Harry sagte oft, Dudley sehe aus wie ein Schwein mit Perücke.

Harry stellte die Teller mit Eiern und Schinken auf den Tisch, was schwierig war, denn viel Platz gab es nicht. Dudley zählte unterdessen seine Geschenke. Er zog eine Schnute.

»Sechsunddreißig«, sagte er und blickte auf zu Mutter und Vater. »Das sind zwei weniger als letztes Jahr.«

»Liebling, du hast Tante Magdas Geschenk nicht mitgezählt, schau, es ist hier unter dem großen von Mummy und Daddy.«

»Na gut, dann eben siebenunddreißig«, sagte Dudley und lief rot an – Harry, der einen gewaltigen Wutanfall nach Art von Dudley kommen sah, schlang seinen Schinken so schnell wie möglich hinunter, für den Fall, dass Dudley den Tisch umkippte.

Auch Tante Petunia witterte offenbar Gefahr, denn rasch sagte sie: »Und heute, wenn wir ausgehen, kaufen wir dir *noch zwei* Geschenke. Was sagst du nun, Spätzchen?«

Dudley dachte einen Augenblick nach und es sah wie Schwerstarbeit aus. Schließlich sagte er langsam: »Dann habe ich achtund… achtund…«

»Neununddreißig, mein Süßer«, sagte Tante Petunia.

»Oh.« Dudley ließ sich auf einen Stuhl plumpsen und grabschte nach einem Päckchen. »Von mir aus.«

Onkel Vernon gluckste.

»Der kleine Lümmel will was sehen für sein Geld, genau wie sein Vater. Braver Junge, Dudley!« Er fuhr mit der Hand durch Dudleys Haar.

In diesem Moment klingelte das Telefon, und Tante Petunia ging an den Apparat, während Harry und Onkel Vernon Dudley dabei zusahen, wie er das Rennrad, eine Videokamera, ein ferngesteuertes Modellflugzeug, sechzehn neue Computerspiele und einen Videorecorder auspackte. Gerade riss er das Papier von einer goldenen Armbanduhr, als Tante Petunia mit zornigem und besorgtem Blick vom Telefon zurückkam.

»Schlechte Nachrichten, Vernon«, sagte sie. »Mrs. Figg hat sich ein Bein gebrochen. Sie kann ihn nicht nehmen.« Unwirsch nickte sie mit dem Kopf in Harrys Richtung.

Dudley klappte vor Schreck der Mund auf, doch Harrys Herz begann zu hüpfen. Jedes Jahr an Dudleys Geburtstag machten seine Eltern mit ihm und einem Freund einen Ausflug, sie besuchten Abenteuerparks, gingen Hamburger essen oder ins Kino. Jedes Jahr blieb Harry bei Mrs. Figg, einer verrückten alten Dame zwei Straßen weiter. Harry hasste es, dorthin zu gehen. Das ganze Haus roch nach Kohl, und Mrs. Figg bestand darauf, dass er sich die Fotos aller Katzen ansah, die sie je besessen hatte.

»Und nun?«, sagte Tante Petunia und sah Harry so zornig an, als hätte er persönlich diese Unannehmlichkeit ausgeheckt. Harry wusste, es sollte ihm eigentlich leidtun, dass sich Mrs. Figg ein Bein gebrochen hatte, doch fiel ihm das nicht leicht bei dem Gedanken, sich Tibbles, Snowy, Putty und Tuffy erst wieder in einem Jahr angucken zu müssen.

»Wir könnten Magda anrufen«, schlug Onkel Vernon vor.

»Sei nicht albern, Vernon, sie hasst den Jungen.«

Die Dursleys sprachen oft über Harry, als ob er gar nicht da wäre – oder vielmehr, als ob er etwas ganz Widerwärtiges wäre, das sie nicht verstehen konnten, eine Schnecke vielleicht.

»Was ist mit Wie-heißt-sie-noch-mal, deine Freundin – Yvonne?«

»Macht Ferien auf Mallorca«, sagte Tante Petunia barsch.

»Ihr könntet mich einfach hierlassen«, schlug Harry hoffnungsvoll vor (dann konnte er zur Abwechslung mal fernsehen, was er wollte, und sich vielleicht sogar einmal über Dudleys Computer hermachen).

Tante Petunia schaute, als hätte sie soeben in eine Zitrone gebissen.

»Und wenn wir zurückkommen, liegt das Haus in Trümmern?«, raunzte sie.

»Ich werde das Haus schon nicht in die Luft jagen«, sagte Harry, aber sie hörten ihm nicht zu.

»Ich denke, wir könnten ihn in den Zoo mitnehmen«, sagte Tante Petunia langsam, »... und ihn im Wagen lassen ...«

»Der Wagen ist neu, kommt nicht in Frage, dass er alleine drinbleibt ...«

Dudley begann laut zu weinen. Er weinte zwar nicht wirklich, seit Jahren hatte er nicht mehr wirklich geweint, aber er wusste, wenn er eine Schnute zog und jammerte, würde ihm seine Mutter alles geben, was er wollte.

»Mein kleiner Duddybums, weine nicht, Mami wird nicht zulassen, dass er deinen Geburtstag verdirbt.«

»Ich ... will ... nicht ... dass er ... m-m-mitkommt!«, schrie Dudley zwischen den markerschütternden falschen Schluchzern. »Er macht immer alles k-k-kaputt!« Durch die Arme seiner Mutter hindurch warf er Harry ein gehässiges Grinsen zu.

In diesem Augenblick läutete es an der Tür – »Ach du liebes bisschen, da sind sie!«, rief Tante Petunia hellauf entsetzt – und schon marschierte Dudleys bester Freund, Piers Polkiss, in Begleitung seiner Mutter herein. Piers war ein magerer Junge mit einem Gesicht wie eine Ratte. Meist war es Piers, der den anderen Kindern die Arme auf dem Rücken festhielt, während Dudley auf sie einschlug. Sofort hörte Dudley auf mit seinem falschen Weinen.

Eine halbe Stunde später saß Harry, der sein Glück noch nicht fassen konnte, zusammen mit Piers und Dudley hinten im Wagen, auf dem Weg zum ersten Zoobesuch seines Lebens. Onkel und Tante war einfach nichts Besseres eingefallen, doch bevor sie aufgebrochen waren, hatte Onkel Vernon Harry beiseitegenommen.

»Ich warne dich«, hatte er gesagt und war mit seinem großen purpurroten Gesicht dem Harrys ganz nahe gekommen, »ich warne dich jetzt, Junge – irgendwelche krummen Dinger, auch nur eine Kleinigkeit – und du bleibst von heute bis Weihnachten im Schrank.«

»Ich mach überhaupt nichts«, sagte Harry, »ehrlich ...«

Doch Onkel Vernon glaubte ihm nicht. Nie glaubte ihm jemand.

Das Problem war, dass oft merkwürdige Dinge um Harry herum geschahen, und es hatte einfach keinen Zweck, den Dursleys zu sagen, dass er nichts dafür konnte.

Einmal, als Harry wieder einmal vom Friseur kam und so aussah, als sei er gar nicht dort gewesen, hatte sich Tante Petunia voll Überdruss eine Küchenschere gegriffen und sein Haar so kurz geschnitten, dass er am Ende fast eine Glatze hatte. Nur über der Stirn hatte sie noch etwas übrig gelassen, um »diese schreckliche Narbe zu verdecken«. Dudley hatte sich dumm und dämlich gelacht bei diesem Anblick, und Harry machte in dieser Nacht kein Auge zu beim Gedanken, wie es ihm am nächsten Tag in der Schule ergehen würde, wo sie ihn ohnehin schon wegen seiner ausgebeulten Sachen und seiner zusammengeklebten Brille hänselten. Am nächsten Morgen jedoch wachte er auf und fand sein Haar genauso lang vor, wie es gewesen war, bevor Tante Petunia es ihm abgesäbelt hatte. Dafür hatte er eine Woche Schrank bekommen, obwohl er versucht hatte zu erklären, dass er sich *nicht* erklären konnte, wie das Haar so rasch wieder gewachsen war.

Ein andermal hatte Tante Petunia versucht, ihn in einen ekligen alten Pulli von Dudley zu zwängen (braun mit orangeroten Bommeln). Je verzweifelter sie sich mühte, ihn über Harrys Kopf zu ziehen, desto enger schien er zu werden, bis er am Ende vielleicht noch einer Babypuppe gepasst hätte, aber sicher nicht Harry. Tante Petunia gab sich schließlich mit der Erklärung zufrieden, er müsse wohl beim Waschen eingelaufen sein, und zu Harrys großer Erleichterung bestrafte sie ihn nicht.

Andererseits war er in schreckliche Schwierigkeiten geraten, weil man ihn eines Tages auf dem Dach der Schulküche gefunden hatte. Dudleys Bande hatte ihn wie üblich gejagt, als er auf einmal, und zwar ebenso verdutzt wie alle andern, auf dem Kamin saß. Die Dursleys bekamen daraufhin in einem sehr wütenden Brief von Harrys Schulleiterin zu lesen, Harry sei das Schulhaus emporgeklettert. Doch alles, was er hatte tun wollen, war (wie er Onkel Vernon durch die verschlossene Tür seines Schranks zurief), hinter die großen Abfalleimer draußen vor der Küchentür zu springen. Vielleicht, überlegte Harry, hatte ihn der Wind mitten im Sprung erfasst und hochgetragen.

Doch heute sollte nichts schiefgehen. Um den Tag bloß nicht in der Schule, seinem Schrank oder in Mrs. Figgs nach Kohl riechendem Wohnzimmer verbringen zu müssen, nahm er sogar die Gesellschaft von Dudley und Piers in Kauf.

Während der Fahrt beschwerte sich Onkel Vernon bei Tante Petunia. Er beklagte sich gerne: die Leute im Büro,

Harry, der Stadtrat, Harry, die Bank und Harry waren nur einige seiner Lieblingsthemen. Heute Morgen waren es die Motorradfahrer.

»… jagen hier lang wie die Verrückten, diese jungen Rowdys«, klagte er, als ein Motorrad sie überholte.

»Ich habe von einem Motorrad geträumt«, sagte Harry, der sich plötzlich wieder daran erinnerte. »Es konnte fliegen.«

Onkel Vernon knallte beinahe in den Vordermann. Er drehte sich auf seinem Sitz ganz nach hinten um, das Gesicht wie eine riesige Scheibe Rote Bete mit Schnurrbart, und schrie Harry an: »MOTORRÄDER FLIEGEN NICHT!«

Dudley und Piers wieherten.

»Das weiß ich«, sagte Harry. »Es war ja nur ein Traum.«

Hätte er bloß nichts gesagt, dachte er. Wenn es etwas gab, was die Dursleys noch mehr hassten als seine Fragen, dann waren es seine Geschichten über die Dinge, die sich nicht so verhielten, wie sie sollten, egal, ob es nun in einem Traum oder in einem Comic passierte – sie glaubten offenbar, er könnte auf gefährliche Gedanken kommen.

Es war ein sehr sonniger Sonnabend und im Zoo drängelten sich die Familien. Die Dursleys kauften Dudley und Piers am Eingang ein paar große Schoko-Eiskugeln, und weil die Frau im Eiswagen Harry mit einem Lächeln fragte, was denn der junge Mann bekomme, kauften sie ihm ein billiges Zitroneneis am Stiel. Das war auch nicht schlecht, dachte Harry und lutschte vor sich hin, während sie einem Gorilla zuschauten, der sich am Kopf kratzte und der, auch wenn er nicht blond war, Dudley erstaunlich ähnlich sah.

Es war Harrys bester Morgen seit langem. Umsichtig ging er ein Stück hinter den Dursleys her, damit Dudley und Piers, die um die Mittagszeit anfingen sich zu langweilen, nicht wieder auf ihre Lieblingsbeschäftigung verfielen, nämlich Harry zu verhauen. Sie aßen im Zoorestaurant, und als Dudley einen Wutanfall bekam, weil sein Eisbecher Hawaii nicht groß genug war, bestellte ihm Onkel Vernon einen neuen, und Harry durfte den ersten aufessen.

Das war des Guten zu viel, und im Nachhinein hatte Harry das Gefühl, er hätte es wissen müssen.

Nach dem Mittagessen gingen sie ins Reptilienhaus. Hier drin war es kühl und dunkel und entlang der Wände waren beleuchtete Sichtfenster eingelassen. Hinter dem Glas krabbelten und glitten alle Arten von Echsen und Schlangen über Äste und Steine. Dudley und Piers wollten die riesigen, giftigen Kobras und die Pythonschlangen sehen, die Menschen zerquetschen konnten. Schnell fand Dudley die größte Schlange, die es hier gab. Sie hätte sich zweimal um Onkel Vernons Wagen schlingen und ihn in einen Mülleimer quetschen können – doch offenbar war sie dazu gerade nicht in Stimmung. Tatsächlich döste sie vor sich hin.

Dudley hatte die Nase gegen das Fenster gepresst und starrte wie gebannt auf die glänzenden braunen Windungen.

»Mach, dass sie sich bewegt«, sagte er in quengelndem Ton zu seinem Vater. Onkel Vernon klopfte mit der Faust gegen das Glas, doch die Schlange rührte sich nicht.

»Mach's noch einmal«, befahl Dudley. Onkel Vernon trommelte behände mit den Knöcheln auf das Glas, doch die Schlange schnarchte einfach weiter.

»Wie langweilig«, klagte Dudley und schlurfte davon.

Harry trat vor die Scheibe und ließ den Blick auf der Schlange ruhen. Es hätte ihn nicht überrascht, wenn auch sie vor Langeweile gestorben wäre – keine Gesellschaft außer doofen Leuten, die mit den Fingern gegen das Glas trommelten und sie den ganzen Tag lang störten. Das war schlimmer, als einen Schrank als Zimmer zu haben, wo der einzige Besucher Tante Petunia war, die an die Tür hämmerte, um einen aufzuwecken. Doch zumindest bekam er den Rest des Hauses zu sehen.

Die Schlange öffnete plötzlich ihre kleinen Perlaugen. Langsam, ganz allmählich, hob sie den Kopf, bis ihre Augen auf einer Höhe mit denen Harrys waren.

Sie zwinkerte.

Harry starrte sie an. Rasch blickte er über die Schulter, ob jemand zusah. Niemand. Er drehte sich wieder zu der Schlange um und zwinkerte zurück.

Die Schlange stieß mit dem Kopf in Richtung Onkel Vernon und Dudley und rollte die Augen nach oben. Sie sah Harry mit einem Blick an, der eindeutig sagte:

»So was muss ich den ganzen Tag ertragen.«

»Ich weiß«, murmelte Harry durch das Glas, wenn er auch nicht sicher war, ob die Schlange ihn hören konnte. »Das muss dich wirklich auf die Palme bringen.«

Die Schlange nickte lebhaft.

»Woher kommst du eigentlich?«, fragte Harry.

Die Schlange stieß mit ihrem Schwanz gegen ein kleines Schild nahe dem Fenster. Harry spähte auf die Inschrift.

Boa constrictor, Brasilien.

»War es schön dort?«

Wieder stieß die Schlange mit dem Schwanz gegen das Schild und Harry las weiter: *Dieses Exemplar wurde im Zoo ausgebrütet.* »Oh, ich verstehe, du warst nie in Brasilien?«

Die Schlange schüttelte den Kopf, und plötzlich erschallte hinter Harry ein ohrenbetäubendes Rufen, das sie beide zusammenzucken ließ: »DUDLEY! MR. DURS-

LEY! KOMMT UND SEHT EUCH DIESE SCHLANGE
AN! DAS *GLAUBT* IHR NICHT, WAS DIE TUT!«

Dudley kam, so schnell er konnte, auf sie zugewatschelt.

»Aus dem Weg, Mann«, sagte er und stieß Harry in die
Rippen. Harry, von dem Schlag ganz überrascht, fiel hart
auf den Betonboden. Was nun kam, passierte so schnell,
dass niemand sah, wie es geschah: Einen Moment lang
drückten sich Piers und Dudley ganz dicht gegen das Glas
und im nächsten Moment sprangen sie unter Schreckge-
heule zurück.

Harry setzte sich auf und nun stockte ihm der Atem.
Die Glasscheibe am Terrarium der Boa constrictor war
verschwunden. Die große Schlange entrollte sich im Nu
und schlängelte sich heraus auf den Boden. – Im ganzen
Reptilienhaus schrien die Menschen und rannten zu den
Ausgängen.

Als die Schlange an Harry vorbeiglitt, hätte er schwören
können, dass eine leise, zischelnde Stimme sagte: »Brasilien, ich komme … tschüsss, Amigo.«

Der Obertierpfleger des Reptilienhauses stand unter
Schock.

»Aber das Glas«, murmelte er ständig vor sich hin, »was
ist aus dem Glas geworden?«

Der Zoodirektor persönlich brühte Tante Petunia eine
Tasse starken, süßen Tee und überschlug sich mit seinen
Entschuldigungen. Piers und Dudley schnatterten nur noch.
Soweit Harry es gesehen hatte, hatte die Schlange nichts
getan, außer im Vorbeigleiten spielerisch gegen ihre Fersen
zu schlenzen, doch als sie alle wieder in Onkel Vernons
Wagen saßen, erzählte ihnen Dudley, die Schlange hätte
ihm fast das Bein abgebissen, während Piers schwor, sie
hätte versucht, ihn totzuquetschen. Doch am schlimmsten

für Harry war, dass Piers, als er sich ein wenig beruhigt hatte, sagte: »Harry hat mit ihr gesprochen, nicht wahr, Harry?«

Onkel Vernon wartete, bis Piers endgültig aus dem Haus war, bevor er sich Harry vorknöpfte. Er war so wütend, dass er kaum ein Wort hervorbrachte. »Geh – Schrank – bleib – kein Essen«, konnte er gerade noch herauswürgen, bevor er auf einem Stuhl zusammensackte und Tante Petunia ihm schleunigst einen großen Cognac bringen musste.

Harry lag noch lange wach in seinem dunklen Schrank. Hätte er doch nur eine Uhr. Er wusste nicht, wie spät es war, und er war sich nicht sicher, ob die Dursleys schon schliefen. Bis es so weit war, konnte er es nicht riskieren, in die Küche zu schleichen und sich etwas zu essen zu holen.

Fast zehn Jahre lebte er nun bei den Dursleys, solange er sich erinnern konnte, und es waren zehn elende Jahre gewesen. Schon als Baby war er zu ihnen gekommen, denn seine Eltern waren bei einem Autounfall gestorben. Er konnte sich nicht erinnern, in diesem Auto gewesen zu sein, als der Unfall passierte. Manchmal, wenn er sich während der langen Stunden im Schrank ganz angestrengt zu erinnern suchte, tauchte ein unheimliches Bild vor seinen Augen auf: ein blendend heller Blitz aus grünem Licht und ein brennender Schmerz auf seiner Stirn. Das musste der Unfall gewesen sein, obwohl er sich nicht erklären konnte, wo all das grüne Licht herkam. Er konnte sich überhaupt nicht an seine Eltern erinnern. Onkel und Tante sprachen nie über sie, und natürlich war es ihm verboten, Fragen zu stellen. Im Haus gab es auch keine Fotos von ihnen.

Als Harry noch jünger gewesen war, hatte er immer und immer wieder von einem unbekannten Verwandten geträumt, der kommen und ihn mitnehmen würde, aber das war nie Wirklichkeit geworden; die Dursleys waren alles, was er noch an Familie hatte. Doch manchmal hatte er den Eindruck (oder vielleicht die Hoffnung), dass Unbekannte auf der Straße ihn zu kennen schienen. Sehr merkwürdige Unbekannte waren das übrigens. Einmal, als er mit Tante Petunia und Dudley beim Einkaufen war, hatte sich ein kleiner Mann mit einem violetten Zylinder vor ihm verneigt. Tante Petunia fragte Harry ganz entsetzt, ob er den Mann kenne, und schubste ihn und Dudley hastig aus dem Laden, ohne etwas zu kaufen. Ein andermal hatte ihm eine wild aussehende, ganz in Grün gekleidete alte Frau im Bus fröhlich zugewinkt. Und ein glatzköpfiger Mann mit einem sehr langen, purpurnen Umhang hatte ihm doch tatsächlich mitten auf der Straße die Hand geschüttelt und war dann, ohne ein Wort zu sagen, weitergegangen. Das Seltsamste an all diesen Leuten war, dass sie zu verschwinden schienen, wenn Harry versuchte sie genauer anzusehen.

In der Schule hatte Harry niemanden. Jeder wusste, dass Dudleys Bande diesen komischen Harry Potter mit seinen ausgebeulten alten Klamotten und seiner zerbrochenen Brille nicht ausstehen konnte, und niemand mochte Dudleys Bande in die Quere kommen.

Briefe von niemandem

Die Flucht der brasilianischen Boa constrictor hatte Harry die bisher längste Strafe eingebracht. Als er den Schrank wieder verlassen durfte, hatten die Sommerferien begonnen. Dudley hatte seine neue Videokamera schon längst zertrümmert und sein ferngesteuertes Flugzeug zu Bruch geflogen. Bei seiner ersten Fahrt mit dem Rennrad hatte er die alte Mrs. Figg, die gerade, auf ihre Krücken gestützt, den Ligusterweg überquerte, über den Haufen geradelt.

Harry war froh, dass die Schule zu Ende war, doch Dudleys Bande, die das Haus Tag für Tag heimsuchte, konnte er nicht entkommen. Piers, Dennis, Malcolm und Gordon waren allesamt groß und dumm, doch weil Dudley der Größte und Dümmste von allen war, war er ihr Anführer. Die andern schlossen sich mit ausgesprochenem Vergnügen Dudleys Lieblingssport an: Harry jagen.

Deshalb verbrachte Harry möglichst viel Zeit außer Haus und wanderte durch die Straßen. Das baldige Ende der Ferien war ein kleiner Hoffnungsschimmer. Im September würde er auf die höhere Schule kommen und zum ersten Mal im Leben nicht mehr mit Dudley zusammen sein. Dudley hatte einen Platz an Onkel Vernons alter Schule, Smeltings. Auch Piers Polkiss ging dorthin. Harry dagegen kam in die Stonewall High School, die Gesamtschule in der Nachbarschaft. Dudley fand das sehr lustig.

»In Stonewall stecken sie den Neuen am ersten Tag den

Kopf ins Klo«, eröffnete er Harry. »Willst du mit hochkommen und schon mal üben?«

»Nein, danke«, sagte Harry. »Das arme Klo hat noch nie etwas so Fürchterliches wie deinen Kopf geschluckt – vielleicht wird ihm schlecht davon.« Dann rannte er los, bevor sich Dudley einen Reim darauf machen konnte.

Eines Tages im Juli nahm Tante Petunia Dudley mit nach London, um dort die Schuluniform für Smeltings zu kaufen, und ließ Harry bei Mrs. Figg zurück. Mrs. Figg war nicht mehr so übel wie früher. Harry erfuhr, dass sie sich den Fuß gebrochen hatte, als sie über eine ihrer Katzen gestolpert war, und inzwischen schien sie von ihnen nicht mehr ganz so begeistert zu sein. Sie ließ Harry fernsehen und reichte ihm ein Stück Schokoladenkuchen, der schmeckte, als hätte sie ihn schon etliche Jahre aufbewahrt.

An diesem Abend stolzierte Dudley in seiner neuen Uniform unter den Augen der Eltern im Wohnzimmer umher. Die Jungen in Smeltings trugen kastanienbraune Fräcke, orangefarbene Knickerbocker-Hosen und flache Strohhüte, die sie »Kreissägen« nannten. Außerdem hatten sie knorrige Holzstöcke, mit denen sie sich, wenn die Lehrer nicht hinsahen, gegenseitig Hiebe versetzten. Das galt als gute Übung fürs spätere Leben.

Onkel Vernon musterte Dudley in den neuen Knickerbockern und grummelte etwas vom stolzesten Augenblick seines Lebens. Tante Petunia brach in Tränen aus und sagte, sie könne es einfach nicht fassen, dass dies ihr süßer kleiner Dudleyspatz sei, so hübsch und erwachsen, wie er aussehe. Harry wagte nicht, auch nur ein Wort zu sagen. Womöglich hatte er sich schon zwei Rippen angeknackst vor lauter Anstrengung, nicht loszulachen.

Am nächsten Morgen, als Harry zum Frühstück in die Küche kam, schlug ihm ein fürchterlicher Gestank entgegen. Offenbar kam er von einer großen Emailwanne in der Spüle. Er trat näher, um sich die Sache anzusehen. In dem grauen Wasser der Schüssel schwamm etwas, das aussah wie ein Bündel schmutziger Lumpen.

»Was ist das denn?«, fragte er Tante Petunia. Sie kniff die Lippen zusammen, wie immer, wenn er eine Frage zu stellen wagte.

»Deine neue Schuluniform«, sagte sie.

Harry warf noch einen Blick in die Schüssel.

»Aha«, sagte er, »ich wusste nicht, dass sie so nass sein muss.«

»Stell dich nicht so dumm an«, keifte Tante Petunia. »Ich färbe ein paar alte Sachen grau für dich. Die sehen dann genauso aus wie die der andern.«

Das bezweifelte Harry ernsthaft, er hielt es aber für besser, ihr nicht zu widersprechen. Er setzte sich an den Tisch und versuchte nicht daran zu denken, wie er an seinem ersten Schultag in der Stonewall High aussehen würde – vermutlich wie einer, der ein paar Fetzen alter Elefantenhaut trug.

Dudley und Onkel Vernon kamen herein und beide hielten sich beim Gestank von Harrys neuer Uniform die Nase zu. Onkel Vernon schlug wie immer seine Zeitung auf, und Dudley knallte seinen Smelting-Stock, den er immer bei sich trug, auf den Tisch.

Die Klappe des Briefschlitzes quietschte und die Post klatschte auf die Türmatte.

»Hol die Post, Dudley«, sagte Onkel Vernon hinter seiner Zeitung hervor.

»Soll doch Harry sie holen.«

»Hol die Post, Harry.«

»Soll doch Dudley sie holen.«

»Knuff ihn mal mit deinem Smelting-Stock, Dudley.«

Harry wich dem Stock aus und ging hinaus, um die Post zu holen. Dreierlei lag auf der Türmatte: eine Postkarte von Onkel Vernons Schwester Magda, die Ferien auf der Isle of Wight machte, ein brauner Umschlag, der wohl eine Rechnung enthielt, und – *ein Brief für Harry.*

Harry hob ihn auf und starrte auf den Umschlag. Sein Herz schwirrte wie ein riesiges Gummiband. Niemand hatte ihm je in seinem ganzen Leben einen Brief geschrieben. Wer konnte es sein? Er hatte keine Freunde, keine anderen Verwandten – er war nicht in der Bücherei angemeldet und hatte deshalb auch nie unhöfliche Aufforderungen erhalten, Bücher zurückzubringen. Doch hier war er, ein Brief, so klar adressiert, dass ein Fehler ausgeschlossen war:

Mr. H. Potter
Im Schrank unter der Treppe
Ligusterweg 4
Little Whinging
Surrey

Dick und schwer war der Umschlag, aus gelblichem Pergament, und die Adresse war mit smaragdgrüner Tinte geschrieben. Eine Briefmarke war nicht draufgeklebt.

Mit zitternder Hand drehte Harry den Brief um und sah ein purpurnes Siegel aus Wachs, auf das ein Wappenschild eingeprägt war: ein Löwe, ein Adler, ein Dachs und eine Schlange, die einen Kreis um den Buchstaben »H« schlossen.

»Beeil dich, Junge!«, rief Onkel Vernon aus der Küche. »Was machst du da draußen eigentlich, Briefbombenkontrolle?« Er gluckste über seinen eigenen Scherz. Harry kam in die Küche zurück, den Blick unverwandt auf den Brief gerichtet. Er reichte Onkel Vernon die Rechnung und die Postkarte, setzte sich und begann langsam den gelben Umschlag zu öffnen.

Onkel Vernon riss den Brief mit der Rechnung auf, schnaubte vor Abscheu und überflog die Postkarte.

»Magda ist krank«, teilte er Tante Petunia mit. »Hat eine faule Wellhornschnecke gegessen ...«

»Dad!«, sagte Dudley plötzlich. »Dad, Harry hat etwas!«

Harry war gerade dabei, den Brief zu entfalten, der aus demselben schweren Pergament bestand wie der Umschlag, als Onkel Vernon ihm das Blatt aus der Hand riss.

»Das ist für *mich!*«, rief Harry und versuchte Onkel Vernon den Brief wegzuschnappen.

»Wer sollte dir denn schreiben?«, höhnte Onkel Vernon, schüttelte das zusammengefaltete Blatt mit einer Hand auseinander und begann zu lesen. Sein Gesicht wechselte schneller von Rot zu Grün als eine Verkehrsampel. Und es blieb nicht bei Grün. Nach ein paar Sekunden war es gräulich-weiß wie alter Haferschleim.

»P-P-Petunia!«, stieß er keuchend hervor.

Dudley grabschte nach dem Brief, um ihn zu lesen, aber Onkel Vernon hielt ihn hoch, so dass er ihn nicht zu fassen bekam. Tante Petunia nahm ihn neugierig in die Hand und las die erste Zeile. Einen Moment lang sah es so aus, als würde sie in Ohnmacht fallen. Sie griff sich an den Hals und gab ein würgendes Geräusch von sich.

»Vernon! Ach du lieber Gott – Vernon!«

Sie starrten einander an, als hätten sie vergessen, dass Harry und Dudley immer noch in der Küche waren. Dudley war es nicht gewohnt, ignoriert zu werden. Mit dem Smelting-Stock versetzte er seinem Vater einen kurzen schmerzhaften Hieb auf den Kopf.

»Ich will diesen Brief lesen«, sagte er laut.

»*Ich* will ihn lesen«, sagte Harry wütend, »es ist nämlich *meiner*.«

»Raus hier, beide«, krächzte Onkel Vernon und stopfte den Brief in den Umschlag zurück.

Harry rührte sich nicht vom Fleck.

»ICH WILL MEINEN BRIEF!«, rief er.

»Lass *mich* sehen!«, verlangte Dudley.

»RAUS!«, brüllte Onkel Vernon, packte Harry und Dudley am Genick, warf sie hinaus in den Flur und knallte die Küchentür hinter ihnen zu. Prompt lieferten sich Harry und Dudley einen erbitterten, aber stummen Kampf darum, wer am Schlüsselloch lauschen durfte. Dudley gewann, und so legte sich Harry, die Brille von einem Ohr herabhängend, flach auf den Bauch und lauschte an dem Spalt zwischen Tür und Fußboden.

»Vernon«, sagte Tante Petunia mit zitternder Stimme, »schau dir die Adresse an – wie können sie denn nur wissen, wo er schläft? Sie beobachten doch nicht etwa unser Haus?«

»Beobachten – spionieren – vielleicht folgen sie uns«, murmelte Onkel Vernon verwirrt.

»Aber was sollen wir tun, Vernon? Sollen wir vielleicht antworten? Ihnen sagen, wir wollen nicht –«

Harry konnte Onkel Vernons glänzende schwarze Schuhe die Küche auf und ab schreiten sehen.

»Nein«, sagte er endlich. »Nein, wir tun so, als ob nichts wäre. Wenn sie keine Antwort bekommen ... Ja, das ist das Beste ... Wir tun gar nichts ...«

»Aber –«

»Ich will keinen davon im Haus haben, Petunia! Als wir ihn aufnahmen, haben wir uns da nicht geschworen, diesen gefährlichen Unsinn auszumerzen?«

Als Onkel Vernon an diesem Abend vom Büro zurückkam, tat er etwas, was er nie zuvor getan hatte: Er besuchte Harry in seinem Schrank.

»Wo ist mein Brief?«, sagte Harry, kaum hatte sich Onkel Vernon durch die Tür gezwängt. »Wer schreibt an mich?«

»Niemand. Er war nur versehentlich an dich adressiert«, sagte Onkel Vernon kurz angebunden. »Ich habe ihn verbrannt.«

»Es war *kein* Versehen«, rief Harry zornig, »mein Schrank stand drauf.«

»RUHE!«, schrie Onkel Vernon und ein paar Spinnen fielen von der Decke. Er holte ein paar Mal tief Luft und zwang dann sein Gesicht zu einem recht schmerzhaft wirkenden Lächeln.

»Ahm – ja, Harry – wegen dieses Schranks hier. Deine Tante und ich haben darüber nachgedacht … Du wirst allmählich wirklich etwas zu groß dafür … Wir meinen, es wäre doch nett, wenn du in Dudleys zweites Schlafzimmer ziehen würdest.«

»Warum?«, sagte Harry.

»Keine dummen Fragen!«, fuhr ihn der Onkel an. »Bring dieses Zeug nach oben, aber sofort.«

Das Haus der Dursleys hatte vier Schlafzimmer: eines für Onkel Vernon und Tante Petunia, eines für Besucher (meist Onkel Vernons Schwester Magda), eines, in dem Dudley schlief, und eines, in dem Dudley all seine Spielsachen und die Dinge aufbewahrte, die nicht mehr in sein erstes Schlafzimmer passten. Harry musste nur einmal nach oben gehen und schon hatte er all seine Sachen aus dem Schrank in das neue Zimmer gebracht. Er setzte sich aufs Bett und ließ den Blick kreisen. Fast alles hier drin war kaputt. Die einen Monat alte Videokamera lag auf einem kleinen, noch funktionierenden Panzer, den Dudley einmal über den Hund der Nachbarn gefahren hatte. In der Ecke stand Dudleys erster Fernseher. Als seine Lieblingssendung abgesetzt wurde, hatte er den Fuß durch den Bildschirm gerammt. Auch ein großer Vogelkäfig stand da, in dem einmal ein Papagei gelebt hatte, den Dudley in der Schule gegen ein echtes Luftgewehr getauscht hatte. Es lag mit durchgebogenem Lauf auf einem Regal, denn Dudley hatte sich darauf niedergelassen. Andere Regale standen voller Bücher. Das waren die einzigen Dinge in dem Zimmer, die aussahen, als wären sie nie angerührt worden.

Von unten war Dudley zu hören, wie er seine Mutter anbrüllte. »Ich *will* ihn nicht da drin haben ... Ich *brauche* dieses Zimmer ... Er soll wieder ausziehen ...«

Harry seufzte und streckte sich auf dem Bett aus. Gestern noch hätte er alles darum gegeben, hier oben zu sein. Heute wäre er lieber wieder in seinem Schrank mit dem Brief in der Hand statt hier oben ohne ihn.

Am nächsten Morgen beim Frühstück waren alle recht schweigsam. Dudley stand unter Schock. Er hatte geschrien, seinen Vater mit dem Smelting-Stock geschlagen, sich absichtlich übergeben, seine Mutter getreten und seine Schildkröte durch das Dach des Gewächshauses geworfen, aber sein Zimmer hatte er trotzdem nicht zurückbekommen. Harry dachte darüber nach, was gestern beim Frühstück geschehen war. Hätte er den Brief doch nur schon im Flur geöffnet, dachte er voll Bitterkeit.

Onkel Vernon und Tante Petunia sahen sich unablässig mit düsterer Miene an.

Die Post kam, und Onkel Vernon, der offenbar versuchte nett zu Harry zu sein, ließ Dudley aufstehen und sie holen. Sie konnten ihn hören, wie er den ganzen Flur entlang mit seinem Smelting-Stock mal hierhin, mal dorthin schlug. Dann rief er:

»Da ist schon wieder einer! *Mr. H. Potter, Das kleinste Schlafzimmer, Ligusterweg 4* –«

Mit einem erstickten Schrei sprang Onkel Vernon von seinem Stuhl hoch und rannte den Flur entlang, Harry dicht hinter ihm – Onkel Vernon musste Dudley zu Boden ringen, um ihm den Brief zu entwinden, was schwierig war, weil Harry Onkel Vernon von hinten um den Hals gepackt hatte. Nach einem kurzen Gerangel, bei dem jeder ein paar saftige Schläge mit dem Smelting-Stock einstecken musste, richtete sich Onkel Vernon nach Luft ringend auf und hielt Harrys Brief in der Hand.

»Verschwinde in deinen Schrank – ich meine, dein Zimmer«, japste er Harry zu. »Dudley – geh – ich bitte dich, geh.«

Oben in seinem neuen Zimmer ging Harry auf und ab, auf und ab. Jemand wusste, dass er aus dem Schrank ausgezogen war, und offenbar auch, dass er den ersten Brief nicht erhalten hatte. Das bedeutete doch gewiss, dass sie es wieder versuchen würden? Und das nächste Mal würde er dafür sorgen, dass es klappte. Er hatte einen Plan ausgeheckt.

Um sechs Uhr am nächsten Morgen klingelte der reparierte Wecker. Harry brachte ihn rasch zum Verstummen und zog sich leise an. Er durfte die Dursleys nicht aufwecken. Ohne Licht zu machen, stahl er sich die Treppe hinunter.

Er würde an der Ecke des Ligusterwegs auf den Postboten warten und sich die Briefe für Nummer 4 gleich geben lassen. Mit laut pochendem Herzen stahl er sich durch den dunklen Flur zur Haustür –

»AAAAAUUUUUH!«

Harry machte einen Sprung in die Luft – er war auf etwas Großes und Matschiges getreten, das auf der Türmatte lag – etwas *Lebendiges!*

Im ersten Stock gingen Lichter an, und mit einem furchtbaren Schreck wurde Harry klar, dass das große matschige Etwas das Gesicht seines Onkels war. Onkel Vernon hatte in einem Schlafsack vor der Tür gelegen, und zwar genau deshalb, um Harry daran zu hindern, sein Vorhaben in die Tat umzusetzen.

Er schrie Harry etwa eine halbe Stunde lang an und befahl ihm dann, Tee zu kochen. Niedergeschlagen schlurfte Harry in die Küche, und als er zurückkam, war die Post schon eingeworfen worden, mitten auf den Schoß von Onkel Vernon. Harry konnte drei mit grüner Tinte beschriftete Briefe erkennen.

»Ich will –«, begann er, doch Onkel Vernon zerriss die Briefe vor seinen Augen in kleine Fetzen.

An diesem Tag ging Onkel Vernon nicht zur Arbeit. Er blieb zu Hause und nagelte den Briefschlitz zu.

»Weißt du«, erklärte er Tante Petunia mit dem Mund voller Nägel, »wenn sie die Briefe nicht *zustellen* können, werden sie es einfach bleiben lassen.«

»Ich bin mir nicht sicher, ob das klappt, Vernon.«

»Oh, diese Leute haben eine ganz merkwürdige Art zu denken, Petunia, sie sind nicht wie du und ich«, sagte Onkel Vernon und versuchte einen Nagel mit dem Stück Obstkuchen einzuschlagen, den ihm Tante Petunia soeben gebracht hatte.

Am Freitag kamen nicht weniger als zwölf Briefe für Harry. Da sie nicht in den Briefschlitz gingen, waren sie unter der Tür durchgeschoben, zwischen Tür und Rahmen geklemmt oder durch das kleine Fenster der Toilette im Erdgeschoss gezwängt worden.

Wieder blieb Onkel Vernon zu Hause. Nachdem er alle Briefe verbrannt hatte, holte er sich Hammer, Nägel und Leisten und nagelte die Spalten an Vorder- und Hintertür zu, so dass niemand hinausgehen konnte. Beim Arbeiten summte er »Bi-Ba-Butzemann« und zuckte beim kleinsten Geräusch zusammen.

Am Sonnabend gerieten die Dinge außer Kontrolle. Vierundzwanzig Briefe für Harry fanden den Weg ins Haus, zusammengerollt im Innern der zwei Dutzend Eier versteckt, die der völlig verdatterte Milchmann Tante Petunia durch das Wohnzimmerfenster hineingereicht hatte. Während Onkel Vernon wütend beim Postamt und bei der Molkerei anrief und versuchte jemanden aufzutreiben, bei dem er sich beschweren konnte, zerschnitzelte Tante Petunia die Briefe in ihrem Küchenmixer.

»Wer zum Teufel will so dringend mit dir sprechen?«, fragte Dudley Harry ganz verdutzt.

Als sich Onkel Vernon am Sonntagmorgen an den Frühstückstisch setzte, sah er müde und ziemlich erschöpft, aber glücklich aus.

»Keine Post an Sonntagen«, gemahnte er sie fröhlich, während er seine Zeitung mit Marmelade bestrich, »keine verfluchten Briefe heute –«

Während er sprach, kam etwas pfeifend den Küchenkamin heruntergesaust und knallte gegen seinen Hinterkopf. Einen Augenblick später kamen dreißig oder vierzig Briefe wie Kugeln aus dem Kamin geschossen. Die Dursleys gingen in Deckung, doch Harry hüpfte in der Küche umher und versuchte einen Brief zu fangen.

»Raus! RAUS!«

Onkel Vernon packte Harry um die Hüfte und warf ihn

hinaus in den Flur. Als Tante Petunia und Dudley mit den Armen über dem Gesicht hinausgerannt waren, knallte Onkel Vernon die Tür zu. Sie konnten die Briefe immer noch in die Küche rauschen und gegen die Wände und den Fußboden klatschen hören.

»Das reicht«, sagte Onkel Vernon. Er versuchte ruhig zu sprechen, zog jedoch gleichzeitig große Haarbüschel aus seinem Schnurrbart. »Ich möchte, dass ihr euch alle in fünf Minuten hier einfindet, bereit zur Abreise. Wir gehen. Packt ein paar Sachen ein. Und keine Widerrede!«

Mit nur einem halben Schnurrbart sah er so gefährlich aus, dass niemand ein Wort zu sagen wagte. Zehn Minuten später hatten sie sich durch die brettervernagelten Türen gezwängt, saßen im Wagen und sausten in Richtung Autobahn davon. Auf dem Rücksitz wimmerte Dudley vor sich hin; sein Vater hatte ihm links und rechts eine geknallt, weil er sie aufgehalten hatte mit dem Versuch, seinen Fernseher, den Videorecorder und den Computer in seine Sporttasche zu packen.

Sie fuhren. Und sie fuhren. Selbst Tante Petunia wagte nicht zu fragen, wo sie denn hinfuhren. Hin und wieder machte Onkel Vernon scharf kehrt und fuhr dann eine Weile in die entgegengesetzte Richtung.

»Schüttel sie ab … schüttel sie ab«, murmelte er immer dann, wenn er umkehrte.

Den ganzen Tag über hielten sie nicht einmal an, um etwas zu essen oder zu trinken. Als die Nacht hereinbrach, war Dudley am Brüllen. In seinem ganzen Leben hatte er noch nie einen so schlechten Tag gehabt. Er war hungrig, er hatte fünf seiner Lieblingssendungen im Fernsehen verpasst, und er hatte noch nie so lange Zeit verbracht, ohne am Computer einen Außerirdischen in die Luft zu jagen.

Endlich machte Onkel Vernon vor einem düster aussehenden Hotel am Rande einer großen Stadt Halt. Dudley und Harry teilten sich ein Zimmer mit Doppelbett und feuchten, modrigen Decken. Dudley schnarchte, aber Harry blieb wach. Er saß auf der Fensterbank, blickte hinunter auf die Lichter der vorbeifahrenden Autos und dachte lange nach …

Am nächsten Morgen frühstückten sie muffige Cornflakes und kalte Dosentomaten auf Toast. Kaum waren sie fertig, trat die Besitzerin des Hotels an ihren Tisch.

»Verzeihn Sie, aber ist einer von Ihnen Mr. H. Potter? Es ist nur – ich hab ungefähr hundert von diesen Dingern am Empfangsschalter.«

Sie hielt einen Brief hoch, so dass sie die mit grüner Tinte geschriebene Adresse lesen konnten:

Mr. H. Potter
Zimmer 17
Hotel zum Bahnblick
Cokeworth

Harry schnappte nach dem Brief, doch Onkel Vernon schlug seine Hand weg. Die Frau starrte sie an.

»Ich nehme sie«, sagte Onkel Vernon, stand rasch auf und folgte ihr aus dem Speisezimmer.

»Wäre es nicht besser, wenn wir einfach nach Hause fahren würden, Schatz?«, schlug Tante Petunia einige Stunden später mit schüchterner Stimme vor. Doch Onkel Vernon schien sie nicht zu hören. Keiner von ihnen wusste, wonach genau er suchte. Er fuhr sie in einen Wald hinein, stieg aus, sah sich um, schüttelte den Kopf, setzte sich wieder ins Auto, und weiter ging's. Dasselbe geschah inmitten eines umgepflügten Ackers, auf halbem Weg über einer Hängebrücke und auf der obersten Ebene eines mehrstöckigen Parkhauses.

»Daddy ist verrückt geworden, nicht wahr?«, fragte Dudley spät am Nachmittag mit dumpfer Stimme Tante Petunia. Onkel Vernon hatte an der Küste geparkt, sie alle im Wagen eingeschlossen und war verschwunden.

Es begann zu regnen. Große Tropfen klatschten auf das Wagendach. Dudley schniefte.

»Es ist Montag«, erklärte er seiner Mutter. »Heute kommt der Große Humberto. Ich will dahin, wo sie einen *Fernseher* haben.«

Montag. Das erinnerte Harry an etwas. Wenn es Montag *war* – und meist konnte man sich auf Dudley verlassen, wenn es um die Wochentage ging, und zwar wegen des Fernsehens –, dann war morgen Dienstag, Harrys elfter Geburtstag. Natürlich waren seine Geburtstage nie besonders lustig gewesen – letztes Jahr hatten ihm die Dursleys einen Kleiderbügel und ein Paar alte Socken von Onkel Vernon geschenkt. Trotzdem, man wird nicht jeden Tag elf.

Onkel Vernon kam zurück mit einem Lächeln auf dem Gesicht. In den Händen trug er ein langes, schmales Paket, doch auf Tante Petunias Frage, was er gekauft habe, antwortete er nicht.

»Ich habe den idealen Platz gefunden!«, sagte er. »Kommt! Alle aussteigen!«

Draußen war es sehr kalt. Onkel Vernon wies hinaus aufs Meer, wo in der Ferne ein großer Felsen zu erkennen war. Auf diesem Felsen thronte die schäbigste kleine Hütte, die man sich vorstellen kann. Eins war sicher, einen Fernseher gab es dort nicht.

»Sturmwarnung für heute Nacht!«, sagte Onkel Vernon schadenfroh und klatschte in die Hände. »Und dieser

Gentleman hier hat sich freundlicherweise bereit erklärt, uns sein Boot zu leihen!«

Ein zahnloser alter Mann kam auf sie zugehumpelt und deutete mit einem recht verschmitzten Grinsen auf ein altes Ruderboot im stahlgrauen Wasser unter ihnen.

»Ich hab uns schon einige Futterrationen besorgt«, sagte Onkel Vernon, »also alles an Bord!«

Im Boot war es bitterkalt. Eisige Gischt und Regentropfen krochen ihnen die Rücken hinunter und ein frostiger Wind peitschte über ihre Gesichter. Nach Stunden, so kam es ihnen vor, erreichten sie den Fels, wo sie Onkel Vernon rutschend und schlitternd zu dem heruntergekommenen Haus führte.

Innen sah es fürchterlich aus; es stank durchdringend nach Seetang, der Wind pfiff durch die Ritzen der Holzwände und die Feuerstelle war nass und leer. Es gab nur zwei Räume.

Onkel Vernons Rationen stellten sich als eine Packung Kräcker für jeden und vier Bananen heraus. Er versuchte ein Feuer zu machen, doch die leeren Kräcker-Schachteln gaben nur Rauch von sich und schrumpelten zusammen.

»Jetzt könnte ich ausnahmsweise mal einen dieser Briefe gebrauchen, Leute«, sagte er fröhlich.

Er war bester Laune. Offenbar glaubte er, niemand hätte eine Chance, sie hier im Sturm zu erreichen und die Post zuzustellen. Harry dachte im Stillen das Gleiche, doch der Gedanke munterte ihn überhaupt nicht auf.

Als die Nacht hereinbrach, kam der versprochene Sturm um sie herum mächtig in Fahrt. Gischt von den hohen Wellen spritzte gegen die Wände der Hütte und ein zorniger Wind rüttelte an den schmutzigen Fenstern. Tante Petunia fand ein paar nach Aal riechende Leintücher und machte Dudley auf dem mottenzerfressenen Sofa ein Bett zurecht. Sie und Onkel Vernon gingen ins zerlumpte Bett nebenan, und Harry musste sich das weichste Stück Fußboden suchen und sich unter der dünnsten, zerrissensten Decke zusammenkauern.

Die Nacht rückte vor und immer wütender blies der Sturm. Harry konnte nicht schlafen. Er bibberte und wälzte sich hin und her, um es sich bequemer zu machen, und sein Magen röhrte vor Hunger. Dudleys Schnarchen ging im rollenden Donnern unter, das um Mitternacht anhob. Der Leuchtzeiger von Dudleys Uhr, die an seinem dicken Handgelenk vom Sofarand herunterbaumelte, sagte Harry, dass er in zehn Minuten elf Jahre alt sein würde. Er lag da und sah zu, wie sein Geburtstag tickend näher rückte. Ob die Dursleys überhaupt an ihn denken würden?, fragte er sich. Wo der Briefeschreiber jetzt wohl war?

Noch fünf Minuten. Harry hörte draußen etwas knacken. Hoffentlich kam das Dach nicht herunter, auch wenn ihm dann vielleicht wärmer sein würde. Noch vier Minuten. Vielleicht war das Haus am Ligusterweg, wenn sie zurückkamen, so vollgestopft mit Briefen, dass er auf die eine oder andere Weise einen davon stibitzen konnte.

Noch drei Minuten. War es das Meer, das so hart gegen die Felsen schlug? Und (noch zwei Minuten) was war das für ein komisches, malmendes Geräusch? Zerbrach der Fels und stürzte ins Meer?

Noch eine Minute und er war elf. Dreißig Sekunden ... zwanzig ... zehn ... neun – vielleicht sollte er Dudley aufwecken, einfach um ihn zu ärgern – drei ... zwei ... eine –

BUMM.

Die ganze Hütte erzitterte. Mit einem Mal saß Harry kerzengerade da und starrte auf die Tür. Da draußen war jemand und klopfte.

Der Hüter der Schlüssel

BUMM. Wieder klopfte es. Dudley schreckte aus dem Schlaf.

»Wo ist die Kanone?«, sagte er dumpf.

Hinter ihnen hörten sie ein lautes Krachen. Onkel Vernon kam hereingestolpert. In den Händen hielt er ein Gewehr – das war also in dem langen, schmalen Paket gewesen, das er mitgebracht hatte.

»Wer da?«, rief er. »Ich warne Sie – ich bin bewaffnet!«

Einen Augenblick lang war alles still. Dann –

SPLITTER!

Die Tür wurde mit solcher Wucht getroffen, dass sie glattweg aus den Angeln sprang und mit einem ohrenbetäubenden Knall auf dem Boden landete.

In der Türöffnung stand ein Riese von Mann. Sein Gesicht war fast gänzlich von einer langen, zottigen Haarmähne und einem wilden, struppigen Bart verdeckt, doch man konnte seine Augen erkennen, die unter all dem Haar schimmerten wie schwarze Käfer.

Dieser Riese zwängte sich in die Hütte, den Rücken gebeugt, so dass sein Kopf die Decke nur streifte. Er bückte sich, stellte die Tür aufrecht und setzte sie mit leichter Hand wieder in den Rahmen ein. Der Lärm des Sturms draußen ließ etwas nach. Er wandte sich um und blickte sie an.

»Könnte 'ne Tasse Tee vertragen. War keine leichte Reise …«

Er schritt hinüber zum Sofa, auf dem der vor Angst versteinerte Dudley saß.

»Beweg dich, Klops«, sagte der Fremde.

Dudley quiekte und rannte hinter den Rücken seiner Mutter, die sich voller Angst hinter Onkel Vernon zusammenkauerte.

»Und hier ist Harry!«, sagte der Riese.

Harry blickte hinauf in sein grimmiges, wildes Gesicht und sah, dass sich die Fältchen um seine Käferaugen zu einem Lächeln gekräuselt hatten.

»Letztes Mal, als ich dich gesehen hab, warst du noch 'n Baby«, sagte der Riese. »Du siehst deinem Vater mächtig ähnlich, aber die Augen hast du von deiner Mum.«

Onkel Vernon gab ein merkwürdig rasselndes Geräusch von sich. »Ich verlange, dass Sie auf der Stelle verschwinden!«, sagte er. »Das ist Hausfriedensbruch!«

»Aach, halt den Mund, Dursley, du Oberpflaume«, sagte der Riese. Er streckte den Arm über die Sofalehne hinweg, riss das Gewehr aus Onkel Vernons Händen, verdrehte den Lauf – als wäre er aus Gummi – zu einem Knoten und warf es in die Ecke.

Onkel Vernon gab abermals ein merkwürdiges Geräusch von sich, wie eine getretene Maus.

»Dir jedenfalls, Harry«, sagte der Riese und kehrte den Dursleys den Rücken zu, »einen sehr herzlichen Glückwunsch zum Geburtstag. Hab hier was für dich – vielleicht hab ich zwischendurch mal draufgesessen, aber er schmeckt sicher noch gut.«

Aus der Innentasche seines schwarzen Umhangs zog er eine etwas eingedellte Schachtel. Harry öffnete sie mit zitternden Fingern. Ein großer, klebriger Schokoladenkuchen kam zum Vorschein, auf dem mit grünem Zuckerguss *Herzlichen Glückwunsch, Harry* geschrieben stand.

Harry sah zu dem Riesen auf. Er wollte eigentlich danke sagen, aber auf dem Weg zum Mund gingen ihm die Worte verloren, und stattdessen sagte er: »Wer bist du?«

Der Riese gluckste.

»Wohl wahr, hab mich nicht vorgestellt. Rubeus Hagrid, Hüter der Schlüssel und Ländereien von Hogwarts.«

Er streckte eine gewaltige Hand aus und schüttelte Harrys ganzen Arm.

»Was ist nun eigentlich mit dem Tee?«, sagte er und rieb sich die Hände. »Würd nicht nein sagen, wenn er 'n bisschen stärker wär, wenn du verstehst, was ich meine.«

Sein Blick fiel auf einen Korb mit den zusammengeschrumpften Kräcker-Schachteln und er schnaubte. Er beugte sich zur Feuerstelle hinunter; sie konnten nicht sehen, was er tat, doch als er sich einen Moment später aufrichtete, prasselte dort ein Feuer. Es erfüllte die ganze feuchte Hütte mit flackerndem Licht, und Harry fühlte die Wärme über sein Gesicht fließen, als ob er in ein heißes Bad getaucht wäre.

Der Riese setzte sich wieder auf das Sofa, das unter seinem Gewicht einknickte, und begann dann alle möglichen Dinge aus den Taschen seines Umhangs zu ziehen: einen Kupferkessel, eine platt gedrückte Packung Würstchen, einen Schürhaken, eine Teekanne, einige ineinandergesteckte Becher und eine Flasche mit einer bernsteinfarbenen Flüssigkeit, aus der er sich einen Schluck genehmigte, bevor der Tee zu kochen begann. Bald war die Hütte erfüllt von dem Duft der brutzelnden Würste. Während der Riese arbeitete, sagte niemand ein Wort, doch als er die ersten sechs fetten, saftigen, leicht angekokelten Würste vom Rost nahm, zappelte Dudley ein wenig. Onkel Vernon fauchte ihn an: »Dudley, du rührst nichts von dem an, was er dir gibt.«

Der Riese gab ein dunkles Glucksen von sich.

»Dein großer Pudding von einem Sohn muss nicht mehr gemästet werden, Dursley, keine Panik.«

Er reichte die Würstchen Harry, der so hungrig war, dass es ihm vorkam, als hätte er noch nie etwas Wundervolleres gekostet, doch immer noch konnte er den Blick nicht von dem Riesen abwenden. Schließlich, da offenbar niemand etwas zu erklären schien, sagte er: »Tut mir leid, aber ich weiß immer noch nicht richtig, wer du bist.«

Der Riese nahm einen großen Schluck Tee und wischte sich mit dem Handrücken den Mund.

»Nenn mich Hagrid«, sagte er, »das tun alle. Und wie ich dir schon gesagt hab, bin ich der Schlüsselhüter von Hogwarts – über Hogwarts weißt du natürlich alles.«

»Ähm – nein«, sagte Harry.

Hagrid sah schockiert aus.

»Tut mir leid«, sagte Harry rasch.

»Tut dir leid?«, bellte Hagrid und wandte sich zu den Dursleys um mit einem Blick, der sie in die Schatten zurückweichen ließ. »Denen sollte es leidtun. Ich wusste, dass du deine Briefe nicht kriegst, aber ich hätt nie gedacht, dass du nicht mal von Hogwarts weißt, das is ja zum Heulen! Hast du dich nie gefragt, wo deine Eltern das alles gelernt haben?«

»Alles was?«, fragte Harry.

»ALLES WAS?«, donnerte Hagrid. »Nu mal langsam!«

Er war aufgesprungen. In seinem Zorn schien er die ganze Hütte auszufüllen. Die Dursleys kauerten sich an die Wand.

»Wollt ihr mir etwa sagen«, knurrte er sie an, »dass dieser Junge – dieser Junge! – nichts von – von NICHTS weiß?«

Das ging Harry doch ein wenig zu weit. Immerhin ging er zur Schule und hatte keine schlechten Noten.

»Ich weiß schon *einiges*«, sagte er. »Ich kann nämlich Mathe und solche Sachen.«

Doch Hagrid tat dies mit einer Handbewegung ab und sagte: »Über *unsere* Welt, meine ich. *Deine* Welt. *Meine* Welt. *Die Welt von deinen Eltern.*«

»Welche Welt?«

Hagrid sah aus, als würde er gleich explodieren.

»DURSLEY!«, dröhnte er.

Onkel Vernon, der ganz blass geworden war, flüsterte etwas, das sich anhörte wie »Mimbelwimbel«. Hagrid starrte Harry mit wildem Blick an.

»Aber du musst doch von Mum und Dad wissen«, sagte er. »Ich meine, sie sind *berühmt. Du bist berühmt.*«

»Was? Mum und Dad waren doch nicht berühmt!«

»Du weißt es nicht ... du weißt es nicht ...« Hagrid fuhr sich mit den Fingern durch die Haare und fixierte Harry mit einem bestürzten Blick.

»Du weißt nicht, was du *bist?*«, sagte er schließlich.

Onkel Vernon fand plötzlich seine Stimme wieder.

»Aufhören«, befahl er, »hören Sie sofort auf, Sir! Ich verbiete Ihnen, dem Jungen irgendetwas zu sagen!«

Auch ein mutigerer Mann als Vernon Dursley wäre unter dem zornigen Blick Hagrids zusammengebrochen; als Hagrid sprach, zitterte jede Silbe vor Entrüstung.

»Du hast es ihm nie gesagt? Ihm nie gesagt, was in dem Brief stand, den Dumbledore für ihn dagelassen hat? Ich war auch dabei! Ich hab gesehen, wie Dumbledore ihn dort hingelegt hat, Dursley! Und du hast ihn Harry all die Jahre vorenthalten?«

»*Was* vorenthalten?«, fragte Harry begierig.

»AUFHÖREN! ICH VERBIETE ES IHNEN!«, schrie Onkel Vernon in Panik.

Tante Petunia schnappte vor Schreck nach Luft.

»Aach, kocht eure Köpfe doch im eigenen Saft, ihr beiden«, sagte Hagrid. »Harry, du bist ein Zauberer.«

In der Hütte herrschte mit einem Mal Stille. Nur das Meer und das Pfeifen des Winds waren noch zu hören.

»Ich bin ein *was?*«

»Ein Zauberer, natürlich«, sagte Hagrid und setzte sich wieder auf das Sofa, das unter Ächzen noch tiefer einsank. »Und ein verdammt guter noch dazu, würd ich sagen, sobald du mal 'n bisschen Übung hast. Was solltest du auch anders sein, mit solchen Eltern wie deinen? Und ich denk, 's ist an der Zeit, dass du deinen Brief liest.«

Harry streckte die Hand aus und nahm endlich den gelblichen Umschlag, der in smaragdgrüner Schrift adressiert war an *Mr. H. Potter, Der Fußboden, Hütte-auf-dem-Fels, Das Meer.* Er zog den Brief aus dem Umschlag und las:

HOGWARTS-SCHULE FÜR HEXEREI UND ZAUBEREI

Schulleiter: Albus Dumbledore
(Orden der Merlin, Erster Klasse, Großz., Hexenmst.
Ganz hohes Tier, Internationale Vereinig. d. Zauberer)

Sehr geehrter Mr. Potter,
wir freuen uns, Ihnen mitteilen zu können, dass Sie an der Hogwarts-Schule für Hexerei und Zauberei aufgenommen sind. Beigelegt finden Sie eine Liste aller benötigten Bücher und Ausrüstungsgegenstände.
Das Schuljahr beginnt am 1. September. Wir erwarten Ihre Eule spätestens am 31. Juli.

Mit freundlichen Grüßen

Minerva McGonagall
Stellvertretende Schulleiterin

Wie ein Feuerwerk explodierten Fragen in Harrys Kopf, und er konnte sich nicht entscheiden, welche er zuerst stellen sollte. Nach ein paar Minuten stammelte er: »Was soll das heißen, sie erwarten meine Eule?«

»Galoppierende Gorgonen, da fällt mir doch ein ...«, sagte Hagrid und schlug sich mit solcher Wucht die Hand gegen die Stirn, dass es einen Brauereigaul umgehauen hätte. Aus einer weiteren Tasche im Innern seines Umhangs zog er eine Eule hervor – eine echte, lebende, recht zerzaust aussehende Eule – sowie einen langen Federkiel und eine Pergamentrolle. Mit der Zunge zwischen den Lippen kritzelte er eine Notiz. Für Harry standen die Buchstaben zwar auf dem Kopf, dennoch konnte er sie lesen:

Sehr geehrter Mr. Dumbledore,
ich habe Harry seinen Brief überreicht. Nehme ihn morgen mit, um seine Sachen einzukaufen.
Wetter ist fürchterlich. Hoffe, Sie sind wohlauf.
Hagrid

Hagrid rollte die Nachricht zusammen, übergab sie der Eule, die sie in den Schnabel klemmte, ging zur Tür und schleuderte die Eule hinaus in den Sturm. Dann kam er zurück und setzte sich, als hätte er nur mal kurz telefoniert.

Harry bemerkte, dass ihm der Mund offen stand, und klappte ihn rasch zu.

»Wo war ich gerade?«, sagte Hagrid, doch in diesem Augenblick trat Onkel Vernon, immer noch aschfahl, doch sehr zornig aussehend, in das Licht des Kaminfeuers.

»Er bleibt hier«, sagte er.

Hagrid grunzte.

»Das möchte ich sehen, wie ein so großer Muggel wie du ihn aufhalten will«, sagte er.

»Ein was?«, fragte Harry neugierig.

»Ein Muggel«, sagte Hagrid, »so nennen wir Leute wie ihn, die nicht zu den Magiern gehören. Und es ist dein Pech, dass du in einer Familie der größten Muggel aufgewachsen bist, die ich je gesehen habe.«

»Als wir ihn aufnahmen, haben wir geschworen, diesem Blödsinn ein Ende zu setzen«, sagte Onkel Vernon, »geschworen, es ihm auszubläuen! Zauberer, in der Tat!«

»Ihr habt es *gewusst?*«, sagte Harry, »ihr habt *gewusst*, dass ich ein – ein Zauberer bin?«

»Gewusst!«, schrie Tante Petunia plötzlich auf, »*gewusst!* Natürlich haben wir's gewusst! Wie denn auch nicht, wenn meine vermaledeite Schwester so eine war? Sie hat nämlich genau den gleichen Brief bekommen und ist dann in diese – diese *Schule* verschwunden und kam in den Ferien jedes Mal mit den Taschen voller Froschlaich nach Hause und hat Teetassen in Ratten verwandelt. Ich war die Einzige, die klar erkannt hat, was sie wirklich war – eine Missgeburt. Aber bei Mutter und Vater, o nein, da hieß es Lily hier und Lily da, sie waren stolz, eine Hexe in der Familie zu haben!«

Sie hielt inne, um tief Luft zu holen, und fing dann erneut an zu schimpfen. Es schien, als ob sie das schon all die Jahre hatte loswerden wollen.

»Dann hat sie diesen Potter an der Schule getroffen, und sie sind weggegangen und haben geheiratet und haben dich bekommen, und natürlich wusste ich, dass du genau so einer sein würdest, genauso seltsam, genauso – *unnormal*, und dann, bitte schön, hat sie es geschafft, sich in die Luft zu jagen, und wir mussten uns plötzlich mit dir herumschlagen!«

Harry war ganz bleich geworden. Sobald er seine Stimme gefunden hatte, sagte er: »In die Luft gejagt? Du hast mir erzählt, dass sie bei einem Autounfall gestorben sind!«

»AUTOUNFALL!«, donnerte Hagrid und sprang so wütend auf, dass die Dursleys sich in ihre Ecke verdrückten. »Wie könnten Lily und James Potter in einem Auto ums Leben kommen? Das ist eine Schande! Ein Skandal! Harry Potter kennt nicht mal seine eigene Geschichte, wo doch jedes Kind in unserer Welt seinen Namen weiß!«

»Warum eigentlich? Was ist passiert?«, fragte Harry drängend.

Der Zorn wich aus Hagrids Gesicht. Plötzlich schien er etwas zu fürchten.

»Das hätte ich nie erwartet«, sagte er mit leiser, besorgter Stimme. »Als Dumbledore sagte, dass es schwierig werden würde, dich zu erwischen, hatte ich keine Ahnung, wie wenig du weißt. Ach, Harry, vielleicht bin ich nicht der Richtige, um es dir zu sagen – aber einer muss es tun –, und du kannst nicht nach Hogwarts gehen, ohne es zu wissen.«

Er warf den Dursleys einen finsteren Blick zu.

»Nun, es ist am besten, wenn du so viel weißt, wie ich dir sagen kann – aber natürlich kann ich dir nicht alles sagen, es ist ein großes Geheimnis, manches davon jedenfalls …«

Er setzte sich, starrte einige Augenblicke lang ins Feuer und sagte dann: »Es fängt, glaube ich, mit – mit einem Typen namens – aber es ist unglaublich, dass du seinen Namen nicht kennst, in unserer Welt kennen ihn alle –«

»Wen?«

»Nun ja, ich nenn den Namen lieber nicht, wenn's nicht unbedingt sein muss. Keiner tut's.«

»Warum nicht?«

»Schluckende Wasserspeier, Harry, die Leute haben immer noch Angst. Verflucht, ist das schwierig. Sieh mal, da war dieser Zauberer, der … böse geworden ist. So böse, wie es nur geht. Schlimmer noch. Schlimmer als schlimm. Sein Name war …«

Hagrid würgte, aber kein Wort kam hervor.

»Könntest du es aufschreiben?«, schlug Harry vor.

»Nöh – kann ihn nicht buchstabieren. Na gut – *Voldemort*.« Hagrid erschauerte. »Zwing mich nicht, das noch mal zu sagen. Jedenfalls, dieser – dieser Zauberer hat vor etwa zwanzig Jahren begonnen, sich Anhänger zu suchen. Und die hat er auch bekommen – manche hatten Angst, manche wollten einfach ein wenig von seiner Macht, denn er verschaffte sich viel Macht, das muss man sagen. Dunkle Zeiten, Harry. Wussten nicht, wem wir trauen sollten, wagten nicht, uns mit fremden Zauberern oder Hexen anzufreunden … Schreckliche Dinge sind passiert. Er hat die Macht übernommen. Klar haben sich einige gewehrt – und er hat sie umgebracht. Furchtbar. Einer der wenigen sicheren Orte, die es noch gab, war Hogwarts. Vermute, Dumbledore war der Einzige, vor dem Du-weißt-schon-wer Angst hatte. Hat es nicht gewagt, die Schule einzusacken, damals jedenfalls nicht.

Nun waren deine Mum und dein Dad als Hexe und Zauberer so gut, wie ich noch niemanden gekannt hab. Zu ihrer Zeit Schulsprecher und Schulsprecherin in Hogwarts! Für mich ist es ein großes Rätsel, warum Du-weißt-schon-wer nie versucht hat, sie auf seine Seite zu bringen … Hat wohl gewusst, dass sie Dumbledore zu nahe waren, um etwas mit der dunklen Seite zu tun haben zu wollen.

Vielleicht hat er geglaubt, er könne sie überreden … Vielleicht hat er sie auch nur aus dem Weg haben wollen. Alles, was man weiß, ist, dass er in dem Dorf auftauchte, wo ihr alle gelebt habt, an Halloween vor zehn Jahren. Du warst gerade mal ein Jahr alt. Er kam in euer Haus und – und –«

63

Hagrid zog plötzlich ein sehr schmutziges, gepunktetes Taschentuch hervor und schnäuzte sich laut wie ein Nebelhorn die Nase.

»Tut mir leid«, sagte er. »Aber es ist so traurig – hab deine Mum und deinen Dad gekannt, und nettere Menschen hast du einfach nicht finden können, jedenfalls – Du-weißt-schon-wer hat sie getötet. Und dann – und das ist das eigentlich Geheimnisvolle daran – hat er versucht, auch dich zu töten. Wollte reinen Tisch machen, denk ich, oder hatte inzwischen einfach Spaß am Töten. Aber er konnte es nicht. Hast du dich nie gefragt, wie du diese Narbe auf der Stirn bekommen hast? Das war kein gewöhnlicher Schnitt. Das kriegst du, wenn ein mächtiger, böser Fluch dich berührt – hat sogar bei deiner Mum und deinem Dad und deinem Haus geklappt – aber nicht bei dir, und darum bist du berühmt, Harry. Keiner hat es überlebt, wenn er einmal beschlossen hat, jemanden zu töten, keiner außer dir, und er hatte einige der besten Hexen und Zauberer der Zeit getötet – die McKinnons, die Bones, die Prewetts –, und du warst nur ein Baby, aber du hast überlebt.«

In Harrys Kopf spielte sich etwas sehr Schmerzhaftes ab. Als Hagrid mit der Geschichte ans Ende kam, sah er noch einmal den blendend hellen, grünen Blitz vor sich, deutlicher als jemals zuvor – und er erinnerte sich zum ersten Mal im Leben an etwas anderes – an ein höhnisches, kaltes, grausames Lachen.

Hagrid betrachtete ihn traurig.

»Hab dich selbst aus dem zerstörten Haus geholt, auf Dumbledores Befehl hin. Hab dich zu diesem Pack hier gebracht …«

»Lauter dummes Zeug«, sagte Onkel Vernon. Harry schreckte auf, er hatte fast vergessen, dass die Dursleys auch noch da waren. Onkel Vernon hatte offenbar seine

Courage wiedergewonnen. Die Fäuste geballt, sah er Harry mit finsterem Blick an.

»Jetzt hörst du mir mal zu, Kleiner«, schnauzte er. »Mag sein, dass es etwas Seltsames mit dir auf sich hat, vermutlich nichts, was nicht durch ein paar saftige Ohrfeigen hätte kuriert werden können – und was diese Geschichte mit deinen Eltern angeht, nun, sie waren eben ziemlich verrückt, und die Welt ist meiner Meinung nach besser dran ohne sie. Haben's ja nicht anders gewollt, wenn sie sich mit diesem Zaubererpack eingelassen haben – genau was ich erwartet hab, ich hab immer gewusst, dass es mit ihnen kein gutes Ende nehmen würde –«

Doch in diesem Augenblick sprang Hagrid vom Sofa und zog einen zerfledderten rosa Schirm aus seinem Umhang. Wie ein Schwert hielt er ihn Onkel Vernon entgegen und sagte: »Ich warne dich, Dursley – ich warne dich – noch ein Wort …«

Nun, da Onkel Vernon Gefahr lief, vom Schirm eines bärtigen Riesen aufgespießt zu werden, verließ ihn der Mut wieder; er drückte sich gegen die Wand und verstummte.

»Schon besser so«, sagte Hagrid schwer atmend und setzte sich aufs Sofa zurück, das sich diesmal bis auf den Boden durchbog.

Harry lagen unterdessen immer noch Fragen auf der Zunge, hunderte von Fragen.

»Aber was geschah mit Vol-, 'tschuldigung – ich meine Du-weißt-schon-wer?«

»Gute Frage, Harry. Ist verschwunden. Wie vom Erdboden verschluckt. Noch in der Nacht, als er versucht hat, dich zu töten. Macht dich noch berühmter. Das ist das größte Geheimnis, weißt du … Er wurde immer mächtiger – warum hätte er gehen sollen?

Manche sagen, er sei gestorben. Stuss, wenn du mich fragst. Weiß nicht, ob er noch genug Menschliches in sich hatte, um sterben zu können. Manche sagen, er sei immer noch irgendwo dort draußen und warte nur auf den rechten Augenblick, aber das glaub ich nicht. Leute, die auf seiner Seite waren, sind zu uns zurückgekommen. Manche sind aus einer Art Trance erwacht. Glaub nicht, dass sie es geschafft hätten, wenn er vorgehabt hätte zurückzukommen.

Die meisten von uns denken, dass er immer noch irgendwo da draußen ist, aber seine Macht verloren hat. Zu schwach, um weiterzumachen. Denn etwas an dir, Harry, hat ihm den Garaus gemacht. In jener Nacht geschah etwas, mit dem er nicht gerechnet hatte – weiß nicht, was es war, keiner weiß es –, aber etwas an dir hat er nicht gepackt, und das war's.«

Hagrid betrachtete Harry voller Wärme und Hochachtung, doch Harry fühlte sich nicht froh und stolz deswegen, sondern war sich ganz sicher, dass es sich hier um einen fürchterlichen Irrtum handeln musste. Ein Zauberer? Er? Wie sollte das möglich sein? Sein Leben lang hatte er unter den Schlägen Dudleys gelitten und war von Tante Petunia und Onkel Vernon schikaniert worden; wenn er wirklich ein Zauberer war, warum hatten sie sich nicht jedes Mal, wenn sie versucht hatten, ihn in den Schrank einzuschließen, in warzige Kröten verwandelt? Wenn er einst den größten Hexer der Welt besiegt hatte, wie konnte ihn dann Dudley immer herumkicken wie einen Fußball?

»Hagrid«, sagte er leise, »du musst einen Fehler gemacht haben. Ich kann unmöglich ein Zauberer sein.«

Zu seiner Überraschung gluckste Hagrid.

»Kein Zauberer, was? Nie Dinge geschehen lassen, wenn du Angst hattest oder wütend warst?«

Harry blickte ins Feuer. Nun, da er darüber nachdachte ...
Alle seltsamen Dinge, die Onkel und Tante auf die Palme
gebracht hatten, waren geschehen, als er, Harry, aufgebracht
oder zornig gewesen war ... Auf der Flucht vor Dudleys
Bande war er manchmal einfach nicht zu fassen gewesen ...
Manchmal, wenn er mit diesem lächerlichen Haarschnitt
partout nicht hatte zur Schule gehen wollen, hatte er es ge-
schafft, dass sein Haar rasch nachwuchs ... Und das letzte
Mal, als Dudley ihn gestoßen hatte, da hatte er doch seine
Rache bekommen, ohne auch nur zu wissen, was er tat?
Hatte er nicht eine Boa constrictor auf ihn losgelassen?

Harry wandte sich erneut Hagrid zu und lächelte, und er
sah, dass Hagrid ihn geradezu anstrahlte.

»Siehst du?«, sagte Hagrid. »Harry Potter und kein Zauberer – wart nur ab, und du wirst noch ganz berühmt in
Hogwarts.«

Doch Onkel Vernon würde nicht kampflos aufgeben.

»Hab ich Ihnen nicht gesagt, der Junge bleibt hier?«,
zischte er. »Er geht auf die Stonewall High und wird dafür
dankbar sein. Ich habe diese Briefe gelesen, und er braucht
allen möglichen Nonsens – und Zauberspruchfibeln und
Zauberstäbe und –«

»Wenn er gehen will, wird ihn ein großer Muggel wie
du nicht aufhalten können«, knurrte Hagrid. »Lily und
James Potters Sohn von Hogwarts fernhalten! Du bist ja
verrückt. Sein Name ist vorgemerkt, schon seit seiner Ge-
burt. Er geht bald auf die beste Schule für Hexerei und
Zauberei auf der ganzen Welt. Nach sieben Jahren dort
wird er sich nicht mehr wiedererkennen. Er wird dort
mit jungen Leuten seinesgleichen zusammen sein, zur
Abwechslung mal, und er wird unter dem größten
Schulleiter lernen, den Hogwarts je gesehen hat, Albus
Dumbled–«

»ICH BEZAHLE KEINEN HIRNRISSIGEN ALTEN DUMMKOPF, DAMIT ER IHM ZAUBERTRICKS BEIBRINGT!«, schrie Onkel Vernon.

Doch nun war er endgültig zu weit gegangen. Hagrid packte den Schirm, schwang ihn über seinem Kopf hin und her und polterte: »BELEIDIGE NIE – ALBUS DUMBLEDORE – IN MEINER GEGENWART!«

Pfeifend sauste der Schirm herunter, bis die Spitze auf Dudley gerichtet war – ein Blitz aus violettem Licht, ein Geräusch wie das Knallen eines Feuerwerkskörpers, ein schrilles Kreischen –, und schon begann Dudley einen Tanz aufzuführen, mit den Händen auf dem dicken Hintern und heulend vor Schmerz. Gerade als er ihnen den Rücken zuwandte, sah Harry ein geringeltes Schweineschwänzchen durch ein Loch in seiner Hose hervorpurzeln.

Onkel Vernon tobte. Er zog Tante Petunia und Dudley in den anderen Raum, warf Hagrid einen letzten, angsterfüllten Blick zu und schlug die Tür hinter sich zu.

Hagrid sah auf den Schirm hinab und strich sich über den Bart.

»Hätt die Beherrschung nicht verlieren dürfen«, sagte er reuevoll, »aber es hat ohnehin nicht geklappt. Wollte ihn in ein Schwein verwandeln, aber ich denke, er war einem Schwein so ähnlich, dass es nicht mehr viel zu tun gab.«

Unter seinen buschigen Augenbrauen hervor blickte er Harry von der Seite an.

»Wär dir dankbar, wenn du das niemandem in Hogwarts erzählst«, sagte er. »Ich – ähm – soll eigentlich nicht herumzaubern, um es genau zu nehmen. Ich durfte ein wenig, um dir zu folgen und um dir die Briefe zu bringen und – einer der Gründe, warum ich so scharf auf diesen Job war –«

»Warum sollst du nicht zaubern?«

»Nun ja – ich war selbst in Hogwarts, doch ich – ähm – man hat mich rausgeworfen, um dir die Wahrheit zu sagen. Im dritten Jahr. Sie haben meinen Zauberstab zerbrochen und alles. Doch Dumbledore hat mich als Wildhüter dabehalten. Großartiger Mann, Dumbledore.«

»Warum hat man dich rausgeworfen?«

»Es wird spät und wir haben morgen viel zu erledigen«, sagte Hagrid laut. »Müssen hoch in die Stadt und dir alle Bücher und Sachen besorgen.«

Er nahm seinen dicken schwarzen Umhang ab und warf ihn Harry zu.

»Kannst drunter pennen«, sagte er. »Mach dir nichts draus, wenn's da drin ein wenig zappelt, ich glaub, ich hab immer noch ein paar Haselmäuse in den Taschen.«

In der Winkelgasse

Am nächsten Morgen wachte Harry früh auf. Er wusste zwar, dass es draußen schon hell war, doch er hielt die Augen fest geschlossen.

»Es war ein Traum«, sagte er sich entschlossen. »Ich habe von einem Riesen namens Hagrid geträumt, der mir erklärt hat, von nun an werde ich eine Schule für Zauberer besuchen. Wenn ich aufwache, bin ich zu Hause in meinem Schrank.«

Plötzlich hörte er ein lautes, tappendes Geräusch.

»Und das ist Tante Petunia, die an die Tür klopft«, dachte Harry und das Herz wurde ihm schwer. Doch die Augen hielt er weiter geschlossen. Ein schöner Traum war es gewesen.

Tapp. Tapp. Tapp.

»Schon gut«, murmelte Harry. »Ich steh ja schon auf.«

Er richtete sich auf und Hagrids schwerer Umhang fiel von seinen Schultern. Sonnenlicht durchflutete die Hütte, der Sturm hatte sich gelegt. Hagrid selbst schlief auf dem zusammengebrochenen Sofa, und eine Eule, eine Zeitung in den Schnabel geklemmt, tappte mit ihrer Kralle gegen das Fenster.

Harry rappelte sich auf. Er war so glücklich, dass es ihm vorkam, als würde in seinem Innern ein großer Ballon anschwellen. Schnurstracks lief er zum Fenster und riss es auf. Die Eule schwebte herein und ließ die Zeitung auf Hagrids Bauch fallen. Er schlief jedoch munter weiter. Die

Eule flatterte auf den Boden und begann auf Hagrids Umhang herumzupicken.

»Lass das.«

Harry versuchte die Eule wegzuscheuchen, doch sie hackte wütend nach ihm und fuhr fort, den Umhang zu zerfetzen.

»Hagrid!«, sagte Harry laut. »Da ist eine Eule –«

»Bezahl sie«, grunzte Hagrid in das Sofa.

»Was?«

»Sie will ihren Lohn fürs Zeitungausfliegen. Schau in meinen Taschen nach.«

Hagrids Umhang schien aus *nichts als* Taschen zu bestehen: Schlüsselbunde, Musketenkugeln, Bindfadenröllchen, Pfefferminzbonbons, Teebeutel … Schließlich zog er eine Hand voll merkwürdig aussehender Münzen hervor.

»Gib ihr fünf Knuts«, sagte Hagrid schläfrig.

»Knuts?«

»Die kleinen aus Bronze.«

Harry zählte fünf kleine Bronzemünzen ab. Die Eule streckte ein Bein aus, und er steckte das Geld in ein Lederbeutelchen, das daran festgebunden war. Dann flatterte sie durch das offene Fenster davon.

Hagrid gähnte laut, richtete sich auf und reckte genüsslich die Glieder.

»Wir brechen am besten gleich auf, Harry, haben heute 'ne Menge zu erledigen. Müssen hoch nach London und dir alles für die Schule besorgen.«

Harry drehte die Münzen nachdenklich hin und her. Eben war ihm ein Gedanke gekommen, der dem Glücksballon in seinem Innern einen Pikser versetzt hatte.

»Ähm … Hagrid?«

»Mm?« Hagrid zog gerade seine riesigen Stiefel an.

»Ich hab kein Geld – und du hast ja gestern Nacht Onkel

Vernon gehört – er wird nicht dafür bezahlen, dass ich fortgehe und Zaubern lerne.«

»Mach dir darüber keine Gedanken«, sagte Hagrid. Er stand auf und kratzte sich am Kopf. »Glaubst du etwa, deine Eltern hätten dir nichts hinterlassen?«

»Aber wenn doch ihr Haus zerstört wurde –«

»Sie haben ihr Gold doch nicht im Haus aufbewahrt, mein Junge! Nee, wir machen als Erstes bei Gringotts Halt. Zaubererbank. Nimm dir ein Würstchen, kalt sind sie auch nicht schlecht – und zu 'nem Stück von deinem Geburtstagskuchen würd ich auch nicht nein sagen.«

»Zauberer haben *Banken?*«

»Nur die eine. Gringotts. Wird von Kobolden geführt.« Harry ließ sein Würstchen fallen.

»Kobolde?«

»Jaow. Musst also ganz schön bescheuert sein, wenn du versuchst, sie auszurauben. Leg dich nie mit den Kobolden an, Harry. Gringotts ist der sicherste Ort der Welt für alles, was du aufbewahren willst – mit Ausnahme vielleicht von Hogwarts. Muss übrigens sowieso bei Gringotts vorbeischauen. Auftrag von Dumbledore. Geschäftliches für Hogwarts.« Hagrid richtete sich stolz auf. »Meist nimmt er mich, wenn es Wichtiges zu erledigen gibt. Dich abholen, etwas von Gringotts besorgen, weiß, dass er mir vertrauen kann, verstehst du. Alles klar? Na dann los.«

Harry folgte Hagrid hinaus auf den Felsen. Der Himmel war jetzt klar und das Meer schimmerte im Sonnenlicht. Das Boot, das Onkel Vernon gemietet hatte, lag noch da. Viel Wasser hatte sich auf dem Boden angesammelt.

»Wie bist du hergekommen?«, fragte Harry und sah sich nach einem zweiten Boot um.

»Geflogen«, sagte Hagrid.

»Geflogen?«

»Ja, aber zurück nehmen wir das Ding hier. Jetzt, wo du dabei bist, darf ich nicht mehr zaubern.«

Sie setzten sich ins Boot. Harry starrte Hagrid unverwandt an und versuchte sich vorzustellen, wie er flog.

»Schande allerdings, dass man rudern muss«, sagte Hagrid und sah Harry wieder mit einem seiner Blicke von der Seite her an. »Wenn ich … ähm … die Sache etwas beschleunigen würde, wärst du so freundlich und würdest in Hogwarts nichts davon sagen?«

»Klar«, sagte Harry, gespannt darauf, mehr von Hagrids Zauberkünsten zu sehen. Hagrid zog den rosa Schirm hervor, schlug ihn zweimal sachte gegen die Seitenwand des Bootes, und schon rauschten sie in Richtung Küste davon.

»Warum wäre es verrückt, wenn man Gringotts ausrauben wollte?«, fragte Harry.

»Magische Banne, Zauberflüche«, sagte Hagrid und öffnete seine Zeitung. »Es heißt, die Hochsicherheitsverliese werden von Drachen bewacht. Und dann musst du erst einmal hinfinden – Gringotts liegt nämlich hunderte von Meilen unterhalb von London. Tief unter der Untergrundbahn. Du stirbst vor Hunger, bevor du wieder ans Tageslicht kommst, auch wenn du dir was unter den Nagel gerissen hast.«

Harry saß da und dachte darüber nach, während Hagrid seine Zeitung, den *Tagespropheten*, las. Harry wusste von Onkel Vernon, dass die Erwachsenen beim Zeitunglesen in Ruhe gelassen werden wollten, auch wenn es ihm jetzt schwerfiel, denn noch nie hatte er so viele Fragen auf dem Herzen gehabt.

»Zaubereiministerium vermasselt mal wieder alles, wie üblich«, brummte Hagrid und blätterte um.

»Es gibt ein Ministerium für Zauberei?«, platzte Harry los.

»Klar«, sagte Hagrid. »Wollten natürlich Dumbledore als

Minister haben, aber der würde nie von Hogwarts weggehen. Deshalb hat Cornelius Fudge die Stelle bekommen. Gibt keinen größeren Stümper. Schickt also Dumbledore jeden Morgen ein Dutzend Eulen und fragt ihn um Rat.«

»Aber was *tut* ein Zaubereiministerium?«

»Nun, seine Hauptaufgabe ist, vor den Muggels geheim zu halten, dass es landauf, landab immer noch Hexen und Zauberer gibt.«

»Warum?«

»*Warum?* Meine Güte, Harry, die wären doch ganz scharf darauf, dass wir ihre Schwierigkeiten mit magischen Kräften lösen. Nö, die sollen uns mal in Ruhe lassen.«

In diesem Augenblick stupste das Boot sanft gegen die Hafenmauer. Hagrid faltete die Zeitung zusammen und sie stiegen die Steintreppe zur Straße empor.

Die Menschen starrten Hagrid mit großen Augen an, als die beiden durch die kleine Stadt zum Bahnhof gingen. Harry konnte es ihnen nicht verübeln. Hagrid war nicht nur doppelt so groß wie alle anderen, er zeigte auch auf ganz gewöhnliche Dinge wie Parkuhren und rief dabei laut: »Schau dir das an, Harry. Solche Sachen lassen sich die Muggels einfallen, nicht zu fassen!«

»Hagrid«, sagte Harry ein wenig außer Atem, weil er rennen musste, um Schritt zu halten. »Hast du gesagt, bei Gringotts gebe es *Drachen?*«

»Ja, so heißt es«, sagte Hagrid. »Mann, ich hätte gern einen Drachen.«

»Du hättest *gerne* einen?«

»Schon als kleiner Junge wollte ich einen – hier lang.«

Sie waren am Bahnhof angekommen. In fünf Minuten ging ein Zug nach London. Hagrid, der mit »Muggelgeld«, wie er es nannte, nicht zurechtkam, reichte Harry ein paar Scheine, mit denen er die Fahrkarten kaufte.

Im Zug glotzten die Leute noch mehr. Hagrid, der zwei Sitzplätze brauchte, strickte während der Fahrt an etwas, das aussah wie ein kanariengelbes Zirkuszelt.

»Hast deinen Brief noch, Harry?«, fragte er, während er die Maschen zählte.

Harry zog den Pergamentumschlag aus der Tasche.

»Gut«, sagte Hagrid. »Da ist eine Liste drin mit allem, was du brauchst.«

Harry entfaltete einen zweiten Bogen Papier, den er in der Nacht zuvor nicht bemerkt hatte, und las:

HOGWARTS-SCHULE FÜR HEXEREI UND ZAUBEREI

Uniform
Im ersten Jahr benötigen die Schüler:
1. Drei Garnituren einfache Arbeitskleidung (schwarz)
2. Einen einfachen Spitzhut (schwarz) für tagsüber
3. Ein Paar Schutzhandschuhe (Drachenhaut o. Ä.)
4. Einen Winterumhang (schwarz, mit silbernen Schnallen)

Bitte beachten Sie, dass alle Kleidungsstücke der Schüler mit Namensetiketten versehen sein müssen.

Lehrbücher
Alle Schüler sollten jeweils ein Exemplar der folgenden Werke besitzen:
- Miranda Habicht: *Lehrbuch der Zaubersprüche, Band 1*
- Bathilda Bagshot: *Geschichte der Zauberei*
- Adalbert Schwahfel: *Theorie der Magie*
- Emeric Wendel: *Verwandlungen für den Anfänger*
- Phyllida Spore: *Tausend Zauberkräuter und -pilze*
- Arsenius Bunsen: *Zaubertränke und Zauberbräue*

- Newt Scamander: *Phantastische Tierwesen und wo sie zu finden sind*
- Quirin Sumo: *Dunkle Kräfte. Ein Kurs zur Selbstverteidigung*

Ferner werden benötigt:
- 1 Zauberstab
- 1 Kessel (Zinn, Normgröße 2)
- 1 Sortiment Glas- oder Kristallfläschchen
- 1 Teleskop
- 1 Waage aus Messing

Es ist den Schülern zudem freigestellt, eine Eule ODER eine Katze ODER eine Kröte mitzubringen.

DIE ELTERN SEIEN DARAN ERINNERT, DASS ERST-KLÄSSLER KEINE EIGENEN BESEN BESITZEN DÜRFEN.

»Und das alles können wir in London kaufen?«, fragte sich Harry laut.

»Ja. Wenn du weißt, wo«, sagte Hagrid.

Harry war noch nie in London gewesen. Hagrid schien zwar zu wissen, wo er hinwollte, doch offensichtlich war er es nicht gewohnt, auf normalem Weg dorthin zu gelangen. Er verhedderte sich im Drehkreuz zur Untergrundbahn und beschwerte sich laut, die Sitze seien zu klein und die Züge zu lahm.

»Keine Ahnung, wie die Muggels zurechtkommen ohne Zauberei«, meinte er, als sie eine kaputte Rolltreppe emporkletterten, die auf eine belebte, mit Läden gesäumte Straße führte.

Hagrid war ein solcher Riese, dass er ohne Mühe einen Keil in die Menschenmenge trieb, und Harry brauchte sich nur dicht hinter ihm zu halten. Sie gingen an Buchhandlungen und Musikläden vorbei, an Schnellimbissen und Kinos, doch nirgends sah es danach aus, als ob es Zauberstäbe zu kaufen gäbe. Dies war eine ganz gewöhnliche Straße voll ganz gewöhnlicher Menschen. Konnte es wirklich sein, dass viele Meilen unter ihnen haufenweise Zauberergold vergraben war? Gab es wirklich Läden, die Zauberbücher und Besen verkauften? War all dies vielleicht nur ein gewaltiger Jux, den die Dursleys ausgeheckt hatten? Das hätte Harry vielleicht geglaubt, wenn er nicht gewusst hätte, dass die Dursleys keinerlei Sinn für Humor besaßen. Doch obwohl alles, was Hagrid ihm bisher erzählt hatte, schlicht unfassbar war, konnte er einfach nicht anders, als ihm zu vertrauen.

»Hier ist es«, sagte Hagrid und blieb stehen. »Zum Tropfenden Kessel. Den Laden kennt jeder.«

Es war ein kleiner, schmuddelig wirkender Pub. Harry hätte ihn nicht einmal bemerkt, wenn Hagrid nichts gesagt hätte. Die vorbeieilenden Menschen beachteten ihn nicht. Ihre Blicke wanderten von der großen Buchhandlung auf der einen Seite zum Plattenladen auf der anderen Seite, als könnten sie den Tropfenden Kessel überhaupt nicht sehen. Tatsächlich hatte Harry das ganz eigentümliche Gefühl, dass nur er und Hagrid ihn sahen. Doch bevor er den Mund aufmachen konnte, schob ihn Hagrid zur Tür hinein.

Für einen berühmten Ort war es hier sehr dunkel und schäbig. In einer Ecke saßen ein paar alte Frauen und tranken Sherry aus kleinen Gläsern. Eine von ihnen rauchte eine lange Pfeife. Ein kleiner Mann mit Zylinder sprach mit dem alten Wirt, der vollkommen kahlköpfig war und aussah wie eine klebrige Walnuss. Als sie eintraten, verstummte das leise Summen der Gespräche. Hagrid schienen alle zu kennen; sie winkten und lächelten ihm zu, und der Wirt griff nach einem Glas: »Das Übliche, Hagrid?«

77

»Heute nicht, Tom, bin im Auftrag von Hogwarts unterwegs«, sagte Hagrid und versetzte Harry mit seiner großen Hand einen Klaps auf die Schulter, der ihn in die Knie gehen ließ.

»Meine Güte«, sagte der Wirt und spähte zu Harry hinüber, »ist das – kann das –?«

Im Tropfenden Kessel war es mit einem Schlag mucksmäuschenstill geworden.

»Grundgütiger«, flüsterte der alte Barmann. »Harry Potter ... welch eine Ehre.«

Er eilte hinter der Bar hervor, trat raschen Schrittes auf Harry zu und ergriff mit Tränen in den Augen seine Hand.

»Willkommen zu Hause, Mr. Potter, willkommen zu Hause.«

Harry wusste nicht, was er sagen sollte. Aller Augen waren auf ihn gerichtet. Die alte Frau paffte ihre Pfeife, ohne zu bemerken, dass sie ausgegangen war. Hagrid strahlte.

Nun ging im Tropfenden Kessel ein großes Stühlerücken los, und die Gäste schüttelten Harry einer nach dem andern die Hand.

»Doris Crockford, Mr. Potter, ich kann es einfach nicht fassen, Sie endlich zu sehen.«

»Ich bin so stolz, Sie zu treffen, Mr. Potter, so stolz.«

»Wollte Ihnen schon immer die Hand schütteln – mir ist ganz schwindelig.«

»Erfreut, Mr. Potter, mir fehlen die Worte. Diggel ist mein Name, Dädalus Diggel.«

»Sie hab ich schon mal gesehen!«, rief Harry, als Dädalus Diggel vor Aufregung seinen Zylinder verlor. »Sie haben sich einmal in einem Laden vor mir verneigt.«

»Er weiß es noch!«, rief Dädalus Diggel und blickte in die Runde. »Habt ihr das gehört? Er erinnert sich an mich!«

Harry schüttelte Hände hier und Hände dort – Doris Crockford konnte gar nicht genug kriegen.

Ein blasser junger Mann bahnte sich den Weg nach vorne. Er wirkte sehr fahrig; eins seiner Augen zuckte.

»Professor Quirrell!«, sagte Hagrid. »Harry, Professor Quirrell ist einer deiner Lehrer in Hogwarts.«

»P-P-Potter«, stammelte Professor Quirrell, »ich k-kann Ihnen nicht sagen, wie ich mich f-freue, Sie zu t-treffen.«

»Welche Art von Magie lehren Sie, Professor Quirrell?«

»V-Verteidigung g-gegen die d-dunklen K-Künste«, murmelte Professor Quirrell, als ob er lieber nicht daran denken wollte. »Nicht, d-dass Sie es nötig hätten, oder, P-Potter?« Er lachte nervös. »Sie b-besorgen sich Ihre Ausrüstung, nehme ich an? Ich muss auch noch ein neues B-Buch über V-Vampire abholen.« Schon bei dem bloßen Gedanken daran sah er furchtbar verängstigt drein.

Doch die anderen ließen nicht zu, dass Professor Quirrell Harry allein in Beschlag nahm. Es dauerte fast zehn Minuten, bis er von allen losgekommen war. Endlich konnte sich Hagrid in der allgemeinen Aufregung Gehör verschaffen.

»Wir müssen weiter – haben eine Menge einzukaufen. Komm, Harry.«

Doris Crockford schüttelte Harry ein letztes Mal die Hand. Hagrid führte ihn durch die Bar auf einen kleinen, von Mauern umgebenen Hof hinaus, wo es nichts als einen Mülleimer und ein paar Unkräuter gab.

Hagrid grinste Harry zu.

»Hab's dir doch gesagt, oder? Hab dir doch gesagt, dass du berühmt bist. Sogar Professor Quirrell hat gezittert, als er dich sah – nun ja, er zittert fast ständig.«

»Ist er immer so nervös?«

»O ja. Armer Kerl. Genialer Kopf. Ging ihm gut, als er nur die Bücher studierte, doch dann hat er sich ein Jahr

79

freigenommen, um ein wenig Erfahrung zu sammeln … Es heißt, er habe im Schwarzwald Vampire getroffen und er soll ein übles kleines Problem mit einer Hexe gehabt haben – ist seitdem jedenfalls nicht mehr der Alte. Hat Angst vor den Schülern, Angst vor dem eigenen Unterrichtsstoff – wo ist jetzt eigentlich mein Schirm abgeblieben?«

Vampire? Hexen? Harry war leicht schwindelig. Unterdessen zählte Hagrid die Backsteine an der Mauer über dem Mülleimer ab.

»Drei nach oben … zwei zur Seite …«, murmelte er. »Gut, einen Schritt zurück, Harry.«

Mit der Spitze des Schirms klopfte er dreimal gegen die Mauer.

Der Stein, auf den er geklopft hatte, erzitterte, wackelte und in der Mitte erschien ein kleiner Spalt. – Der wurde immer breiter, und eine Sekunde später standen sie vor einem Torbogen, der selbst für Hagrid groß genug war. Er führte hinaus auf eine gepflasterte Gasse, die sich in einer engen Biegung verlor.

»Willkommen in der Winkelgasse«, sagte Hagrid.

Harrys verblüffter Blick ließ ihn verschmitzt lächeln.

Sie traten durch den Torbogen. Harry blickte rasch über die Schulter und konnte gerade noch sehen, wie sich die Steinmauer wieder schloss.

Die Sonne erleuchtete einen Stapel Kessel vor der Tür eines Ladens. *Kessel – Alle Größen – Kupfer, Messing, Zinn, Silber – Selbstumrührend – Faltbar* hieß es auf einem Schild über ihren Köpfen.

»Jaow, du brauchst einen«, sagte Hagrid, »aber erst müssen wir dein Geld holen.«

Harry wünschte sich mindestens vier Augenpaare mehr. Er drehte den Kopf in alle Himmelsrichtungen, während sie die Straße entlanggingen, und versuchte, alles auf einmal zu sehen: die Läden, die Auslagen vor den Türen, die Menschen, die hier einkauften. Vor einer Apotheke stand eine rundliche Frau, und als sie vorbeigingen, sagte sie kopfschüttelnd: »Drachenleber, sechzehn Sickel die Unze, die müssen verrückt sein ...«

Gedämpftes Eulengeschrei drang aus einem dunklen Laden. Auf einem Schild über dem Eingang stand: *Eeylops Eulenkaufhaus – Waldkäuze, Zwergohreulen, Steinkäuze, Schleiereulen, Schneeeulen.* Einige Jungen in Harrys Alter drückten ihre Nasen gegen ein Schaufenster mit Besen. »Schau mal«, hörte Harry einen von ihnen sagen, »der neue Nimbus Zweitausend, der schnellste überhaupt –« Manche Läden verkauften nur Umhänge, andere Teleskope und merkwürdige silberne Instrumente, die Harry noch nie gesehen hatte. Es gab Schaufenster, die vollgestopft waren mit Fässern voller Fledermausmilzen und Aalaugen, wacklig gestapelten Zauberspruchfibeln, Federkielen, Pergamentrollen, Zaubertrankflaschen, Mondgloben ...

»Gringotts«, sagte Hagrid.

Sie waren vor einem schneeweißen Haus angelangt, das hoch über die kleinen Läden hinausragte. Neben dem blank polierten Bronzetor, in einer scharlachroten und goldbestickten Uniform stand ein –

»Tja, das ist ein Kobold«, sagte Hagrid leise, als sie die steinernen Stufen zu ihm hochstiegen. Der Kobold war etwa einen Kopf kleiner als Harry. Er hatte ein dunkelhäutiges, kluges Gesicht, einen Spitzbart und, wie Harry auffiel, sehr lange Finger und große Füße. Mit einer Verbeugung wies er sie hinein. Wieder standen sie vor einer Doppeltür, einer silbernen diesmal, in die folgende Worte eingraviert waren:

Fremder, komm du nur herein,
Hab Acht jedoch und bläu's dir ein,
Wer der Sünde Gier will dienen
Und will nehmen, nicht verdienen,
Der wird voller Pein verlieren.
Wenn du suchst in diesen Hallen
Einen Schatz, dem du verfallen,
Dieb, sei gewarnt und sage dir,
Mehr als Gold harrt deiner hier.

»Wie ich gesagt hab, du musst verrückt sein, wenn du den Laden knacken willst«, sagte Hagrid.

Ein Paar Kobolde verbeugte sich, als sie durch die silberne Tür in eine riesige Marmorhalle schritten. Um die hundert Kobolde saßen auf hohen Schemeln hinter einem langen Schalter, kritzelten Zahlen in große Folianten, wogen auf Messingwaagen Münzen ab und prüften Edelsteine mit unter die Brauen geklemmten Uhrmacherlupen. Unzählige Türen führten in anschließende Räume, und andere Kobolde geleiteten Leute herein und hinaus. Hagrid und Harry traten vor den Schalter.

»Moin«, sagte Hagrid. »Wir sind hier, um ein wenig Geld aus Mr. Harry Potters Safe zu entnehmen.«

»Sie haben seinen Schlüssel, Sir?«, fragte der Kobold.

»Hab ihn hier irgendwo«, sagte Hagrid und begann seine Taschen zu entleeren und ihren Inhalt auf dem Schalter auszubreiten, wobei er eine Hand voll krümeliger Hundekuchen über das Kassenbuch des Kobolds verstreute. Dieser rümpfte die Nase. Harry sah dem Kobold zu ihrer Rechten dabei zu, wie er einen Haufen Rubine wog, die so groß waren wie Eierkohlen.

»Hab ihn«, sagte Hagrid endlich und hielt dem Kobold einen kleinen goldenen Schlüssel vor die Nase.

Der Kobold nahm ihn genau in Augenschein.

»Das scheint in Ordnung zu sein.«

»Und ich habe außerdem einen Brief von Professor Dumbledore«, sagte Hagrid, sich mit gewichtiger Miene in die Brust werfend. »Es geht um den Du-weißt-schon-was in Verlies siebenhundertunddreizehn.«

Der Kobold las den Brief sorgfältig durch.

»Sehr gut«, sagte er und gab ihn Hagrid zurück. »Ich werde veranlassen, dass man Sie in beide Verliese führt. Griphook!«

Auch Griphook war ein Kobold. Sobald Hagrid alle seine Hundekuchen in die Taschen zurückgestopft hatte, folgten er und Harry Griphook zu einer der Türen, die aus der Halle hinausführten.

»Was ist der Du-weißt-schon-was in Verlies siebenhundertunddreizehn?«, fragte Harry.

»Darf ich nicht sagen«, meinte Hagrid geheimnistuerisch. »Streng geheim. Hat mit Hogwarts zu tun. Dumbledore vertraut mir. Lohnt sich nicht, meinen Job zu riskieren und es dir zu sagen.«

Griphook hielt die Tür für sie auf. Harry, der noch mehr Marmor erwartet hatte, war überrascht. Sie waren nun in einem engen, steinernen Gang, den lodernde Fackeln erleuchteten. In den Boden waren schmale Bahngeleise eingelassen, die steil in die Tiefe führten. Griphook pfiff und ein kleiner Karren kam auf den Schienen zu ihnen hochgezockelt. Sie kletterten hinauf und setzten sich – Hagrid mit einigen Schwierigkeiten – und schon ging es los.

Zuerst fuhren sie durch ein Gewirr sich überkreuzender Gänge. Harry versuchte sich den Weg zu merken, links, rechts, rechts, links, durch die Mitte, rechts, links – doch es war unmöglich. Der ratternde Karren schien zu wissen, wo es langging, denn es war nicht Griphook, der ihn steuerte.

Harrys Augen schmerzten in der kalten Luft, durch die sie sausten, doch er hielt sie weit geöffnet. Einmal meinte er am Ende eines Durchgangs einen Feuerstoß zu erkennen und wandte sich rasch um, denn vielleicht war es ein Drache – aber zu spät. Sie drangen weiter in die Tiefe vor und passierten einen unterirdischen See, bei dem riesige Stalaktiten und Stalagmiten von der Decke und aus dem Boden wucherten.

»Ich kann mir nie merken«, rief Harry durch das lärmende Rattern des Karrens Hagrid zu, »was der Unterschied zwischen Stalaktiten und Stalagmiten ist.«

»Stalagmiten haben ein ›m‹ in der Mitte«, sagte Hagrid. »Und jetzt keine Fragen mehr, mir ist schlecht.«

Er war ganz grün im Gesicht, und als die Karre endlich neben einer kleinen Tür in der Wand des unterirdischen Ganges hielt, stieg Hagrid aus und musste sich gegen die Wand lehnen, um seine zitternden Knie zu beruhigen.

Griphook schloss die Tür auf. Ein Schwall grünen Rauchs drang heraus, und als er sich verzogen hatte, stockte Harry der Atem. Im Innern lagen hügelweise Goldmünzen. Stapelweise Silbermünzen. Haufenweise kleine bronzene Knuts.

»Alles dein«, sagte Hagrid lächelnd.

Alles gehörte Harry – das war unglaublich. Die Dursleys konnten davon nichts gewusst haben, oder sie hätten es ihm schneller abgenommen, als er blinzeln konnte. Wie oft hatten sie sich darüber beschwert, wie viel es sie kostete, für Harry zu sorgen? Und die ganze Zeit über war ein kleines Vermögen, das ihm gehörte, tief unter Londons Straßen vergraben gewesen.

Hagrid half Harry dabei, einen Teil der Schätze in eine Tüte zu packen.

»Die goldenen sind Galleonen«, erklärte er. »Siebzehn

Silbersickel sind eine Galleone und neunundzwanzig Knuts sind eine Sickel. Nichts einfacher als das. Gut, das sollte für ein paar Schuljahre reichen, wir bewahren den Rest für dich auf.« Er wandte sich Griphook zu. »Verlies siebenhundertunddreizehn jetzt, bitte, und können wir etwas langsamer fahren?«

»Nur eine Geschwindigkeit«, sagte Griphook.

Sie fuhren nun noch tiefer hinunter und wurden allmählich schneller. Während sie durch scharfe Kurven rasten, wurde die Luft immer kälter. Sie ratterten über eine unterirdische Schlucht hinweg, und Harry lehnte sich über den Wagenrand, um zu sehen, was tief unten auf dem dunklen Grund war, doch Hagrid stöhnte und zog ihn am Kragen zurück.

Verlies siebenhundertunddreizehn hatte kein Schlüsselloch.

»Zurücktreten«, sagte Griphook mit achtungheischender Stimme. Mit einem seiner langen Finger streichelte er sanft die Tür – die einfach wegschmolz.

»Sollte jemand dies versuchen, der kein Kobold von Gringotts ist, dann wird er durch die Tür gesogen und sitzt dort drin in der Falle«, sagte Griphook.

»Wie oft schaust du nach, ob jemand dort ist?«, fragte Harry.

»Einmal in zehn Jahren vielleicht«, sagte Griphook mit einem ziemlich gemeinen Grinsen.

In diesem Hochsicherheitsverlies musste etwas ganz Besonderes aufbewahrt sein, da war sich Harry sicher, und er steckte seine Nase begierig hinein, um zumindest ein paar sagenhafte Juwelen zu sehen – doch auf den ersten Blick schien alles leer. Dann bemerkte er auf dem Boden ein schmutziges, mit braunem Papier umwickeltes Päckchen. Hagrid hob es auf und verstaute es irgendwo in den Tiefen seines Umhangs. Harry hätte zu gern gewusst, was es war, aber ihm war klar, dass er besser nicht danach fragte.

»Los komm, zurück auf diese Höllenkarre, und red auf dem Rückweg nicht. Es ist besser, wenn ich den Mund geschlossen halte«, sagte Hagrid.

Nach einer weiteren haarsträubenden Fahrt auf dem Karren standen sie endlich wieder draußen vor Gringotts und blinzelten in das Sonnenlicht. Nun, da Harry einen Sack voll Geld besaß, wusste er nicht, wo er zuerst hinlaufen sollte. Er musste nicht wissen, wie viel Galleonen ein englisches Pfund ausmachten, um sich bewusst zu sein, dass er noch nie im Leben so viel Geld besessen hatte – mehr Geld, als selbst Dudley jemals gehabt hatte.

»Könnten jetzt eigentlich mal deine Uniform kaufen«, sagte Hagrid und nickte zu *Madam Malkins Anzüge für alle Gelegenheiten* hinüber. »Hör mal, Harry, würd es dir was ausmachen, wenn ich mir einen kleinen Magenbitter im Tropfenden Kessel genehmige? Ich hasse die Fuhrwerke bei Gringotts.« Er sah immer noch etwas bleich aus. Und so betrat der ein wenig nervöse Harry allein Madam Malkins Laden.

Madam Malkin war eine stämmige, lächelnde Hexe, die von Kopf bis Fuß malvenfarben gekleidet war.

»Hogwarts, mein Lieber?«, sagte sie, kaum hatte Harry den Mund aufgemacht. »Hab die Sachen hier – übrigens wird hier gerade noch ein junger Mann ausgestattet.«

Hinten im Laden stand auf einem Schemel ein Junge mit blassem, spitzem Gesicht, und eine zweite Hexe steckte seinen langen schwarzen Umhang mit Nadeln ab. Madam Malkin stellte Harry auf einen Stuhl daneben, ließ einen langen Umhang über seinen Kopf gleiten und steckte mit Nadeln die richtige Länge ab.

»Hallo«, sagte der Junge. »Auch Hogwarts?«

»Ja«, sagte Harry.

»Mein Vater ist nebenan und kauft die Bücher, und Mutter ist ein paar Läden weiter und sucht nach Zauberstäben«, sagte der Junge. Er sprach mit gelangweilter, schleppender Stimme. »Danach werd ich sie mitschleifen und mir einen Rennbesen aussuchen. Ich seh nicht ein, warum Erstklässler keinen eigenen haben dürfen. Ich glaub, ich geh meinem Vater so lange auf die Nerven, bis er mir einen kauft, und schmuggel ihn dann irgendwie rein.«

Der Junge erinnerte Harry stark an Dudley.

»Hast *du* denn deinen eigenen Besen?«, fuhr er fort.

»Nein«, sagte Harry.

»Spielst du überhaupt Quidditch?«

»Nein«, sagte Harry erneut und fragte sich, was zum Teufel Quidditch denn sein könnte.

»Aber *ich* – Vater sagt, es wäre eine Schande, wenn ich nicht ausgewählt werde, um für mein Haus zu spielen, und ich muss sagen, er hat Recht. Weißt du schon, in welches Haus du kommst?«

»Nein«, sagte Harry und fühlte sich mit jeder Minute dümmer.

»Na ja, eigentlich weiß es keiner, bevor er hinkommt, aber ich weiß, dass ich im Slytherin sein werde, unsere ganze Familie war da. – Stell dir vor, du kommst nach Hufflepuff, ich glaub, ich würde abhauen, du nicht?«

»Mmm«, sagte Harry und wünschte, er könnte etwas Interessanteres sagen.

»Ach herrje, schau dir mal diesen Mann an!«, sagte der Junge plötzlich und deutete auf das Schaufenster. Draußen stand Hagrid, grinste Harry zu und hielt zwei große Tüten mit Eiskrem hoch, um zu zeigen, dass er nicht hereinkommen konnte.

»Das ist Hagrid«, sagte Harry, froh, dass er etwas wusste, was der Junge nicht wusste. »Er arbeitet in Hogwarts.«

»Oh«, sagte der Junge, »ich hab von ihm gehört. Er ist ein Knecht oder so was, nicht wahr?«

»Er ist der Wildhüter«, sagte Harry. Er konnte den Jungen mit jeder Sekunde weniger ausstehen.

»Ja, genau. Ich hab gehört, dass er eine Art *Wilder* ist – lebt in einer Hütte auf dem Schulgelände, betrinkt sich des Öfteren, versucht zu zaubern und steckt am Ende sein Bett in Brand.«

»Ich halte ihn für brillant«, sagte Harry kühl.

»*Tatsächlich?*«, sagte der Junge mit einer Spur Häme. »Warum ist er mit dir zusammen? Wo sind deine Eltern?«

»Sie sind tot«, sagte Harry knapp. Er hatte keine große Lust, mit diesem Jungen darüber zu sprechen.

»Oh, tut mir leid«, sagte der andere, wobei es gar nicht danach klang. »Aber sie gehörten zu *uns*, oder?«

»Sie war eine Hexe und er ein Zauberer, falls du das meinst.«

»Ich halte überhaupt nichts davon, die andern aufzunehmen, du etwa? Die sind einfach anders erzogen worden als wir und gehören eben nicht dazu. Stell dir vor, manche von ihnen wissen nicht einmal von Hogwarts, bis sie ihren Brief bekommen. Ich meine, die alten Zaubererfamilien sollten unter sich bleiben. Wie heißt du eigentlich mit Nachnamen?«

Doch bevor Harry antworten konnte, sagte Madam Malkin: »So, das wär's, mein Lieber«, und Harry, froh über die Gelegenheit, von dem Jungen loszukommen, sprang von seinem Schemel herunter.

»Gut, wir sehen uns in Hogwarts, nehme ich an«, sagte der Junge mit der schleppenden Stimme.

Recht wortkarg schleckte Harry das Eis, das Hagrid ihm gekauft hatte (Schokolade und Himbeere mit Nussstückchen).

»Was ist los?«, sagte Hagrid.

»Nichts«, log Harry. Sie traten in einen Laden, um Pergament und Federkiele zu kaufen. Harrys Laune besserte sich etwas, als sie eine Flasche Tinte kauften, die beim Schreiben ihre Farbe veränderte. Als sie wieder draußen waren, sagte er: »Hagrid, was ist Quidditch?«

»Mein Gott, Harry, ich vergess immer, wie wenig du weißt – kennst nicht mal Quidditch!«

»Mach's nicht noch schlimmer«, sagte Harry. Er erzählte Hagrid von dem blassen Jungen bei Madam Malkin.

»… und er sagte, Leute aus Muggelfamilien sollten gar nicht aufgenommen werden …«

»Du bist *nicht* aus einer Muggelfamilie. Wenn er wüsste, wer du *bist* – wenn seine Eltern Zauberer sind, dann hat er deinen Namen mit der Muttermilch eingesogen – du hast die Zauberer im Tropfenden Kessel gesehen. Und außerdem, was weiß er schon, manche von den Besten waren die Einzigen in einer langen Linie von Muggels, die das Zeug zum Zaubern hatten – denk an deine Mum! Denk mal daran, was sie für eine Schwester hatte!«

»Also was ist jetzt Quidditch?«

»Das ist unser Sport. Zauberersport. Es ist wie – wie Fußball in der Muggelwelt – alle fahren auf Quidditch ab – man spielt es in der Luft auf Besen und mit vier Bällen – nicht ganz einfach, die Regeln zu erklären.«

»Und was sind Slytherin und Hufflepuff?«

»Schulhäuser. Es gibt vier davon. Alle sagen, in Hufflepuff sind 'ne Menge Flaschen, aber –«

»Ich wette, ich komme nach Hufflepuff«, sagte Harry bedrückt.

»Besser Hufflepuff als Slytherin«, sagte Hagrid mit düsterer Stimme. »Die Hexen und Zauberer, die böse wurden, waren allesamt in Slytherin. Du-weißt-schon-wer war einer davon.«

»Vol-, 'tschuldigung – Du-weißt-schon-wer war in Hogwarts?«

»Das ist ewig lange her«, sagte Hagrid.

Sie kauften die Schulbücher für Harry in einem Laden namens *Flourish & Blotts,* wo die Regale bis an die Decke vollgestopft waren mit in Leder gebundenen Büchern, so groß wie Gehwegplatten; andere waren klein wie Briefmarken und in Seide gebunden; viele Bücher enthielten merkwürdige Symbole, und es gab auch einige, in denen gar nichts stand. Selbst Dudley, der nie las, wäre ganz scharf auf manche davon gewesen. Hagrid musste Harry beinahe wegziehen von Werken wie *Flüche und Gegenflüche* (Verzaubern Sie Ihre Freunde und verhexen Sie Ihre Feinde mit den neuesten Racheakten: Haarausfall, Wabbelbeine, Vertrocknete Zunge und vieles, vieles mehr) von Professor Vindictus Viridian.

»Ich möchte rausfinden, wie ich Dudley verhexen kann.«

»Keine schlechte Idee, würd ich meinen, aber du sollst in der Muggelwelt nicht zaubern, außer wenn's brenzlig wird«, sagte Hagrid. »Und du könntest mit diesen Flüchen ohnehin noch nicht umgehen, du musst noch sehr viel lernen, bis du das kannst.«

Hagrid wollte Harry auch keinen Kessel aus purem Gold kaufen lassen (»auf der Liste steht Zinn«), aber sie fanden eine praktische kleine Waage, um die Zutaten für die Zaubertränke abzumessen, und ein zusammenschiebbares Messingteleskop. Danach schauten sie in der Apotheke vorbei. Hier stank es zwar fürchterlich nach einer Mischung aus faulen Eiern und verrottetem Kohl, doch es gab viele interessante Dinge zu sehen. Auf dem Boden standen Fässer, die mit einer Art Schleim gefüllt waren; die Regale an den Wänden waren vollgestellt mit Gläsern, die Kräuter, getrocknete Wurzeln und hellfarbene Pulver enthielten; von der Decke hingen Federbüschel, an Schnüren aufgezogene Reißzähne und Krallenbündel. Während Hagrid den Mann hinter der Theke um eine Auswahl wichtiger Zaubertrankzutaten für Harry bat, untersuchte Harry selbst die silbernen Einhorn-Hörner zu einundzwanzig Galleonen das Stück und die winzigen glänzend schwarzen Käferaugen (fünf Knuts der Schöpflöffel).

Draußen vor der Apotheke warf Hagrid noch einmal einen Blick auf Harrys Liste.

»Nur dein Zauberstab fehlt noch – ach ja, und ich hab immer noch kein Geburtstagsgeschenk für dich.«

Harry spürte, wie er rot wurde.

»Du musst mir kein –«

»Ich weiß, ich muss nicht. Weißt du was, ich kauf dir das Tier. Keine Kröte, Kröten sind schon seit Jahren nicht mehr angesagt, man würde dich auslachen – und ich mag keine Katzen, von denen muss ich niesen. Ich kauf dir eine Eule. Alle Kinder wollen Eulen, die sind unglaublich nützlich, besorgen deine Post und so weiter.«

Zwanzig Minuten später verließen sie *Eeylops Eulenkaufhaus*. Dunkel war es dort gewesen, aus der einen oder andern Ecke hatten sie ein Flattern gehört, und gelegentlich waren diamanthelle Augenpaare aufgeblitzt. Harry trug jetzt einen großen Käfig, in dem eine wunderschöne Schneeeule saß, tief schlafend mit dem Kopf unter einem Flügel. Unablässig stammelte er seinen Dank und klang dabei genau wie Professor Quirrell.

»Nicht der Rede wert«, sagte Hagrid schroff. »Kann mir

denken, dass du von diesen Dursleys nicht allzu viele Geschenke bekommen hast. Müssen jetzt nur noch zu *Ollivander*, dem Laden für Zauberstäbe, und du brauchst den besten.«

Ein Zauberstab ... darauf war Harry am meisten gespannt.

Der Laden war eng und schäbig. Über der Tür hieß es in abblätternden Goldbuchstaben: *Ollivander – Gute Zauberstäbe seit 382 v. Chr.* Auf einem verblassten purpurroten Kissen im staubigen Fenster lag ein einziger Zauberstab.

Sie traten ein und von irgendwo ganz hinten im Laden kam das helle Läuten einer Glocke. Der Raum war klein und leer mit Ausnahme eines einzigen storchbeinigen Stuhls, auf den sich Hagrid niederließ, um zu warten. Harry fühlte sich so fremd hier, als ob er eine Bibliothek mit sehr strenger Aufsicht betreten hätte. Er schluckte eine Menge neuer Fragen hinunter, die ihm gerade eingefallen waren, und betrachtete stattdessen tausende von länglichen Schachteln, die fein säuberlich bis an die Decke gestapelt waren. Aus irgendeinem Grund kribbelte es ihm im Nacken. Allein der Staub und die Stille hier schienen ihn mit einem geheimen Zauber zu kitzeln.

»Guten Tag«, sagte eine sanfte Stimme. Harry schreckte auf. Auch Hagrid musste erschrocken sein, denn ein lautes Knacken war zu hören, und rasch erhob er sich von den Storchenbeinen.

Ein alter Mann stand vor ihnen, seine weit geöffneten, blassen Augen leuchteten wie Monde durch die Düsternis des Ladens.

»Hallo«, sagte Harry verlegen.

»Ah ja«, sagte der Mann. »Ja, ja. Hab mir gedacht, dass Sie bald vorbeikommen. Harry Potter.« Das war keine Frage. »Sie haben die Augen Ihrer Mutter. Mir kommt es vor, als wäre sie erst gestern selbst hier gewesen und hätte ihren ersten Zauberstab gekauft. Zehneinviertel Zoll lang, geschmeidig, aus Weidenholz gefertigt. Hübscher Stab für bezaubernde Arbeit.«

Mr. Ollivander trat näher. Harry wünschte, er würde einmal blinzeln. Diese silbernen Augen waren etwas gruslig.

»Ihr Vater hingegen wollte lieber einen Zauberstab aus Mahagoni. Elf Zoll. Elastisch. Ein wenig mehr Kraft und hervorragend geeignet für Verwandlungen. Nun ja, ich sage, Ihr Vater wollte ihn – im Grunde ist es natürlich der Zauberstab, der sich den Zauberer aussucht.«

Mr. Ollivander war Harry so nahe gekommen, dass sich beider Nasenspitzen fast berührten. Harry konnte in diesen nebligen Augen sein Spiegelbild sehen.

»Und hier hat …«

Mr. Ollivander berührte die blitzförmige Narbe auf Harrys Stirn mit einem langen, weißen Finger.

»Leider muss ich sagen, dass ich selbst den Zauberstab verkauft habe, der das angerichtet hat«, sagte er sanft. »Dreizehneinhalb Zoll. Eibe. Mächtiger Zauberstab, sehr mächtig, und in den falschen Händen … Nun, wenn ich gewusst hätte, was dieser Zauberstab draußen in der Welt anstellen würde …«

Er schüttelte den Kopf und bemerkte dann zu Harrys Erleichterung Hagrid.

»Rubeus! Rubeus Hagrid! Wie schön, Sie wiederzusehen … Eiche, sechzehn Zoll, recht biegsam, nicht wahr?«

»Ja, Sir, das war er«, sagte Hagrid.

»Guter Stab, muss ich sagen. Aber ich fürchte, man hat ihn zerbrochen, als Sie ausgeschlossen wurden?«, sagte Mr. Ollivander plötzlich mit ernster Stimme.

»Ähm – ja, das haben sie, ja«, sagte Hagrid und scharrte

mit den Füßen. »Hab aber immer noch die Stücke«, fügte er strahlend hinzu.

»Aber Sie *benutzen* sie nicht, oder?«, sagte Mr. Ollivander scharf.

»O nein, Sir«, sagte Hagrid rasch. Harry bemerkte, dass er seinen rosa Schirm fest umklammerte, während er sprach.

»Hmmm«, sagte Mr. Ollivander und sah Hagrid mit durchdringendem Blick an. »Nun zu Ihnen, Mr. Potter. Schauen wir mal.« Er zog ein langes Bandmaß mit silbernen Strichen aus der Tasche. »Welche Hand ist Ihre Zauberhand?«

»Ähm – ich bin Rechtshänder«, sagte Harry.

»Strecken Sie Ihren Arm aus. Genau so.« Er maß Harry von der Schulter bis zu den Fingerspitzen, dann vom Handgelenk zum Ellenbogen, von der Schulter bis zu den Füßen, vom Knie zur Armbeuge und schließlich von Ohr zu Ohr. Während er mit dem Maßband arbeitete, sagte er: »Jeder Zauberstab von Ollivander hat einen Kern aus einem mächtigen Zauberstoff, Mr. Potter. Wir benutzen Einhornhaare, Schwanzfedern von Phönixen und die Herzfasern von Drachen. Keine zwei Ollivander-Stäbe sind gleich, ebenso wie kein Einhorn, Drache oder Phönix dem andern aufs Haar gleicht. Und natürlich werden Sie mit dem Stab eines anderen Zauberers niemals so hervorragende Resultate erzielen.«

Harry fiel plötzlich auf, dass das Maßband, welches gerade den Abstand zwischen seinen Nasenlöchern maß, dies von selbst tat. Mr. Ollivander huschte zwischen den Regalen herum und nahm Schachteln herunter.

»Das wird reichen«, sagte er und das Bandmaß schnurrte zu einem Haufen auf dem Boden zusammen. »Nun gut, Mr. Potter. Probieren Sie mal diesen. Buchenholz und Drachenherzfasern. Neun Zoll. Handlich und biegsam. Nehmen Sie ihn einfach mal und schwingen Sie ihn durch die Luft.«

Harry nahm den Zauberstab in die Hand und schwang ihn ein wenig hin und her (wobei er sich albern vorkam), doch Mr. Ollivander riss ihm den Stab gleich wieder weg.

»Ahorn und Phönixfeder. Sieben Zoll. Peitscht so richtig. Versuchen Sie's!«

Harry versuchte es, doch kaum hatte er den Zauberstab erhoben, entriss ihm Mr. Ollivander auch diesen.

»Nein, nein – hier, Ebenholz und Einhornhaare, achteinhalb Zoll, federnd. Nur zu, nur zu, probieren Sie ihn aus.«

Harry probierte. Und probierte. Er hatte keine Ahnung, worauf Mr. Ollivander eigentlich wartete. Der Stapel mit den abgelegten Zauberstäben auf dem storchbeinigen Stuhl wuchs immer höher, doch je mehr Zauberstäbe Mr. Ollivander von den Regalen zog, desto glücklicher schien er zu werden.

»Schwieriger Kunde, was? Keine Sorge, wir werden hier irgendwo genau das Richtige finden. Ich frage mich jetzt – ja, warum eigentlich nicht – ungewöhnliche Verbindung – Stechpalme und Phönixfeder, elf Zoll, handlich und geschmeidig.«

Harry ergriff den Zauberstab. Plötzlich spürte er Wärme in den Fingern. Er hob den Stab über den Kopf und ließ ihn durch die staubige Luft herabsausen. Ein Strom roter und goldener Funken schoss aus der Spitze hervor wie ein Feuerwerk, das tanzende Lichtflecken auf die Wände warf. Hagrid johlte und klatschte, und Mr. Ollivander rief: »Aah, bravo. Ja, in der Tat, oh, sehr gut. Gut, gut, gut … Wie seltsam … Ganz seltsam …«

Er legte Harrys Zauberstab zurück in die Schachtel, immer noch murmelnd: »Seltsam … Seltsam …«

»Verzeihung«, sagte Harry, »aber *was* ist seltsam?«

Mr. Ollivander sah Harry mit blassen Augen fest an.

»Ich erinnere mich an jeden Zauberstab, den ich je verkauft habe, Mr. Potter. An jeden einzelnen. Es trifft sich nun, dass der Phönix, dessen Schwanzfeder in Ihrem Zauberstab steckt, noch eine andere Feder gab – nur eine noch. Es ist schon sehr seltsam, dass Sie für diesen Zauberstab bestimmt sind, während sein Bruder – nun ja, sein Bruder Ihnen diese Narbe beigebracht hat.«

Harry schluckte.

»Ja, dreizehneinhalb Zoll. Eibe. Wirklich merkwürdig, wie die Dinge zusammentreffen. Der Zauberstab sucht sich den Zauberer, erinnern Sie sich … Ich denke, wir haben Großartiges von Ihnen zu erwarten, Mr. Potter … Schließlich hat auch Er-dessen-Name-nicht-genannt-werden-darf Großartiges getan – Schreckliches, ja, aber Großartiges.«

Harry schauderte. Er war sich nicht sicher, ob er Mr. Ollivander besonders gut leiden mochte. Er zahlte sieben goldene Galleonen für seinen Zauberstab und Mr. Ollivander geleitete sie mit einer Verbeugung aus der Tür.

Die späte Nachmittagssonne stand tief am Himmel, als sich Harry und Hagrid auf den Rückweg durch die Winkelgasse machten, zurück durch die Mauer, zurück durch den Tropfenden Kessel, der nun menschenleer war. Harry schwieg, während sie die Straße entlanggingen; er bemerkte nicht einmal, wie viele Menschen in der U-Bahn sie mit offenem Munde anstarrten, beladen, wie sie waren, mit ihren merkwürdigen Päckchen und mit der schlafenden Schneeeule auf Harrys Schoß. Wieder fuhren sie eine Rolltreppe hoch, und hinaus ging es auf den Bahnhof Paddington. Harry erkannte erst, wo sie waren, als Hagrid ihm auf die Schulter klopfte.

»Haben noch Zeit für einen Imbiss, bevor dein Zug geht«, sagte er.

Er kaufte für sich und Harry zwei Hamburger, und sie setzten sich auf die Plastiksitze, um sie zu verspeisen. Harry sah sich unablässig um. Alles kam ihm irgendwie fremd vor.

»Alles in Ordnung mit dir, Harry? Du bist ja ganz still«, sagte Hagrid.

Harry wusste nicht recht, wie er es erklären konnte. Gerade hatte er den schönsten Geburtstag seines Lebens verbracht. Und doch, er kaute an seinem Hamburger und versuchte die richtigen Worte zu finden.

»Alle denken, ich sei etwas Besonderes«, sagte er endlich. »All diese Leute im Tropfenden Kessel, Professor Quirrell, Mr. Ollivander ... Aber ich weiß überhaupt nichts von Zauberei. Wie können sie großartige Dinge von mir erwarten? Ich bin berühmt, und ich kann mich nicht einmal daran erinnern, wofür ich berühmt bin. Ich weiß nicht, was passiert ist, als Vol-, tut mir leid – ich meine, in der Nacht, als meine Eltern starben.«

Hagrid beugte sich über den Tisch. Hinter dem wilden Bart und den buschigen Augenbrauen entdeckte Harry ein liebevolles Lächeln.

»Mach dir keine Sorgen, Harry. Du wirst alles noch schnell genug lernen. In Hogwarts fangen sie alle ganz von vorne an, es wird dir sicher gut gehen. Sei einfach du selbst. Ich weiß, es ist schwer. Du bist auserwählt worden und das ist immer schwer. Aber du wirst eine tolle Zeit in Hogwarts verbringen – wie ich damals – und heute noch, um genau zu sein.«

Hagrid half Harry in den Zug, der ihn zu den Dursleys zurückbringen würde, und reichte ihm dann einen Umschlag.

»Deine Fahrkarte nach Hogwarts«, sagte er. »Am 1. September Bahnhof King's Cross – steht alles drauf. Wenn du irgendwelche Schwierigkeiten mit den Dursleys hast, schick mir deine Eule, sie weiß, wo sie mich findet … Bis bald, Harry.«

Der Zug fuhr aus dem Bahnhof hinaus. Harry wollte Hagrid beobachten, bis er außer Sicht war; er setzte sich auf und drückte die Nase gegen das Fenster. Doch er blinzelte und schon war Hagrid verschwunden.

Abreise von Gleis neundreiviertel

Harrys letzter Monat bei den Dursleys war nicht besonders lustig. Gewiss, Dudley hatte nun so viel Angst vor Harry, dass er nicht im selben Zimmer mit ihm bleiben wollte, und Tante Petunia und Onkel Vernon schlossen Harry nicht mehr in den Schrank ein, zwangen ihn zu nichts und schrien ihn nicht an – in Wahrheit sprachen sie kein Wort mit ihm. Halb entsetzt, halb wütend taten sie, als ob der Stuhl, auf dem Harry saß, leer wäre. So ging es ihm in mancher Hinsicht besser als zuvor, doch mit der Zeit wurde er ein wenig niedergeschlagen.

Harry blieb gerne in seinem Zimmer in Gesellschaft seiner Eule. Er hatte beschlossen, sie Hedwig zu nennen, ein Name, den er in der *Geschichte der Zauberei* gefunden hatte. Seine Schulbücher waren sehr interessant. Er lag auf dem Bett und las bis spät in die Nacht, während Hedwig durchs offene Fenster hinaus- oder hereinflatterte, wie es ihr gefiel. Ein Glück, dass Tante Petunia nicht mehr mit dem Staubsauger hereinkam, denn andauernd brachte Hedwig tote Mäuse mit. Harry hatte einen Monatskalender an die Wand geheftet, und jede Nacht, bevor er einschlief, hakte er einen weiteren Tag ab.

Am letzten Augusttag fiel ihm ein, dass er wohl mit Onkel und Tante darüber reden müsse, wie er am nächsten Tag zum Bahnhof King's Cross kommen sollte. Er ging hinunter ins Wohnzimmer, wo sie sich ein Fernsehquiz ansahen. Als er sich räusperte, um auf sich aufmerksam zu machen, schrie Dudley auf und rannte davon.

»Ähm – Onkel Vernon?«

Onkel Vernon grunzte zum Zeichen, dass er hörte.

»Ähm – ich muss morgen nach King's Cross, um … um nach Hogwarts zu fahren.«

Onkel Vernon grunzte erneut.

»Würde es dir etwas ausmachen, mich hinzufahren?«

Ein Brummen. Harry nahm an, dass es Ja hieß.

»Danke.«

Er war schon auf dem Weg zur Treppe, als Onkel Vernon tatsächlich den Mund aufmachte.

»Komische Art, zu einer Zaubererschule zu kommen, mit dem Zug. Die fliegenden Teppiche haben wohl alle Löcher, was?«

Harry schwieg.

»Wo ist diese Schule überhaupt?«

»Ich weiß es nicht«, sagte Harry, selbst davon überrascht. Er zog die Fahrkarte, die Hagrid ihm gegeben hatte, aus der Tasche.

»Ich nehme einfach den Zug um elf Uhr von Gleis neundreiviertel«, las er laut.

Tante und Onkel starrten ihn an.

»Gleis wie viel?«

»Neundreiviertel.«

»Red keinen Stuss«, sagte Onkel Vernon, »es gibt kein Gleis neundreiviertel.«

»Es steht auf meiner Fahrkarte.«

»Total verrückt«, sagte Onkel Vernon, »vollkommen übergeschnappt, das ganze Pack. Du wirst sehen. Wart's nur ab. Gut, wir fahren dich nach King's Cross. Wir müssen morgen ohnehin nach London, sonst würd ich mir die Mühe ja nicht machen.«

»Warum fahrt ihr nach London?«, fragte Harry, um das Gespräch ein wenig freundlich zu gestalten.

»Wir bringen Dudley ins Krankenhaus«, knurrte Onkel Vernon. »Bevor er nach Smeltings kommt, muss dieser vermaledeite Schwanz weg.«

Am nächsten Morgen wachte Harry um fünf Uhr auf, viel zu aufgeregt und nervös, um wieder einschlafen zu können. Er stieg aus dem Bett und zog seine Jeans an, weil er nicht in seinem Zaubererumhang auf dem Bahnhof erscheinen wollte – er würde sich dann im Zug umziehen. Noch einmal ging er die Liste für Hogwarts durch, um sich zu vergewissern, dass er alles Nötige dabeihatte, und schloss Hedwig in ihren Käfig ein. Dann ging er im Zimmer auf und ab, darauf wartend, dass die Dursleys aufstanden. Zwei Stunden später war Harrys riesiger, schwerer Koffer im Wagen der Dursleys verstaut, Tante Petunia hatte Dudley überredet, sich neben Harry zu setzen, und los ging die Fahrt.

Sie erreichten King's Cross um halb elf. Onkel Vernon packte Harrys Koffer auf einen Gepäckwagen und schob ihn in den Bahnhof. Harry fand dies ungewöhnlich freundlich von ihm, bis Onkel Vernon mit einem hässlichen Grinsen auf dem Gesicht vor den Bahnsteigen Halt machte.

»Nun, das war's, Junge. Gleis neun – Gleis zehn. Dein Gleis sollte irgendwo dazwischen liegen, aber sie haben es wohl noch nicht gebaut, oder?«

Natürlich hatte er vollkommen Recht. Über dem Bahnsteig hing auf der einen Seite die große Plastikziffer 9, über der anderen die große Plastikziffer 10, und dazwischen war nichts.

»Na dann, ein gutes Schuljahr«, sagte Onkel Vernon mit einem noch hässlicheren Grinsen. Er verschwand, ohne ein weiteres Wort zu sagen. Harry wandte sich um und sah die Dursleys wegfahren. Alle drei lachten. Harrys Mund wurde ganz trocken. Was um Himmels willen sollte er tun? Schon richteten sich viele erstaunte Blicke auf ihn – wegen Hedwig. Er musste jemanden fragen.

Er sprach einen vorbeigehenden Wachmann an, wagte es aber nicht, Gleis neundreiviertel zu erwähnen. Der Wachmann hatte nie von Hogwarts gehört, und als Harry ihm nicht einmal sagen konnte, in welchem Teil des Landes die Schule lag, wurde er zusehends ärgerlich, als ob Harry sich absichtlich dumm anstellen würde. Schon ganz verzweifelt fragte Harry nach dem Zug, der um elf Uhr ging, doch der Wachmann meinte, es gebe keinen. Eine mürrische Bemerkung über Zeitverschwender auf den Lippen, ging er schließlich davon. Harry versuchte mit aller Macht, ruhig Blut zu bewahren. Der großen Uhr über der Ankunfttafel nach hatte er noch zehn Minuten, um in den Zug nach Hogwarts zu steigen, und er hatte keine Ahnung, wie er das anstellen sollte. Da stand er nun, verloren mitten auf einem Bahnhof, mit einem Koffer, den er kaum vom Boden heben konnte, einer Tasche voller Zauberergeld und einer großen Eule.

Hagrid musste vergessen haben, ihm zu sagen, dass er etwas Bestimmtes tun sollte, so wie man auf den dritten Backstein zur Linken klopfen musste, um auf die Winkelgasse zu kommen. Sollte er vielleicht seinen Zauberstab herausholen und auf den Fahrkartenschalter zwischen Gleis neun und Gleis zehn klopfen?

In diesem Augenblick ging eine Gruppe von Menschen dicht hinter ihm vorbei und er schnappte ein paar Worte ihrer Unterhaltung auf:

»… voller Muggel, natürlich …«

Harry wandte sich rasch um. Gesprochen hatte eine kugelrunde Frau, um sie herum vier Jungen, allesamt mit flammend rotem Haar. Jeder der vier schob einen Koffer, so groß wie der Harrys, vor sich her – und sie hatten eine *Eule* dabei.

Mit klopfendem Herzen schob Harry seinen Gepäckwagen hinter ihnen her. Sie hielten an, und auch Harry blieb stehen, dicht genug hinter ihnen, um sie zu hören.

»So, welches Gleis war es noch mal?«, fragte die Mutter der Jungen.

»Neundreiviertel«, piepste ein kleines Mädchen an ihrer Hand, das ebenfalls rote Haare hatte. »Mammi, kann ich nicht mitgehen …«

»Du bist noch zu klein, Ginny, und jetzt sei still. Percy, du gehst zuerst.«

Der offenbar älteste Junge machte sich auf den Weg in Richtung Bahnsteig neun und zehn. Harry beobachtete ihn, angestrengt darauf achtend, nicht zu blinzeln, damit ihm nichts entginge – doch gerade als der Junge die Absperrung zwischen den beiden Gleisen erreichte, schwärmte eine große Truppe Touristen an ihm vorbei, und als der letzte Rucksack sich verzogen hatte, war der Junge verschwunden.

»Fred, du bist dran«, sagte die rundliche Frau.

»Ich bin nicht Fred, ich bin George«, sagte der Junge. »Ehrlich mal, gute Frau, du nennst dich unsere Mutter? Kannst du nicht *sehen*, dass ich George bin?«

»Tut mir leid, George, mein Liebling.«

»War nur 'n Witz, ich bin Fred«, sagte der Junge, und fort war er. Sein Zwillingsbruder rief ihm nach, er solle sich beeilen, und das musste er getan haben, denn eine Sekunde später war er verschwunden – doch wie hatte er es geschafft?

Nun schritt der dritte Bruder zügig auf die Bahnsteigabsperrung zu – er war schon fast dort –, und dann, ganz plötzlich, war er nicht mehr zu sehen.

Er war spurlos verschwunden.

»Entschuldigen Sie«, sagte Harry zu der rundlichen Frau.

»Hallo, mein Junge«, sagte sie. »Das erste Mal nach Hogwarts? Ron ist auch neu.«

Sie deutete auf den letzten und jüngsten ihrer Söhne. Er war hoch gewachsen, dünn und schlaksig, hatte Sommersprossen, große Hände und Füße und eine kräftige Nase.

»Ja«, sagte Harry. »Die Sache ist die ... ist nämlich die, ich weiß nicht, wie ich ...«

»Wie du zum Gleis kommen sollst?«, sagte sie freundlich und Harry nickte.

»Keine Sorge«, sagte sie. »Du läufst einfach schnurstracks auf die Absperrung vor dem Bahnsteig für die Gleise neun und zehn zu. Halt nicht an und hab keine Angst, du könntest dagegenknallen, das ist sehr wichtig. Wenn du nervös bist, dann renn lieber ein bisschen. Nun geh, noch vor Ron.«

»Ähm – ja«, sagte Harry.

Er drehte seinen Gepäckwagen herum und blickte auf die Absperrung. Sie machte einen sehr stabilen Eindruck.

Langsam ging er auf sie zu. Menschen auf dem Weg zu den Gleisen neun oder zehn rempelten ihn an. Harry beschleunigte seine Schritte. Er würde direkt in diesen Fahrkartenschalter knallen und dann säße er in der Patsche. Er lehnte sich, auf den Wagen gestützt, nach vorn und stürzte nun schwer atmend los – die Absperrung kam immer näher – anhalten konnte er nun nicht mehr – der Gepäckkarren war außer Kontrolle – noch ein halber Meter – er schloss die Augen, bereit zum Aufprall –

Nichts geschah ... Harry rannte weiter ... er öffnete die Augen.

Eine scharlachrote Dampflok stand an einem Bahnsteig bereit, der voller Menschen war. Auf einem Schild über der Lok stand *Hogwarts-Express, 11 Uhr.* Harry warf einen Blick über die Schulter und sah an der Stelle, wo der Fahrkartenschalter gestanden hatte, ein schmiedeeisernes Tor und darauf die Worte *Gleis neundreiviertel.* Er hatte es geschafft.

Die Lok blies Dampf über die Köpfe der schnatternden Menge hinweg, während sich hie und da Katzen in allen Farben zwischen den Beinen der Leute hindurchschlängelten. Durch das Geschnatter der Wartenden und das Kratzen der schweren Koffer schrien sich Eulen gegenseitig etwas mürrisch an.

Die ersten Waggons waren schon dicht mit Schülern besetzt. Einige lehnten sich aus den Fenstern und sprachen mit ihren Eltern und Geschwistern, andere stritten sich um Sitzplätze. Auf der Suche nach einem freien Platz schob Harry seinen Gepäckwagen weiter den Bahnsteig hinunter. Er kam an einem Jungen mit rundem Gesicht vorbei und hörte ihn klagen: »Oma, ich hab schon wieder meine Kröte verloren.«

»Ach, *Neville*«, hörte er die alte Frau seufzen.

Ein kleiner Auflauf hatte sich um einen Jungen mit Rastalocken gebildet.

»Lass uns nur einmal gucken, Lee, komm schon!«

Der Junge hob den Deckel einer Schachtel, die er in den Armen hielt, und die Umstehenden kreischten und schrien auf, als ein langes, haariges Bein zum Vorschein kam.

Harry schob sich weiter durch die Menge, bis er fast am Ende des Zuges ein leeres Abteil fand. Dort stellte er erst einmal Hedwig ab, dann begann er seinen Koffer in Richtung Waggontür zu wuchten. Er versuchte ihn die Stufen hochzuhieven, doch er konnte den Koffer kaum auch nur an einer Seite anheben. Zweimal fiel er ihm auf die Füße und das tat weh.

»Brauchst du Hilfe?« Das war einer der rothaarigen Zwillinge, denen er durch den Fahrkartenschalter gefolgt war.

»Ja, bitte«, keuchte Harry.

»Hallo, Fred! Pack mal mit an!«

Mit Hilfe der Zwillinge verstaute er seinen Koffer schließlich in einer Ecke des Abteils.

»Danke«, sagte Harry und wischte sich die schweißnassen Haare aus der Stirn.

»Was ist denn das?«, rief einer der Zwillinge plötzlich und deutete auf Harrys Blitznarbe.

»Mensch!«, sagte der andere Zwilling. »Bist du –?«

»Er *ist* es«, sagte der erste Zwilling. »Oder etwa nicht?«, fügte er an Harry gewandt hinzu.

»Wer?«, sagte Harry.

»*Harry Potter*«, riefen die Zwillinge im Chor.

»Oh, der«, sagte Harry. »Ja, allerdings, der bin ich.«

Die beiden Jungen starrten ihn mit offenen Mündern an, und Harry spürte, wie er rot wurde. Dann kam, zu seiner Erleichterung, eine Stimme durch die offene Waggontür hereingeschwebt.

»Fred? George? Seid ihr da drin?«

»Wir kommen, Mum.«

Mit einem letzten Blick auf Harry sprangen die Zwillinge aus dem Zug.

Harry setzte sich ans Fenster, wo er, halb verdeckt, die rothaarige Familie auf dem Bahnsteig beobachten und ihrem Gespräch lauschen konnte. Die Mutter hatte soeben ein Taschentuch hervorgezogen.

»Ron, du hast was an der Nase.«

Der Jüngste versuchte sich loszureißen, doch sie packte ihn und fing an seine Nase zu putzen.

»*Mum* – hör auf.« Er wand sich los.

»Aaah, hat Ronniespätzchen etwas am Näschen?«, sagte einer der Zwillinge.

»Halt den Mund«, sagte Ron.

»Wo ist Percy?«, fragte die Mutter.

»Da kommt er.«

Der älteste Junge kam angeschritten. Er hatte bereits seinen wogenden schwarzen Hogwarts-Umhang angezogen und Harry bemerkte ein schimmerndes rot-goldenes Abzeichen mit dem Buchstaben *V* auf seiner Brust.

»Kann nicht lange bleiben, Mutter«, sagte er. »Ich bin ganz vorn, die Vertrauensschüler haben zwei Abteile für sich.«

»Oh, du bist *Vertrauensschüler*, Percy?«, sagte einer der Zwillinge und tat ganz überrascht. »Hättest du doch etwas gesagt, wir wussten ja gar nichts davon.«

»Warte, mir ist, als hätte er mal was erwähnt«, sagte der andere Zwilling. »Einmal –«

»Oder auch zweimal –«

»So nebenbei –«

»Den ganzen Sommer über –«

»Ach, hört auf«, sagte Percy der Vertrauensschüler.

»Warum hat Percy eigentlich einen neuen Umhang?«, fragte einer der Zwillinge.

»Weil er ein *Vertrauensschüler* ist«, sagte die Mutter vergnügt. »Nun gut, mein Schatz, ich wünsch dir ein gutes Schuljahr – und schick mir eine Eule, wenn du angekommen bist.«

Sie küsste Percy auf die Wange und er verabschiedete sich. Dann wandte sie sich den Zwillingen zu.

»Und jetzt zu euch beiden. Dieses Jahr benehmt ihr euch. Wenn ich noch einmal eine Eule bekomme, die mir sagt, dass ihr – dass ihr ein Klo in die Luft gejagt habt oder –«

»Ein Klo in die Luft gejagt? Wir haben noch nie ein Klo in die Luft gejagt.«

»Ist aber eine klasse Idee, danke, Mum.«

»Das ist nicht *lustig*. Und passt auf Ron auf.«

»Keine Sorge, Ronniespätzchen ist sicher mit uns.«

»Haltet den Mund«, sagte Ron erneut. Er war schon fast so groß wie die Zwillinge, und seine Nase war dort, wo die Mutter sie geputzt hatte, immer noch rosa.

»He, Mum, weißt du was? Rate mal, wen wir im Zug getroffen haben!«

Harry lehnte sich rasch zurück, damit sie nicht sehen konnten, dass er sie beobachtete.

»Weißt du noch, dieser schwarzhaarige Junge, der im Bahnhof neben uns stand? Weißt du, wer das ist?«

»Wer?«

»Harry Potter!«

Harry hörte die Stimme des kleinen Mädchens.

»Oh, Mum, kann ich in den Zug gehen und ihn sehen? Mum, bitte …«

»Du hast ihn schon gesehen, Ginny, und der arme Junge ist kein Tier, das man sich anguckt wie im Zoo. Ist er es wirklich, Fred? Woher weißt du das?«

»Hab ihn gefragt. Hab seine Narbe gesehen. Es gibt sie wirklich – sieht aus wie ein Blitz.«

»Der *Arme* – kein Wunder, dass er allein war. Er hat ja so höflich gefragt, wie er auf den Bahnsteig kommen soll.«

»Schon gut, aber glaubst du, er erinnert sich daran, wie Du-weißt-schon-wer aussieht?«

Ihre Mutter wurde plötzlich sehr ernst.

»Ich verbiete dir, ihn danach zu fragen, Fred. Wag es ja nicht. Das hat ihm gerade noch gefehlt, dass er an seinem ersten Schultag daran erinnert wird.«

»Schon gut, reg dich ab.«

Ein Pfiff gellte über den Bahnsteig.

»Beeilt euch!«, sagte die Mutter und die drei Jungen stiegen in den Zug. Sie lehnten sich aus dem Fenster für einen Abschiedskuss und ihre kleine Schwester begann zu weinen.

»Nicht doch, Ginny, wir senden dir kistenweise Eulen.«

»Wir schicken dir eine Klobrille aus Hogwarts.«

»*George!*«

»War nur 'n Witz, Mum.«

Mit einem Ruck fuhr der Zug an. Harry sah die Mutter der Jungen und die kleine Schwester halb lachend, halb weinend zum Abschied winken. Sie rannten mit, bis der Zug zu schnell wurde, dann blieben sie stehen und winkten.

Der Zug ging in eine Kurve und Harry verlor das Mädchen und seine Mutter aus den Augen. Vor dem Fenster zogen Häuser vorbei. Plötzlich war Harry ganz aufgeregt. Er wusste nicht, was ihn erwartete – doch besser als das, was er zurückließ, musste es allemal sein.

Die Abteiltür glitt auf und der jüngste der Rotschöpfe kam herein.

»Sitzt da jemand?«, fragte er und deutete auf den Sitz gegenüber von Harry. »Der ganze Zug ist nämlich voll.«

Harry schüttelte den Kopf und der Junge setzte sich. Er warf Harry einen schnellen Blick zu und sah dann schweigend aus dem Fenster. Harry sah, dass er immer noch einen schwarzen Fleck auf der Nase hatte.

»He, Ron.«

Da waren die Zwillinge wieder.

»Hör mal, wir gehen weiter in die Mitte. Lee Jordan hat eine riesige Tarantel.«

»Macht nur«, murmelte Ron.

»Harry«, sagte der andere Zwilling, »haben wir uns eigentlich schon vorgestellt? Fred und George Weasley. Und das hier ist Ron, unser Bruder. Bis später dann.«

»Tschau«, sagten Harry und Ron. Die Zwillinge schoben die Abteiltür hinter sich zu.

»Bist du wirklich Harry Potter?«, kam es aus Ron hervorgesprudelt.

Harry nickte.

»Aah, gut, ich dachte, es wäre vielleicht wieder so ein Scherz von Fred und George«, sagte Ron. »Und hast du wirklich … du weißt schon …« Er deutete auf Harrys Stirn.

Harry strich sich die Haare aus dem Gesicht und zeigte ihm die Blitznarbe. Ron machte große Augen.

»Also hier hat Du-weißt-schon-wer …?«

»Ja«, sagte Harry, »aber ich kann mich nicht daran erinnern.«

»An nichts?«, fragte Ron neugierig.

»Na ja, ich erinnere mich noch, dass überall grünes Licht war, aber an sonst nichts.«

»Mensch«, sagte Ron. Er saß da, starrte Harry einige Zeit lang an, und dann, als sei ihm plötzlich klar geworden, was er da tat, wandte er seine Augen rasch wieder aus dem Fenster.

»Sind alle in eurer Familie Zauberer?«, fragte Harry, der Ron genauso interessant fand wie Ron ihn.

»Ähm – ja, ich denke schon«, sagte Ron. »Ich glaube, Mum hat noch einen zweiten Vetter, der Buchhalter ist, aber wir reden nie über ihn.«

»Dann musst du schon viel vom Zaubern verstehen.«

Die Weasleys waren offensichtlich eine dieser alten Zaubererfamilien, von denen der blasse Junge in der Winkelgasse gesprochen hatte.

»Ich hab gehört, dass du bei den Muggeln gelebt hast«, sagte Ron. »Wie sind die?«

»Fürchterlich – na ja, nicht alle. Meine Tante, mein Onkel und mein Vetter jedenfalls. Ich wünschte, ich hätte auch drei Zaubererbrüder.«

»Fünf«, sagte Ron. Aus irgendeinem Grund verdüsterte sich seine Miene. »Ich bin der Sechste in unserer Familie, der nach Hogwarts geht. Und das heißt, in mich setzt man hohe Erwartungen. Bill und Charlie sind schon nicht mehr dort – Bill war Schulsprecher und Charlie war Kapitän der Quidditch-Mannschaft. Und Percy ist jetzt Vertrauensschüler. Fred und George machen zwar eine Menge Unsinn, aber sie haben trotzdem ganz gute Noten und sind beliebt. Alle erwarten von mir, dass ich so gut bin wie die andern, aber wenn ich es schaffe, ist es keine große Sache, weil sie es schon vorgemacht haben. Außerdem kriegst du nie etwas Neues, wenn du fünf Brüder hast. Ich habe den alten Umhang von Bill, den alten Zauberstab von Charlie und die alte Ratte von Percy.«

Ron schob die Hand in die Jacke und zog eine fette, graue, schlafende Ratte hervor.

»Ihr Name ist Krätze und sie ist nutzlos, sie pennt immer. Percy hat von meinem Dad eine Eule bekommen, weil er Vertrauensschüler wurde, aber sie konnten sich keine – ich meine, ich habe stattdessen Krätze bekommen.«

Rons Ohren färbten sich rosa. Offenbar glaubte er, er habe jetzt zu viel gesagt, denn er sah jetzt wieder aus dem Fenster.

Harry fand es überhaupt nicht schlimm, wenn jemand sich keine Eule leisten konnte. Schließlich hatte er bis vor einem Monat keinen Penny gehabt, und er erzählte Ron auch, dass er immer Dudleys alte Klamotten tragen musste und nie ein richtiges Geburtstagsgeschenk bekommen hatte. Das schien Ron ein wenig aufzumuntern.

»… und bis Hagrid es mir gesagt hat, wusste ich überhaupt nicht, dass ich ein Zauberer bin, und auch nichts von meinen Eltern und Voldemort.«

Ron stockte der Atem.

»Was ist?«, fragte Harry.

»*Du hast Du-weißt-schon-wen beim Namen genannt!*«, sagte Ron, entsetzt und beeindruckt zugleich. »Ich hätte nicht gedacht, dass ausgerechnet du –«

»Ich möchte nicht so tun, als ob ich besonders mutig wäre, wenn ich den Namen sage«, antwortete Harry. »Ich habe einfach nie gewusst, dass man es nicht tun sollte. Verstehst du? Ich hab noch eine Menge zu lernen … Ich wette«, fuhr er fort und redete sich etwas von der Seele, das ihm seit kurzem viel Sorge bereitete, »ich wette, ich bin der Schlechteste in der Klasse.«

»Das glaube ich nicht. Es gibt eine Menge Leute aus Muggelfamilien und sie lernen trotzdem schnell.«

Während sie sich unterhielten, hatte der Zug London hinter sich gelassen. Wiesen mit Kühen und Schafen zogen nun schnell an ihnen vorbei. Eine Weile schwiegen sie und schauten hinaus auf Felder und Wege.

Um halb zwölf drang vom Gang ein lautes Geklirre und Geklapper herein, und eine Frau mit Grübchen in den Wangen schob die Tür auf und sagte lächelnd: »Eine Kleinigkeit vom Wagen gefällig, ihr Süßen?«

Harry, der nicht gefrühstückt hatte, sprang auf, doch Rons Ohren liefen wieder rosa an. Er habe Stullen dabei, nuschelte er. Harry trat hinaus in den Gang.

Bei den Dursleys hatte er nie Geld für Süßigkeiten gehabt, und nun, mit den Taschen voll klimpernder Gold- und Silbermünzen, hatte er große Lust, so viele Schokoriegel zu kaufen, wie er nur tragen konnte, doch die Frau hatte keine Schokoriegel. Es gab Bertie Botts Bohnen in allen Geschmacksrichtungen, Bubbels Besten Blaskaugummi, Schokofrösche, Kürbispasteten, Kesselkuchen, Lakritz-Zauberstäbe und einige andere seltsame Dinge, die Harry noch nie gesehen hatte. Damit ihm auch nichts entginge, nahm er von allem etwas und zahlte der Frau elf Silbersickel und sieben Bronzeknuts.

Ron machte große Augen, als Harry mit all den Sachen ins Abteil zurückkam und sie auf einen leeren Sitz fallen ließ.

»Bist wohl ziemlich hungrig?«

»Ich verhungere gleich«, sagte Harry und nahm einen großen Bissen von einer Kürbispastete.

Ron hatte ein klobiges Papierbündel herausgeholt und es aufgewickelt. Drin waren vier belegte Brote. Er zog eins davon auseinander und sagte: »Sie vergisst immer, dass ich kein Corned Beef mag.«

»Ich tausch es für eine hiervon«, sagte Harry und hielt eine Pastete hoch. »Na los –«

»Das Brot magst du sicher nicht, es ist ganz trocken«, sagte Ron. »Sie hat nicht viel Zeit«, fügte er rasch hinzu, »mit gleich fünfen von uns, du weißt ja.«

»Ach, komm schon, nimm dir eine Pastete«, sagte Harry, der noch nie etwas zu teilen gehabt hatte oder auch nur jemanden, mit dem er etwas hätte teilen können. Es war ein gutes Gefühl, hier mit Ron zu sitzen und sich durch all seine Pasteten und Kuchen zu futtern (die Stullen hatten sie längst vergessen).

»Was ist das?«, fragte Harry und hielt eine Schachtel Schokofrösche hoch. »Das sind keine *echten* Frösche, oder?« Allmählich hatte er das Gefühl, dass ihn nichts mehr überraschen würde.

»Nein«, sagte Ron. »Aber schau nach, was auf der Karte ist, mir fehlt noch Agrippa.«

»Was?«

»Ach, das weißt du natürlich nicht! In den Schokofröschen sind Bildkarten von berühmten Hexen und Zauberern zum Sammeln. Ich habe über fünfhundert, aber mir fehlen noch Agrippa und Ptolemäus.«

Harry wickelte den Schokofrosch aus und entnahm die Karte. Sie zeigte das Gesicht eines Mannes. Er trug eine Lesebrille, hatte eine lange, krumme Nase, wehendes Silberhaar und einen mächtigen Vollbart. Unter dem Bild stand der Name *Albus Dumbledore.*

»*Das* ist also Dumbledore!«, rief Harry.

»Sag bloß, du hast noch nie von Dumbledore gehört!«, rief Ron. »Kann ich einen Frosch haben? Vielleicht ist Agrippa drin. – Danke.«

Harry drehte seine Karte um und las:

Albus Dumbledore, gegenwärtig Schulleiter von Hogwarts.

Gilt bei vielen als der größte Zauberer der jüngeren Geschichte.

Professor Dumbledores Ruhm beruht vor allem auf seinem Sieg über den schwarzen Magier Grindelwald im Jahre 1945, auf der Entdeckung der zwölf Anwendungen für Drachenblut und auf seinem Werk über Alchemie, verfasst zusammen mit seinem Partner Nicolas Flamel. In seiner Freizeit hört Professor Dumbledore mit Vorliebe Kammermusik und spielt Bowling.

Harry drehte die Karte wieder um und stellte verblüfft fest, dass Dumbledores Gesicht verschwunden war.

»Er ist weg!«

»Tja, du kannst nicht erwarten, dass er den ganzen Tag hier rumhängt«, sagte Ron. »Er wird schon wiederkommen. Ach nein, ich hab schon wieder Morgana; von der hab ich doch schon sechs Stück ... willst du sie? Du könntest anfangen zu sammeln.«

Rons Augen wanderten hinüber zu dem Haufen Schokofrösche, die nur darauf warteten, ausgewickelt zu werden.

»Bedien dich«, sagte Harry. »Aber in der ... in der Muggelwelt bleiben die Leute einfach sichtbar.«

»Wirklich? Soll das heißen, sie bewegen sich überhaupt nicht?« Ron klang verblüfft. »*Komisch!*«

Harry machte große Augen, als Dumbledore wieder ins Bild auf seiner Karte huschte und ihn kaum merklich anlächelte. Ron war mehr daran interessiert, die Frösche zu verspeisen, als die Karten mit den berühmten Hexen und Zauberern zu betrachten, doch Harry konnte seine Augen nicht von ihnen abwenden. Bald besaß er nicht nur Dumbledore und Morgana, sondern auch Hengis von Woodcroft, Alberich Grunnion, Circe, Paracelsus und Merlin. Schließlich wandte er mit Mühe die Augen von der Druidin Cliodna ab, die sich gerade an der Nase kratzte, und öffnete eine Tüte Bertie Botts Bohnen aller Geschmacksrichtungen.

»Sei bloß vorsichtig mit denen«, warnte ihn Ron. »Wenn sie sagen, jede Geschmacksrichtung, dann *meinen* sie es auch. – Du kriegst zwar alle gewöhnlichen wie Schokolade und Pfefferminz und Erdbeere, aber auch Spinat und Leber und Kutteln. George meint, er habe mal eine mit Popelgeschmack gehabt.«

Ron nahm sich eine grüne Bohne, studierte sie sorgfältig und biss sich ein Stück ab.

»Ääähhh – siehst du? Rosenkohl.«

Die Bohnen jeder Geschmacksrichtung zu essen machte ihnen Spaß. Harry hatte Toast, Kokosnuss, gebackene Bohnen, Erdbeere, Curry, Gras, Kaffee und Sardine und war sogar kühn genug, um das Ende einer merkwürdigen grauen

Bohne anzuknabbern, die Ron nicht einmal anfassen wollte. Sie schmeckte nach Pfeffer.

Die Landschaft, die nun am Fenster vorbeiflog, wurde zunehmend wilder. Die ordentlich bestellten Felder waren verschwunden. Jetzt sahen sie Wälder, verschlungene Flüsse und dunkelgrüne Hügel.

An der Abteiltür klopfte es, und der Junge mit dem runden Gesicht, an dem Harry auf dem Bahnsteig vorbeigegangen war, kam herein. Er sah ganz verweint aus.

»Tut mir leid«, sagte er, »aber habt ihr vielleicht eine Kröte gesehen?«

Als sie die Köpfe schüttelten, fing er an zu klagen: »Ich hab sie verloren. Immer haut sie ab!«

»Sie wird schon wieder auftauchen«, sagte Harry.

»Ja«, sagte der Junge verzweifelt. »Gut, falls ihr sie seht …« Er verschwand wieder.

»Weiß nicht, warum er sich so aufregt«, sagte Ron. »Wenn ich eine Kröte mitgebracht hätte, dann wär ich sie so schnell wie möglich losgeworden. Doch was soll's, hab ja Krätze mitgebracht, ich sollte also lieber den Mund halten.«

Die Ratte döste immer noch auf Rons Schoß.

»Sie könnte inzwischen gestorben sein, ohne dass ich es gemerkt hätte«, sagte Ron voller Abscheu. »Gestern hab ich versucht, sie gelb zu färben, damit sie interessanter aussieht, aber der Spruch hat nicht gewirkt. Ich zeig's dir, schau mal …«

Er stöberte in seinem Koffer herum und zog einen arg in Mitleidenschaft genommenen Zauberstab hervor. An manchen Stellen war er angeschnitten und etwas Weißes glitzerte an der Spitze.

»Das Einhornhaar kommt schon fast raus. Egal –«

Gerade hatte er seinen Zauberstab erhoben, als die Abteiltür erneut aufgeschoben wurde. Wieder war es der krötenlose Junge, doch diesmal war ein Mädchen bei ihm. Sie trug schon jetzt ihren neuen Hogwarts-Umhang.

»Hat jemand eine Kröte gesehen? Neville hat seine verloren«, sagte sie mit gebieterischer Stimme. Sie hatte einen üppigen braunen Haarschopf und recht lange Vorderzähne.

»Wir haben ihm schon gesagt, dass wir sie nicht gesehen haben«, erklärte Ron. Doch das Mädchen hörte nicht zu, sondern betrachtete den Zauberstab in seiner Hand.

»Aha, du bist gerade am Zaubern? Dann lass mal sehen.« Sie setzte sich. Ron sah verlegen aus.

»Ähm – na gut.«

Er räusperte sich.

»Eidotter, Gänsekraut und Sonnenschein,
Gelb soll diese fette Ratte sein.«

Er wedelte mit dem Zauberstab durch die Luft, doch nichts passierte. Krätze blieb bei seiner grauen Farbe und schlief munter weiter.

»Bist du sicher, dass das ein richtiger Zauberspruch ist?«, sagte das Mädchen. »Jedenfalls ist er nicht besonders gut. Ich hab selbst ein paar einfache Sprüche probiert, nur zum Üben, und bei mir hat's immer geklappt. Keiner in meiner Familie ist magisch, es war ja so eine Überraschung, als ich meinen Brief bekommen hab, aber ich hab mich unglaublich darüber gefreut, es ist nun einmal die beste Schule für Zauberei, die es gibt, wie ich gehört hab – ich hab natürlich alle unsere Schulbücher auswendig gelernt, ich hoffe nur, das reicht. Übrigens, ich bin Hermine Granger, und wer seid ihr?«

Das alles sprudelte in atemberaubender Geschwindigkeit aus ihr heraus.

Harry sah Ron an und war erleichtert, in seinem verblüfften Gesicht ablesen zu können, dass auch er nicht alle Schulbücher auswendig gelernt hatte.

»Ich bin Ron Weasley«, murmelte Ron.

»Harry Potter«, sagte Harry.

»Ach tatsächlich?«, sagte Hermine. »Natürlich weiß ich alles über dich, ich hab noch ein paar andere Bücher, als Hintergrundlektüre, und du stehst in der *Geschichte der modernen Magie*, im *Aufstieg und Niedergang der dunklen Künste* und in der *Großen Chronik der Zauberei des zwanzigsten Jahrhunderts*.«

»Nicht zu fassen«, sagte Harry, etwas schwurbelig im Kopf.

»Meine Güte, hast du das nicht gewusst, ich jedenfalls hätte alles über mich rausgefunden, wenn ich du gewesen wäre«, sagte Hermine. »Wisst ihr eigentlich schon, in welches Haus ihr kommt? Ich hab herumgefragt und hoffentlich komme ich nach Gryffindor, da hört man das Beste, es heißt, Dumbledore selber war dort, aber ich denke, Ravenclaw wär auch nicht schlecht … Gut denn, wir suchen jetzt besser weiter nach Nevilles Kröte. Übrigens, ihr beide solltet euch lieber umziehen, ich glaube, wir sind bald da.«

Den krötenlosen Jungen im Schlepptau, zog sie von dannen.

»Egal, in welches Haus ich komme, Hauptsache, die ist woanders«, sagte Ron. Er warf seinen Zauberstab in den Koffer zurück. »Blöder Spruch, ich hab ihn von George. Wette, er hat gewusst, dass es ein Blindgänger ist.«

»In welchem Haus sind deine Brüder?«, fragte Harry.

»Gryffindor«, sagte Ron. Wieder schienen ihn düstere Gedanken gefangen zu nehmen. »Mum und Dad waren auch dort. Ich weiß nicht, was sie sagen werden, wenn ich woanders hinkomme. Ravenclaw wäre sicher nicht allzu schlecht, aber stell dir vor, sie stecken mich nach Slytherin.«

»Das ist das Haus, in dem Vol-, ich meine, Du-weißt-schon-wer war?«

»Ja«, sagte Ron. Er ließ sich mit trübseliger Miene in seinen Sitz zurückfallen.

»Weißt du was, mir kommen die Spitzen von Krätzes Schnurrhaaren doch etwas heller vor«, sagte Harry, um Ron abzulenken. »Und was machen jetzt eigentlich deine älteren Brüder, wo sie aus der Schule sind?«

Harry war neugierig, was ein Zauberer wohl nach der Schule anstellen mochte.

»Charlie ist in Rumänien und erforscht Drachen und Bill ist in Afrika und erledigt etwas für Gringotts«, sagte Ron. »Hast du von Gringotts gehört? Es kam ganz groß im *Tagespropheten*, aber den kriegst du wohl nicht bei den Muggeln: Jemand hat versucht ein Hochsicherheitsverlies auszurauben.«

Harry starrte ihn an. »Wirklich? Und weiter?«

»Nichts, darum hat die Sache ja Schlagzeilen gemacht. Man hat sie nicht erwischt. Mein Dad sagt, es muss ein mächtiger schwarzer Magier gewesen sein, wenn er bei Gringotts eindringen konnte, aber sie glauben nicht, dass sie etwas mitgenommen haben, und das ist das Merkwürdige daran. Natürlich kriegen es alle mit der Angst zu tun, wenn so etwas passiert, es könnte ja Du-weißt-schon-wer dahinterstecken.«

Harry dachte über diese Neuigkeit nach. Inzwischen spürte er immer ein wenig Angst in sich hochkribbeln, wenn der Name von Du-weißt-schon-wem fiel. Das gehörte wohl dazu, wenn man in die Welt der Zauberer eintrat, doch es war viel einfacher gewesen, »Voldemort« zu sagen, ohne sich deswegen zu beunruhigen.

»Für welche Quidditch-Mannschaft bist du eigentlich?«, fragte Ron.

»Ähm – ich kenne gar keine«, gestand Harry.

»Was?« Ron sah ihn verdutzt an. »Ach, wart's nur ab, das ist das beste Spiel der Welt –« Und dann legte er los und erklärte alles über die vier Bälle und die Positionen der sieben Spieler, beschrieb berühmte Spiele, die er mit seinen Brüdern besucht hatte, und den Besen, den er gerne kaufen würde, wenn er das Geld dazu hätte. Gerade war er dabei, Harry in die raffinierteren Züge des Spiels einzuführen, als die Abteiltür wieder aufging. Doch diesmal waren es weder Neville, der krötenlose Junge, noch Hermine Granger.

Drei Jungen traten ein und Harry erkannte sofort den mittleren von ihnen: Es war der blasse Junge aus Madam Malkins Laden. Er musterte Harry nun viel interessierter als in der Winkelgasse.

»Stimmt es?«, sagte er. »Im ganzen Zug sagen sie, dass Harry Potter in diesem Abteil ist. Also du bist es?«

»Ja«, sagte Harry. Er sah die anderen Jungen an. Beide waren stämmig und wirkten ziemlich fies. Wie sie da zur Rechten und zur Linken des blassen Jungen standen, sahen sie aus wie seine Leibwächter.

»Oh, das ist Crabbe und das ist Goyle«, bemerkte der blasse Junge lässig, als er Harrys Blick folgte. »Und mein Name ist Malfoy. Draco Malfoy.«

Von Ron kam ein leichtes Husten, das sich anhörte wie ein verdrucktes Kichern.

Draco Malfoy sah ihn an.

»Meinst wohl, mein Name ist komisch, was? Wer du bist, muss man ja nicht erst fragen. Mein Vater hat mir gesagt, alle Weasleys haben rotes Haar, Sommersprossen und mehr Kinder, als sie sich leisten können.«

Er wandte sich wieder Harry zu.

»Du wirst bald feststellen, dass einige Zaubererfamilien viel besser sind als andere, Potter. Und du wirst dich doch nicht etwa mit der falschen Sorte abgeben. Ich könnte dir behilflich sein.«

Er streckte die Hand aus, doch Harry machte keine Anstalten, ihm die seine zu reichen.

»Ich denke, ich kann sehr gut selber entscheiden, wer zur falschen Sorte gehört«, sagte er kühl.

Draco Malfoy wurde nicht rot, doch ein Hauch Rosa erschien auf seinen blassen Wangen.

»Ich an deiner Stelle würde mich vorsehen, Potter«, sagte er langsam. »Wenn du nicht ein wenig höflicher bist, wird es dir genauso ergehen wie deinen Eltern. Die wussten auch nicht, was gut für sie war. Wenn du dich mit Gesindel wie den Weasleys und diesem Hagrid abgibst, wird das auf dich abfärben.«

Harry und Ron erhoben sich. Rons Gesicht war nun so rot wie sein Haar.

»Sag das noch mal«, sagte er.

»Oh, ihr wollt euch mit uns schlagen?«, höhnte Malfoy.

»Außer ihr verschwindet sofort«, sagte Harry, was mutiger klang, als er sich fühlte, denn Crabbe und Goyle waren viel kräftiger als er und Ron.

»Aber uns ist überhaupt nicht nach Gehen zumute, oder, Jungs? Wir haben alles aufgefuttert, was wir hatten, und bei euch gibt's offenbar noch was.«

Goyle griff nach den Schokofröschen neben Ron. Ron machte einen Sprung nach vorn, doch bevor er Goyle auch nur berührt hatte, entfuhr diesem ein fürchterlicher Schrei.

Krätze, die Ratte, baumelte von Goyles Zeigefinger herab, ihre scharfen kleinen Zähne tief in seine Knöchel versenkt – Crabbe und Malfoy wichen zur Seite, als der jaulende Goyle Krätze weit im Kreis herumschwang. Als Krätze schließlich wegflog und gegen das Fenster klatschte, verschwanden alle drei auf der Stelle. Vielleicht dachten sie, noch mehr Ratten würden zwischen den Süßigkeiten lauern, oder vielleicht hatten sie Schritte gehört, denn einen Augenblick später trat Hermine Granger ein.

»Was war hier *los?*«, sagte sie und blickte auf die Naschereien, die auf dem Boden verstreut lagen. Ron packte Krätze am Schwanz und hob ihn hoch.

»Ich denke, er ist k. o. gegangen«, sagte Ron zu Harry gewandt. Er besah sich Krätze näher. »Nein – doch nicht. Ist wohl wieder eingeschlafen.«

Und so war es.

»Hast du Malfoy schon einmal getroffen?«

Harry erzählte von ihrer Begegnung in der Winkelgasse.

»Ich hab von seiner Familie gehört«, sagte Ron in düsterem Ton. »Sie gehörten zu den Ersten, die auf unsere Seite zurückkehrten, nachdem Du-weißt-schon-wer verschwunden war. Sagten, sie seien verhext worden. Mein Dad glaubt nicht daran. Er sagt, Malfoys Vater brauchte keine Ausrede, um auf die dunkle Seite zu gehen.« Er wandte sich Hermine zu. »Können wir dir behilflich sein?«

»Ich schlage vor, ihr beeilt euch ein wenig und zieht eure Umhänge an. Ich war gerade vorn beim Lokführer, und er sagt, wir sind gleich da. Ihr habt euch nicht geschlagen, oder? Ihr kriegt noch Schwierigkeiten, bevor wir überhaupt da sind!«

»Krätze hat gekämpft, nicht wir«, sagte Ron und blickte sie finster an. »Würdest du bitte gehen, damit wir uns umziehen können?«

»Schon gut. Ich bin nur reingekommen, weil sich die Leute draußen einfach kindisch aufführen und ständig die Gänge auf und ab rennen«, sagte Hermine hochnäsig. »Und übrigens, du hast Dreck an der Nase, weißt du das?«

Unter dem zornfunkelnden Blick von Ron ging sie schließlich hinaus.

Harry sah aus dem Fenster. Es wurde langsam dunkel. Unter einem tiefpurpurrot gefärbten Himmel konnte er noch Berge und Wälder erkennen. Der Zug schien langsamer zu werden.

Die beiden legten die Jacken ab und zogen ihre langen schwarzen Umhänge an. Rons Umhang war ein wenig zu kurz für ihn, man konnte seine Turnschuhe darunter sehen.

Eine Stimme hallte durch den Zug: »In fünf Minuten kommen wir in Hogwarts an. Bitte lassen Sie Ihr Gepäck im Zug, es wird für Sie zur Schule gebracht.«

Harry spürte ein Ziehen im Magen und Ron sah unter seinen Sommersprossen ganz blass aus. Sie stopften sich den letzten Rest Süßigkeiten in die Taschen und traten hinaus auf den Gang, der schon voller Schüler war.

Der Zug bremste und kam zum Stillstand. Alles drängelte sich durch die Tür und hinaus auf einen kleinen, dunklen Bahnsteig. Harry zitterte in der kalten Abendluft. Plötzlich erhob sich über ihren Köpfen der Schein einer Lampe und Harry hörte eine vertraute Stimme: »Erstklässler! Erstklässler hier rüber! Alles klar, Harry?«

Hagrids großes, haariges Gesicht strahlte ihm über das Meer von Köpfen hinweg entgegen.

»Nu mal los, mir nach – noch mehr Erstklässler da? Passt auf, wo ihr hintretet! Erstklässler mir nach!«

Rutschend und stolpernd folgten sie Hagrid einen steilen, schmalen Pfad hinunter. Um sie her war es so dunkel, dass Harry vermutete, zu beiden Seiten müssten dichte Bäume stehen. Kaum jemand sprach ein Wort. Neville, der Junge, der immer seine Kröte verlor, schniefte hin und wieder.

»Augenblick noch, und ihr seht zum ersten Mal in eurem Leben Hogwarts«, rief Hagrid über die Schulter, »nur noch um diese Biegung hier.«

Es gab ein lautes »Oooooh!«.

Der enge Pfad war plötzlich zu Ende und sie standen am Ufer eines großen schwarzen Sees. Drüben auf der anderen Seite, auf der Spitze eines hohen Berges, die Fenster funkelnd im rabenschwarzen Himmel, thronte ein gewaltiges Schloss mit vielen Zinnen und Türmen.

»Nicht mehr als vier in einem Boot!«, rief Hagrid und deutete auf eine Flotte kleiner Boote, die am Ufer dümpelten. Harry und Ron sprangen in eines der Boote und ihnen hinterher Neville und Hermine.

»Alle drin?«, rief Hagrid, der ein Boot für sich allein hatte. »Nun denn – VORWÄRTS!«

Die kleinen Boote setzten sich gleichzeitig in Bewegung und glitten über den spiegelglatten See. Alle schwiegen und starrten hinauf zu dem großen Schloss. Es thronte dort oben, während sie sich dem Felsen näherten, auf dem es gebaut war.

»Köpfe runter!«, rief Hagrid, als die ersten Boote den Felsen erreichten; sie duckten sich, und die kleinen Boote schienen durch einen Vorhang aus Efeu zu schweben, der sich direkt vor dem Felsen auftat. Sie glitten durch einen dunklen Tunnel, der sie anscheinend in die Tiefe unterhalb des Schlosses führte, bis sie eine Art unterirdischen Hafen erreichten und aus den Booten kletterten.

»He, du da! Ist das deine Kröte?«, rief Hagrid, der die Boote musterte, während die Kinder ausstiegen.

»Trevor!«, schrie Neville selig vor Glück und streckte die Hände aus. Dann stiefelten sie hinter Hagrids Lampe einen Felsgang empor und kamen schließlich auf einer weichen, feuchten Wiese im Schatten des Schlosses heraus.

Sie gingen eine lange Steintreppe hoch und versammelten sich vor dem riesigen Eichentor des Schlosses.

»Alle da? Du da, hast noch deine Kröte?«

Hagrid hob seine gewaltige Faust und klopfte dreimal an das Schlosstor.

Der Sprechende Hut

Sogleich öffnete sich das Tor. Vor ihnen stand eine große Hexe mit schwarzen Haaren und einem smaragdgrünen Umhang. Sie hatte ein strenges Gesicht, und Harrys erster Gedanke war, dass mit ihr wohl nicht gut Kirschen essen wäre.

»Die Erstklässler, Professor McGonagall«, sagte Hagrid.

»Danke, Hagrid. Ich nehm sie dir ab.«

Sie zog die Torflügel weit auf. Die Eingangshalle war so groß, dass das ganze Haus der Dursleys hineingepasst hätte. Wie bei Gringotts beleuchtete das flackernde Licht von Fackeln die Steinwände, die Decke war so hoch, dass man sie nicht mehr erkennen konnte, und vor ihnen führte eine gewaltige Marmortreppe in die oberen Stockwerke.

Sie folgten Professor McGonagall durch die steingeflieste Halle. Aus einem Gang zur Rechten konnte Harry das Summen hunderter von Stimmen hören – die anderen Schüler mussten schon da sein –, doch Professor McGonagall führte die Erstklässler in eine kleine, leere Kammer neben der Halle. Sie drängten sich hinein und standen dort viel enger beieinander, als sie es normalerweise getan hätten. Aufgeregt blickten sie sich um.

»Willkommen in Hogwarts«, sagte Professor McGonagall. »Das Bankett zur Eröffnung des Schuljahrs beginnt in Kürze, doch bevor ihr eure Plätze in der Großen Halle einnehmt, werden wir feststellen, in welche Häuser ihr kommt. Das ist eine sehr wichtige Zeremonie, denn das

Haus ist gleichsam eure Familie in Hogwarts. Ihr habt gemeinsam Unterricht, ihr schlaft im Schlafsaal eures Hauses und verbringt eure Freizeit im Gemeinschaftsraum.

Die vier Häuser heißen Gryffindor, Hufflepuff, Ravenclaw und Slytherin. Jedes Haus hat seine eigene, ehrenvolle Geschichte und jedes hat bedeutende Hexen und Zauberer hervorgebracht. Während eurer Zeit in Hogwarts holt ihr mit euren großen Leistungen Punkte für das Haus, doch wenn ihr die Regeln verletzt, werden eurem Haus Punkte abgezogen. Am Ende des Jahres erhält das Haus mit den meisten Punkten den Hauspokal, eine große Auszeichnung. Ich hoffe, jeder von euch ist ein Gewinn für das Haus, in welches er kommen wird.

Die Einführungsfeier, an der auch die anderen Schüler teilnehmen, beginnt in wenigen Minuten. Ich schlage vor, dass ihr die Zeit nutzt und euch beim Warten so gut wie möglich zurechtmacht.«

Ihre Augen ruhten kurz auf Nevilles Umhang, der unter seinem linken Ohr festgemacht war, und auf Rons verschmierter Nase. Harry mühte sich nervös, sein Haar zu glätten.

»Ich komme zurück, sobald alles für euch vorbereitet ist«, sagte Professor McGonagall. »Bitte bleibt ruhig, während ihr wartet.«

Sie verließ die Kammer. Harry schluckte.

»Wie legen sie denn fest, in welche Häuser wir kommen?«, fragte er Ron.

»Es ist eine Art Prüfung, glaube ich. Fred meinte, es tut sehr weh, aber ich glaube, das war nur ein Witz.«

Harrys Herz fing fürchterlich an zu pochen. Eine Prüfung? Vor der ganzen Schule? Aber er konnte doch noch gar nicht zaubern – was um Himmels willen würde er tun müssen? Als sie hier angekommen waren, hatte er mit so etwas nicht gerechnet. Ängstlich blickte er sich um und sah, dass auch alle anderen entsetzt schauten. Kaum jemand sagte etwas, außer Hermine Granger. Hastig flüsterte sie alle Zaubersprüche vor sich hin, die sie gelernt hatte, und fragte sich, welchen sie wohl brauchen würde. Harry versuchte angestrengt wegzuhören. Noch nie war er so nervös gewesen. Auch damals nicht, als er einen blauen Brief zu den Dursleys heimbringen musste, in dem es hieß, dass er auf unbekannte Weise die Perücke seines Lehrers blau gefärbt habe. Er blickte unablässig auf die Tür. Jeden Augenblick konnte Professor McGonagall zurückkommen und ihn in den Untergang führen.

Dann geschah etwas, das ihn vor Schreck einen halben Meter in die Luft springen ließ – mehrere Schüler hinter ihm begannen zu schreien.

»Was zum –?«

Er hielt den Atem an. Die andern um ihn her ebenfalls. Soeben waren etwa zwanzig Geister durch die rückwärtige Wand hereingeschwebt. Perlweiß und fast durchsichtig glitten sie durch den Raum, wobei sie sich unterhielten und den Erstklässlern nur gelegentlich einen Blick zuwarfen. Sie schienen sich zu streiten. Einer, der aussah wie ein fetter Mönch, sagte: »Vergeben und vergessen, würd ich sagen, wir sollten ihm eine zweite Chance geben.«

»Mein lieber Bruder, haben wir Peeves nicht alle Chancen gegeben, die ihm zustehen? Er bringt uns alle in Verruf, und du weißt, er ist nicht einmal ein echter Geist – ach du meine Güte, was macht ihr denn alle hier?«

Ein Geist, der eine Halskrause und Strumpfhosen trug, hatte plötzlich die Erstklässler bemerkt.

Keiner antwortete.

»Neue Schüler«, sagte der fette Mönch und lächelte in die Runde. »Werdet gleich ausgewählt, nicht wahr?«

Ein paar nickten stumm.

»Hoffe, wir sehen uns in Hufflepuff!«, sagte der Mönch. »Mein altes Haus, wisst ihr.«

»Gehen Sie weiter«, sagte eine strenge Stimme. »Die Einführungsfeier beginnt.«

Professor McGonagall war zurückgekommen. Die Geister schwebten einer nach dem andern durch die Wand gegenüber.

»Und ihr stellt euch der Reihe nach auf«, wies Professor McGonagall die Erstklässler an, »und folgt mir.«

Harry, dessen Beine sich anfühlten, als seien sie aus Blei, reihte sich hinter einem Jungen mit rotblondem Haar ein, Ron stellte sich hinter ihn, und im Gänsemarsch verließen sie die Kammer, gingen zurück durch die Eingangshalle und betraten durch eine Doppeltür die Große Halle.

Harry hatte von einem so fremdartigen und wundervollen Ort noch nicht einmal geträumt. Tausende und abertausende von Kerzen erleuchteten ihn, über den vier langen Tischen schwebend, an denen die anderen Schüler saßen. Die Tische waren mit schimmernden Goldtellern und -kelchen gedeckt. Am anderen Ende der Halle stand noch ein langer Tisch, an dem die Lehrer saßen. Dorthin führte Professor McGonagall die Erstklässler, so dass sie schließlich mit den Rücken zu den Lehrern in einer Reihe vor den anderen Schülern standen. Hunderte von Gesichtern starrten sie an und sahen aus wie fahle Laternen im flackernden Kerzenlicht. Die Geister, zwischen den Schülern verstreut, glänzten dunstig silbern. Um den starrenden Blicken auszuweichen, wandte Harry das Gesicht nach oben und sah eine samtschwarze, mit Sternen übersäte Decke. Er hörte Hermine flüstern: »Sie ist so verzaubert, dass sie wie der Himmel draußen aussieht, ich hab darüber in der *Geschichte Hogwarts'* gelesen.«

Es war schwer zu glauben, dass es hier überhaupt eine Decke geben sollte und dass die Große Halle sich nicht einfach zum Himmel hin öffnete.

Harry wandte den Blick rasch wieder nach unten, als Professor McGonagall schweigend einen vierbeinigen Stuhl vor die Erstklässler stellte. Auf den Stuhl legte sie einen Spitzhut, wie ihn Zauberer benutzen. Es war ein verschlissener, hie und da geflickter und ziemlich schmutziger Hut. Tante Petunia wäre er nicht ins Haus gekommen.

Vielleicht mussten sie versuchen einen Hasen daraus hervorzuzaubern, schoss es Harry durch den Kopf, darauf schien es hinauszulaufen. Er bemerkte, dass inzwischen aller Augen auf den Hut gerichtet waren, und so folgte er dem Blick der andern. Ein paar Herzschläge lang herrschte vollkommenes Schweigen. Dann begann der Spitzhut zu wackeln. Ein Riss nahe der Krempe tat sich auf, so weit wie ein Mund, und der Spitzhut begann zu singen:

Ihr denkt, ich bin ein alter Hut,
mein Aussehen ist auch gar nicht gut.
Dafür bin ich der schlauste aller Hüte,
und ist's nicht wahr, so fress ich mich, du meine Güte!
Alle Zylinder und schicken Kappen
sind gegen mich doch nur Jammerlappen!
Ich weiß in Hogwarts am besten Bescheid
und bin für jeden Schädel bereit.
Setzt mich nur auf, ich sag euch genau,
wohin ihr gehört – denn ich bin schlau.
Vielleicht seid ihr Gryffindors, sagt euer alter Hut,
denn dort regieren, wie man weiß, Tapferkeit und Mut.
In Hufflepuff dagegen ist man gerecht und treu,
man hilft dem andern, wo man kann, und hat vor Arbeit
keine Scheu.

Bist du geschwind im Denken, gelehrsam auch und weise,
dann machst du dich nach Ravenclaw, so wett ich, auf die
Reise.
In Slytherin weiß man noch List und Tücke zu verbinden,
doch dafür wirst du hier noch echte Freunde finden.
Nun los, so setzt mich auf, nur Mut,
habt nur Vertrauen zum Sprechenden Hut!

Als der Hut sein Lied beendet hatte, brach in der Halle ein
Beifallssturm los. Er verneigte sich vor jedem der vier Tische und verstummte dann.

»Wir müssen also nur den Hut aufsetzen!«, flüsterte Ron
Harry zu. »Ich bring Fred um, er hat große Töne gespuckt –
von wegen Ringkampf mit einem Troll.«

Harry lächelte müde. Ja, den Hut anprobieren war viel
besser, als einen Zauberspruch aufsagen zu müssen, doch es
wäre ihm lieber gewesen, wenn nicht alle zugeschaut hätten. Der Hut stellte offenbar eine ganze Menge Fragen;
Harry fühlte sich im Augenblick weder mutig noch schlag-
fertig noch überhaupt zu irgendetwas aufgelegt. Wenn der
Hut nur ein Haus für solche Schüler erwähnt hätte, die sich
ein wenig angematscht fühlten, das wäre das Richtige für
ihn.

Professor McGonagall trat vor, in den Händen eine lange
Pergamentrolle.

»Wenn ich euch aufrufe, setzt ihr den Hut auf und nehmt
auf dem Stuhl Platz, damit euer Haus bestimmt werden
kann«, sagte sie. »Abbott, Hannah!«

Ein Mädchen mit rosa Gesicht und blonden Zöpfen stolperte aus der Reihe der Neuen hervor, setzte den Hut auf,
der ihr sogleich über die Augen rutschte, und ließ sich auf
dem Stuhl nieder. Einen Moment lang geschah nichts –

»HUFFLEPUFF!«, rief der Hut.

Der Tisch zur Rechten johlte und klatschte, als Hannah aufstand und sich bei den Hufflepuffs niederließ. Harry sah, wie der Geist des fetten Mönchs ihr fröhlich zuwinkte.

»Bones, Susan!«

»HUFFLEPUFF!«, rief der Hut abermals, und Susan schlurfte los, um sich neben Hannah zu setzen.

»Boot, Terry!«

»RAVENCLAW!«

Diesmal klatschte der zweite Tisch von links; mehrere Ravenclaws standen auf, um Terry, dem Neuen, die Hand zu schütteln.

»Brocklehurst, Mandy« kam ebenfalls nach Ravenclaw, doch »Brown, Lavender« wurde die erste neue Gryffindor, und der Tisch ganz links brach in Jubelrufe aus. Harry konnte sehen, wie Rons Zwillingsbrüder pfiffen.

»Bulstrode, Millicent« schließlich wurde eine Slytherin. Vielleicht bildete Harry es sich nur ein, nach all dem, was er über Slytherin gehört hatte, aber sie sahen doch alle recht unangenehm aus.

Ihm war allmählich entschieden übel. Er erinnerte sich, wie in seiner alten Schule die Mannschaften zusammengestellt wurden. Immer war er der Letzte gewesen, den man aufrief, nicht weil er schlecht in Sport gewesen wäre, sondern weil keiner Dudley auf den Gedanken bringen wollte, dass man ihn vielleicht mochte.

»Finch-Fletchley, Justin!«

»HUFFLEPUFF!«

Bei den einen, bemerkte Harry, verkündete der Hut auf der Stelle das Haus, bei anderen wiederum brauchte er eine Weile, um sich zu entscheiden. »Finnigan, Seamus«, der rotblonde Junge vor Harry in der Schlange, saß fast eine Minute lang auf dem Stuhl, bevor der Hut verkündete, er sei ein Gryffindor.

»Granger, Hermine!«

Hermine ging eilig auf den Stuhl zu und packte sich den Hut begierig auf den Kopf.

»GRYFFINDOR!«, rief der Hut. Ron stöhnte.

Plötzlich überfiel Harry ein schrecklicher Gedanke, so plötzlich, wie es Gedanken an sich haben, wenn man aufgeregt ist. Was, wenn er gar nicht gewählt würde? Was, wenn er, den Hut auf dem Kopf, eine Ewigkeit lang nur dasäße, bis Professor McGonagall ihm den Hut vom Kopf reißen und erklären würde, offenbar sei ein Irrtum geschehen und er solle doch besser wieder in den Zug steigen?

Neville Longbottom wurde aufgerufen, der Junge, der ständig seine Kröte verlor. Auf dem Weg zum Stuhl stolperte er und wäre fast gestürzt. Bei Neville brauchte der Hut lange, um sich zu entscheiden. Als er schließlich GRYF-FINDOR rief, rannte Neville mit dem Hut auf dem Kopf los, und er musste unter tosendem Gelächter zurücklaufen und ihn »McDougal, Morag« übergeben.

Malfoy stolzierte nach vorn, als sein Name aufgerufen wurde, und bekam seinen Wunsch sofort erfüllt: Kaum hatte der Hut seinen Kopf berührt, als er schon »SLYTHE-RIN!« rief.

Malfoy ging hinüber zu seinen Freunden Crabbe und Goyle, offensichtlich zufrieden mit sich selbst.

Nun waren nicht mehr viel Neue übrig.

»Moon« ..., »Nott« ..., »Parkinson« ..., dann die Zwillingsmädchen »Patil« und »Patil« ..., dann »Perks, Sally-Anne« ... und dann, endlich –

»Potter, Harry!«

Als Harry vortrat, entflammten plötzlich überall in der Halle Feuer, kleine, zischelnde Geflüsterfeuer.

»*Potter*, hat sie gesagt?«

»*Der* Harry Potter?«

Das Letzte, was Harry sah, bevor der Hut über seine Augen herabsank, war die Halle voller Menschen, die die Hälse reckten, um ihn gut im Blick zu haben. Im nächsten Moment sah er nur noch das schwarze Innere des Huts. Er wartete.

»Hmm«, sagte eine piepsige Stimme in seinem Ohr. »Schwierig. Sehr schwierig. Viel Mut, wie ich sehe. Kein schlechter Kopf außerdem. Da ist Begabung, du meine Güte, ja – und ein kräftiger Durst, sich zu beweisen, nun, das ist interessant ... Nun, wo soll ich dich hinstecken?«

Harry umklammerte die Stuhllehnen und dachte: »Nicht Slytherin, bloß nicht Slytherin.«

»Nicht Slytherin, nein?«, sagte die piepsige Stimme. »Bist du dir sicher? Du könntest groß sein, weißt du, es ist alles da in deinem Kopf, und Slytherin wird dir auf dem Weg zur Größe helfen. Kein Zweifel – nein? Nun, wenn du dir sicher bist – dann besser nach GRYFFINDOR!«

Harry hörte, wie der Hut das letzte Wort laut in die Halle rief. Er nahm den Hut ab und ging mit zittrigen Knien hinüber zum Tisch der Gryffindors. Er war so erleichtert, überhaupt aufgerufen worden und nicht nach Slytherin gekommen zu sein, dass er kaum bemerkte, dass er den lautesten Beifall überhaupt bekam. Percy der Vertrauensschüler stand auf und schüttelte ihm begeistert die Hand, während die Weasley-Zwillinge riefen: »Wir haben Potter! Wir haben Potter!« Harry setzte sich an einen Platz gegenüber dem Geist mit der Halskrause, den er schon vorhin gesehen hatte. Der Geist tätschelte ihm den Arm, und Harry hatte plötzlich das schreckliche Gefühl, den Arm gerade in einen Eimer voll eiskalten Wassers zu tauchen.

Er hatte jetzt eine gute Aussicht auf den Hohen Tisch der Lehrer. Am einen Ende, ihm am nächsten, saß Hagrid, der seinen Blick erwiderte und mit dem Daumen nach oben zeigte. Harry grinste zurück. Und dort, in der Mitte des Hohen Tischs, auf einem großen goldenen Stuhl, saß Albus Dumbledore. Harry erkannte ihn von der Karte wieder, die er im Zug aus dem Schokofrosch geholt hatte. Dumbledores silbernes Haar war das Einzige in der ganzen Halle, was so hell leuchtete wie die Geister. Harry erkannte auch Professor Quirrell, den nervösen jungen Mann aus dem Tropfenden Kessel. Mit seinem großen purpurroten Turban sah er sehr eigenartig aus.

Jetzt waren nur noch drei Schüler übrig, deren Haus bestimmt werden musste. »Turpin, Lisa« wurde eine Ravenclaw. Dann war Ron an der Reihe. Mittlerweile war er blassgrün im Gesicht. Harry kreuzte die Finger unter dem Tisch und eine Sekunde später rief der Hut »GRYFFINDOR!«.

Harry klatschte wie die andern am Tisch laut Beifall, als Ron sich auf den Stuhl neben ihm fallen ließ.

»Gut gemacht, Ron, hervorragend«, sagte Percy Weasley wichtigtuerisch über Harrys Kopf hinweg, während »Zabini, Blaise« zu einem Slytherin gemacht wurde. Professor McGonagall rollte ihr Pergament zusammen und trug den Sprechenden Hut fort.

Harry blickte hinab auf seinen leeren Goldteller. Jetzt erst überkam ihn auf einmal gewaltiger Hunger. Die Kürbispasteten schien er schon vor einer Ewigkeit verspeist zu haben.

Albus Dumbledore war aufgestanden. Mit einem strahlenden Lächeln blickte er in die Runde der Schüler, die Arme weit ausgebreitet, als ob nichts ihm mehr Freude machen könnte, als sie alle hier versammelt zu sehen.

»Willkommen!«, rief er. »Willkommen zu einem neuen Jahr in Hogwarts! Bevor wir mit unserem Bankett beginnen, möchte ich ein paar Worte sagen. Und hier sind sie: Schwachkopf! Schwabbelspeck! Krimskrams! Quiek!

Danke sehr!«

Er nahm wieder Platz. Alle klatschten und jubelten. Harry wußte nicht recht, ob er lachen sollte.

»Ist er ... ist er ein bisschen verrückt?«, fragte er Percy unsicher.

»Verrückt?«, sagte Percy unbekümmert. »Er ist ein Genie! Der beste Zauberer der Welt! Aber ein bisschen verrückt ist er, ja. Kartoffeln, Harry?«

Harry staunte mit offenem Mund. Die Platten vor ihm auf dem Tisch waren überladen mit Essen. Er hatte noch nie so vieles, das er mochte, auf einem einzigen Tisch gesehen: Roastbeef, Brathähnchen, Schweine- und Lammkoteletts, Würste, Schinken, Steaks, Pellkartoffeln, Bratkartoffeln, Pommes, Yorkshire-Pudding, Erbsen, Karotten, Bratensoße, Ketschup und, aus irgendeinem merkwürdigen Grund, Pfefferminzbonbons.

Die Dursleys hatten Harry nicht gerade hungern lassen, aber er hatte nie so viel essen dürfen, wie er wollte. Dudley hatte Harry immer das weggenommen, was er wirklich mochte, selbst wenn Dudley schlecht davon wurde. Harry häufte von allem etwas auf seinen Teller, nur die Pfefferminzbonbons ließ er aus. Er begann zu essen und es schmeckte köstlich.

»Das sieht wahrhaft gut aus«, sagte der Geist mit der Halskrause traurig, während er Harry dabei zusah, wie er sein Steak zerschnitt.

»Können Sie nicht –?«

»Ich habe seit fast fünfhundert Jahren nichts mehr gegessen«, sagte der Geist. »Ich muss natürlich nicht, aber man vermisst es ja doch. Habe ich mich eigentlich schon vorgestellt? Sir Nicholas de Mimsy-Porpington, zu Ihren Diensten. Hausgeist von Gryffindor; ich wohne im Turm.«

»Ich weiß, wer Sie sind!«, platzte Ron los. »Meine Brüder haben mir von Ihnen erzählt. Sie sind der Fast Kopflose Nick!«

»Ich *zöge* es doch *vor*, wenn Sie mich Sir Nicholas de Mimsy nennen würden –«, erwiderte der Geist leicht pikiert, doch der rotblonde Seamus Finnigan unterbrach sie.

»*Fast* kopflos? Wie kann man *fast* kopflos sein?«

Sir Nicholas sah höchst verdrossen drein, als ob diese kleine Unterhaltung überhaupt nicht in seinem Sinne verliefe.

»Eben *so*«, sagte er leicht verärgert. Er packte sein linkes Ohr und zog daran. Sein ganzer Kopf kippte vom Hals weg, als ob er an einem Scharnier hinge, und fiel ihm auf die Schulter. Offensichtlich hatte jemand versucht ihn zu köpfen, aber das Geschäft nicht richtig erledigt. Der Fast Kopflose Nick freute sich über die verdutzten Gesichter um ihn herum, klappte seinen Kopf zurück auf den Hals, hustete und sagte: »So – die neuen Gryffindors! Ich hoffe, ihr strengt euch an, dass wir die Hausmeisterschaft dieses Jahr gewinnen? Gryffindor war noch nie so lange ohne Sieg. Slytherin hat den Pokal jetzt sechs Jahre in Folge! Der Blutige Baron wird langsam unerträglich – er ist der Geist von Slytherin.«

Harry blickte hinüber zum Tisch der Slytherins und sah dort einen fürchterlichen Geist sitzen, mit leeren, stierenden Augen, einem ausgemergelten Gesicht und einem mit silbrigem Blut bespritzten Umhang. Er saß auf dem Platz neben Malfoy, der, wie Harry vergnügt feststellte, über die Sitzordnung nicht gerade glücklich war.

»Wie hat er sich so mit Blut bespritzt?«, fragte Seamus mächtig interessiert.

»Ich habe ihn nie gefragt«, sagte der Fast Kopflose Nick taktvoll.

Als alle gegessen hatten, so viel sie konnten, verschwanden die Reste von den Tellern und hinterließen sie so funkelnd sauber wie zuvor. Einen Augenblick später erschien der Nachtisch: ganze Blöcke von Eiskrem in allen erdenklichen Geschmacksrichtungen, Apfelkuchen, Siruptorten, Schoko-Eclairs und marmeladegefüllte Donuts, Biskuits, Erdbeeren, Wackelpeter, Reispudding …

Während Harry eine Siruptorte verspeiste, wandte sich das Gespräch ihren Familien zu.

»Ich bin halb und halb«, sagte Seamus. »Mein Vater ist ein Muggel. Mum hat ihm nicht erzählt, dass sie eine Hexe ist, bis sie verheiratet waren. War doch ein kleiner Schock für ihn.«

Die andern lachten.

»Und wie steht's mit dir, Neville?«, fragte Ron.

»Meine Oma hat mich aufgezogen und sie ist eine Hexe«, sagte Neville, »aber die Familie hat die ganze Zeit geglaubt, ich sei mit Haut und Haaren ein Muggel. Mein Großonkel Algie wollte mich immer erwischen, wenn ich nicht auf der Hut war, um ein wenig Magie aus mir herauszupressen. Einmal, in Blackpool, hat er mich vom Ende des Piers ins Wasser gestoßen, ich bin fast ertrunken. Aber bis ich acht war, ist nichts passiert. Dann kam Großonkel Algie eines Tages zum Tee vorbei, und er ließ mich gerade an den Fußgelenken aus einem Fenster im oberen Stock baumeln, als Großtante Enid ihm ein Stück Kuchen anbot. Da hat er einfach aus Versehen losgelassen. Doch ich bin gehüpft wie ein Ball – durch den Garten hindurch bis auf die Straße. Sie waren alle ganz aus dem Häuschen. Oma hat geheult, so glücklich war sie. Und du hättest ihre Gesichter sehen sollen, als ich hier aufgenommen wurde. Sie dachten, ich sei vielleicht nicht Zauberer genug. Großonkel Algie hat sich so gefreut, dass er mir eine Kröte geschenkt hat.«

Zu Harrys anderer Seite sprachen Percy Weasley und Hermine über den Unterricht (»Ich *hoffe* doch, sie fangen gleich an, es gibt so viel zu lernen. Mich interessieren besonders Verwandlungen, weißt du, etwas in etwas anderes verwandeln, natürlich soll es sehr schwer sein.« – »Ihr fangt mit ganz einfachen Sachen an, Streichhölzer in Nadeln verwandeln zum Beispiel …«).

Harry, der sich allmählich warm und schläfrig fühlte, sah erneut zum Hohen Tisch hinüber. Hagrid nahm einen tiefen Schluck aus seinem Kelch. Professor McGonagall sprach mit Professor Dumbledore. Professor Quirrell mit seinem komischen Turban unterhielt sich mit einem Lehrer mit fettigem schwarzem Haar, Hakennase und fahler Haut.

Es geschah urplötzlich. Der hakennasige Lehrer blickte an Quirrells Turban vorbei direkt in Harrys Augen und ein scharfer, heißer Schmerz schoss plötzlich durch Harrys Narbe.

»Autsch!« Harry schlug sich mit der Hand gegen die Stirn.

»Was ist los mit dir?«, fragte Percy.

»N-nichts.«

Der Schmerz war so schnell abgeklungen, wie er gekommen war. Schwerer abzuschütteln war das Gefühl, das der Blick des Lehrers in Harry ausgelöst hatte, ein Gefühl, das er Harry überhaupt nicht mochte.

»Wer ist der Lehrer, der sich mit Professor Quirrell unterhält?«, fragte er Percy.

»Aha, du kennst Quirrell also schon? Kein Wunder, dass er so nervös aussieht. Das ist Professor Snape. Er lehrt

Zaubertränke, ist aber damit nicht zufrieden. Jeder weiß, dass er scharf ist auf die Arbeit von Professor Quirrell. Weiß eine Unmenge über die dunklen Künste, dieser Snape.«

Harry beobachtete Snape eine Weile, doch Snape blickte nicht mehr herüber.

Schließlich verschwand auch der Nachtisch und noch einmal erhob sich Professor Dumbledore.

»Ähm – jetzt, da wir alle gefüttert und getränkt sind, nur noch ein paar Worte. Ich habe ein paar Mitteilungen zum Schuljahresbeginn. Die Erstklässler sollten beachten, dass der Wald auf unseren Ländereien für alle Schüler verboten ist. Und einigen von den älteren Schülern möchte ich nahelegen, sich daran zu erinnern.«

Dumbledores zwinkernde Augen blitzten zu den Weasley-Zwillingen hinüber.

»Außerdem hat mich Mr. Filch, der Hausmeister, gebeten, euch daran zu erinnern, dass in den Pausen auf den Gängen nicht gezaubert werden darf.

Die Quidditch-Auswahl findet in der zweiten Woche des Schuljahrs statt. Alle, die gerne in den Hausmannschaften spielen wollen, mögen sich an Madam Hooch wenden.

Und schließlich muss ich euch mitteilen, dass in diesem Jahr das Betreten des Korridors im dritten Stock, der in den rechten Flügel führt, allen verboten ist, die nicht einen sehr schmerzhaften Tod sterben wollen.«

Harry lachte, aber nur wenige lachten mit ihm.

»Er meint es doch nicht etwa ernst?«, flüsterte er Percy zu.

»Muss er wohl«, sagte Percy und sah mit einem Stirnrunzeln zu Dumbledore hinüber. »Merkwürdig, denn normalerweise sagt er uns den Grund, warum wir irgendwo nicht hindürfen. Der Wald ist voller gefährlicher Tiere, das wissen alle. Ich denke, er hätte es zumindest uns Vertrauensschülern sagen sollen.«

»Und nun, bevor wir zu Bett gehen, singen wir die Schulhymne!«, rief Dumbledore. Harry bemerkte, dass das Lächeln der anderen Lehrer recht steif geworden war.

Dumbledore fuchtelte kurz mit seinem Zauberstab, als ob er eine Fliege von der Spitze verscheuchen wollte, und ein langer goldener Faden schwebte daraus hervor, stieg hoch über die Tische und nahm, sich windend wie eine Schlange, die Gestalt von Worten an.

»Jeder nach seiner Lieblingsmelodie«, sagte Dumbledore, »los geht's!«

Und die ganze Schule sang begeistert:

Hogwarts, Hogwarts, warzenschweiniges Hogwarts,
bring uns was Schönes bei,
Ob alt und kahl oder jung und albern,
wir sehnen uns Wissen herbei.
Denn noch sind unsre Köpfe leer,
voll Luft und voll toter Fliegen,
wir wollen nun alles erlernen,
was du uns bisher hast verschwiegen.
Gib dein Bestes – wir können's gebrauchen,
unsere Köpfe, sie sollen rauchen!

Kaum einmal zwei von ihnen hörten gleichzeitig auf. Am Ende hörte man nur noch die Weasley-Zwillinge nach der Melodie eines langsamen Trauermarsches singen. Dumbledore dirigierte ihre letzten Verse mit seinem Zauberstab, und als sie geendet hatten, klatschte er am lautesten.

»Aah, Musik«, sagte er und wischte sich die Augen. »Ein Zauber, der alles in den Schatten stellt, was wir hier treiben. Und nun in die Betten!«

Die Erstklässler von Gryffindor folgten Percy durch die schnatternde Menge hinaus aus der Großen Halle und die Marmortreppe empor. Harrys Beine waren wieder bleischwer, diesmal jedoch nur, weil er sich den Bauch so vollgeschlagen hatte und todmüde war. Er war sogar zu schläfrig, um sich darüber zu wundern, dass die Menschen auf den Porträts entlang der Korridore flüsterten und auf sie deuteten, als sie vorbeigingen, oder dass Percy sie zweimal durch Türbögen führte, die versteckt hinter beiseitegleitenden Täfelungen und Wandteppichen lagen. Noch mehr Treppen ging es empor, gähnend und schlurfend, und Harry fragte sich gerade, wie lange es noch dauern würde, als sie plötzlich Halt machten. Ein Bündel Spazierstöcke schwebte in der Luft vor ihnen, und als Percy einen Schritt auf sie zutrat, begannen sie, sich auf ihn zu werfen.

»Peeves«, flüsterte Percy den Erstklässlern zu. »Ein Poltergeist.« Er hob seine Stimme: »Peeves, zeige dich.«

Ein lautes, grobes Geräusch, wie Luft, die aus einem Ballon gelassen wird, antwortete.

»Willst du, dass ich zum Blutigen Baron gehe?«

Es machte »Plopp« und ein kleiner Mann mit bösen dunklen Augen und weit geöffnetem Mund erschien. Die Beine über Kreuz, schwebte er vor ihnen in der Luft und packte die Spazierstöcke.

»Ooooooooh!«, sagte er mit einem gehässigen Kichern. »Die süßen kleinen Erstklässler! Welch ein Spaß!«

Plötzlich rauschte er auf sie zu. Sie duckten sich.

»Verschwinde, Peeves, oder der Baron erfährt davon, ich meine es ernst!«, bellte Percy.

Peeves streckte die Zunge heraus und verschwand, nicht ohne die Stöcke auf Nevilles Kopf fallen zu lassen. Sie hörten ihn abziehen, an jeder Rüstung rüttelnd, an der er vorbeikam.

»Nehmt euch lieber in Acht vor Peeves«, sagte Percy, als sie sich wieder auf den Weg machten. »Der Blutige Baron ist der Einzige, der ihn im Griff hat, er hört nicht einmal auf uns Vertrauensschüler. Da sind wir.«

Ganz am Ende des Ganges hing das Bildnis einer sehr dicken Frau in einem rosa Seidenkleid.

»Passwort?«, fragte sie.

»Caput Draconis«, sagte Percy. Das Porträt schwang zur Seite und gab den Blick auf ein rundes Loch in der Wand frei. Sie zwängten sich hindurch – Neville brauchte ein wenig Hilfestellung – und fanden sich in einem gemütlichen, runden Zimmer voll weicher Sessel wieder: dem Gemeinschaftsraum von Gryffindor.

Percy zeigte den Mädchen den Weg durch eine Tür, die in ihren Schlafsaal führte, und geleitete die Jungen in ihren. Sie kletterten eine Wendeltreppe empor – offensichtlich waren sie in einem der Türme – und fanden nun endlich ihre Betten: fünf Himmelbetten, die mit tiefroten samtenen Vorhängen verkleidet waren. Ihre Koffer waren schon hochgebracht worden. Viel zu müde, um sich noch lange zu unterhalten, zogen sie ihre Pyjamas an und ließen sich in die Kissen fallen.

»Tolles Essen, was?«, murmelte Ron durch die Vorhänge zu Harry hinüber. »Hau ab, Krätze! Er kaut an meinem Laken.«

Harry wollte Ron noch fragen, ob er von der Zuckergusstorte gekostet habe, doch in diesem Moment fielen ihm die Augen zu.

Vielleicht hatte Harry ein wenig zu viel gegessen, denn er hatte einen sehr merkwürdigen Traum. Er trug Professor Quirrells Turban, der ständig zu ihm sprach. Er müsse sofort nach Slytherin überwechseln, das sei sein Schicksal; der Turban wurde immer schwerer; Harry versuchte ihn vom Kopf zu reißen, doch er zog sich so eng zusammen, dass es wehtat. Und da war Malfoy, der ihn auslachte, jetzt verwandelte sich Malfoy in den hakennasigen Lehrer Snape, dessen Lachen spitz und kalt wurde – grünes Licht flammte auf und Harry erwachte zitternd und in Schweiß gebadet.

Er drehte sich auf die andere Seite und schlief wieder ein, und als er am nächsten Morgen aufwachte, erinnerte er sich nicht mehr an den Traum.

Der Meister der Zaubertränke

»Da ist er.«

»Wo?«

»Neben dem großen rothaarigen Jungen.«

»Der mit der Brille?«

»Siehst du sein Gesicht?«

»Siehst du seine Narbe?«

Ein Flüstern verfolgte Harry von dem Moment an, da er am nächsten Morgen den Schlafsaal verließ. Draußen vor den Klassenzimmern stellten sie sich auf Zehenspitzen, um einen Blick auf ihn zu erhaschen. Andere machten auf dem Weg durch den Korridor kehrt und liefen mit neugierigem Blick an ihm vorbei. Harry mochte das nicht, denn er war noch viel zu sehr damit beschäftigt, den Weg in die Klassenzimmer zu finden.

Es gab einhundertundzweiundvierzig Treppen in Hogwarts: breite, weit ausschwingende; enge, kurze, wacklige; manche führten freitags woandershin; manche hatten auf halber Höhe eine Stufe, die ganz plötzlich verschwand, und man durfte nicht vergessen, sie zu überspringen. Dann wiederum gab es Türen, die nicht aufgingen, außer wenn man sie höflich bat oder sie an genau der richtigen Stelle kitzelte, und Türen, die gar keine waren, sondern Wände, die nur so taten, als ob. Schwierig war es auch, sich daran zu erinnern, wo etwas Bestimmtes war, denn alles schien ziemlich oft den Platz zu wechseln. Die Leute in den Porträts gingen sich ständig besuchen, und Harry war sich sicher, dass die Rüstungen laufen konnten.

Auch die Geister waren nicht besonders hilfreich. Man bekam einen fürchterlichen Schreck, wenn einer von ihnen durch eine Tür schwebte, die man gerade zu öffnen versuchte. Der Fast Kopflose Nick freute sich immer, wenn er den neuen Gryffindors den Weg zeigen konnte, doch Peeves der Poltergeist bot mindestens zwei verschlossene Türen und eine Geistertreppe auf, wenn man zu spät dran war und ihn auf dem Weg zum Klassenzimmer traf. Er leerte den Schülern Papierkörbe über dem Kopf aus, zog ihnen die Teppiche unter den Füßen weg, bewarf sie mit Kreidestückchen oder schlich sich unsichtbar von hinten an, griff sie an die Nase und schrie: »HAB DEINEN ZINKEN!«

Noch schlimmer als Peeves, wenn davon überhaupt die Rede sein konnte, war Argus Filch, der Hausmeister. Harry und Ron schafften es schon am ersten Morgen, ihm in die Quere zu kommen. Filch erwischte sie dabei, wie sie sich durch eine Tür zwängen wollten, die sich unglücklicherweise als der Eingang zum verbotenen Korridor im dritten Stock herausstellte. Filch wollte nicht glauben, dass sie sich verlaufen hatten, und war fest davon überzeugt, dass sie versucht hatten, die Tür aufzubrechen. Er werde sie beide in den Kerker sperren, drohte er, gerade als Professor Quirrell vorbeikam und sie rettete.

Filch hatte eine Katze namens Mrs. Norris, eine dürre, staubfarbene Kreatur mit hervorquellenden, lampenartigen Augen. Sie patrouillierte allein durch die Korridore. Brach man vor ihren Augen eine Regel oder setzte auch nur einen Fuß falsch auf, dann flitzte sie zu Filch, der zwei Sekunden später keuchend vor einem stand. Filch kannte die Geheimgänge der Schule besser als alle andern (mit Ausnahme vielleicht der Weasley-Zwillinge) und konnte so plötzlich auftauchen wie sonst nur ein Geist. Die Schüler mochten ihn alle nicht leiden und hätten Mrs. Norris am liebsten einen gepfefferten Fußtritt versetzt.

Und dann, wenn man es einmal geschafft hatte, das Klassenzimmer zu finden, war da der eigentliche Unterricht. Wie Harry rasch feststellte, gehörte zum Zaubern viel mehr, als nur mit dem Zauberstab herumzufuchteln und ein paar merkwürdige Worte von sich zu geben.

Jeden Mittwoch um Mitternacht mussten sie mit ihren Teleskopen den Nachthimmel studieren und die Namen verschiedener Sterne und die Bewegungen der Planeten lernen. Dreimal die Woche gingen sie hinaus zu den Gewächshäusern hinter dem Schloss, wo sie bei einer plumpen kleinen Professorin namens Sprout Kräuterkunde hatten. Hier lernten sie, wie man all die seltsamen Pflanzen und Pilze züchtete und herausfand, wozu sie nütze waren.

Der bei weitem langweiligste Stoff war Geschichte der Zauberei, der einzige Unterricht, den ein Geist gab. Professor Binns war wirklich schon sehr alt gewesen, als er vor dem Kaminfeuer im Lehrerzimmer eingeschlafen und am nächsten Morgen zum Unterricht aufgestanden war, wobei er freilich seinen Körper zurückgelassen hatte. Binns leierte Namen und Jahreszahlen herunter, und sie kritzelten alles in ihre Hefte und verwechselten Emmerich den Bösen mit Ulrich dem Komischen Kauz.

Professor Flitwick, der Lehrer für Zauberkunst, war ein winzig kleiner Magier, der sich, um über das Pult sehen zu können, auf einen Stapel Bücher stellen musste. Zu Beginn der ersten Stunde verlas er die Namensliste, und als er zu Harry gelangte, gab er ein aufgeregtes Quieken von sich und stürzte vom Bücherstapel.

Professor McGonagall wiederum war ganz anders. Harry hatte durchaus zu Recht vermutet, mit dieser Lehrerin sei nicht gut Kirschen essen. Streng und klug, hielt sie ihnen eine Rede, kaum hatten sie sich zur ersten Stunde hingesetzt.

»Verwandlungen gehören zu den schwierigsten und gefährlichsten Zaubereien, die ihr in Hogwarts lernen werdet«, sagte sie. »Jeder, der in meinem Unterricht Unsinn anstellt, hat zu gehen und wird nicht mehr zurückkommen. Ihr seid gewarnt.«

Dann verwandelte sie ihr Pult in ein Schwein und wieder zurück. Sie waren alle sehr beeindruckt und konnten es kaum erwarten, loslegen zu dürfen, doch sie erkannten bald, dass es noch lange dauern würde, bis sie die Möbel in Tiere verwandeln konnten. Erst einmal schrieben sie eine Menge komplizierter Dinge auf, dann erhielt jeder ein Streichholz, das sie in eine Nadel zu verwandeln suchten. Am Ende der Stunde hatte nur Hermine Granger ihr Streichholz ein klein wenig verändert. Professor McGonagall zeigte der Klasse, dass es ganz silbrig und spitz geworden war, und schenkte Hermine ein bei ihr seltenes Lächeln.

Wirklich gespannt waren sie auf Verteidigung gegen die dunklen Künste, doch Quirrells Unterricht stellte sich als Witz heraus. Sein Klassenzimmer roch stark nach Knoblauch, und alle sagten, das diene dazu, einen Vampir fernzuhalten, den er in Rumänien getroffen habe und der, wie Quirrell befürchtete, eines Tages kommen und ihn holen würde. Seinen Turban, erklärte er, habe ihm ein afrikanischer Prinz geschenkt, weil er dem Prinzen einen lästigen Zombie vom Hals geschafft habe, aber sie waren sich nicht sicher, was sie von dieser Geschichte halten sollten. Als nämlich Seamus Finnigan neugierig fragte, wie Quirrell den Zombie denn verjagt habe, lief der rosarot an und begann über das Wetter zu reden; außerdem hatten sie bemerkt, dass von dem Turban ein komischer Geruch ausging, und die Weasley-Zwillinge behaupteten steif und fest, auch er sei vollgestopft mit Knoblauch, damit Professor Quirrell geschützt sei, wo immer er gehe und stehe.

Harry stellte erleichtert fest, dass er nicht meilenweit hinter den andern herhinkte. Viele Schüler kamen aus Muggelfamilien und hatten wie er keine Ahnung gehabt, dass sie Hexen oder Zauberer waren. Es gab so viel zu lernen, dass selbst Schüler wie Ron keinen großen Vorsprung hatten.

Ein großer Tag für Harry und Ron war der Freitag. Sie schafften es endlich, den Weg zum Frühstück in die Große Halle zu finden, ohne sich auch nur ein einziges Mal zu verirren.

»Was haben wir heute?«, fragte Harry Ron, während er Zucker auf seinen Haferbrei schüttete.

»Doppelstunde Zaubertränke, zusammen mit den Slytherins«, sagte Ron. »Snape ist der Hauslehrer von Slytherin. Es heißt, er bevorzugt sie immer. Wir werden ja sehen, ob das stimmt.«

»Ich wünschte, die McGonagall würde uns bevorzugen«, sagte Harry. Professor McGonagall war Hauslehrerin von Gryffindor und trotzdem hatte sie ihnen tags zuvor eine Unmenge Hausaufgaben aufgehalst.

In diesem Augenblick kam die Post. Harry hatte sich inzwischen daran gewöhnt, doch am ersten Morgen hatte er einen kleinen Schreck bekommen, als während des Frühstücks plötzlich an die hundert Eulen in die Große Halle schwirrten, die Tische umkreisten, bis sie ihre Besitzer erkannten, und dann die Briefe und Päckchen auf ihren Schoß fallen ließen.

Hedwig hatte Harry bisher nichts gebracht. Manchmal ließ sie sich auf seiner Schulter nieder, knabberte ein wenig an seinem Ohr und verspeiste ein Stück Toast, bevor sie sich mit den anderen Schuleulen in die Eulerei zum Schlafen verzog. An diesem Morgen jedoch landete sie flatternd zwischen dem Marmeladeglas und der Zuckerschüssel und ließ einen Brief auf Harrys Teller fallen. Harry riss ihn sofort auf.

Lieber Harrry, stand da sehr kraklig geschrieben,
ich weiß, dass du Freitagnachmittag freihast. Hättest du nicht Lust, mich gegen drei zu besuchen und eine Tasse Tee zu trinken? Ich möchte alles über deine erste Woche erfahren. Schick mir durch Hedwig eine Antwort.
Hagrid

Harry borgte sich Rons Federkiel, kritzelte »*Ja, gerne, wir sehen uns später*« auf die Rückseite des Briefes und schickte Hedwig damit los.

Ein Glück, dass Harry sich auf den Tee mit Hagrid freuen konnte, denn der Zaubertrankunterricht stellte sich als das Schlimmste heraus, was ihm bisher passiert war.

Beim Bankett zum Schuljahresbeginn hatte Harry den Eindruck gewonnen, dass Professor Snape ihn nicht mochte. Am Ende der ersten Zaubertrankstunde wusste er, dass er falsch gelegen hatte. Es war nicht so, dass Snape ihn nicht mochte – er hasste ihn.

Der Zaubertrankunterricht fand tief unten in einem der Kerker statt. Hier war es kälter als oben im Hauptschloss, und auch ohne die eingelegten Tiere, die in großen, an den Wänden aufgereihten Gläsern herumschwammen, wäre es schon unheimlich genug gewesen.

Snape begann die Stunde wie Flitwick mit der Verlesung der Namensliste, und wie Flitwick hielt er bei Harrys Namen inne.

»Ah, ja«, sagte er leise. »Harry Potter. Unsere neue – *Berühmtheit.*«

Draco Malfoy und seine Freunde Crabbe und Goyle kicherten hinter vorgehaltenen Händen. Snape rief die restlichen Namen auf und richtete dann den Blick auf die Klasse. Seine Augen waren so schwarz wie die Hagrids, doch sie hatten nichts von deren Wärme. Sie waren kalt und leer und erinnerten an dunkle Tunnel.

»Ihr seid hier, um die schwierige Wissenschaft und exakte Kunst der Zaubertrankbrauerei zu lernen.« Es war kaum mehr als ein Flüstern, doch sie verstanden jedes Wort – wie Professor McGonagall hatte Snape die Gabe, eine Klasse mühelos ruhig zu halten. »Da es bei mir nur wenig albernes Zauberstabgefuchtel gibt, werden viele von euch kaum glauben, dass es sich um Zauberei handelt. Ich erwarte nicht, dass ihr wirklich die Schönheit des leise brodelnden Kessels mit seinen schimmernden Dämpfen zu sehen lernt, die zarte Macht der Flüssigkeiten, die durch die menschlichen Venen kriechen, den Kopf verhexen und die Sinne betören ... Ich kann euch lehren, wie man Ruhm in Flaschen füllt, Ansehen zusammenbraut, sogar den Tod verkorkt – sofern ihr kein großer Haufen Dummköpfe seid, wie ich sie sonst immer in der Klasse habe.«

Die Klasse blieb stumm nach dieser kleinen Rede. Harry und Ron tauschten mit hochgezogenen Augenbrauen Blicke aus. Hermine Granger saß auf dem Stuhlrand und sah aus, als wäre sie ganz versessen darauf, zu beweisen, dass sie kein Dummkopf war.

»Potter!«, sagte Snape plötzlich. »Was bekomme ich, wenn ich einem Wermutaufguss geriebene Affodillwurzel hinzufüge?«

Geriebene Wurzel wovon einem Aufguss wovon hinzufügen?

Harry blickte Ron an, der genauso verdutzt aussah wie er; Hermines Hand war nach oben geschnellt.

»Ich weiß nicht, Sir«, sagte Harry.

Snapes Lippen kräuselten sich zu einem hämischen Lächeln.

»Tjaja – Ruhm ist eben nicht alles.«

Hermines Hand übersah er.

»Versuchen wir's noch mal, Potter. Wo würdest du suchen, wenn du mir einen Bezoar beschaffen müsstest?«

Hermine streckte die Hand so hoch in die Luft, wie es möglich war, ohne dass sie sich vom Stuhl erhob, doch Harry hatte nicht die geringste Ahnung, was ein Bezoar war. Er mied den Blick hinüber zu Malfoy, Crabbe und Goyle, die sich vor Lachen schüttelten.

»Ich weiß nicht, Sir.«

»Dachtest sicher, es wäre nicht nötig, ein Buch aufzuschlagen, bevor du herkommst, nicht wahr, Potter?«

Harry zwang sich, fest in diese kalten Augen zu blicken. Bei den Dursleys *hatte* er wohl in seine Bücher geschaut, doch erwartete Snape, dass er alles aus *Tausend Zauberkräutern und -pilzen* herbeten konnte?

Snape missachtete immer noch Hermines zitternde Hand.

»Was ist der Unterschied zwischen Eisenhut und Wolfswurz, Potter?«

Bei dieser Frage stand Hermine auf, ihre Fingerspitzen berührten jetzt fast die Kerkerdecke.

»Ich weiß nicht«, sagte Harry leise. »Aber ich glaube, Hermine weiß es, also warum nehmen Sie nicht mal Hermine dran?«

Ein paar lachten; Harry fing Seamus' Blick auf, der ihm zuzwinkerte. Snape allerdings war nicht erfreut.

»Setz dich«, blaffte er Hermine an. »Zu deiner Information, Potter, Affodill und Wermut ergeben einen Schlaftrank, der so stark ist, dass er als Trank der Lebenden Toten bekannt ist. Ein Bezoar ist ein Stein aus dem Magen einer Ziege, der einen vor den meisten Giften rettet. Was Eisenhut und Wolfswurz angeht, so bezeichnen sie dieselbe Pflanze, auch bekannt unter dem Namen Aconitum. Noch Fragen? Und warum schreibt ihr euch das nicht auf?«

Dem folgte ein lautes Geraschel von Pergament und Federkielen. Durch den Lärm drang Snapes Stimme: »Und Gryffindor wird ein Punkt abgezogen, wegen dir, Potter.«

Auch später erging es den Gryffindors in der Zaubertrankstunde nicht besser. Snape stellte sie zu Paaren zusammen und ließ sie einen einfachen Trank zur Heilung von Furunkeln anrühren. Er huschte in seinem langen schwarzen Umhang zwischen den Tischen umher, sah zu, wie sie getrocknete Nesseln abwogen und Giftzähne von Schlangen zermahlten. Bei fast allen hatte er etwas auszusetzen, außer bei Malfoy, den er offenbar gut leiden konnte. Gerade forderte er die ganze Klasse auf, sich anzusehen, wie gut Malfoy seine Wellhornschnecken geschmort hatte, als giftgrüne Rauchwolken und ein lautes Zischen den Kerker erfüllten. Neville hatte es irgendwie geschafft, den Kessel von Seamus zu einem unförmigen Klumpen zu zerschmelzen. Das Gebräu sickerte über den Steinboden und brannte Löcher in die Schuhe. Im Nu stand die ganze Klasse auf den Stühlen, während Neville, der sich mit dem Gebräu vollgespritzt hatte, als der Kessel zersprang, vor Schmerz stöhnte, denn überall auf seinen Armen und Beinen brachen zornrote Furunkel auf.

»Du Idiot!«, blaffte Snape ihn an und wischte den verschütteten Trank mit einem Schwung seines Zauberstabs weg. »Ich nehme an, du hast die Stachelschweinstacheln hinzugegeben, bevor du den Kessel vom Feuer genommen hast?«

Neville wimmerte, denn Furunkel brachen nun auch auf seiner Nase auf.

»Bring ihn hoch in den Hospitalflügel«, fauchte Snape Seamus an. Dann nahm er sich Harry und Ron vor, die am Tisch neben Neville gearbeitet hatten.

»Du – Potter – warum hast du ihm nicht gesagt, er solle die Pastillen weglassen? Dachtest wohl, du stündest besser da, wenn er es vermasselt, oder? Das ist noch ein Punkt, der Gryffindor wegen dir abgezogen wird.«

Das war so unfair, dass Harry den Mund öffnete, um ihm zu widersprechen, doch Ron versetzte ihm hinter ihrem Kessel einen Knuff.

»Leg's nicht darauf an«, flüsterte er. »Ich hab gehört, Snape kann sehr gemein werden.«

Als sie eine Stunde später die Kerkerstufen emporstiegen, rasten wilde Gedanken durch Harrys Kopf und er fühlte sich miserabel. In der ersten Woche schon hatte Gryffindor seinetwegen zwei Punkte verloren. *Warum* hasste Snape ihn so sehr?

»Mach dir nichts draus«, sagte Ron. »Snape nimmt Fred und George auch immer Punkte weg. Kann ich mitkommen zu Hagrid?«

Um fünf vor drei verließen sie das Schloss und machten sich auf den Weg. Hagrid lebte in einem kleinen Holzhaus am Rande des verbotenen Waldes. Neben der Tür standen eine Armbrust und ein Paar Galoschen.

Als Harry klopfte, hörten sie von drinnen ein aufgeregtes Kratzen und ein donnerndes Bellen. Dann erwachte Hagrids Stimme: »Zurück, Fang – mach Platz.«

Hagrids großes, haariges Gesicht erschien im Türspalt, dann öffnete er.

»Wartet«, sagte er. »Platz, Fang.«

Er ließ sie herein, wobei er versuchte einen riesigen schwarzen Saurüden am Halsband zu fassen.

Drinnen gab es nur einen Raum. Von der Decke hingen Schinken und Fasane herunter, ein Kupferkessel brodelte über dem offenen Feuer, und in der Ecke stand ein riesiges Bett mit einer Flickendecke.

»Macht's euch bequem«, sagte Hagrid und ließ Fang los, der gleich auf Ron losstürzte und ihn an den Ohren leckte. Wie Hagrid war auch Fang offensichtlich nicht so wild, wie er aussah.

»Das ist Ron«, erklärte Harry, während Hagrid kochendes Wasser in einen großen Teekessel goss und Plätzchen auf einen Teller legte.

»Noch ein Weasley, nicht wahr?«, sagte Hagrid und betrachtete Rons Sommersprossen. »Mein halbes Leben hab ich damit verbracht, deine Zwillingsbrüder aus dem Wald zu verjagen.«

Die Plätzchen waren so hart, dass sie sich fast die Zähne ausbissen, doch Harry und Ron ließen sich nichts anmerken und erzählten Hagrid alles über die ersten Unterrichtsstunden. Fang legte den Kopf auf Harrys Knie und Sabber lief den Umhang hinunter.

Harry und Ron genossen es, dass Hagrid Filch einen »blöden Sack« nannte.

»Und was diese Katze angeht, Mrs. Norris, die möcht ich mal Fang vorstellen. Wisst ihr, immer wenn ich hochgeh zur Schule, folgt sie mir auf Schritt und Tritt. Kann sie nicht abschütteln, Filch macht sie extra scharf auf mich.«

Harry erzählte Hagrid von der ersten Stunde bei Snape. Wie zuvor schon Ron, riet ihm auch Hagrid, sich darüber keine Gedanken zu machen; Snape möge eben kaum einen Schüler.

»Aber er schien mich richtig zu *hassen*.«

»Unsinn!«, sagte Hagrid. »Warum sollte er?«

Doch Harry meinte zu bemerken, dass Hagrid ihm dabei nicht wirklich in die Augen schaute.

»Wie geht's deinem Bruder Charlie?«, fragte Hagrid Ron. »Mochte ihn sehr gern, konnte prima mit Tieren umgehen.«

Harry fragte sich, ob Hagrid das Thema absichtlich gewechselt hatte. Während Ron Hagrid von Charlies Arbeit mit den Drachen erzählte, zog Harry ein Blatt Papier unter der Teehaube hervor. Es war ein Ausschnitt aus dem *Tagespropheten*:

Neues vom Einbruch bei Gringotts

Die Ermittlungen im Fall des Einbruchs bei Gringotts vom 31. Juli werden fortgesetzt. Allgemein wird vermutet, dass es sich um die Tat schwarzer Magier oder Hexen handelt. Um wen genau es sich handelt, ist jedoch unklar.

Vertreter der Kobolde bei Gringotts bekräftigten heute noch einmal, dass nichts gestohlen wurde. Das Verlies, das durchsucht wurde, war zufällig am selben Tag geleert worden.

»Wir sagen Ihnen allerdings nicht, was drin war, also halten Sie Ihre Nasen da raus, falls Sie wissen, was gut für Sie ist«, sagte ein offizieller Koboldsprecher von Gringotts heute Nachmittag.

Harry erinnerte sich, dass Ron ihm im Zug gesagt hatte, jemand habe versucht, Gringotts auszurauben. Doch Ron hatte nicht erwähnt, an welchem Tag das war.

»Hagrid!«, rief Harry, »dieser Einbruch bei Gringotts war an meinem Geburtstag! Vielleicht sogar, während wir dort waren!«

Diesmal konnte es keinen Zweifel geben: Hagrid blickte Harry nicht in die Augen. Er stöhnte auf und bot ihm noch ein Plätzchen an. Harry las den Zeitungsartikel noch einmal durch. *Das Verlies, das durchsucht wurde, war zufällig am selben Tag geleert worden.* Hagrid hatte Verlies siebenhundertdreizehn geleert, wenn man es so nennen konnte, denn er hatte nur dieses schmutzige kleine Paket herausgeholt. War es das, wonach die Diebe gesucht hatten?

Als Harry und Ron zum Abendessen ins Schloss zurückkehrten, waren ihre Taschen vollgestopft mit den steinharten Plätzchen, die sie aus Höflichkeit nicht hatten ablehnen wollen. Harry überlegte, dass ihm bisher keine Unterrichtsstunde so viel Stoff zum Nachdenken geliefert hatte wie dieser Teenachmittag bei Hagrid. Hatte Hagrid dieses Päckchen gerade noch rechtzeitig geholt? Wo war es jetzt? Und wusste Hagrid mehr über Snape, als er Harry erzählen wollte?

Duell um Mitternacht

Harry hätte sich nicht träumen lassen, dass er je auf einen Jungen stoßen würde, den er mehr hasste als Dudley – bis er Draco Malfoy kennen lernte. Ein Glück, dass die Erstklässler von Gryffindor nur die Zaubertrankstunden gemeinsam mit den Slytherins hatten und sie sich deshalb nicht allzu lange mit Malfoy abgeben mussten. Wenigstens taten sie es nicht, bis sie am schwarzen Brett ihres Aufenthaltsraumes eine Notiz bemerkten, die sie alle aufstöhnen ließ. Die Flugstunden würden am Donnerstag beginnen. Und Gryffindor und Slytherin sollten zusammen Unterricht haben.

»Das hat mir gerade noch gefehlt«, sagte Harry mit düsterer Stimme. »Genau das, was ich immer wollte. Mich vor den Augen Malfoys auf einem Besen lächerlich machen.«

Auf das Fliegenlernen hatte er sich mehr gefreut als auf alles andere.

»Du weißt doch noch gar nicht, ob du dich lächerlich machst«, sagte Ron vernünftigerweise. »Jedenfalls weiß ich, dass Malfoy immer damit protzt, wie gut er im Quidditch ist, aber ich wette, das ist alles nur Gerede.«

Malfoy sprach in der Tat ausgiebig vom Fliegen. Er beklagte sich lauthals, dass die Erstklässler es nie schafften, in eines der Quidditch-Teams aufgenommen zu werden, und erzählte langatmige Geschichten, die immer damit zu enden schienen, dass er um Haaresbreite irgendwelchen

Muggeln in Hubschraubern entkommen war. Allerdings war er nicht der Einzige: Seamus Finnigan jedenfalls ließ durchblicken, dass er den größten Teil seiner Kindheit damit verbracht habe, auf einem Besen übers Land zu brausen. Selbst Ron erzählte jedem, der es hören wollte, wie er auf Charlies altem Besen einmal fast mit einem Drachenflieger zusammengestoßen sei. Alle Schüler aus Zaubererfamilien redeten ständig über Quidditch. Mit Dean Thomas, der auch in ihrem Schlafsaal war, hatte sich Ron bereits einen heftigen Streit über Fußball geliefert. Ron konnte einfach nicht einsehen, was so spannend sein sollte an einem Spiel mit nur einem Ball, bei dem es nicht erlaubt war, zu fliegen. Harry hatte Ron dabei erwischt, wie er vor Deans Poster von dessen Lieblingsfußballmannschaft stand und die Spieler anfeuerte, sich doch endlich zu bewegen.

Neville wiederum hatte noch nie einen Besen bestiegen. Seine Großmutter wollte ihn nicht einmal in die Nähe eines solchen Fluggeräts lassen. Harry gab ihr im Stillen Recht, denn Neville schaffte es sogar, mit beiden Füßen fest auf dem Boden eine erstaunliche Zahl von Unfällen zu erleiden.

Fast so nervös wie Neville, wenn es ans Fliegen ging, war Hermine Granger. Fliegen war etwas, was man nicht aus einem Buch auswendig lernen konnte – nicht, dass sie es nicht versucht hätte. Beim Frühstück am Donnerstagmorgen langweilte sie alle mit dummen Flugtipps, die sie in einem Bibliotheksband namens *Quidditch im Wandel der Zeiten* gefunden hatte. Neville hing ihr an den Lippen, begierig auf alles, was ihm nachher helfen könnte, auf dem Besen zu bleiben, doch alle anderen waren erleichtert, als die Ankunft der Post Hermines Vorlesung unterbrach.

Seit Hagrids Einladung hatte Harry keinen einzigen Brief mehr bekommen, was Malfoy natürlich schnell bemerkt hatte. Malfoys Uhu brachte ihm immer Päckchen mit Süßigkeiten von daheim, die er am Tisch der Slytherins genüsslich auspackte.

Eine Schleiereule brachte Neville ein kleines Päckchen von seiner Großmutter. Er öffnete es ganz aufgeregt und zeigte den andern eine Glaskugel, die einer großen Murmel ähnelte und offenbar mit weißem Rauch gefüllt war.

»Ein Erinnermich«, erklärte er. »Oma weiß, dass ich ständig alles vergesse. Das Ding hier sagt einem, ob es etwas gibt, was man zu tun vergessen hat. Schaut mal, ihr schließt es ganz fest in die Hand, und wenn es rot wird – oh …« Er schaute betreten drein, denn das Erinnermich erglühte im Nu scharlachrot, »… dann habt ihr etwas vergessen …«

Neville war gerade damit beschäftigt, sich daran zu erinnern, was er vergessen hatte, als Draco Malfoy am Tisch der Gryffindors vorbeiging und ihm das Erinnermich aus der Hand riss.

Harry und Ron sprangen auf. Insgeheim hofften sie, einen Grund zu finden, um sich mit Malfoy schlagen zu können, doch Professor McGonagall, die schneller als alle anderen Lehrer der Schule spürte, wenn es Ärger gab, stand schon vor ihnen.

»Was geht hier vor?«

»Malfoy hat mein Erinnermich, Frau Professor.«

Mit zornigem Blick ließ Malfoy das Erinnermich rasch wieder auf den Tisch fallen.

»Wollte nur mal sehen«, sagte er und trottete mit Crabbe und Goyle im Schlepptau davon.

An diesem Nachmittag um halb vier rannten Harry, Ron und die anderen Gryffindors über die Vordertreppe hinaus auf das Schlossgelände, wo die erste Flugstunde stattfinden sollte. Es war ein klarer, ein wenig windiger Tag, und das

Gras wellte sich unter ihren Füßen, als sie den sanft abfallenden Hang zu einem flachen Stück Rasen auf der gegenüberliegenden Seite des verbotenen Waldes hinuntergingen, dessen Bäume in der Ferne dunkel wogten.

Die Slytherins waren schon da, und auch, fein säuberlich aneinandergereiht auf dem Boden liegend, zwanzig Besen. Harry hatte gehört, wie Fred und George Weasley sich über die Schulbesen mokierten. Manche davon fingen an zu vibrieren, wenn man zu hoch flog, oder bekamen einen Drall nach links.

Jetzt erschien Madam Hooch, ihre Lehrerin. Sie hatte kurzes, graues Haar und gelbe Augen wie ein Falke.

»Nun, worauf wartet ihr noch?«, blaffte sie die Schüler an. »Jeder stellt sich neben einem Besen auf. Na los, Beeilung.«

Harry sah hinunter auf seinen Besen. Es war ein altes Modell und einige der Reisigzweige waren kreuz und quer abgespreizt.

»Streckt die rechte Hand über euren Besen aus«, rief Madam Hooch, die sich vor ihnen aufgestellt hatte, »und sagt ›Hoch!‹.«

»HOCH!«, riefen alle.

Harrys Besen sprang sofort hoch in seine Hand, doch er war nur einer von wenigen, bei denen es klappte. Der Besen von Hermine Granger hatte sich einfach auf dem Boden umgedreht und der Nevilles hatte sich überhaupt nicht gerührt. Vielleicht spürten Besen wie Pferde, wenn man Angst hatte, dachte Harry. In Nevilles Stimme lag ein Zittern, das nur zu deutlich sagte, dass er mit den Füßen lieber auf dem Boden bleiben wollte.

Madam Hooch zeigte ihnen nun, wie sie die Besenstiele besteigen konnten, ohne hinten herunterzurutschen, und ging die Reihen entlang, um ihre Griffe zu überprüfen.

Harry und Ron freuten sich riesig, als sie Malfoy erklärte, dass er es all die Jahre falsch gemacht habe.

»Passt jetzt auf. Wenn ich pfeife, stoßt ihr euch vom Boden ab, und zwar mit aller Kraft«, sagte Madam Hooch. »Haltet eure Besenstiele gerade, steigt ein paar Meter hoch und kommt dann gleich wieder runter, indem ihr euch leicht nach vorn neigt. Auf meinen Pfiff – drei – zwei –«

Neville jedoch, nervös und aufgeregt und voller Angst, auf dem Boden zurückzubleiben, nahm all seine Kräfte zusammen und stieß sich vom Boden ab, bevor die Pfeife Madam Hoochs Lippen berührt hatte.

»Komm zurück, Junge!«, rief sie. Doch Neville schoss in die Luft wie der Korken aus einer Sektflasche – vier Meter – sieben Meter. Harry sah sein verängstigtes Gesicht auf den entschwindenden Boden blicken, sah ihn die Luft anhalten, seitlich vom Besenstiel gleiten und –

WUMM – ein dumpfer Schlag und ein hässliches Knacken, und Neville, ein unförmiges Bündel, lag mit dem Gesicht nach unten auf dem Gras. Sein Besen stieg immer noch höher und schwebte ganz allmählich zum verbotenen Wald hinüber, wo er verschwand.

Madam Hooch beugte sich über Neville, ihr Gesicht ebenso bleich wie das seine.

»Handgelenk gebrochen«, hörte Harry sie murmeln. »Na komm, Junge, es ist schon gut, steh auf.«

Sie drehte sich zum Rest der Klasse um.

»Keiner von euch rührt sich, während ich diesen Jungen in den Krankenflügel bringe! Ihr lasst die Besen, wo sie sind, oder ihr seid schneller aus Hogwarts draußen, als ihr ›Quidditch‹ sagen könnt! Komm, mein Kleiner.«

Neville, mit tränenüberströmtem Gesicht, umklammerte sein Handgelenk und hinkte mit Madam Hooch davon, die ihren Arm um ihn gelegt hatte.

Kaum waren sie außer Sicht, brach Malfoy in lautes Lachen aus.

»Habt ihr das Gesicht von diesem Riesentrampel gesehen?«

Die anderen Slytherins stimmten in sein Lachen ein.

»Halt den Mund, Malfoy«, sagte Parvati Patil in scharfem Ton.

»Ooh, machst dich für Longbottom stark?«, sagte Pansy Parkinson, ein Slytherin-Mädchen mit harten Zügen. »Hätte nicht gedacht, dass ausgerechnet *du* fette kleine Heulsusen magst, Parvati.«

»Schaut mal«, sagte Malfoy, machte einen Sprung und pickte etwas aus dem Gras. »Das blöde Ding, das die Oma von Longbottom ihm geschickt hat.«

Er hielt das Erinnermich hoch und es schimmerte in der Sonne.

»Gib es her, Malfoy«, sagte Harry ruhig. Alle schwiegen mit einem Schlag und richteten die Augen auf die beiden.

Malfoy grinste.

»Ich glaube, ich steck es irgendwohin, damit Longbottom es sich abholen kann – wie wär's mit – oben auf einem Baum?«

»Gib es *her*!«, schrie Harry. Doch Malfoy war auf seinen Besen gehüpft und hatte sich in die Lüfte erhoben. Gelogen hatte er nicht – fliegen konnte er. Von den obersten Ästen einer Eiche herab rief er: »Komm und hol's dir doch, Potter!«

Harry griff nach seinem Besen.

»*Nein*«, rief Hermine Granger. »Madam Hooch hat gesagt, wir dürfen uns nicht rühren. – Du bringst uns noch alle in Schwierigkeiten.«

Harry beachtete sie nicht. Blut pochte in seinen Ohren. Er stieg auf den Besen, stieß sich heftig vom Boden ab und schoss mit wehendem Haar und in der Luft peitschendem Umhang nach oben – und wilde Freude durchströmte ihn, denn er spürte, dass er etwas konnte, was man ihm nicht erst beibringen musste – Fliegen war leicht, Fliegen war *toll*. Er zog ein wenig an seinem Besenstiel, damit er ihn noch höher trug, und von unten hörte er die Mädchen schreien und seufzen und einen bewundernden Zuruf von Ron.

Er riss den Besen scharf herum, um Malfoy mitten in der Luft zu stellen. Malfoy sah überrascht aus.

»Gib es her«, rief Harry, »oder ich werf dich von deinem Besen runter!«

»Was du nicht sagst?«, entgegnete Malfoy und versuchte ein höhnisches Grinsen. Allerdings sah er ein wenig besorgt aus.

Aus irgendeinem Grund wusste Harry, was zu tun war. Er beugte sich vor, griff den Besenstiel fest mit beiden Händen und ließ ihn auf Malfoy zuschießen wie einen Speer. Malfoy konnte gerade noch rechtzeitig ausweichen; Harry machte scharf kehrt und hielt den Besenstiel gerade. Unten auf dem Boden klatschten ein paar Schüler in die Hände.

»Kein Crabbe und kein Goyle hier oben, um dich rauszuhauen, Malfoy!«, rief Harry.

Derselbe Gedanke schien auch Malfoy gekommen zu sein.

»Dann fang's doch, wenn du kannst!«, schrie er, warf die Glaskugel hoch in die Luft und sauste hinunter gen Erde.

Harry sah den Ball wie in Zeitlupe hochsteigen und dann immer schneller fallen. Er beugte sich vor und drückte seinen Besenstiel nach unten. – Im nächsten Augenblick war er in steilem Sinkflug, immer schneller hinter der Kugel her – der Wind pfiff ihm um die Ohren, hin und wieder drangen Schreie vom Boden durch – er streckte die Hand aus – kaum einen halben Meter über dem Boden fing er sie auf, gerade rechtzeitig, um seinen Besenstiel in die Waagrechte zu ziehen, und mit dem Erinnermich sicher in der Faust landete er sanft auf dem Gras.

»HARRY POTTER!«

Das Herz sank ihm wesentlich schneller in die Hose, als er gerade eben für seinen Flug aus luftiger Höhe zurück auf die Erde gebraucht hatte. Mit zitternden Knien stand er auf.

»*Nie*, während meiner ganzen Zeit in Hogwarts –«

Professor McGonagall war fast sprachlos vor Entsetzen und ihre Brillengläser funkelten zornig. »Wie *kannst* du es wagen, du hättest dir den Hals brechen können –«

»Es war nicht seine Schuld, Professor –«

»Seien Sie still, Miss Patil!«

»Aber Malfoy –«

»Genug, Mr. Weasley. Potter, folgen Sie mir, sofort.«

Harry sah noch Malfoys, Crabbes und Goyles triumphierende Gesichter, als er benommen hinter Professor McGonagall hertrottete, die raschen Schritts auf das Schloss zuging. Er würde von der Schule verwiesen werden, das hatte er im Gefühl. Er wollte etwas sagen, um sich zu verteidigen, doch mit seiner Stimme schien etwas nicht zu stimmen. Professor McGonagall eilte voran, ohne ihn auch nur anzublicken; um Schritt zu halten, musste er laufen. Jetzt hatte er es vermasselt. Nicht einmal zwei Wochen lang hatte er es geschafft. In zehn Minuten würde er seine Koffer packen. Was würden die Dursleys sagen, wenn er vor ihrer Tür auftauchte?

Es ging die Vordertreppe hoch, dann die Marmortreppe im Innern des Schlosses, und noch immer sagte Professor McGonagall kein Wort. Sie riss Türen auf und marschierte Gänge entlang, den niedergeschlagenen Harry im Schlepptau. Vielleicht brachte sie ihn zu Dumbledore. Er dachte an

Hagrid: von der Schule verwiesen, doch als Wildhüter noch geduldet. Vielleicht konnte er Hagrids Gehilfe werden. Ihm drehte es den Magen um, als er sich das vorstellte: Ron und den anderen zusehen, wie sie Zauberer wurden, während er über die Ländereien humpelte mit Hagrids Tasche auf dem Rücken.

Professor McGonagall machte vor einem Klassenzimmer Halt. Sie öffnete die Tür und steckte den Kopf hinein.

»Entschuldigen Sie, Professor Flitwick, könnte ich mir Wood für eine Weile ausleihen?«

Wood?, dachte Harry verwirrt; war Wood ein Stock, den sie für ihn brauchte?

Doch Wood stellte sich als Mensch heraus, als ein stämmiger Junge aus der fünften Klasse, der etwas verdutzt aus Flitwicks Unterricht herauskam.

»Folgt mir, ihr beiden«, sagte Professor McGonagall, und sie gingen weiter den Korridor entlang, wobei Wood Harry neugierige Blicke zuwarf.

»Da hinein.«

Professor McGonagall wies sie in ein Klassenzimmer, das leer war, mit Ausnahme von Peeves, der gerade wüste Ausdrücke an die Tafel schrieb.

»Raus hier, Peeves!«, blaffte sie ihn an. Peeves warf die Kreide in einen Mülleimer, der ein lautes Klingen von sich gab, und schwebte fluchend hinaus. Professor McGonagall schlug die Tür hinter ihm zu und musterte die beiden Jungen.

»Potter, dies ist Oliver Wood. Wood, ich habe einen Sucher für Sie gefunden.«

Der zuvor noch ratlose Wood schien nun plötzlich hellauf begeistert.

»Meinen Sie das ernst, Professor?«

»Vollkommen ernst«, sagte Professor McGonagall forsch.

»Der Junge ist ein Naturtalent. So etwas habe ich noch nie gesehen. War das Ihr erstes Mal auf einem Besen, Potter?«

Harry nickte schweigend. Er hatte keine Ahnung, was hier vor sich ging, doch offenbar wurde er nicht von der Schule verwiesen, und allmählich bekam er wieder ein Gefühl in den Beinen.

»Er hat dieses Ding aufgefangen nach einem Sturzflug aus fünfzehn Metern«, sagte Professor McGonagall zu Wood gewandt. »Hat sich nicht einmal einen Kratzer geholt. Nicht einmal Charlie Weasley hätte das geschafft.«

Wood guckte, als ob all seine Träume auf einen Schlag wahr geworden wären.

»Jemals ein Quidditch-Spiel gesehen, Potter?«, fragte er aufgeregt.

»Wood ist Kapitän der Mannschaft von Gryffindor«, erklärte Professor McGonagall.

»Außerdem hat er genau die richtige Statur für einen Sucher«, sagte Wood, der nun mit prüfendem Blick um Harry herumging. »Leicht, schnell, wir müssen ihm einen anständigen Besen verschaffen, Professor, einen Nimbus Zweitausend oder einen Sauberwisch Sieben, würd ich sagen.«

»Ich werde mit Professor Dumbledore sprechen und zusehen, dass wir die Regeln für die Erstklässler etwas zurechtbiegen können. Weiß Gott, wir brauchen eine bessere Mannschaft als letztes Jahr. *Plattgemacht* von Slytherin in dem letzten Spiel – ich konnte Severus Snape wochenlang nicht in die Augen sehen ...«

Professor McGonagall sah Harry mit ernstem Blick über die Brillengläser hinweg an.

»Ich möchte hören, dass Sie hart trainieren werden, Potter, oder ich könnte mir das mit der Bestrafung noch einmal überlegen.«

Dann lächelte sie plötzlich.

»Ihr Vater wäre stolz auf Sie. Er war selbst ein hervorragender Quidditch-Spieler.«

»Du machst *Witze*.«

Sie waren beim Abendessen. Harry hatte Ron gerade erzählt, was passiert war, nachdem er mit Professor McGonagall ins Schloss gegangen war. Ron hatte gerade ein Stück Steak-und-Nieren-Pastete auf halbem Weg in den Mund, doch er vergaß völlig zu essen.

»*Sucher?*«, sagte er. »Aber Erstklässler werden *nie* – du musst der jüngste Hausspieler seit mindestens –«

»– einem Jahrhundert sein«, sagte Harry und schaufelte sich Pastete in den Mund. Nach der Aufregung am Nachmittag war er besonders hungrig. »Wood hat es mir erzählt.«

Ron war so beeindruckt und aus dem Häuschen, dass er nur dasaß und Harry mit offenem Mund anstarrte.

»Nächste Woche fange ich an zu trainieren«, sagte Harry. »Aber sag's nicht weiter, Wood will es geheim halten.«

Fred und George kamen jetzt in die Halle, sahen Harry und liefen rasch zu ihm.

»Gut gemacht«, sagte George mit leiser Stimme, »Wood hat es uns erzählt. Wir sind auch in der Mannschaft – als Treiber.«

»Ich sag's euch, dieses Jahr gewinnen wir ganz sicher den Quidditch-Pokal«, meinte Fred. »Seit Charlie weg ist, haben wir nicht mehr gewonnen, aber die Mannschaft von diesem Jahr ist klasse. Du musst wohl ganz gut sein, Harry, Wood hat sich fast überschlagen, als er es erzählt hat.«

»Übrigens, wir müssen gleich wieder los, Lee Jordan glaubt, er habe einen neuen Geheimgang entdeckt, der aus der Schule herausführt.«

»Wette, es ist der hinter dem Standbild von Gregor dem Kriecher, den wir schon in unserer ersten Woche hier entdeckt haben. Bis später.«

Kaum waren Fred und George verschwunden, als jemand auftauchte, der weit weniger willkommen war: Malfoy, flankiert von Crabbe und Goyle.

»Nimmst deine letzte Mahlzeit ein, Potter? Wann fährt der Zug zurück zu den Muggeln?«

»Hier unten bist du viel mutiger und deine kleinen Kumpel hast du auch mitgebracht«, sagte Harry kühl. Natürlich war überhaupt nichts Kleines an Crabbe und Goyle, doch da der Hohe Tisch mit Lehrern besetzt war, konnte keiner von ihnen mehr tun, als mit den Knöcheln zu knacken und böse Blicke zu werfen.

»Mit dir würd ich es jederzeit allein aufnehmen«, sagte Malfoy. »Heute Nacht, wenn du willst. Zaubererduell. Nur Zauberstäbe, kein Körperkontakt. Was ist los? Noch nie von einem Zaubererduell gehört, was?«

»Natürlich hat er«, sagte Ron und stand auf. »Ich bin sein Sekundant, wer ist deiner?«

Malfoy musterte Crabbe und Goyle.

»Crabbe«, sagte er. »Mitternacht, klar? Wir treffen uns im Pokalzimmer, das ist immer offen.«

Als Malfoy verschwunden war, sahen sich Ron und Harry an.

»Was *ist* ein Zaubererduell?«, fragte Harry. »Und was soll das heißen, du bist mein Sekundant?«

»Na ja, ein Sekundant ist da, um deine Angelegenheiten zu regeln, falls du stirbst«, sagte Ron lässig und machte sich endlich über seine kalte Pastete her. Er bemerkte Harrys Gesichtsausdruck und fügte rasch hinzu: »Aber man stirbt nur in richtigen Duellen mit richtigen Zauberern. Alles, was du und Malfoy könnt, ist, euch mit Funken zu besprühen. Keiner von euch kann gut genug zaubern, um wirklich Schaden anzurichten. Ich wette, er hat ohnehin erwartet, dass du ablehnst.«

»Und was, wenn ich mit meinem Zauberstab herumfuchtle und nichts passiert?«

»Dann wirf ihn weg und hau Malfoy eins auf die Nase«, schlug Ron vor.

»Entschuldigt, wenn ich störe.«

Beide sahen auf. Es war Hermine Granger.

»Kann ein Mensch hier nicht mal in Ruhe essen?«, sagte Ron.

Hermine ignorierte ihn und wandte sich an Harry.

»Ich habe unfreiwillig mitbekommen, was du und Malfoy beredet habt –«

»Von wegen unfreiwillig«, murmelte Ron.

»– und ihr *dürft* einfach nicht nachts in der Schule herumlaufen, denkt an die Punkte, die Gryffindor wegen euch verliert, wenn ihr erwischt werdet, und das werdet ihr sicher. Das ist wirklich sehr egoistisch von euch.«

»Und dich geht es wirklich nichts an«, sagte Harry.

»Auf Wiedersehen«, sagte Ron.

Trotz allem konnte man nicht gerade von einem gelungenen Abschluss des Tages reden, dachte Harry, als er später noch lange wach lag und hörte, wie Dean und Seamus einschliefen (Neville war noch nicht aus dem Krankenflügel zurückgekehrt). Ron hatte ihm den ganzen Abend lang Ratschläge erteilt, zum Beispiel: »Wenn er versucht, dir einen Fluch anzuhängen, dann weich ihm besser aus, ich weiß nämlich nicht, wie man sie abblocken kann.« Wahrscheinlich würden sie ohnehin von Filch oder Mrs. Norris erwischt werden, und Harry hatte das Gefühl, dass er sein Glück aufs Spiel setzte, wenn er heute noch eine Schulregel brach. Andererseits tauchte ständig Malfoys grinsendes Gesicht aus der Dunkelheit auf – das war die große Gelegenheit, ihn von Angesicht zu Angesicht zu schlagen. Er konnte sie nicht sausen lassen.

»Halb zwölf«, murmelte Ron schließlich, »wir sollten aufbrechen.«

Sie zogen die Morgenmäntel an, griffen sich ihre Zauberstäbe und schlichen durch das Turmzimmer, die Wendeltreppe hinab und in den Gemeinschaftsraum der Gryffindors. Ein paar Holzscheite glühten noch im Kamin und verwandelten die Sessel in gedrungene schwarze Schatten. Sie hatten das Loch hinter dem Porträt schon fast erreicht, als eine Stimme aus nächster Nähe zu ihnen sprach: »Ich kann einfach nicht glauben, dass du das tust, Harry.«

Eine Lampe ging flackernd an. Es war Hermine Granger, die einen rosa Morgenmantel trug und auf der Stirn eine tiefe Sorgenfalte.

»*Du!*«, sagte Ron zornig. »Geh wieder ins Bett!«

»Ich hätte es fast deinem Bruder erzählt«, sagte Hermine spitz, »Percy, er ist Vertrauensschüler, und er hätte das hier nicht zugelassen.«

Harry konnte es nicht fassen, dass sich jemand auf so unverschämte Weise einmischte.

»Los, weiter«, sagte er zu Ron. Er schob das Porträt der fetten Dame beiseite und kletterte durch das Loch.

So schnell gab Hermine jedoch nicht auf. Sie folgte Ron durch das Loch hinter dem Bild und fauchte wie eine wütende Gans.

»Ihr schert euch überhaupt nicht um Gryffindor, sondern nur um euch selbst. Ich jedenfalls will nicht, dass Slytherin den Hauspokal gewinnt und ihr sämtliche Punkte wieder verliert, die ich von Professor McGonagall gekriegt habe, weil ich alles über die Verwandlungssprüche wusste.«

»Hau ab.«

»Na gut, aber ich warne euch, erinnert euch an das, was ich gesagt habe, wenn ihr morgen im Zug nach Hause sitzt, ihr seid ja so was von –«

Doch was sie waren, erfuhren sie nicht mehr. Hermine hatte sich zu dem Porträt der fetten Dame umgedreht, um zurückzukehren, doch das Bild war leer. Die fette Dame war zu einem nächtlichen Besuch ausgegangen und Hermine war aus dem Gryffindor-Turm ausgesperrt.

»Was soll ich jetzt tun?«, fragte sie mit schriller Stimme.

»Das ist dein Problem«, sagte Ron. »Wir müssen weiter, sonst kommen wir noch zu spät.«

Sie hatten noch nicht einmal das Ende des Ganges erreicht, als Hermine sie einholte.

»Ich komme mit«, sagte sie.

»Das tust du *nicht*.«

»Glaubt ihr, ich warte hier draußen, bis Filch mich erwischt? Wenn er uns alle drei erwischt, sage ich ihm die Wahrheit, nämlich dass ich euch aufhalten wollte, und ihr könnt es ja bestätigen.«

»Du hast vielleicht Nerven –«, stöhnte Ron.

»Seid still, beide!«, zischte Harry. »Ich hab etwas gehört.«

Es hörte sich an wie ein Schnüffeln.

»Mrs. Norris?«, flüsterte Ron und spähte durch die Dunkelheit.

Es war nicht Mrs. Norris. Es war Neville. Er lag zusammengekauert auf dem Boden und schlief, doch als sie sich näherten, schreckte er hoch.

»Gott sei Dank, dass ihr mich gefunden habt! Ich bin schon seit Stunden hier draußen. Ich hab das Passwort vergessen und bin nicht reingekommen.«

»Sprich leise, Neville. Das Passwort ist ›Schweine-

172

schnauze‹, aber das wird dir nicht weiterhelfen, die fette Dame ist nämlich ausgeflogen.«

»Was macht dein Arm?«, fragte Harry.

»Wieder in Ordnung«, sagte Neville und zeigte ihn vor. »Madam Pomfrey hat ihn in einer Minute heil gemacht.«

»Gut. Nun hör mal zu, Neville, wir müssen noch weiter, wir sehen uns später –«

»Lasst mich nicht allein!«, rief Neville und rappelte sich hoch. »Ich will nicht alleine hierbleiben, der Blutige Baron ist schon zweimal vorbeigekommen.«

Ron sah auf die Uhr und blickte dann Hermine und Neville wütend an.

»Wenn wir wegen euch erwischt werden, ruhe ich nicht eher, bis ich diesen Fluch der Kobolde gelernt habe, von dem uns Quirrell erzählt hat, und ihn euch auf den Hals gejagt habe.«

Hermine öffnete den Mund, vielleicht um Ron genau zu erklären, wie der Fluch der Kobolde funktionierte, doch mit einem Zischen gebot ihr Harry zu schweigen und scheuchte sie alle weiter.

Sie huschten Gänge entlang, in die der Mond Lichtstreifen durch die hohen Fenster warf. Nach jeder Ecke erwartete Harry, sie würden auf Filch oder Mrs. Norris stoßen, doch sie hatten Glück. Sie rannten eine Treppe zum dritten Stock empor und gingen auf Zehenspitzen in Richtung Pokalzimmer.

Malfoy und Crabbe waren noch nicht da. Die Vitrinen aus Kristallglas schimmerten im Mondlicht. Pokale, Schilder, Teller und Statuen blinkten silbern und golden durch die Dunkelheit. Sie drückten sich leise an den Wänden entlang und behielten dabei die Türen auf beiden Seiten des Raumes im Auge. Harry nahm seinen Zauberstab heraus für den Fall, dass Malfoy hereinsprang und sofort loslegte. Die Minuten krochen vorbei.

»Er kommt zu spät, vielleicht hat er Muffensausen gekriegt«, flüsterte Ron.

Ein Geräusch im Zimmer nebenan ließ sie zusammenschrecken. Harry hatte gerade den Zauberstab erhoben, als sie jemanden sprechen hörten – und es war nicht Malfoy.

»Schnüffel ein wenig herum, meine Süße, vielleicht lauern sie in einer Ecke.«

Es war Filch, der mit Mrs. Norris sprach. Harry, den ein fürchterlicher Schreck gepackt hatte, ruderte wild mit den Armen, um den anderen zu bedeuten, sie sollten ihm so schnell wie möglich folgen. Sie tasteten sich zur Tür, die von Filchs Stimme wegführte. Kaum war Nevilles Umhang um die Ecke gewischt, als sie Filch das Pokalzimmer betreten hörten.

»Sie sind irgendwo hier drin«, hörten sie ihn murmeln, »wahrscheinlich verstecken sie sich.«

»Hier entlang!«, bedeutete Harry den andern mit einer Mundbewegung, und mit entsetzensstarren Gliedern schlichen sie eine endlose Galerie voller Rüstungen entlang. Sie konnten Filch näher kommen hören. Neville gab plötzlich ein ängstliches Quieken von sich und rannte los, er stolperte, klammerte seine Arme um Rons Hüfte und beide stürzten mitten in eine Rüstung.

Das Klingen und Klirren reichte aus, um das ganze Schloss aufzuwecken.

»LAUFT!«, rief Harry, und die vier rasten die Galerie entlang, ohne sich umzusehen, ob Filch folgte. Sie schwangen sich um einen Türpfosten und liefen einen Gang runter und dann noch einen, Harry voran, der jedoch keine Ahnung hatte, wo sie waren oder hinrannten. Schließlich durchrissen sie einen Wandbehang und fanden sich in einem Geheimgang wieder. Immer noch rennend kamen sie in der Nähe des Klassenzimmers heraus, wo sie Zauberkunst hatten und von dem sie wussten, dass es vom Pokalzimmer meilenweit entfernt war.

»Ich glaube, wir haben ihn abgehängt«, stieß Harry außer Atem hervor, lehnte sich gegen die kalte Wand und wischte sich die Stirn. Neville war pfeifend und prustend in sich zusammengesunken.

»Ich – hab's euch – *gesagt*«, keuchte Hermine und griff sich an die Seite, wo sie ein Stechen spürte, »ich – hab's – euch – doch – gesagt.«

»Wir müssen zurück in den Gryffindor-Turm«, sagte Ron, »so schnell wie möglich.«

»Malfoy hat dich reingelegt«, sagte Hermine zu Harry. »Das siehst du doch auch, oder? Er hat dich nie treffen wollen – Filch wusste, dass im Pokalzimmer etwas vor sich ging, Malfoy muss ihm einen Tipp gegeben haben.«

Sie hat vermutlich Recht, dachte Harry, doch das würde er ihr nicht sagen.

»Gehen wir.«

So einfach war es freilich nicht. Nach kaum einem Dutzend Schritten rüttelte es an einer Türklinke und aus einem Klassenzimmer kam eine Gestalt herausgeschossen.

Es war Peeves. Er bemerkte sie und gab ein freudiges Quietschen von sich.

»Halt den Mund, Peeves, bitte, wegen dir werden wir noch rausgeworfen.«

Peeves lachte gackernd.

»Stromern um Mitternacht im Schloss herum, die kleinen Erstklässler? Soso, soso. Gar nicht brav, man wird euch erwischen.«

»Nicht, wenn du uns nicht verpetzt, Peeves, bitte.«

»Sollte es Filch sagen, sollte ich wirklich«, sagte Peeves

mit sanfter Stimme, doch mit verschlagen glitzernden Augen. »Ist nur zu eurem Besten, wisst ihr.«

»Aus dem Weg«, fuhr ihn Ron an und schlug nach ihm, was ein großer Fehler war.

»SCHÜLER AUS DEM BETT!«, brüllte Peeves, »SCHÜLER AUS DEM BETT, HIER IM ZAUBERKUNSTKORRIDOR!«

Sie duckten sich unter Peeves hindurch und rannten wie um ihr Leben bis zum Ende des Gangs, wo sie in eine Tür krachten – und die war verschlossen.

»Das war's!«, stöhnte Ron, als sie verzweifelt versuchten die Tür aufzudrücken. »Wir sitzen in der Falle! Das ist das Ende!«

Sie hörten Schritte. Filch rannte, so schnell er konnte, den Rufen von Peeves nach.

»Ach, geh mal beiseite«, fauchte Hermine. Sie packte Harrys Zauberstab, klopfte auf das Türschloss und flüsterte: »*Alohomora!*«

Das Schloss klickte und die Tür ging auf – sie stürzten sich alle auf einmal hindurch, verschlossen sie rasch hinter sich und drückten die Ohren dagegen, um zu lauschen.

»In welche Richtung sind sie gelaufen, Peeves?«, hörten sie Filch fragen. »Schnell, sag's mir.«

»Sag ›bitte‹.«

»Keine blöden Mätzchen jetzt, Peeves, *wo sind sie hingegangen?*«

»Ich sag dir nichts, wenn du nicht ›bitte‹ sagst«, antwortete Peeves mit einer nervigen Singsangstimme.

»Na gut – *bitte.*«

»NICHTS! Hahaaa! Hab dir gesagt, dass ich nichts sagen würde, wenn du nicht ›bitte‹ sagst! Haha! Haaaaa!« Und sie hörten Peeves fortrauschen und Filch wütend fluchen.

»Er glaubt, dass diese Tür verschlossen ist«, flüsterte Harry, »ich glaube, wir haben's geschafft – lass *los*, Neville!« Denn Neville zupfte schon seit einer Minute ständig an Harrys Ärmel. *»Was?«*

Harry wandte sich um und sah, ganz deutlich, *was*. Einen Moment lang glaubte er, in einen Alptraum geschlittert zu sein – das war einfach zu viel, nach dem, was bisher schon passiert war.

Sie waren nicht in einem Zimmer, wie er gedacht hatte. Sie waren in einem Gang. In dem verbotenen Gang im dritten Stock. Und jetzt wussten sie auch, warum er verboten war.

Sie sahen direkt in die Augen eines Ungeheuers von Hund, eines Hundes, der den ganzen Raum zwischen Decke und Fußboden einnahm. Er hatte drei Köpfe. Drei Paar rollender, irrsinniger Augen; drei Nasen, die in ihre Richtung zuckten und zitterten; drei sabbernde Mäuler, aus denen von gelblichen Fangzähnen in glitschigen Fäden der Speichel herunterhing.

Er stand ganz ruhig da, alle sechs Augen auf sie gerichtet, und Harry wusste, dass der einzige Grund, warum sie nicht schon tot waren, ihr plötzliches Erscheinen war, das ihn überrascht hatte. Doch darüber kam er jetzt schnell hinweg, denn es war unmissverständlich, was dieses Donnergrollen bedeutete.

Harry griff nach der Türklinke – wenn er zwischen Filch und dem Tod wählen musste, dann nahm er lieber Filch.

Sie liefen rückwärts. Harry schlug die Tür hinter ihnen zu und sie rannten, flogen fast, den Gang entlang zurück. Filch war nirgends zu sehen, er musste fortgeeilt sein, um anderswo nach ihnen zu suchen, doch das kümmerte sie nicht. Alles, was sie wollten, war, das Ungeheuer so weit wie möglich hinter sich zu lassen. Sie hörten erst auf zu rennen, als sie das Porträt der fetten Dame im siebten Stock erreicht hatten.

»Wo um Himmels willen seid ihr alle gewesen?«, fragte sie und musterte ihre Morgenmäntel, die ihnen von den Schultern hingen, und ihre erhitzten, schweißüberströmten Gesichter.

»Das ist jetzt egal – Schweineschnauze, Schweineschnauze«, keuchte Harry und das Porträt schwang zur Seite. Sie drängten sich in den Aufenthaltsraum und ließen sich zitternd in die Sessel fallen.

Es dauerte eine Weile, bis einer von ihnen ein Wort sagte. Neville sah tatsächlich so aus, als ob er nie mehr den Mund aufmachen würde.

»Was denken die sich eigentlich, wenn sie so ein Ding hier in der Schule eingesperrt halten?«, sagte Ron schließlich. »Wenn es einen Hund gibt, der mal Auslauf braucht, dann der da unten.«

Hermine hatte inzwischen wieder Atem geschöpft und auch ihre schlechte Laune zurückgewonnen.

»Ihr benutzt wohl eure Augen nicht, keiner von euch?«, fauchte sie. »Habt ihr nicht gesehen, worauf er stand?«

»Auf dem Boden?«, war der Beitrag Harrys zu dieser Frage. »Ich habe nicht auf seine Pfoten geschaut, ich war zu beschäftigt mit den Köpfen.«

»Nein, *nicht* auf dem Boden. Er stand auf einer Falltür. Offensichtlich bewacht er etwas.«

Sie stand auf und sah sie entrüstet an.

»Ich hoffe, ihr seid zufrieden mit euch. Wir hätten alle sterben können – oder noch schlimmer, von der Schule verwiesen werden. Und jetzt, wenn es euch nichts ausmacht, gehe ich zu Bett.«

Ron starrte ihr mit offenem Mund nach.

»Nein, es macht uns nichts aus«, sagte er. »Du könntest glatt meinen, wir hätten sie mitgeschleift, oder?«

Doch Hermine hatte Harry etwas anderes zum Nachdenken gegeben, bevor sie ins Bett ging. Der Hund bewachte etwas ... Was hatte Hagrid gesagt? Gringotts war der sicherste Ort auf der Welt, mit Ausnahme vielleicht von Hogwarts.

Es sah so aus, als hätte Harry herausgefunden, wo das schmutzige kleine Päckchen aus dem Verlies siebenhundertunddreizehn steckte.

Halloween

Malfoy wollte seinen Augen nicht trauen, als er am nächsten Tag sah, dass Harry und Ron immer noch in Hogwarts waren, müde zwar, doch glänzend gelaunt. Tatsächlich hielten die beiden ihre Begegnung mit dem dreiköpfigen Hund am nächsten Morgen für ein tolles Abenteuer und waren ganz erpicht auf ein neues. Unterdessen erzählte Harry Ron von dem Päckchen, das offenbar von Gringotts nach Hogwarts gebracht worden war, und sie zerbrachen sich die Köpfe darüber, was denn mit so viel Aufwand geschützt werden musste.

»Entweder ist es sehr wertvoll oder sehr gefährlich«, sagte Ron.

»Oder beides«, sagte Harry.

Doch weil sie über das geheimnisvolle Ding nicht mehr wussten, als dass es gut fünf Zentimeter lang war, hatten sie ohne nähere Anhaltspunkte keine große Chance zu erraten, was in dem Päckchen war.

Weder Neville noch Hermine zeigten das geringste Interesse an der Frage, was wohl unter dem Hund und der Falltür liegen könnte. Neville interessierte nur eines, nämlich nie mehr in die Nähe des Hundes zu kommen.

Hermine weigerte sich von nun an, mit Harry und Ron zu sprechen, doch sie war eine so aufdringliche Besserwisserin, dass die beiden dies als Zusatzpunkt für sich verbuchten. Was sie jetzt wirklich wollten, war eine Gelegenheit, es Malfoy heimzuzahlen, und zu ihrem großen Vergnügen kam sie eine Woche später per Post.

Die Eulen flogen wie immer in einem langen Strom durch die Große Halle, doch diesmal schauten alle sogleich auf das lange, schmale Paket, das von sechs großen Schleiereulen getragen wurde. Harry war genauso neugierig darauf wie alle andern, was wohl in diesem großen Paket stecken mochte, und war sprachlos, als die Eulen herabstießen und es vor seiner Nase fallen ließen, so dass sein Frühstücksspeck vom Tisch rutschte. Sie waren kaum aus dem Weg geflattert, als eine andere Eule einen Brief auf das Paket warf.

Harry riss als Erstes den Brief auf, und das war ein Glück, denn er lautete:

ÖFFNEN SIE DAS PAKET NICHT BEI TISCH.
Es enthält Ihren neuen Nimbus Zweitausend, doch ich möchte nicht, dass die andern von Ihrem Besen erfahren, denn dann wollen sie alle einen. Oliver Wood erwartet Sie heute Abend um sieben Uhr auf dem Quidditch-Feld zu ihrer ersten Trainingsstunde.
Professor M. McGonagall

Harry fiel es schwer, seine Freude zu verbergen, als er Ron den Brief zu lesen gab.

»Einen Nimbus Zweitausend«, stöhnte Ron neidisch. »Ich hab noch nicht mal einen *berührt*.«

Sie verließen rasch die Halle, um den Besen zu zweit noch vor der ersten Stunde auszupacken, doch in der Eingangshalle sahen sie, dass Crabbe und Goyle ihnen an der Treppe den Weg versperrten. Malfoy riss Harry das Paket aus den Händen und betastete es.

»Das ist ein Besen«, sagte er und warf ihn Harry zurück, eine Mischung aus Eifersucht und Häme im Gesicht. »Diesmal bist du dran, Potter, Erstklässler dürfen keinen haben.«

Ron konnte nicht widerstehen.

»Es ist nicht irgendein blöder Besen«, sagte er, »es ist ein Nimbus Zweitausend. Was sagtest du, was für einen du daheim hast, einen Komet Zwei-Sechzig?« Ron grinste Harry an. »Ein Komet sieht ganz protzig aus, aber der Nimbus spielt in einer ganz anderen Liga.«

»Was weißt du denn schon darüber, Weasley, du könntest dir nicht mal den halben Stiel leisten«, fauchte Malfoy zurück. »Ich nehme an, du und deine Brüder müssen sich jeden Reisigzweig einzeln zusammensparen.«

Bevor Ron antworten konnte, erschien Professor Flitwick an Malfoys Seite.

»Die Jungs streiten sich doch nicht etwa?«, quiekte er.

»Potter hat einen Besen geschickt bekommen, Professor«, sagte Malfoy wie aus der Pistole geschossen.

»Ja, das hat seine Richtigkeit«, sagte Professor Flitwick und strahlte Harry an. »Professor McGonagall hat mir die besonderen Umstände eingehend erläutert, Potter. Und welches Modell ist es?«

»Ein Nimbus Zweitausend, Sir«, sagte Harry und musste kämpfen, um beim Anblick von Malfoys Gesicht nicht laut loszulachen. »Und im Grunde genommen verdanke ich ihn Malfoy hier«, fügte er hinzu.

Mit halb unterdrücktem Lachen über Malfoys unverhohlene Wut und Bestürzung stiegen Harry und Ron die Marmortreppe hoch.

»Tja, es stimmt«, frohlockte Harry, als sie oben angelangt waren, »wenn er nicht Nevilles Erinnermich geklaut hätte, wär ich nicht in der Mannschaft …«

»Du glaubst wohl, es sei eine Belohnung dafür, dass du

die Regeln gebrochen hast?«, tönte eine zornige Stimme hinter ihnen. Hermine stapfte die Treppe hoch und betrachtete missbilligend das Paket in Harrys Hand.

»Ich dachte, du sprichst nicht mehr mit uns?«, sagte Harry.

»Hör jetzt bloß nicht auf damit«, sagte Ron, »es tut uns ja so gut.«

Hermine warf den Kopf in den Nacken und stolzierte davon.

Harry fiel es an diesem Tag ausgesprochen schwer, sich auf den Unterricht zu konzentrieren. In Gedanken stieg er hoch zum Schlafsaal, wo sein neuer Besen unter dem Bett lag, und schlenderte hinaus zum Quidditch-Feld, wo er heute Abend noch spielen lernen würde. Das Abendessen schlang er hinunter, ohne zu bemerken, dass er überhaupt aß, und rannte dann mit Ron die Treppen hoch, um endlich den Nimbus Zweitausend auszupacken.

»Aaah«, seufzte Ron, als der Besen auf Harrys Bettdecke lag.

Selbst für Harry, der nichts über die verschiedenen Besen wusste, sah er wundervoll aus. Der schlanke, glänzende Stiel war aus Mahagoni und trug die goldgeprägte Aufschrift *Nimbus Zweitausend* an der Spitze, der Schweif war aus fest gebündelten und geraden Reisigzweigen.

Es war bald sieben. Harry verließ das Schloss und machte sich in der Dämmerung auf den Weg zum Quidditch-Feld. Er war noch nie in dem Stadion gewesen. Auf Tribünen um das Feld herum waren hunderte von Sitzen befestigt, so dass die Zuschauer hoch genug saßen, um das Geschehen verfolgen zu können. An beiden Enden des Feldes standen je drei goldene Pfeiler mit Ringen an der Spitze. Sie erinnerten Harry an die Ringe aus Plastik, mit denen die Muggelkinder Seifenblasen machten, nur waren sie in einer Höhe von fast fünfzehn Metern angebracht.

Harry war so scharf darauf, wieder zu fliegen, dass er nicht auf Wood wartete, sondern seinen Besen bestieg und sich vom Boden abstieß. Was für ein Gefühl – er schwebte durch die Torringe und raste dann das Spielfeld hinauf und hinunter. Der Nimbus Zweitausend reagierte auf die leiseste Berührung.

»He, Potter, runter da!«

Oliver Wood war angekommen. Er trug eine große Holzkiste unter dem Arm. Harry landete neben ihm.

»Sehr schön«, sagte Wood mit glänzenden Augen. »Ich weiß jetzt, was McGonagall gemeint hat ... du bist wirklich ein Naturtalent. Heute Abend erkläre ich dir nur die Regeln und dann nimmst du dreimal die Woche am Mannschaftstraining teil.«

Er öffnete die Kiste. Darin lagen vier Bälle verschiedener Größe.

»So«, sagte Wood, »pass auf. Quidditch ist leicht zu verstehen, auch wenn es nicht leicht zu spielen ist. Jede Mannschaft hat sieben Spieler. Drei von ihnen heißen Jäger.«

»Drei Jäger«, wiederholte Harry und Wood nahm einen hellroten Ball in der Größe eines Fußballs heraus.

»Dieser Ball ist der so genannte Quaffel«, sagte Wood. »Die Jäger werfen sich den Quaffel zu und versuchen ihn durch einen der Ringe zu werfen und damit ein Tor zu erzielen. Jedes Mal zehn Punkte, wenn der Quaffel durch einen Ring geht. Alles klar so weit?«

»Die Jäger spielen mit dem Quaffel und werfen ihn durch die Ringe, um ein Tor zu erzielen«, wiederholte Harry. »Das ist wie Basketball auf Besen mit sechs Körben, oder?«

»Was ist Basketball?«, fragte Wood neugierig.

»Nicht so wichtig«, sagte Harry rasch.

»Nun hat jede Seite noch einen Spieler, der Hüter heißt – ich bin der Hüter von Gryffindor. Ich muss um unsere Ringe herumfliegen und die andere Mannschaft daran hindern, Tore zu erzielen.«

»Drei Jäger, ein Hüter«, sagte Harry, entschlossen, sich alles genau zu merken. »Und sie spielen mit dem Quaffel. Gut, hab ich verstanden. Und wozu sind die da?« Er deutete auf die drei Bälle, die noch in der Kiste lagen.

»Das zeig ich dir jetzt«, sagte Wood. »Nimm das.«

Er reichte Harry ein kleines Schlagholz, das an einen Baseballschläger erinnerte.

»Ich zeig dir, was die Klatscher tun«, sagte Wood. »Diese beiden hier sind Klatscher.«

Er zeigte Harry zwei gleiche Bälle, die tiefschwarz und etwas kleiner waren als der rote Quaffel. Harry bemerkte, dass sie den Bändern offenbar entkommen wollten, die sie im Korb festhielten.

»Geh einen Schritt zurück«, warnte Wood Harry. Er bückte sich und befreite einen der Klatscher.

Der schwarze Ball stieg sofort hoch in die Luft und schoss dann direkt auf Harrys Gesicht zu. Harry schlug mit dem Schlagholz nach ihm, damit er ihm nicht die Nase brach, und der Ball flog im Zickzack hoch in die Luft. Er drehte sich im Kreis um ihre Köpfe und schoss dann auf Wood hinunter, der sich auf ihn stürzte und es schaffte, ihn auf dem Boden festzuhalten.

»Siehst du?«, keuchte Wood und mühte sich damit ab, den Klatscher wieder in den Korb zu zwängen und ihn sicher festzuschnallen. »Die Klatscher schießen in der Luft herum und versuchen die Spieler von ihren Besen zu stoßen. Deshalb hat jede Mannschaft zwei Treiber – die Weasley-Zwillinge sind unsere –, ihre Aufgabe ist es, die eigene Seite vor den Klatschern zu schützen und zu versuchen, sie auf die gegnerische Mannschaft zu jagen. So, meinst du, du hast alles im Kopf?«

»Drei Jäger versuchen mit dem Quaffel Tore zu erzielen; der Hüter bewacht die Torpfosten; die Treiber halten die Klatscher von ihrem Team fern«, spulte Harry herunter.

»Sehr gut«, sagte Wood.

»Ähm – haben die Klatscher schon mal jemanden umgebracht?«, fragte Harry, wobei er möglichst lässig klingen wollte.

»In Hogwarts noch nie. Wir hatten ein paar gebrochene Kiefer, doch ansonsten nichts Ernstes. Wir haben noch einen in der Mannschaft, nämlich den Sucher. Das bist du. Und du brauchst dich um den Quaffel und die Klatscher nicht zu kümmern –«

»Außer sie spalten mir den Schädel.«

»Mach dir keine Sorgen, die Weasleys sind den Klatschern weit überlegen – ich will sagen, sie sind wie ein Paar menschlicher Klatscher.«

Wood griff in seine Kiste und nahm den vierten und letzten Ball heraus. Er war kleiner als der Quaffel und die Klatscher, so klein etwa wie eine große Walnuss. Er war hellgolden und hatte kleine, flatternde Silberflügel.

Das hier«, sagte Wood, »ist der Goldene Schnatz, und der ist der wichtigste Ball von allen. Er ist sehr schwer zu fangen, weil er sehr schnell und kaum zu sehen ist. Der Sucher muss ihn fangen. Du musst dich durch die Jäger, Treiber, Klatscher und den Quaffel hindurchschlängeln, um ihn vor dem Sucher der anderen Mannschaft zu fangen, denn der Sucher, der ihn fängt, holt seiner Mannschaft zusätzlich hundertfünfzig Punkte, und das heißt fast immer, dass sie gewinnt. Deshalb werden Sucher so oft gefoult. Ein Quidditch-Spiel endet erst, wenn der Schnatz gefangen ist, also kann es ewig lange dauern. Ich glaube, der Rekord liegt bei drei Monaten, sie mussten damals ständig Ersatzleute ranschaffen, damit die Spieler ein wenig schlafen konnten.

Nun, das war's. Noch Fragen?«

Harry schüttelte den Kopf. Er hatte begriffen, wie das Spiel ging, nun war das Problem, das alles in die Tat umzusetzen.

»Wir üben heute noch nicht mit dem Schnatz«, sagte Wood und verstaute ihn sorgfältig wieder in der Kiste. »Es ist zu dunkel, er könnte verloren gehen. Am besten fängst du mit ein paar von denen an.«

Er zog einen Beutel mit gewöhnlichen Golfbällen aus der Tasche und ein paar Minuten später waren die beiden oben in den Lüften. Wood warf die Golfbälle, so weit er konnte, in alle Himmelsrichtungen und Harry musste sie auffangen.

Harry fing jeden Ball, bevor er den Boden berührte, was Wood ungemein freute. Nach einer halben Stunde war die Nacht hereingebrochen und sie mussten aufhören.

»Der Quidditch-Pokal wird dieses Jahr unseren Namen tragen«, sagte Wood glücklich, als sie zum Schloss zurückschlenderten. »Würde mich nicht wundern, wenn du besser bist als Charlie Weasley, und der hätte für England spielen können, wenn er nicht Drachen jagen gegangen wäre.«

Vielleicht war Harry so beschäftigt mit dem Quidditch-Training drei Abende die Woche und dazu noch mit all den Hausaufgaben, jedenfalls konnte er es kaum fassen, als ihm klar wurde, dass er schon seit zwei Monaten in Hogwarts war. Im Schloss fühlte er sich mehr zu Hause als jemals im Ligusterweg. Auch der Unterricht wurde nun, da sie die Grundlagen beherrschten, immer interessanter.

Als sie am Morgen von Halloween aufwachten, wehte der köstliche Geruch gebackener Kürbisse durch die Gänge. Und es kam noch besser: Professor Flitwick verkündete im Zauberunterricht, sie seien nun so weit, Gegenstände fliegen zu lassen, und danach hatten sie sich alle gesehnt, seit sie erlebt hatten, wie er Nevilles Kröte im Klassenzimmer umherschwirren ließ. Für die Übungen stellte Professor Flitwick die Schüler paarweise zusammen. Harrys Partner war Seamus Finnigan (worüber er froh war, denn Neville hatte schon zu ihm herübergespäht). Ron sollte jedoch mit Hermine Granger arbeiten. Es war schwer zu sagen, wer von den beiden deshalb missmutiger war. Seit Harrys Besen gekommen war, hatte sie nicht mehr mit ihnen gesprochen.

»Also, vergesst nicht diese flinke Bewegung mit dem Handgelenk, die wir geübt haben!«, quiekte Professor Flitwick, wie üblich auf seinem Stapel Bücher stehend. »Wutschen und schnipsen, denkt daran, wutschen und schnipsen. Und die Zauberworte richtig herzusagen ist auch sehr wichtig – denkt immer an Zauberer Baruffio, der ›r‹ statt ›w‹ gesagt hat und plötzlich auf dem Boden lag – mit einem Büffel auf der Brust.«

Es war sehr schwierig. Harry und Seamus wutschten und schnipsten, doch die Feder, die sie himmelwärts schicken sollten, blieb einfach auf dem Tisch liegen. Seamus wurde so ungeduldig, dass er sie mit seinem Zauberstab anstachelte, worauf sie anfing zu brennen – Harry musste das Feuer mit seinem Hut ersticken.

Ron, am Tisch nebenan, erging es auch nicht viel besser.

»*Wingardium Leviosa!*«, rief er und ließ seine langen Arme wie Windmühlenflügel kreisen.

»Du sagst es falsch«, hörte Harry Hermine meckern. »Es heißt Wing-*gar*-dium Levi-*o*-sa, mach das ›gar‹ schön und lang.«

»Dann mach's doch selber, wenn du alles besser weißt«, knurrte Ron.

Hermine rollte die Ärmel ihres Kleids hoch, knallte kurz mit dem Zauberstab auf den Tisch und sagte »*Wingardium Leviosa!*«.

Die Feder erhob sich vom Tisch und blieb gut einen Meter über ihren Köpfen in der Luft schweben.

»Oh, gut gemacht!«, rief Professor Flitwick und klatschte in die Hände. »Alle mal hersehen, Miss Granger hat es geschafft!«

Am Ende der Stunde hatte Ron eine hundsmiserable Laune.

»Kein Wunder, dass niemand sie ausstehen kann«, sagte er zu Harry, als sie hinaus in den belebten Korridor drängten, »ehrlich gesagt ist sie ein Alptraum.«

Jemand stieß im Vorbeigehen Harry an. Es war Hermine. Für einen Augenblick sah er ihr Gesicht – und war überrascht, dass sie weinte.

»Ich glaube, sie hat dich gehört.«

»So?«, sagte Ron und schaute allerdings etwas unbehaglich drein. »Ihr muss selbst schon aufgefallen sein, dass sie keine Freunde hat.«

Hermine erschien nicht zur nächsten Stunde und blieb den ganzen Nachmittag lang verschwunden. Auf ihrem Weg hinunter in die Große Halle zum Halloween-Festessen hörten Harry und Ron, wie Parvati Patil ihrer Freundin Lavender sagte, Hermine sitze heulend im Mädchenklo und wolle allein gelassen werden. Daraufhin machte Ron einen noch verlegeneren Eindruck, doch nun betraten sie die Große Halle, die für Halloween ausgeschmückt war, und vergaßen Hermine.

Tausend echte Fledermäuse flatterten an den Wänden und an der Decke, und noch einmal tausend fegten in langen schwarzen Wolken über die Tische und ließen die Kerzen in den Kürbissen flackern. Auf einen Schlag, genau wie beim Bankett zum Schuljahresbeginn, waren die goldenen Platten mit dem Festessen gefüllt.

Harry nahm sich gerade eine Pellkartoffel, als Professor

Quirrell mit verrutschtem Turban und angstverzerrtem Gesicht in die Halle gerannt kam. Aller Blicke richteten sich auf ihn, als er Professor Dumbledores Platz erreichte, gegen den Tisch rempelte und nach Luft schnappend hervorstieß: »Troll – im Kerker – dachte, Sie sollten es wissen.«

Dann sank er ohnmächtig auf den Boden.

Mit einem Mal herrschte heilloser Aufruhr. Etliche purpurrote Knallfrösche aus Professor Dumbledores Zauberstab waren nötig, um den Saal zur Ruhe zu bringen.

»Vertrauensschüler«, polterte er, »führt eure Häuser sofort zurück in die Schlafsäle!«

Percy war in seinem Element.

»Folgt mir! Bleibt zusammen, Erstklässler! Kein Grund zur Angst vor dem Troll, wenn ihr meinen Anweisungen folgt! Bleibt jetzt dicht hinter mir. Platz machen bitte für die Erstklässler. Pardon, ich bin Vertrauensschüler!«

»Wie konnte ein Troll reinkommen?«, fragte Harry, während sie die Treppen hochstiegen.

»Frag mich nicht, angeblich sollen sie ziemlich dumm sein«, sagte Ron.

»Vielleicht hat ihn Peeves hereingelassen, als Streich zu Halloween.«

Unterwegs trafen sie immer wieder auf andere Häufchen von Schülern, die in verschiedene Richtungen eilten. Als sie sich ihren Weg durch eine Gruppe verwirrter Hufflepuffs bahnten, packte Harry Ron plötzlich am Arm.

»Da fällt mir ein – Hermine.«

»Was ist mit ihr?«

»Sie weiß nichts von dem Troll.«

Ron biss sich auf die Lippe.

»Von mir aus«, knurrte er. »Aber Percy sollte uns lieber nicht sehen.«

Sie duckten ihre Köpfe in der Menge und folgten den

Hufflepuffs, die in die andere Richtung unterwegs waren, huschten dann einen verlassenen Korridor entlang und rannten weiter in Richtung der Mädchenklos. Gerade waren sie um die Ecke gebogen, als sie hinter sich schnelle Schritte hörten.

»Percy!«, zischte Ron und zog Harry hinter einen großen steinernen Greifen.

Als sie um die Ecke spähten, sahen sie nicht Percy, sondern Snape. Er ging den Korridor entlang und entschwand ihren Blicken.

»Was macht der hier?«, flüsterte Harry. »Warum ist er nicht unten in den Kerkern mit den anderen Lehrern?«

»Keine Ahnung.«

So vorsichtig wie möglich schlichen sie den nächsten Gang entlang, Snapes leiser werdenden Schritten nach.

»Er ist auf dem Weg in den dritten Stock«, sagte Harry, doch Ron hielt die Hand hoch.

»Riechst du was?«

Harry schnüffelte, und ein übler Gestank drang ihm in die Nase, eine Mischung aus getragenen Socken und der Sorte öffentlicher Toiletten, die niemand je zu putzen scheint.

Und dann hörten sie es – ein leises Grunzen und das Schleifen gigantischer Füße. Ron deutete nach links – vom Ende eines Ganges her bewegte sich etwas Riesiges auf sie zu. Sie drängten sich in die Dunkelheit der Schatten und sahen, wie das Etwas in einem Fleck Mondlicht Gestalt annahm.

Es war ein fürchterlicher Anblick. Über drei Meter hoch, die Haut ein fahles, granitenes Grau, der große, plumpe Körper wie ein Findling, auf den man einen kleinen, kokosnussartigen Glatzkopf gesetzt hatte. Das Wesen hatte kurze Beine, dick wie Baumstämme, mit flachen, verhornten Füßen. Der Gestank, den es ausströmte, verschlug einem den Atem. Es hielt eine riesige hölzerne Keule in der Hand, die, wegen seiner langen Arme, auf dem Boden entlangschleifte.

Der Troll machte an einer Tür Halt, öffnete sie einen Spaltbreit und linste hinein. Er wackelte mit den langen Ohren, fasste dann in seinem kleinen Hirn einen Entschluss und schlurfte gemächlich in den Raum hinein.

»Der Schlüssel steckt«, flüsterte Harry. »Wir könnten ihn einschließen.«

»Gute Idee«, sagte Ron nervös.

Sie schlichen die Wand entlang zu der offenen Tür, mit trockenen Mündern, betend, dass der Troll nicht gleich wieder herauskam. Harry machte einen großen Satz und schaffte es, die Klinke zu packen, die Tür zuzuschlagen und sie abzuschließen.

»*Ja!*«

Mit Siegesröte auf den Gesichtern rannten sie los, den Gang zurück, doch als sie die Ecke erreichten, hörten sie etwas, das ihre Herzen stillstehen ließ – einen schrillen, panischen Entsetzensschrei –, und er kam aus dem Raum, den sie gerade abgeschlossen hatten.

»O nein«, sagte Ron, blass wie der Blutige Baron.

»Es ist das Mädchenklo!«, keuchte Harry.

»*Hermine!*«, japsten sie einstimmig.

Es war das Letzte, was sie tun wollten, doch hatten sie eine Wahl? Sie machten auf dem Absatz kehrt, rannten zurück zur Tür, drehten, zitternd vor Panik, den Schlüssel herum – Harry stieß die Tür auf und sie stürzten hinein.

Hermine Granger stand mit zitternden Knien an die Wand gedrückt da und sah aus, als ob sie gleich in Ohnmacht fallen würde. Der Troll schlug die Waschbecken von den Wänden und kam langsam auf sie zu.

»Wir müssen ihn ablenken!«, sagte Harry verzweifelt zu

Ron, griff nach einem auf dem Boden liegenden Wasserhahn und warf ihn mit aller Kraft gegen die Wand.

Der Troll hielt knapp einen Meter vor Hermine inne. Schwerfällig drehte er sich um und blinzelte dumpf, um zu sehen, was diesen Lärm gemacht hatte. Die bösen kleinen Augen erblickten Harry. Er zögerte kurz und ging dann, die Keule emporhebend, auf Harry los.

»He, du, Erbsenhirn!«, schrie Ron von der anderen Seite des Raums und warf ein Metallrohr nach ihm. Der Troll schien nicht einmal Notiz davon zu nehmen, dass das Rohr seine Schulter traf, doch er hörte den Schrei, hielt erneut inne und wandte seine hässliche Schnauze nun Ron zu, was Harry die Zeit gab, um ihn herumzurennen.

»Schnell, lauf, *lauf!*«, rief Harry Hermine zu und versuchte sie zur Tür zu zerren, doch sie konnte sich nicht bewegen. Immer noch stand sie flach gegen die Wand gedrückt, mit vor Entsetzen weit offenem Mund.

Die Schreie und deren Echo schienen den Troll zur Raserei zu bringen. Mit einem dumpfen Röhren ging er auf Ron los, der ihm am nächsten stand und keinen Ausweg hatte.

Harry tat nun etwas, das sehr mutig und sehr dumm zugleich war: Mit einem mächtigen Satz sprang er auf den Rücken des Trolls und klammerte die Arme um seinen Hals. Der Troll spürte zwar nicht, dass Harry auf seinem Rücken hing, doch selbst ein Troll bemerkt, wenn man ihm ein langes Stück Holz in die Nase steckt, und Harry hatte seinen Zauberstab noch in der Hand gehabt, als er sprang – der war ohne weiteres in eines der Nasenlöcher des Trolls hineingeflutscht.

Der Troll heulte vor Schmerz, zuckte und schlug mit der Keule wild um sich, und Harry, in Todesgefahr, klammerte sich noch immer auf seinem Rücken fest; gleich würde der

Troll ihn herunterreißen oder ihm einen schrecklichen Schlag mit der Keule versetzen.

Hermine war vor Angst zu Boden gesunken. Jetzt zog Ron seinen eigenen Zauberstab hervor – er wusste zwar nicht, was er tat, doch er hörte, wie er den ersten Zauberspruch rief, der ihm in den Sinn kam: *»Wingardium Leviosa!«*

Die Keule flog plötzlich aus der Hand des Trolls, stieg hoch, hoch in die Luft, drehte sich langsam um – und krachte mit einem scheußlichen Splittern auf den Kopf ihres Besitzers. Der Troll wankte kurz im Kreis und fiel dann flach auf die Schnauze, mit einem dumpfen Schlag, der den ganzen Raum erschütterte.

Harry zitterte und rang nach Atem. Ron stand immer noch mit erhobenem Zauberstab da und starrte auf das, was er angestellt hatte.

Hermine machte als Erste den Mund auf.

»Ist er – tot?«

»Glaub ich nicht«, sagte Harry. »Ich denke, er ist k. o.«

Er bückte sich und zog den Zauberstab aus der Nase des Trolls. Er war beschmiert mit etwas, das aussah wie klumpiger grauer Kleber.

»Uäääh, Troll-Popel.«

Er wischte ihn an der Hose des Trolls ab.

Ein plötzliches Türschlagen und laute Schritte ließen die drei aufhorchen. Sie hatten nicht bemerkt, was für einen Höllenlärm sie veranstaltet hatten, doch natürlich musste unten jemand das Röhren des Trolls und das Krachen gehört haben. Einen Augenblick später kam Professor McGonagall hereingestürmt, dicht gefolgt von Snape, mit Quirrell als Nachhut. Quirrell warf einen Blick auf den Troll, gab ein schwaches Wimmern von sich, griff sich ans Herz und ließ sich schnell auf einem der Toilettensitze nieder.

Snape beugte sich über den Troll. Professor McGonagall blickte Ron und Harry an. Noch nie hatte Harry sie so wütend gesehen. Ihre Lippen waren weiß. Seine Hoffnungen, fünfzig Punkte für Gryffindor zu gewinnen, schmolzen rasch dahin.

»Was zum Teufel habt ihr euch eigentlich gedacht?«, fragte Professor McGonagall mit kalter Wut in der Stimme. Harry sah Ron an, der immer noch mit erhobenem Zauberstab dastand. »Ihr könnt von Glück reden, dass ihr noch am Leben seid. Warum seid ihr nicht in eurem Schlafsaal?«

Snape versetzte Harry einen raschen, aber durchdringenden Blick. Harry sah zu Boden. Er wünschte, Ron würde den Zauberstab sinken lassen.

Dann drang eine leise Stimme aus dem Schatten.

»Bitte, Professor McGonagall, sie haben nach mir gesucht.«

»Miss Granger!«

Hermine schaffte es endlich, auf die Beine zu kommen.

»Ich bin dem Troll nachgelaufen, weil ich – ich dachte, ich könnte allein mit ihm fertig werden. Sie wissen ja, weil ich alles über Trolle gelesen habe.«

Ron ließ seinen Zauberstab sinken. Hermine Granger erzählte ihrer Lehrerin eine glatte Lüge?

»Wenn sie mich nicht gefunden hätten, wäre ich jetzt tot. Harry hat ihm seinen Zauberstab in die Nase gestoßen und Ron hat ihn mit seiner eigenen Keule erledigt. Sie hatten keine Zeit, jemanden zu holen. Er wollte mich gerade umbringen, als sie kamen.«

Harry und Ron versuchten auszusehen, als ob ihnen diese Geschichte keineswegs neu wäre.

»Na, wenn das so ist …«, sagte Professor McGonagall und blickte sie alle drei streng an. »Miss Granger, Sie dummes Mädchen, wie konnten Sie glauben, es allein mit einem Bergtroll aufnehmen zu können?«

Hermine ließ den Kopf hängen. Harry war sprachlos. Hermine war die Letzte, die etwas tun würde, was gegen die Regeln verstieß, und da stellte sie sich hin und behauptete ebendies, nur um ihm und Ron aus der Patsche zu helfen. Es war, als würde Snape plötzlich Süßigkeiten verteilen.

»Miss Granger, dafür werden Gryffindor fünf Punkte abgezogen«, sagte Professor McGonagall. »Ich bin sehr enttäuscht von Ihnen. Wenn Sie nicht verletzt sind, gehen Sie jetzt besser hinauf in den Gryffindor-Turm. Die Schüler beenden das Festmahl in ihren Häusern.«

Hermine ging hinaus.

Professor McGonagall wandte sich Ron und Harry zu.

»Nun, ich würde immer noch sagen, dass Sie Glück gehabt haben, aber nicht viele Erstklässler hätten es mit einem ausgewachsenen Bergtroll aufnehmen können. Sie beide gewinnen je fünf Punkte für Gryffindor. Professor Dumbledore wird davon unterrichtet werden. Sie können gehen.«

Sie gingen rasch hinaus und sprachen kein Wort, bis sie zwei Stockwerke weiter oben waren. Sie waren, abgesehen von allem andern, heilfroh, den Gestank des Trolls los zu sein.

»Wir sollten mehr als zehn Punkte bekommen«, brummte Ron.

»Fünf, meinst du, wenn du die von Hermine abziehst.«

»Gut von ihr, uns zu helfen«, gab Ron zu. »Immerhin haben wir sie wirklich gerettet.«

»Sie hätte es vielleicht nicht nötig gehabt, wenn wir das Ding nicht mit ihr eingeschlossen hätten«, erinnerte ihn Harry.

Sie hatten das Bildnis der fetten Dame erreicht.

»Schweineschnauze«, sagten sie und traten ein.

Im Gemeinschaftsraum war es voll und laut. Alle waren dabei, das Essen zu verspeisen, das ihnen hochgebracht worden war. Hermine allerdings stand allein neben der Tür und wartete auf sie. Es gab eine sehr peinliche Pause. Dann, ohne dass sie sich anschauten, sagten sie alle »Danke« und sausten los, um sich Teller zu holen.

Doch von diesem Augenblick an war Hermine Granger ihre Freundin. Es gibt Dinge, die man nicht gemeinsam erleben kann, ohne dass man Freundschaft schließt, und einen fast vier Meter großen Bergtroll zu erlegen gehört gewiss dazu.

Quidditch

Anfang November wurde es sehr kalt. Die Berge im Umkreis der Schule wurden eisgrau und der See kalt wie Stahl. Allmorgendlich war der Boden mit Reif bedeckt. Von den oberen Fenstern aus konnten sie Hagrid sehen, wie er, warm angezogen mit einem langen Mantel aus Maulwurffell, Handschuhen aus Hasenfell und gewaltigen Biberpelzstiefeln, die Besen auf dem Quidditch-Feld entfrostete.

Die Quidditch-Saison hatte begonnen. Am Samstag, nach wochenlangem Training, würde Harry seine erste Partie spielen: Gryffindor gegen Slytherin. Wenn die Gryffindors gewinnen sollten, dann würden sie den zweiten Tabellenplatz in der Hausmeisterschaft erobern.

Bislang hatte kaum jemand Harry spielen sehen, denn Wood hatte beschlossen, die Geheimwaffe müsse – nun ja – geheim gehalten werden. Doch auf irgendeinem Wege war durchgesickert, dass Harry den Sucher spielte, und Harry wusste nicht, was schlimmer war – die Leute, die ihm sagten, er würde ein glänzender Spieler sein, oder die Leute, die ankündigten, sie würden mit einer Matratze auf dem Spielfeld herumlaufen.

Harry hatte wirklich Glück, dass er inzwischen Hermine zur Freundin hatte. Bei all den von Wood immer in letzter Minute angesetzten Trainingsstunden hätte er ohne sie nicht gewusst, wie er seine ganzen Hausaufgaben schaffen sollte. Hermine hatte ihm auch *Quidditch im Wandel der Zei-*

ten ausgeliehen, ein Buch, in dem es interessante Dinge zu lesen gab.

Harry erfuhr, dass es siebenhundert Möglichkeiten gab, ein Quidditch-Foul zu begehen, und dass sie alle bei einem Weltmeisterschaftsspiel von 1473 vorgekommen waren; dass Sucher meist die kleinsten und schnellsten Spieler waren und dass sie sich offenbar immer die schwersten Verletzungen zuzogen; dass die Spieler zwar selten einmal starben, es jedoch vorgekommen war, dass Schiedsrichter einfach verschwanden und dann Monate später in der Wüste Sahara wieder auftauchten.

Seit Hermine von Harry und Ron vor dem Bergtroll gerettet worden war, sah sie die Regeln nicht mehr so eng und war überhaupt viel netter zu ihnen. Am Tag vor Harrys erstem Quidditch-Spiel standen die drei in einer Pause draußen im eiskalten Hof. Hermine hatte für sie ein hellblaues Feuer heraufbeschworen, das man in einem Marmeladeglas mit sich herumtragen konnte. Sie standen gerade mit dem Rücken zum Feuer und wärmten sich, als Snape über den Hof kam. Harry fiel gleich auf, dass Snape hinkte. Die drei rückten näher aneinander, um das Feuer vor ihm zu verbergen, denn gewiss war es nicht erlaubt. Unglücklicherweise musste Snape ihre schuldbewussten Gesichter bemerkt haben, denn er hinkte zu ihnen herüber. Das Feuer hatte er nicht gesehen, doch er schien ohnehin nach einem Grund zu suchen, um ihnen eine Lektion zu erteilen.

»Was hast du da in der Hand, Potter?«

Es war *Quidditch im Wandel der Zeiten.* Harry zeigte es ihm.

»Bücher aus der Bibliothek dürfen nicht nach draußen genommen werden«, sagte Snape. »Gib es mir. Fünf Punkte Abzug für Gryffindor.«

»Diese Regel hat er gerade erfunden«, zischte Harry wütend, als Snape fortgehinkt war. »Was ist eigentlich mit seinem Bein?«

»Weiß nicht, aber hoffentlich tut's richtig weh«, sagte Ron verbittert.

An diesem Abend war es im Aufenthaltsraum der Gryffindors sehr laut. Harry, Ron und Hermine saßen zusammen am Fenster. Hermine las sich Harrys und Rons Hausaufgaben für Zauberkunst durch. Abschreiben durften sie bei ihr nie (»Wie wollt ihr dann je was lernen?«), doch wenn sie sie baten, ihre Hefte durchzulesen, bekamen sie auch so die richtigen Antworten.

Harry war nervös. Er wollte *Quidditch im Wandel der Zeiten* zurückhaben, um sich vom morgigen Spiel abzulenken. Und warum sollte er vor Snape Angst haben? Er stand auf und sagte, er werde Snape fragen, ob er es zurückhaben könne.

»Der gibt es dir nie im Leben«, sagten Ron und Hermine wie aus einem Munde, doch Harry hatte das Gefühl, Snape würde nicht nein sagen, wenn noch andere Lehrer zuhörten.

Er ging hinunter zum Lehrerzimmer und klopfte. Keine Antwort. Er klopfte noch einmal. Wieder nichts.

Vielleicht hatte Snape das Buch dort dringelassen? Einen Versuch war es wert. Er drückte die Tür einen Spaltbreit auf und spähte hinein – und es bot sich ihm ein furchtbares Schauspiel.

Snape und Filch waren im Zimmer, allein. Snape hatte den Umhang über ein Knie hochgezogen. Sein Bein war zerfleischt und blutig. Filch reichte Snape Binden.

»Verdammtes Biest«, sagte Snape. »Wie soll man eigentlich auf alle drei Köpfe gleichzeitig achten?«

Harry versuchte die Tür leise zu schließen, doch –

»POTTER!«

Snape ließ sofort den Umhang los, um sein Bein zu verdecken. Sein Gesicht war wutverzerrt. Harry schluckte.

»Ich wollte nur fragen, ob ich mein Buch zurückhaben kann.«

»RAUS HIER! RAUS!«

Harry machte sich davon, bevor Snape Gryffindor noch mehr Punkte abziehen konnte. Er rannte die Treppen hoch zu den andern.

»Hast du es?«, fragte Ron, als Harry hereinkam. »Was ist los?«

Leise flüsternd berichtete Harry, was er gesehen hatte.

»Wisst ihr, was das heißt?«, schloss er außer Atem, »er hat an Halloween versucht, an diesem dreiköpfigen Hund vorbeizukommen! Er war auf dem Weg dorthin, als wir ihn gesehen haben – was auch immer der Hund bewacht, Snape will es haben! Und ich wette meinen Besen, dass er den Troll hereingelassen hat, um die andern abzulenken!«

Hermine sah ihn mit weit aufgerissenen Augen an.

»Nein, das würde er nicht tun«, sagte sie. »Ich weiß, er ist nicht besonders nett, aber er würde nichts zu stehlen versuchen, was Dumbledore sicher aufbewahrt.«

»Ehrlich gesagt, Hermine, du glaubst, alle Lehrer seien so etwas wie Heilige«, fuhr Ron sie an. »Ich finde, Harry hat Recht. Snape trau ich alles zu. Aber hinter was ist er her? Was bewacht der Hund?«

Als Harry zu Bett ging, surrte ihm noch immer diese Frage durch den Kopf. Neville schnarchte laut, doch Harry konnte ohnehin nicht schlafen. Er versuchte die Gedanken daran zu vertreiben – er brauchte Schlaf. Er musste schlafen, denn in ein paar Stunden hatte er sein erstes Quidditch-Spiel – doch den Ausdruck auf Snapes Gesicht, nachdem

Harry sein Bein gesehen hatte, konnte er einfach nicht vergessen.

Strahlend hell und kalt zog der Morgen herauf. Die Große Halle war erfüllt mit dem köstlichen Geruch von Bratwürsten und dem fröhlichen Geschnatter all derer, die sich auf ein gutes Quidditch-Spiel freuten.

»Du musst etwas frühstücken.«

»Ich will nichts.«

»Nur ein wenig Toast«, redete ihm Hermine zu.

»Ich hab keinen Hunger.«

Harry fühlte sich elend. In einer Stunde würde er das Spielfeld betreten.

»Harry, du brauchst Kraft«, sagte Seamus Finnigan. »Im Quidditch versucht man immer, den Sucher der anderen Mannschaft auszulaugen.«

»Danke, Seamus«, sagte Harry und sah ihm zu, wie er Ketschup auf seine Würste schüttete.

Um elf schien die ganze Schule draußen auf den Rängen um das Quidditch-Feld zu sein. Viele Schüler hatten Ferngläser mitgebracht. Die Sitze mochten zwar hoch oben angebracht sein, doch manchmal war es trotzdem schwierig zu sehen, was vor sich ging.

Ron und Hermine setzten sich in die oberen Ränge zu Neville, Seamus und Dean, dem unermüdlichen Fußball-Fan. Als Überraschung für Harry hatten sie aus einem der Leintücher, die Krätze ruiniert hatte, ein großes Spruchband gemacht und *Potter vor – für Gryffindor* draufgeschrieben. Dean, der gut malen konnte, hatte einen großen Gryffindor-Löwen daruntergesetzt. Hermine hatte das Bild dann mit einem kleinen Zaubertrick in verschiedenen Farben zum Leuchten gebracht.

Unterdessen zogen Harry und die anderen aus der Mannschaft ihre scharlachroten Quidditch-Umhänge an (Slytherin würde in Grün spielen).

Mit einem Räuspern verschaffte sich Wood Ruhe.

»Okay, Männer«, sagte er.

»Und Frauen«, sagte die Jägerin Angelina Johnson.

»Und Frauen«, stimmte Wood zu. »Das ist es.«

»Das Große«, sagte Fred Weasley.

»Auf das wir alle gewartet haben«, sagte George.

»Wir kennen Olivers Rede auswendig«, erklärte Fred Harry, »wir waren schon letztes Jahr im Team.«

»Ruhe, ihr beiden«, sagte Wood. »Dies ist die beste Mannschaft von Gryffindor seit Jahren. Wir gewinnen. Ich weiß es.«

Er sah sie alle durchdringend an, als ob er sagen wollte: »Und wehe, wenn nicht.«

»Gut, es wird Zeit. Viel Glück euch allen.«

Harry folgte Fred und George aus dem Umkleideraum und lief in der Hoffnung, die Knie würden ihm nicht nachgeben, unter lauten Anfeuerungsrufen hinaus auf das Spielfeld.

Madam Hooch war die Schiedsrichterin. Sie stand in der Mitte des Feldes, ihren Besen in der Hand, und wartete auf die beiden Mannschaften.

»Hört zu, ich will ein schönes, faires Spiel sehen, von allen«, sagte sie, als sie sich um sie versammelt hatten. Harry fiel auf, dass sie dabei vor allem den Kapitän der Slytherins, Marcus Flint, anschaute, einen Fünftklässler. Harry kam es vor, als ob Flint ein wenig Trollblut in den Adern hätte. Aus den Augenwinkeln sah er hoch oben über der Menge das flatternde Transparent, das *Potter vor – für Gryffindor* verkündete. Sein Herz machte einen Hüpfer. Er fühlte sich mutiger.

»Besteigt eure Besen, bitte.«

Harry kletterte auf seinen Nimbus Zweitausend.

Madam Hooch hob ihre silberne Pfeife an den Mund und ließ einen gellenden Pfiff ertönen.

Fünfzehn Besen stiegen in die Lüfte empor, hoch und immer höher. Es konnte losgehen.

»Und Angelina Johnson von Gryffindor übernimmt sofort den Quaffel – was für eine glänzende Jägerin dieses Mädchen ist, und außerdem auffallend hübsch –«

»JORDAN!«

»Verzeihung, Professor.«

Der Freund der Weasley-Zwillinge, Lee Jordan, machte den Stadionsprecher, unter den strengen Ohren von Professor McGonagall.

»Und sie hat wirklich ein Höllentempo drauf da oben, jetzt ein sauberer Pass zu Alicia Spinnet, eine gute Entdeckung von Oliver Wood, letztes Jahr noch auf der Reservebank – wieder zu Johnson und – nein, Slytherin hat jetzt den Quaffel, ihr Kapitän Marcus Flint holt sich ihn und haut damit ab – Flint fliegt dort oben rum wie ein Adler – gleich macht er ein To… – nein, eine glänzende Parade von Gryffindor-Torwart Wood stoppt ihn, und jetzt wieder die Gryffindors in Quaffelbesitz – das ist die Jägerin Katie Bell von Gryffindor dort oben, elegant ist sie unter Flint hindurchgetaucht und schnell jagt sie über das Feld und – AU – das muss wehgetan haben, ein Klatscher trifft sie im Nacken – der Quaffel jetzt wieder bei den Slytherins – das ist Adrian Pucey, der in Richtung Tore losfegt, doch ein zweiter Klatscher hält ihn auf – geschickt von Fred oder George Weasley, ich kann die beiden einfach nicht auseinanderhalten – gutes Spiel vom Treiber der Gryffindors jedenfalls, und Johnson wieder in Quaffelbesitz, hat jetzt freie Bahn, und weg ist sie – sie fliegt ja buchstäblich – weicht einem schnellen Klatscher aus – da sind schon die Tore – ja, mach ihn rein, Angelina – Torhüter Bletchley taucht ab, verfehlt den Quaffel – und TOR FÜR GRYFFINDOR!«

Jubelrufe für Gryffindor füllten die kalte Luft, von den Slytherins kam Heulen und Stöhnen.

»Bewegt euch da oben, rückt ein Stück weiter.«

»Hagrid!«

Ron und Hermine drängten sich eng aneinander, um für Hagrid Platz zu machen.

»Hab von meiner Hütte aus zugeschaut«, sagte Hagrid und tätschelte ein großes Fernglas, das um seinen Hals hing. »Aber es ist einfach was anderes, dabei zu sein. Noch kein Zeichen vom Schnatz, oder?«

»Null«, sagte Ron. »Harry hat noch nicht viel zu tun.«

»Hat sich aber auf der sicheren Seite gehalten bisher, das ist schon mal was«, sagte Hagrid, setzte das Fernglas an die Augen und spähte himmelwärts auf den Fleck, der Harry war.

Hoch über ihnen glitt Harry über das Spiel hinweg und hielt Ausschau nach einem Anzeichen vom Schnatz. Das hatten er und Wood miteinander abgesprochen.

»Halt dich raus, bis du den Schnatz sichtest«, hatte Wood gesagt. »Besser, wenn du nicht angegriffen wirst, bevor es sein muss.«

Nach Angelinas Tor hatte Harry ein paar Loopings hingelegt, um seiner Freude Luft zu machen. Nun war er wieder damit beschäftigt, nach dem Schnatz Ausschau zu halten. Einmal hatte er etwas Goldenes aufblitzen sehen, doch es war nur ein Lichtreflex von der Armbanduhr eines Weasley, und wenn ein Klatscher sich entschied, einer Kanonenkugel gleich auf ihn zuzujagen, wich ihm Harry aus und Fred Weasley kam hinter ihm hergefegt.

»Alles in Ordnung bei dir?«, konnte er noch rufen, bevor er den Klatscher wütend in Richtung Marcus Flint schlug.

»Slytherin im Quaffelbesitz«, sagte Lee Jordan. »Jäger Pucey duckt sich vor zwei Klatschern, zwei Weasleys und Jäger Bell und rast auf die – Moment mal – war das der Schnatz?«

Ein Gemurmel ging durch die Menge, als Adrian Pucey den Quaffel fallen ließ, weil er es nicht lassen konnte, sich umzudrehen und dem goldenen Etwas nachzuschauen, das an seinem linken Ohr vorbeigezischt war.

Harry sah es. Mit plötzlicher Begeisterung stürzte er sich hinab, dem goldenen Schweif hinterher. Der Sucher der Slytherins, Terence Higgs, hatte ihn ebenfalls gesehen. Kopf an Kopf rasten sie hinter dem Schnatz her – alle Jäger schienen vergessen zu haben, was sie zu tun hatten, und hingen mitten in der Luft herum, um ihnen zuzusehen.

Harry war schneller als Higgs – er konnte den kleinen Ball sehen, der flügelflatternd vor ihm herjagte – Harry legte noch einmal etwas zu –

WUMM! Von den Gryffindors unten auf den Rängen kam lautes Zorngeschrei – Marcus Flint hatte Harry absichtlich geblockt, Harrys Besen trudelte jetzt durch die Luft und Harry selbst klammerte sich in Todesgefahr an ihn.

»Foul!«, schrien die Gryffindors.

Die wutentbrannte Madam Hooch knöpfte sich Flint vor und gab den Gryffindors einen Freiwurf. Doch in all der Aufregung war der Goldene Schnatz natürlich wieder verschwunden.

Unten auf den Rängen schrie Dean Thomas: »Schick ihn vom Platz, Schiri! Rote Karte!«

»Das ist nicht Fußball, Dean«, erinnerte ihn Ron. »Du kannst im Quidditch keinen vom Platz stellen – und was ist eigentlich eine rote Karte?«

Doch Hagrid war auf Deans Seite.

»Sie sollten die Regeln ändern, wegen Flint wäre Harry ja fast runtergefallen.«

Lee Jordan fiel es schwer, nicht Partei zu ergreifen.

»So – nach diesem offenen und widerwärtigen Betrug –«

»Jordan!«, knurrte Professor McGonagall.

»Ich meine, nach diesem offenen und empörenden Foul –«

»Jordan, ich warne Sie –«

»Schon gut, schon gut. Flint bringt den Sucher der Gryffindors fast um, das könnte natürlich jedem passieren, da bin ich mir sicher, also ein Freiwurf für Gryffindor, Spinnet übernimmt ihn, und sie macht ihn rein, keine Frage, und das Spiel geht weiter, Gryffindor immer noch im Quaffelbesitz.«

Es geschah, als Harry erneut einem Klatscher auswich, der gefährlich nahe an seinem Kopf vorbeischlingerte. Sein Besen tat plötzlich einen fürchterlichen Ruck. Den Bruchteil einer Sekunde lang glaubte er hinunterzustürzen. Er umklammerte den Besen fest mit beiden Händen und Knien. Ein solches Gefühl hatte er noch nie gehabt.

Es passierte wieder. Als ob der Besen versuchte ihn abzuschütteln. Doch ein Nimbus Zweitausend beschloss nicht plötzlich, seinen Reiter abzuschütteln. Harry versuchte sich zu den Toren der Gryffindors umzuwenden; halb dachte er daran, Wood um eine Spielpause zu bitten – und nun war ihm klar, dass der Besen ihm überhaupt nicht mehr gehorchte. Er konnte ihn nicht wenden. Er konnte ihn überhaupt nicht mehr steuern. Im Zickzack fegte er durch die Luft und machte in kurzen Abständen wütende Schlenker, die ihn fast herunterrissen.

Lee kommentierte immer noch das Spiel.

»Slytherin im Ballbesitz – Flint mit dem Quaffel – vorbei an Spinnet – vorbei an Bell – der Klatscher trifft ihn

hart im Gesicht, hat ihm hoffentlich die Nase gebrochen –
nur 'n Scherz, Professor – Tor für Slytherin – o nein ...«

Die Slytherins jubelten. Keiner schien bemerkt zu haben, dass Harrys Besen sich merkwürdig benahm. Er trug
ihn langsam höher, ruckend und zuckend, fort vom Spiel.

»Weiß nicht, was Harry da eigentlich treibt«, murmelte
Hagrid. Er sah gebannt durch sein Fernglas. »Wenn ich es
nicht besser wüsste, würd ich sagen, er hat seinen Besen
nicht mehr im Griff ... aber das kann nicht sein ...«

Auf einmal deuteten überall auf den Rängen Menschen
auf Harry. Sein Besen rollte sich nun im Kreis, unablässig,
und Harry konnte sich nur noch mit letzter Kraft halten.
Dann stöhnte die Menge auf. Harrys Besen hatte einen gewaltigen Ruck gemacht und Harry hatte den Halt verloren.
Er hing jetzt in der Luft, mit einer Hand am Besenstiel.

»Hat er irgendwas abgekriegt, als Flint ihn geblockt hat?«,
flüsterte Seamus.

»Kann nicht sein«, meinte Hagrid mit zitternder Stimme. »Nichts kann einen Besen durch'nanderbringen außer
machtvolle schwarze Magie – kein Kind könnt so was mit
'nem Nimbus Zweitausend anstellen.«

Bei diesen Worten griff sich Hermine Hagrids Fernglas,
doch anstatt zu Harry hinaufzusehen, ließ sie den Blick
hastig über die Menge schweifen.

»Was machst du da?«, stöhnte Ron graugesichtig.

»Ich wusste es«, keuchte Hermine, »Snape – sieh mal.«

Ron hob das Fernglas an die Augen. Snape stand in der
Mitte der Ränge gegenüber. Seine Augen waren fest auf
Harry gerichtet und er murmelte unablässig vor sich hin.

»Da ist was faul – er verhext den Besen«, sagte Hermine.

»Was sollen wir machen?«

»Überlass ihn mir.«

Bevor Ron noch ein Wort sagen konnte, war Hermine

verschwunden. Ron richtete das Fernglas wieder auf Harry. Dessen Besen ruckte nun so heftig, dass er sich kaum noch daran festklammern konnte. Sämtliche Zuschauer waren aufgestanden und sahen entsetzt zu, wie die Weasleys hochflogen und versuchten, ihn auf einen ihrer Besen zu ziehen, doch es nützte nichts: Jedes Mal, wenn sie ihm nahe kamen, stieg der Besen sofort noch höher. Sie ließen sich ein wenig sinken und zogen unterhalb von Harry Kreise, offenbar in der Hoffnung, ihn auffangen zu können, falls er herunterfiel. Marcus Flint packte den Quaffel und schoss fünf Tore, ohne dass jemand Notiz davon nahm.

»Los, Hermine, mach schon«, murmelte Ron verzweifelt.

Hermine hatte sich zu der Tribüne durchgekämpft, auf der Snape stand, und raste nun die Sitzreihe entlang auf ihn zu; sie hielt nicht einmal an, um sich zu entschuldigen, als sie Professor Quirrell kopfüber in die Reihe davor stieß. Als sie Snape erreicht hatte, zog sie ihren Zauberstab hervor, kauerte sich auf den Boden und flüsterte ein paar wohl gewählte Worte. Aus ihrem Zauberstab züngelten hellblaue Flämmchen zum Saum von Snapes Umhang empor.

Snape brauchte vielleicht eine halbe Minute, um zu bemerken, dass er brannte. Ein plötzliches Aufheulen sagte ihr, dass sie es geschafft hatte. Sie sog das Feuer von ihm ab in ein kleines Glasgefäß, das sie in der Tasche hatte, und stolperte dann durch die Reihe zurück – Snape erfuhr nie, was geschehen war.

Doch es war gelungen. Hoch oben in den Lüften konnte Harry plötzlich wieder auf seinen Besen klettern.

»Neville, du kannst wieder hinsehen!«, rief Ron. Neville hatte die letzten fünf Minuten in Hagrids Jacke geschluchzt.

Harry raste gerade bodenwärts, als die Menge ihn plötzlich die Hand vor den Mund schlagen sah, als ob ihm schlecht wäre – auf allen vieren knallte er auf das Spielfeld – hustete – und etwas Goldenes fiel ihm in die Hand.

»Ich hab den Schnatz!«, rief er, mit den Armen rudernd, und das Spiel endete in heilloser Verwirrung.

»Er hat ihn nicht *gefangen*, er hat ihn fast verschluckt«, brüllte Flint zwanzig Minuten später immer noch, doch es half nichts mehr – Harry hatte keine Regel gebrochen und der glückselige Lee Jordan rief immer noch das Ergebnis aus – Gryffindor hatte mit hundertsiebzig zu sechzig Punkten gewonnen. Davon hörte Harry freilich nichts mehr. Hinten am Wald, in der Hütte, braute Hagrid ihm und Ron und Hermine einen kräftigen Tee.

»Es war Snape«, erklärte Ron, »Hermine und ich haben ihn gesehen. Er hat leise vor sich hin gemurmelt und deinen Besen mit Flüchen belegt, er hat nicht ein einziges Mal die Augen von dir abgewandt.«

»Unsinn«, brummte Hagrid, der kein Wort von dem gehört hatte, was neben ihm auf den Rängen gesprochen worden war. »Warum sollte Snape so etwas tun?«

Harry, Ron und Hermine sahen sich an, unsicher, was sie ihm erzählen sollten. Harry entschied sich für die Wahrheit.

»Ich hab etwas über ihn herausgefunden«, erklärte er Hagrid. »Er hat an Halloween versucht, an diesem dreiköpfigen Hund vorbeizukommen. Der hat ihn gebissen. Wir glauben, er wollte das stehlen, was der Hund bewacht, was auch immer es ist.«

Hagrid ließ den Teekessel auf den Herd fallen.

»Woher wisst ihr von Fluffy?«, fragte er.

»*Fluffy?*«

»Ja – ist nämlich meiner – hab ihn einem Kerl aus Griechenland abgekauft, den ich letztes Jahr im Pub getroffen hab – ich hab ihn Dumbledore geliehen, als Wachhund für –«

»Ja?«, sagte Harry begierig.

»Das reicht, fragt mich nicht weiter aus«, sagte Hagrid grummelig. »Das ist streng geheim, ist das nämlich.«

»Aber Snape hat versucht, es zu *stehlen*.«

»Unsinn«, sagte Hagrid erneut. »Snape ist ein Lehrer in Hogwarts, so was würde der nie tun.«

»Und warum hat er dann gerade versucht, Harry umzubringen?«, rief Hermine.

Was am Nachmittag geschehen war, hatte ihre Ansichten über Snape offenbar verändert.

»Ich erkenne sehr wohl, wenn jemand einen bösen Fluch ausspricht, Hagrid, ich hab alles darüber gelesen. Du musst die Augen immer draufhalten, und Snape hat nicht einmal geblinzelt, ich hab's gesehen!«

»Ich sag euch, ihr liegt grottenfalsch!«, sagte Hagrid erregt. »Ich weiß nicht, warum Harrys Besen so komisch geflogen ist, aber Snape würde nie versuchen einen Schüler umzubringen! Nun hört mir mal alle genau zu, ihr mischt euch in Dinge ein, die euch nichts angehen. Vergesst den Hund und vergesst, was er bewacht, das ist allein die Sache von Professor Dumbledore und Nicolas Flamel –«

»Aha!«, sagte Harry. »Also hat jemand namens Nicolas Flamel damit zu tun, oder?«

Hagrid sah aus, als ob er auf sich selbst sauer wäre.

Der Spiegel Nerhegeb

Weihnachten stand vor der Tür. Eines Morgens Mitte Dezember wachte Hogwarts auf und sah sich ellendick in Schnee gehüllt. Der See fror zu, und die Weasley-Zwillinge wurden bestraft, weil sie ein paar Schneebälle verhext hatten, die dann hinter Quirrell herflogen und ihm auf den Turban klatschten. Die wenigen Eulen, die sich durch die Schneestürme schlagen konnten, um die Post zu bringen, mussten von Hagrid gesund gepflegt werden, bevor sie sich auf den Rückflug machen konnten.

Sie konnten es alle kaum noch erwarten, dass endlich die Ferien losgingen. Während im Gemeinschaftsraum der Gryffindors und in der Großen Halle die Kaminfeuer prasselten, war es in den zugigen Korridoren eisig kalt geworden und ein beißender Wind rüttelte an den Fenstern der Klassenzimmer. Am schlimmsten war der Unterricht von Professor Snape unten in den Kerkern, wo ihr Atem sich über ihren Köpfen zu einem Nebelschleier zusammenzog und sie sich so nah wie möglich an ihre heißen Kessel setzten.

»Es tut mir ja so leid«, sagte Draco Malfoy in einer Zaubertrankstunde, »für all die Leute, die über Weihnachten in Hogwarts bleiben müssen, weil sie daheim nicht erwünscht sind.«

Dabei sah er hinüber zu Harry. Crabbe und Goyle kicherten. Harry, der gerade zerriebene Löwenfischgräten abwog, überhörte ihn. Seit dem Quidditch-Spiel war Malfoy noch gehässiger als früher. Empört über die Niederlage der Slytherins, hatte er versucht, allgemeine Heiterkeit zu verbreiten mit dem Vorschlag, das nächste Mal solle anstelle von Harry ein Breitmaulfrosch den Sucher spielen. Dann musste er feststellen, dass keiner das witzig fand. Alle waren davon beeindruckt, wie Harry es geschafft hatte, sich auf seinem bockenden Besen zu halten. Und so hatte sich der eifersüchtige und zornige Malfoy wieder darauf verlegt, Harry damit zu verhöhnen, dass er keine richtige Familie hatte.

Es stimmte, dass Harry über Weihnachten nicht in den Ligusterweg zurückkehren würde. Letzte Woche war Professor McGonagall vorbeigekommen und hatte die Schüler in eine Liste eingetragen, die in den Weihnachtsferien dableiben würden, und Harry hatte sich sofort gemeldet. Es tat ihm gar nicht leid um sich; das würde wahrscheinlich das schönste Weihnachten seines Lebens werden. Auch Ron und seine Brüder blieben da, weil Mr. und Mrs. Weasley nach Rumänien fuhren, um Charlie zu besuchen.

Als sie am Ende des Zaubertrankunterrichts die Kerker verließen, war der Korridor durch eine große Tanne versperrt. Zwei gewaltige Schuhe, die am unteren Ende herausragten, und ein lautes Schnaufen sagten ihnen, dass Hagrid hinter ihr steckte.

»Hey, Hagrid, brauchst du Hilfe?«, fragte Ron und steckte den Kopf durch die Zweige.

»Nö, komm schon zurecht, Ron.«

»Würden Sie bitte aus dem Weg gehen?«, tönte Malfoy mit kalter, gedehnter Stimme hinter ihnen. »Willst dir wohl ein wenig Taschengeld dazuverdienen, Weasley? Hoffst wohl, selber Wildhüter zu werden, wenn du mit Hogwarts fertig bist – diese Hütte von Hagrid muss dir wie ein Palast vorkommen im Vergleich zu dem, was du von deiner Familie gewöhnt bist.«

Ron stürzte sich auf Malfoy und in diesem Moment kam Snape die Treppe hoch.

»WEASLEY!«

Ron ließ Malfoys Umhang los.

»Er ist herausgefordert worden, Professor Snape«, sagte Hagrid und steckte sein großes, haariges Gesicht hinter dem Baum hervor. »Malfoy hat seine Familie beleidigt.«

»Das mag sein, aber eine Schlägerei ist gegen die Hausregeln, Hagrid«, sagte Snape mit öliger Stimme. »Fünf Punkte Abzug für Gryffindor, Weasley, und sei dankbar, dass es nicht mehr ist. Marsch jetzt, aber alle.«

Malfoy, Crabbe und Goyle schlugen sich mit den Armen rudernd an dem Baum vorbei, verstreuten Nadeln auf dem Boden und grinsten dabei blöde.

»Den krieg ich noch«, sagte Ron zähneknirschend hinter Malfoys Rücken, »eines Tages krieg ich ihn.«

»Ich hasse sie beide«, sagte Harry, »Malfoy und Snape.«

»Nu ist aber gut, Kopf hoch, es ist bald Weihnachten«, sagte Hagrid. »Ich mach euch 'nen Vorschlag, kommt mit in die Große Halle, sieht umwerfend aus.«

Also folgten die drei Hagrid und seinem Baum in die Große Halle, die Professor McGonagall und Professor Flitwick festlich ausschmückten.

»Ah, Hagrid, der letzte Baum – stellen Sie ihn doch bitte in die Ecke dort hinten.«

Die Halle sah phantastisch aus. An den Wänden entlang hingen Girlanden aus Stechpalmen- und Mistelzweigen und nicht weniger als zwölf turmhohe Weihnachtsbäume waren im Raum verteilt. Von den einen funkelten winzige Eiszapfen herüber, auf den anderen flackerten hunderte von Kerzen.

»Wie viel Tage habt ihr noch bis zu den Ferien?«, fragte Hagrid.

»Nur einen«, sagte Hermine. »Und da fällt mir ein – Harry, Ron, wir haben noch eine halbe Stunde bis zum Mittagessen, wir sollten in die Bibliothek gehen.«

»Ja, klar, du hast Recht«, sagte Ron und wandte seine Augen von Professor Flitwick ab, der goldene Kugeln aus seinem Zauberstab blubbern ließ und sie über die Zweige des neuen Baums verteilte.

»In die Bibliothek?«, sagte Hagrid und folgte ihnen aus der Halle. »Kurz vor den Ferien? Sehr strebsam heute, was?«

»Aach, wir arbeiten gar nicht«, erklärte ihm Harry strahlend. »Seit du Nicolas Flamel erwähnt hast, versuchen wir nämlich herauszufinden, wer er ist.«

»Ihr wollt *was?*«, Hagrid sah sie entsetzt an. »Hört mal gut zu, ich hab's euch gesagt, lasst es bleiben. Was der Hund bewacht, geht euch nichts an.«

»Wir wollen nur wissen, wer Nicolas Flamel ist, das ist alles«, sagte Hermine.

»Außer du möchtest es uns sagen und uns damit Arbeit ersparen?«, fügte Harry hinzu. »Wir müssen schon hunderte von Büchern gewälzt haben und wir können ihn nirgends finden – gib uns einfach mal 'nen Tipp – ich weiß, dass ich seinen Namen schon mal irgendwo gelesen hab.«

»Ich sag nichts«, sagte Hagrid matt.

»Dann müssen wir es selbst rausfinden«, sagte Ron. Sie ließen den missmutig dreinblickenden Hagrid stehen und hasteten in die Bibliothek.

Tatsächlich hatten sie den Namen, seit er Hagrid herausgerutscht war, in allen möglichen Büchern gesucht, denn wie sonst sollten sie herausfinden, was Snape zu stehlen versuchte? Sie wussten eigentlich gar nicht, wo sie anfangen sollten, denn sie hatten keine Ahnung, womit sich Nicolas Flamel die Aufnahme in ein Buch verdient hatte. Er stand nicht in den *Großen Zauberern des zwanzigsten Jahrhunderts* oder im *Handbuch zeitgenössischer Magier*, in den *Bedeutenden Entdeckungen der modernen Zauberei* fehlte er ebenso wie in den *Jüngeren Entwicklungen in der Zauberei*. Hinzu kam natürlich noch die schiere Größe der Bibliothek; zehntausende von Büchern; tausende von Regalen; hunderte von schmalen Regalreihen.

Hermine zog eine Liste von Fachgebieten und Buchtiteln hervor, in denen sie suchen wollte, während Ron die Regale entlangschlenderte und nach Lust und Laune mal hier, mal da ein Buch hervorzog. Harry ging hinüber in die Abteilung für verbotene Bücher. Schon seit einiger Zeit fragte er sich, ob Flamel nicht vielleicht hier zu finden wäre. Leider brauchte man die schriftliche Erlaubnis eines Lehrers, um eines der Bücher in dieser Abteilung einsehen zu dürfen, und die würde er nie kriegen. Die Bücher hier behandelten die mächtige schwarze Magie, die in Hogwarts niemals gelehrt wurde, und sie durften nur von den älteren Schülern gelesen werden, die fortgeschrittene Verteidigung gegen die dunklen Künste studierten.

»Suchst du etwas Bestimmtes, mein Junge?«

»Nein«, sagte Harry.

Die Bibliothekarin, Madam Pince, fuchtelte mit einem Staubwedel nach ihm.

»Dann verziehst du dich besser wieder. Husch, fort mit dir!«

Harry bereute, dass er sich nicht schnell eine Geschichte hatte einfallen lassen, und verließ die Bibliothek. Er hatte mit Ron und Hermine nämlich schon vereinbart, dass sie lieber nicht Madam Pince fragen wollten, wo sie Flamel finden könnten. Sie würde es ihnen gewiss sagen können, doch sie konnten es nicht riskieren, dass Snape Wind davon bekam, wonach sie suchten.

Harry wartete draußen vor der Tür, um zu hören, ob die andern beiden etwas herausgefunden hatten, doch viel Hoffnung machte er sich nicht. Immerhin suchten sie schon seit zwei Wochen, doch da sie zwischen den Unterrichtsstunden nur gelegentlich einmal Zeit hatten, war es kein Wunder, dass sie noch nichts gefunden hatten. Was sie wirklich brauchten, war viel Zeit zum Suchen, ohne dass ihnen Madam Pince ständig über die Schultern sah.

Fünf Minuten später kamen Ron und Hermine heraus und schüttelten die Köpfe. Sie gingen zum Mittagessen.

»Ihr sucht doch weiter, während ich weg bin, oder?«, sagte Hermine. »Und schickt mir eine Eule, wenn ihr irgendwas herausfindet.«

»Und du könntest deine Eltern fragen, ob sie wissen, wer Flamel ist«, sagte Ron. »Da kann nichts passieren.«

»Überhaupt nichts, denn sie sind beide Zahnärzte«, sagte Hermine.

Als die Ferien einmal begonnen hatten, ging es Ron und Harry einfach zu gut, um lange über Flamel nachzudenken. Sie hatten den ganzen Schlafsaal für sich, auch im Aufenthaltsraum war viel mehr Platz als sonst, und sie konnten die guten Sessel am Kamin belegen. Da saßen sie stundenlang und verspeisten alles, was sie auf eine Röstgabel spießen konnten: Brot, Pfannkuchen, Marshmallows, und schmiedeten Pläne, wie sie es anstellen könnten, dass Malfoy von der Schule flog. Das auszuhecken machte Spaß, auch wenn es nicht klappen würde.

Ron brachte Harry auch Zauberschach bei. Das ging genauso wie Muggelschach, außer dass die Figuren lebten, und so war es fast das Gleiche wie Truppen in eine Schlacht zu führen. Rons Schachspiel war sehr alt und ramponiert. Wie alles andere, das Ron besaß, hatte es einst jemandem aus seiner Familie gehört – in diesem Fall seinem Großvater. Allerdings waren die alten Schachmenschen überhaupt kein Nachteil. Ron kannte sie so gut, dass er sie immer mühelos dazu bringen konnte, genau das zu tun, was er wollte.

Harry spielte mit Schachmenschen, die ihm Seamus Finnigan geliehen hatte, und die trauten ihm überhaupt nicht. Er war noch kein guter Spieler, und sie riefen ihm ständig Ratschläge zu, allerdings widersprüchliche, was ihn heftig verwirrte: »Schick mich ja nicht dorthin, siehst du denn nicht seinen Springer? Schick doch *den da*, auf *den* können wir verzichten.«

Heiligabend ging Harry voller Vorfreude auf das Essen und den Spaß am Weihnachtstag zu Bett; Geschenke erwartete er überhaupt keine. Als er früh am nächsten Morgen erwachte, sah er als Erstes einen Stapel Päckchen am Fußende seines Bettes.

»Fröhliche Weihnachten«, sagte Ron schläfrig, als Harry aus dem Bett stieg und seinen Morgenmantel anzog.

»Dir auch«, sagte Harry. »Schau dir das mal an! Ich hab Geschenke bekommen!«

»Was hast du erwartet, Runkelrüben?«, sagte Ron und machte sich an seinen eigenen Stapel, der um einiges größer war als der Harrys.

Harry nahm das oberste Päckchen in die Hand. Es war mit dickem braunem Papier umwickelt und quer darüber war *Für Harry von Hagrid* gekrakelt. Drinnen war eine grob geschnitzte hölzerne Flöte. Offenbar hatte Hagrid sie selber zugeschnitten. Harry blies hinein – sie klang ein wenig wie eine Eule.

Ein zweites, winziges Päckchen enthielt einen Zettel.

Wir haben deine Nachricht erhalten und fügen dein Weihnachtsgeschenk bei. Von Onkel Vernon und Tante Petunia. Mit Klebeband war ein Fünfzig-Pence-Stück auf den Zettel geklebt.

»Das ist nett«, sagte Harry.

Ron war von den fünfzig Pence fasziniert.

»*Komisch!*«, sagte er. »Diese Form! Ist das *Geld?*«

»Du kannst es behalten«, sagte Harry und lachte, als er sah, wie Ron sich freute. »Hagrid und Tante und Onkel – und von wem ist das hier?«

»Ich glaub, ich weiß, von wem das ist«, sagte Ron, deutete auf ein recht klumpiges Paket und lief ein wenig rosa an. »Von meiner Mum. Ich hab ihr gesagt, dass du keine Geschenke erwartest und – o nein«, stöhnte er, »sie hat dir einen Weasley-Pulli gestrickt!«

Harry hatte das Paket aufgerissen und einen dicken, handgestrickten Pullover in Smaragdgrün gefunden und eine große Schachtel selbst gebackener Plätzchen.

»Sie strickt uns jedes Jahr einen Pulli«, sagte Ron, während er seinen eigenen auspackte, »und meiner ist *immer* kastanienbraun.«

»Das ist wirklich nett von ihr«, sagte Harry und probierte von den Plätzchen, die köstlich schmeckten.

Auch sein nächstes Päckchen enthielt Süßigkeiten – es war eine große Schachtel Schokofrösche von Hermine.

Ein Päckchen war jetzt noch übrig. Harry hob es auf und betastete es. Es war sehr leicht. Er wickelte es aus.

Etwas Fließendes und Silbergraues glitt auf den Boden, wo es in schimmernden Falten dalag. Ron machte große Augen.

»Ich hab davon gehört«, sagte er mit gedämpfter Stimme und ließ die Schachtel mit Bohnen jeder Geschmacksrichtung fallen, die er von Hermine bekommen hatte. »Wenn es das ist, was ich glaube – sie sind wirklich selten und *wirklich* wertvoll.«

»Was ist es?«

Harry hob das silbern leuchtende Stück Stoff vom Boden hoch. Es fühlte sich seltsam an, wie Wasser, das zu Stoff gewebt worden war.

»Es ist ein Umhang, der unsichtbar macht«, sagte Ron mit ehrfürchtigem Gesicht. »Ganz bestimmt – probier ihn mal an.«

Harry warf sich den Umhang über die Schultern und Ron stieß einen Schrei aus.

»Es stimmt! Schau!«

Harry sah hinunter auf seine Füße, doch die waren verschwunden. Er stürzte hinüber zum Spiegel. Gewiss, sein Spiegelbild sah ihn an, freilich nur sein Kopf, der Körper war völlig unsichtbar. Er zog den Umhang über den Kopf und sein Spiegelbild verschwand vollends.

»Da liegt ein Zettel!«, sagte Ron plötzlich. »Ein Zettel ist rausgefallen!«

Harry streifte den Umhang ab und hob den Zettel auf. In enger, verschlungener Handschrift, die er noch nie gesehen hatte, standen da die folgenden Worte:

Dein Vater hat mir dies vor seinem Tode zur Aufbewahrung überreicht. Nun ist die Zeit gekommen, ihn dir zu geben.
Gebrauche ihn klug.
Fröhliche Weihnachten wünsche ich dir.

Unterschrieben hatte niemand. Harry starrte auf den Zettel. Ron bewunderte den Umhang.

»Ich würde *alles* geben für einen davon«, sagte er. »*Alles.* Was ist los mit dir?«

»Nichts«, sagte Harry. Ihm war seltsam zumute. Wer hatte ihm den Umhang geschickt? Hatte er wirklich einst seinem Vater gehört?

Bevor er noch etwas denken oder sagen konnte, flog die Tür zum Schlafsaal auf und Fred und George Weasley stürmten herein. Harry steckte den Umhang schnell weg. Er hatte keine Lust, ihn überall herumzureichen.

»Frohe Weihnachten!«

»Hey, sieh mal – Harry hat auch 'nen Weasley-Pulli!«

Fred und George trugen blaue Pullover, der eine mit einem großen gelben F darauf gestickt, der andere mit einem G.

»Der von Harry ist aber besser als unserer«, sagte Fred und hielt Harrys Pullover hoch. »Sieht so aus, als ob sie sich mehr anstrengt, wenn du nicht zur Familie gehörst.«

»Warum trägst du deinen Pulli nicht, Ron?«, fragte George. »Komm, zieh ihn an, sie sind herrlich warm.«

»Ich mag Kastanienbraun nicht«, meinte Ron halbherzig und zog sich den Pulli über.

»Du hast keinen Buchstaben auf deinem«, stellte George fest. »Sie denkt wohl, du vergisst deinen Namen nicht. Aber wir sind nicht dumm – wir wissen, dass wir Gred und Forge heißen.«

»Was macht ihr da eigentlich für einen Lärm?«

Percy Weasley steckte mit missbilligendem Blick den Kopf durch die Tür. Offensichtlich war er schon halb mit dem Geschenkeauspacken fertig, denn auch er trug einen zusammengeknäuelten Pullover auf dem Arm, den ihm Fred entriss.

»V für Vertrauensschüler! Zieh ihn an, Percy, los komm schon, sogar Harry hat einen gekriegt.«

»Ich – will – nicht –«, sagte Percy halb erstickt, während die Zwillinge ihm den Pullover über den Kopf zwängten und dabei seine Brille verbogen.

»Und du hockst dich heute nicht zu den Vertrauensschülern«, sagte George. »Weihnachten verbringt man mit der Familie.«

Sie hatten Percys Arme nicht durch die Ärmel des Pullovers gesteckt, und so gefesselt nahmen sie ihn nun auf die Schultern und marschierten mit ihm hinaus.

Harry hatte noch nie in seinem Leben ein solches Weihnachtsmahl verspeist. Hundert fette gebratene Truthähne, Berge von Brat- und Pellkartoffeln, Platten voll niedlicher Cocktailwürstchen, Schüsseln voll Buttererbsen, Silberterrinen voll dicken, sahnigen Bratensafts und Preiselbeersauce – und, über den Tisch verteilt, stapelweise Zauber-Knallbonbons. Diese phantastischen Knallbonbons waren überhaupt nicht zu vergleichen mit den schwächlichen der Muggel, wie sie die Dursleys kauften, mit dem kleinen Plastikspielkram und den knittrigen Papierhütchen. Harry zog mit Fred an einem Zauber-Knallbonbon, und es knallte nicht nur, sondern ging los wie eine Kanone und hüllte sie in eine Wolke blauen Rauchs, während aus dem Innern der Hut eines Admirals und mehrere lebende weiße Mäuse herausschossen. Drüben am Hohen Tisch hatte Dumbledore seinen spitzen Zaubererhut gegen eine mit Blumen verzierte Haube getauscht und kicherte fröhlich über einen Witz, den ihm Professor Flitwick soeben vorgelesen hatte.

Dem Truthahn folgte ein flambierter Plumpudding. Percy brach sich fast die Zähne an einem Silbersickel aus, der in seiner Portion versteckt war. Harry beobachtete, wie Hagrid nach mehr Wein verlangte und sein Gesicht immer röter wurde, bis er schließlich Professor McGonagall auf die Wange küsste, die, wie Harry verdutzt feststellte, unter ihrem leicht verrutschten Spitzhut errötete und anfing zu kichern.

Als Harry schließlich vom Tisch aufstand, war er beladen mit einer Unmenge Sachen aus den Knallbonbons, darunter ein Dutzend Leuchtballons, die nie platzten, ein »Züchte

deine eigenen Warzen«-Biokasten und ein neues Zauber-
schachspiel. Die weißen Mäuse waren verschwunden, und
Harry hatte das unangenehme Gefühl, dass sie als Mrs.
Norris' Weihnachtsschmaus enden würden.

Harry und die Weasleys verbrachten einen glücklichen
Nachmittag mit einer wilden Schneeballschlacht draußen
auf dem Schulgelände. Verfroren, nass und nach Atem
ringend, kehrten sie ans Kaminfeuer in ihrem Gemeinschaftsraum zurück, wo Harry sein neues Schachspiel mit
einer haarsträubenden Niederlage gegen Ron einweihte.
Er hätte vielleicht nicht so kläglich verloren, vermutete er,
wenn Percy nicht so angestrengt versucht hätte, ihm zu
helfen.

Nach dem Tee – es gab Brote mit kaltem Braten, Pfannkuchen, Biskuits und Weihnachtskuchen – fühlten sich alle
zu vollgestopft und müde, um noch viel vor dem Schlafengehen anzufangen. Sie sahen nur noch Percy zu, wie er Fred
und George durch den ganzen Gryffindor-Turm nachjagte,
weil sie sein Vertrauensschüler-Abzeichen geklaut hatten.

Es war Harrys schönstes Weihnachten gewesen. Doch
den ganzen Tag über war ihm etwas im Hinterkopf he-
rumgeschwirrt. Erst als er im Bett lag, hatte er die Ruhe,
darüber nachzudenken: Es war der Umhang, der unsichtbar machte, und die Frage, wer ihn wohl geschickt hatte.

Ron, vollgestopft mit Braten und Kuchen und mit nichts
weiter Geheimnisvollem beschäftigt, schlief ein, sobald er
die Vorhänge seines Himmelbetts zugezogen hatte. Harry
drehte sich auf die Seite und zog den Umhang unter dem
Bett hervor.

Das war von seinem Vater ... der Umhang seines Vaters.
Er ließ den Stoff durch die Hände gleiten, fließender als
Seide, leichter als Luft. *Gebrauche ihn klug*, hatte es auf dem
Zettel geheißen.

Er musste es versuchen – jetzt. Er schlüpfte aus dem Bett und hüllte sich in den Umhang. Wo eben noch seine Füße waren, sah er jetzt nur noch das Mondlicht und Schatten. Ihm war merkwürdig zumute.

Gebrauche ihn klug.

Plötzlich war Harry hellwach. In diesem Umhang stand ihm ganz Hogwarts offen. Begeisterung durchströmte ihn. Er konnte überallhin, überall, und Filch würde es nie herausfinden.

Ron grunzte im Schlaf. Sollte Harry ihn wecken? Etwas hielt ihn zurück – der Umhang seines Vaters –, er spürte, dass er diesmal, dieses erste Mal, allein mit ihm sein wollte.

Er stahl sich aus dem Schlafsaal, die Treppe hinunter, durch den Aufenthaltsraum und kletterte durch das Loch hinter dem Porträt.

»Wer da?«, quakte die fette Dame. Harry sagte nichts. Rasch ging er den Korridor entlang.

Wo sollte er hin? Mit rasend pochendem Herzen hielt er inne und dachte nach. Und dann fiel es ihm ein. Die verbotene Abteilung in der Bibliothek. Dort konnte er lesen, solange er wollte, solange er musste, um herauszufinden, wer Flamel war. Den Tarnumhang eng um sich schlingend, ging er weiter.

In der Bibliothek herrschte rabenschwarze Nacht. Harry war gruslig zumute. Er zündete eine Laterne an, um sich den Weg durch die Buchregale zu leuchten. Die Laterne schien in der Luft zu schweben, und obwohl Harry spürte, dass er sie in der Hand trug, ließ ihm der Anblick Schauer über den Rücken laufen.

Die verbotene Abteilung lag ganz hinten in der Bibliothek. Er stieg umsichtig über die Kordel, die diesen Bereich von den andern trennte, und hielt seine Laterne hoch, um die Titel auf den Buchrücken zu lesen.

Sie sagten ihm nicht viel. Die abblätternden und verblassenden Goldlettern bildeten Wörter in Sprachen, die Harry nicht verstand. Manche Bücher hatten gar keinen Titel. Auf einem Buch war ein dunkler Fleck, der Blut schrecklich ähnlich sah. Harry sträubten sich die Nackenhaare. Vielleicht bildete er es sich nur ein, vielleicht auch nicht, aber er glaubte, von den Büchern her ein leises Flüstern zu vernehmen, als ob sie wüssten, dass jemand hier war, der nicht hier sein durfte.

Irgendwo musste er anfangen. Er stellte die Laterne vorsichtig auf den Boden und suchte entlang der untersten Regalreihe nach einem viel versprechend aussehenden Buch. Ein großer schwarz-silberner Band fiel ihm ins Auge. Er zog das Buch mühsam heraus, denn es war sehr schwer, setzte es mit dem Rücken auf seine Knie und klappte es auf.

Ein durchdringender Schrei, der ihm das Blut in den Adern gefrieren ließ, durchbrach die Stille – das Buch schrie! Harry schlug es zu, doch es schrie immer weiter, ununterbrochen, in einem hohen und trommelfellzerreißenden Ton. Er stolperte rückwärts und stieß seine Laterne um, die sofort ausging. In panischer Angst hörte er Schritte den Gang draußen entlangkommen – er stopfte das schreiende Buch wieder ins Regal und rannte davon. Just an der Tür traf er auf Filch. Filchs blasse, wirre Augen sahen durch ihn hindurch und Harry wich vor Filchs ausgestrecktem Arm zur Seite und rannte weiter, den Korridor hinunter, die Schreie des Buches immer noch in den Ohren klingend.

Vor einer großen Rüstung erstarrte er. Er war so überstürzt aus der Bibliothek geflohen, dass er nicht darauf geachtet hatte, wo er hinlief. Um ihn her war es vollkommen dunkel, und vielleicht wusste er deshalb nicht, wo er sich befand. Eine Rüstung stand in der Nähe der Küchen, das wusste er, doch er musste fünf Stockwerke darüber sein.

»Sie haben mich gebeten, sofort zu Ihnen zu kommen, Herr Professor, wenn jemand nachts umherstreift, und jemand war in der Bibliothek – in der verbotenen Abteilung.«

Harry spürte, wie ihm das Blut aus dem Gesicht strömte. Wo immer er auch war, Filch musste eine Abkürzung kennen, denn seine weiche, ölige Stimme kam näher, und zu seinem Entsetzen war es Snape, der antwortete:

»Die verbotene Abteilung? Nun, dann können sie nicht weit sein, die kriegen wir schon.«

Als Filch und Snape vor ihm um die Ecke bogen, gefror Harry zu einem Eiszapfen. Natürlich konnten sie ihn nicht sehen, doch der Korridor war eng, und wenn sie näher kämen, würden sie auf ihn prallen – trotz des Umhangs war er ja immer noch aus Fleisch und Blut.

So leise er nur konnte, wich er zurück. Zu seiner Linken stand eine Tür einen Spaltbreit offen. Das war seine einzige Hoffnung. Den Atem anhaltend, um sie ja nicht zu bewegen, zwängte er sich hindurch, und als er es geschafft hatte, in das Zimmer zu gelangen, ohne dass Snape und Filch etwas bemerkten, wurde ihm leichter zumute. Sie gingen einfach vorbei und Harry lehnte sich tief atmend gegen die Wand und lauschte ihren leiser werdenden Schritten nach. Das war knapp gewesen, sehr knapp. Es dauerte einige Augenblicke, bis er das Zimmer, in dem er sich versteckt hatte, besser wahrnahm.

Es sah aus wie ein nicht mehr benutztes Klassenzimmer. An der Wand entlang waren Tische und Stühle aufgestapelt und im Dunkeln konnte er auch einen umgedrehten Papierkorb erkennen. Doch an der Wand gegenüber lehnte etwas, das nicht den Eindruck machte, als ob es hierher gehörte, etwas, das aussah, als ob jemand es einfach hier abgestellt hätte, um es aus dem Weg zu schaffen.

Es war, auf zwei Klauenfüßen stehend, ein gewaltiger Spiegel, der bis zur Decke reichte und mit einem reich verzierten Goldrahmen versehen war. Oben auf dem Rahmen war eine Inschrift eingeprägt: NERHEGEB Z REH NIE DREBAZ TILT NANIEDTH CIN.

Nun, da von Filch und Snape nichts mehr zu hören war, schwand Harrys Panik, und er näherte sich dem Spiegel, um sich darin zu sehen und doch nichts zu sehen.

Er musste die Hand vor den Mund schlagen, um nicht zu schreien. Er wirbelte herum. Sein Herz hämmerte noch rasender als vorhin bei dem schreienden Buch, denn er hatte nicht nur sich selbst im Spiegel gesehen, sondern eine ganze Ansammlung von Menschen, die direkt hinter ihm standen.

Doch das Zimmer war leer. Rasch atmend drehte er sich langsam wieder um und sah in den Spiegel.

Da war es, sein Spiegelbild, weiß und mit furchtverzerrtem Gesicht, und dort, hinter ihm, spiegelten sich noch gut zehn andere. Harry blickte über die Schulter, doch immer noch war da niemand. Oder waren die vielleicht auch unsichtbar? War er tatsächlich in einem Zimmer voll unsichtbarer Menschen, und war es die Eigenart dieses Spiegels, dass er sie spiegelte, unsichtbar oder nicht?

Erneut blickte er in den Spiegel. Eine Frau, die unmittelbar hinter ihm stand, lächelte ihn an und winkte. Er streckte die Hand aus, doch er fasste ins Leere. Wenn sie wirklich da wäre, dann würde er sie berühren, im Spiegel standen sie so nahe beieinander. Doch er spürte nur Luft – sie und die anderen existierten nur im Spiegel.

Es war eine sehr schöne Frau. Sie hatte dunkelrotes Haar und ihre Augen – ihre Augen sind genau wie die meinen, dachte Harry und rückte ein wenig näher an das Glas heran. Hellgrün – genau dieselbe Form, doch dann sah er, dass sie weinte; zwar lächelte, aber zugleich weinte. Der große, schlanke, schwarzhaarige Mann hinter ihr legte den Arm um sie. Er trug eine Brille und sein Haar war ziemlich durcheinander. Hinterm Kopf stand es ab, genau wie bei Harry.

Harry war nun so nahe am Spiegel, dass seine Nase jetzt fast ihr Spiegelbild berührte.

»Mum?«, flüsterte er. »Dad?«

Sie sahen ihn nur an und lächelten. Und langsam sah Harry in die Gesichter der anderen Menschen im Spiegel und sah noch mehr grüne Augenpaare als das seine, andere Nasen als die seine, selbst einen kleinen alten Mann, der aussah, als ob er Harrys knubblige Knie hätte – Harry sah zum ersten Mal im Leben seine Familie.

Die Potters lächelten und winkten Harry zu, und er starrte zurück, die Hände flach gegen das Glas gepresst, als hoffte er, einfach zu ihnen hindurchfallen zu können. Er spürte ein mächtiges Stechen in seinem Körper, halb Freude, halb furchtbare Traurigkeit.

Wie lange er schon so dastand, wusste er nicht. Die Spiegelbilder verblassten nicht, und er wandte den Blick nicht eine Sekunde ab, bis ein fernes Geräusch ihn wieder zur Besinnung brachte. Er konnte nicht hierbleiben, er musste sich zurück ins Bett stehlen. »Ich komme wieder«, flüsterte er, wandte den Blick vom Gesicht seiner Mutter ab und lief aus dem Zimmer.

»Du hättest mich wecken können«, sagte Ron mit saurer Miene.

»Komm doch heute Nacht mit, ich will dir den Spiegel zeigen.«

»Ich würde gern deine Mum und deinen Dad sehen«, sagte Ron begeistert.

»Und ich will deine Familie sehen, alle Weasleys, du kannst mir deine anderen Brüder zeigen und überhaupt alle.«

»Die kannst du jederzeit sehen«, sagte Ron. »Komm mich einfach diesen Sommer besuchen. Außerdem zeigt er vielleicht nur die Toten. Schade jedenfalls, dass du nichts über Flamel herausgefunden hast. Nimm doch von dem Schinken, warum isst du eigentlich nichts?«

Harry konnte nichts essen. Er hatte seine Eltern gesehen und würde sie heute Nacht wieder sehen. Flamel hatte er fast vergessen. Das schien ihm nicht mehr besonders wichtig. Wen kümmerte es, was der dreiköpfige Hund bewachte? War es im Grunde nicht gleichgültig, wenn Snape es stahl?

»Geht's dir gut?«, fragte Ron. »Du guckst so komisch.«

Wovor Harry wirklich am meisten Angst hatte, war, den Raum mit dem Spiegel nicht mehr zu finden. Weil Ron in dieser Nacht auch noch unter dem Umhang steckte, mussten sie langsamer gehen. Sie versuchten Harrys Weg von der Bibliothek aus wiederzufinden und zogen fast eine Stunde lang durch die dunklen Korridore.

»Mir ist kalt«, sagte Ron. »Vergessen wir's und gehen wieder ins Bett.«

»*Nein!*«, zischte Harry. »Ich weiß, dass er irgendwo hier ist.«

Sie kamen am Geist einer großen Hexe vorbei, die in die andere Richtung unterwegs war, doch sonst sahen sie niemanden. Gerade als Ron anfing zu klagen, ihm sei eiskalt an den Füßen, entdeckte Harry die Rüstung.

»Es ist hier, genau hier, ja!«

Sie stießen die Tür auf. Harry ließ den Umhang von den Schultern gleiten und rannte zum Spiegel.

Da waren sie. Mutter und Vater strahlten ihn an.

»Siehst du?«, flüsterte Harry.

»Ich seh gar nichts.«

»Sieh doch mal! Schau sie dir an ... da sind so viele ...«

»Ich seh nur dich.«

»Du musst richtig hinsehen, komm her, stell dich neben mich.«

Harry trat einen Schritt zur Seite, doch zusammen mit Ron vor dem Spiegel konnte er seine Familie nicht mehr sehen, nur noch Ron in seinem Schlafanzug.

Ron jedoch blickte wie gebannt auf sein Spiegelbild.

»Schau doch mal!«, sagte er.

»Kannst du deine ganze Familie um dich herum sehen?«

»Nein, ich bin allein, aber ich sehe anders aus, älter, und ich bin Schulsprecher!«

»*Was?*«

»Ich bin ... ich trage ein Abzeichen wie früher Bill, und ich halte den Hauspokal und den Quidditch-Pokal in den Händen, und ich bin auch noch Mannschaftskapitän!«

Ron konnte kaum den Blick von dieser phantastischen Aussicht lassen.

»Glaubst du, dass dieser Spiegel die Zukunft zeigt?«

»Wie sollte er? Meine ganze Familie ist tot, lass mich noch mal sehen –«

»Du hast ihn gestern Nacht für dich alleine gehabt, lass mir ein wenig mehr Zeit.«

»Du hältst doch bloß den Quidditch-Pokal, was soll daran interessant sein? Ich will meine Eltern sehen.«

»Hör auf, mich zu schubsen!«

Ein plötzliches Geräusch draußen im Gang setzte ihrer Streiterei ein Ende. Sie hatten nicht bemerkt, wie laut sie sprachen.

»Schnell!«

Ron warf den Umhang über sie beide und in diesem Augenblick huschten die leuchtenden Augen von Mrs. Norris durch die Tür. Ron und Harry standen mucksmäuschenstill und beide stellten sich dieselbe Frage – wirkte der Umhang auch bei Katzen? Es schien eine Ewigkeit zu dauern, doch dann wandte sie sich um und verschwand.

»Wir sind hier nicht mehr sicher, vielleicht ist sie zu Filch gelaufen, ich wette, sie hat uns gehört. Los, komm.«

Und Ron zog Harry hinaus.

Am nächsten Morgen war der Schnee noch nicht geschmolzen.

»Hast du Lust auf Schach, Harry?«, fragte Ron.

»Nein.«

»Wie wär's, wenn wir runtergehen und Hagrid besuchen?«

»Nein … du kannst ja gehen …«

»Ich weiß, was dir im Kopf rumgeht, Harry, dieser Spiegel. Bleib heute Nacht lieber hier.«

»Warum?«

»Ich weiß nicht, ich hab nur ein schlechtes Gefühl dabei – und außerdem bist du jetzt schon zu oft nur um Haaresbreite entkommen. Filch, Snape und Mrs. Norris streifen im Schloss umher. Sie können dich zwar nicht sehen, aber was ist, wenn sie einfach in dich reinlaufen? Was, wenn du etwas umstößt?«

»Du hörst dich an wie Hermine.«

»Mir ist es ernst, Harry, geh nicht.«

Doch Harry hatte nur einen Gedanken im Kopf, nämlich zum Spiegel zurückzukehren. Und Ron würde ihn nicht aufhalten.

In dieser dritten Nacht fand er den Weg schneller als zuvor. Er rannte und wusste, dass er unvorsichtig laut war, doch er begegnete niemandem.

Und da waren seine Mutter und sein Vater wieder. Sie lächelten ihn an und einer seiner Großväter nickte glücklich mit dem Kopf. Harry sank vor dem Spiegel auf den Boden. Nichts würde ihn davon abhalten, die ganze Nacht über bei seiner Familie zu bleiben – nichts in der Welt.

Außer –

»Nun, wieder da, Harry?«

Harry kam sich vor, als ob sein Inneres zu Eis erstarrt wäre. Er wandte sich um. Auf einem der Tische an der Wand saß niemand anderer als Albus Dumbledore. Harry musste einfach an ihm vorbeigelaufen sein, so begierig, zum Spiegel zu gelangen, dass er ihn nicht bemerkt hatte.

»Ich – ich hab Sie nicht gesehen, Sir.«

»Merkwürdig, wie kurzsichtig man werden kann, wenn man unsichtbar ist«, sagte Dumbledore, und Harry war erleichtert, als er ihn lächeln sah.

»Nun«, sagte Dumbledore und glitt vom Tisch herunter, um sich neben Harry auf den Boden zu setzen, »wie hunderte Menschen vor dir hast du die Freuden des Spiegels Nerhegeb entdeckt.«

»Ich wusste nicht, dass er so heißt, Sir.«

»Aber ich denke, du hast inzwischen erkannt, was er tut?«

»Er – na ja – er zeigt mir meine Familie –«

»Und er hat deinen Freund Ron als Schulsprecher gezeigt.«

»Woher wissen Sie –?«

»Ich brauche keinen Umhang, um unsichtbar zu werden«, sagte Dumbledore sanft. »Nun, kannst du dir denken, was der Spiegel Nerhegeb uns allen zeigt?«

Harry schüttelte den Kopf.

»Dann lass es mich erklären. Der glücklichste Mensch auf der Erde könnte den Spiegel Nerhegeb wie einen ganz normalen Spiegel verwenden, das heißt, er würde in den Spiegel schauen und sich genau so sehen, wie er ist. Hilft dir das weiter?«

Harry dachte nach. Dann sagte er langsam: »Er zeigt uns, was wir wollen ... was immer wir wollen ...«

»Ja und nein«, sagte Dumbledore leise. »Er zeigt uns nicht mehr und nicht weniger als unseren tiefsten, verzweifeltsten Herzenswunsch. Du, der du deine Familie nie kennen gelernt hast, siehst sie hier alle um dich versammelt. Ronald Weasley, der immer im Schatten seiner Brüder gestanden hat, sieht sich ganz alleine, als Bester von allen. Allerdings gibt uns dieser Spiegel weder Wissen noch Wahrheit. Es gab Menschen, die vor dem Spiegel dahingeschmolzen sind, verzückt von dem, was sie sahen, und andere sind wahnsinnig geworden, weil sie nicht wussten, ob ihnen der Spiegel etwas Wirkliches oder auch nur etwas Mögliches zeigte.

Der Spiegel kommt morgen an einen neuen Platz, Harry, und ich bitte dich, nicht mehr nach ihm zu suchen. Du kennst dich jetzt aus, falls du jemals auf ihn stoßen solltest. Es ist nicht gut, wenn wir nur unseren Träumen nachhängen und vergessen zu leben, glaub mir. Und nun, wie wär's, wenn du diesen beeindruckenden Umhang wieder anziehst und ins Bett verschwindest?«

Harry stand auf.

»Sir, Professor Dumbledore? Darf ich Sie etwas fragen?«

»Nun hast du ja eine Frage schon gestellt«, sagte Dumbledore lächelnd. »Du darfst mich aber noch etwas fragen.«

»Was sehen Sie, wenn Sie in den Spiegel schauen?«

»Ich? Ich sehe mich dastehen, ein Paar dicke Wollsocken in der Hand haltend.«

Harry starrte ihn an.

»Man kann nie genug Socken haben«, sagte Dumbledore. »Wieder einmal ist ein Weihnachtsfest vergangen, ohne dass ich ein einziges Paar Socken bekommen habe. Die Leute meinen dauernd, sie müssten mir Bücher schenken.«

Erst als Harry wieder im Bett lag, kam ihm der Gedanke, dass Dumbledore vielleicht nicht ganz die Wahrheit gesagt hatte. Doch zugegeben, dachte er und schubste Krätze von seinem Kopfkissen, es war doch eine recht persönliche Frage.

Nicolas Flamel

Dumbledore hatte Harry davon überzeugt, besser nicht mehr nach dem Spiegel Nerhegeb zu suchen, und die restlichen Tage der Weihnachtsferien blieb der Tarnumhang zusammengefaltet auf dem Boden seines großen Koffers. Harry wünschte sich, er könnte genauso leicht das, was er im Spiegel gesehen hatte, aus seinem Innern räumen, doch das gelang ihm nicht. Allmählich bekam er Alpträume. Immer und immer wieder träumte er davon, wie seine Eltern in einem Blitz grünen Lichts verschwanden, während eine hohe Stimme gackernd lachte.

»Siehst du, Dumbledore hatte Recht, dieser Spiegel könnte dich in den Wahnsinn treiben«, sagte Ron, als Harry ihm von diesen Träumen erzählte.

Hermine, die am letzten Ferientag zurückkam, sah die Dinge ganz anders. Sie schwankte zwischen Entsetzen und Enttäuschung. Entsetzen bei dem Gedanken, dass Harry drei Nächte nacheinander aus dem Bett geschlüpft war und das Schloss durchstreift hatte (»Wenn Filch dich erwischt hätte!«), und Enttäuschung darüber, dass er nicht wenigstens herausgefunden hatte, wer Nicolas Flamel war.

Sie hatten schon fast die Hoffnung aufgegeben, Flamel jemals in einem Bibliotheksband zu finden, auch wenn Harry sich immer noch sicher war, dass er den Namen irgendwo gelesen hatte. Nach dem Ende der Ferien fingen sie wieder an zu suchen und in den Zehn-Minuten-Pausen die Bücher durchzublättern. Harry hatte sogar noch weniger Zeit als die andern, denn auch das Quidditch-Training hatte wieder begonnen.

Wood forderte die Mannschaft härter denn je. Selbst der Dauerregen, der nach dem Schnee eingesetzt hatte, konnte seine Begeisterung nicht dämpfen. Die Weasleys beschwerten sich, Wood sei vom Quidditch geradezu besessen, doch Harry war auf Woods Seite. Sollten sie ihr nächstes Spiel gegen Hufflepuff gewinnen, würden sie zum ersten Mal in sieben Jahren Slytherin in der Hausmeisterschaft überholen. Abgesehen davon, dass er gewinnen wollte, stellte Harry fest, dass er weniger Alpträume hatte, wenn er nach dem Training erschöpft war.

Eines Tages, während einer besonders nassen und schlammigen Trainingsstunde, hatte Wood der Mannschaft eine schlechte Nachricht mitzuteilen. Gerade war er sehr zornig geworden wegen der Weasleys, die immerzu im Sturzflug aufeinander zurasten und so taten, als stürzten sie von ihren Besen.

»Hört jetzt endlich auf mit dem Unfug!«, rief er. »Genau wegen so was verlieren wir noch das Spiel! Diesmal macht Snape den Schiedsrichter, und dem wird jede Ausrede recht sein, um Gryffindor Punkte abzuziehen.«

George Weasley fiel bei diesen Worten wirklich vom Besen.

»*Snape* ist Schiedsrichter?«, prustete er durch einen Mund voll Schlamm. »Wann hat der denn jemals ein Quidditch-Spiel gepfiffen? Er wird nicht mehr fair sein, falls wir die Slytherins überholen können.«

Die anderen Spieler landeten neben George und beschwerten sich ebenfalls.

»Ich kann doch nichts dafür«, sagte Wood. »Wir müssen einfach aufpassen, dass wir ein sauberes Spiel machen und Snape keinen Grund liefern, uns eins auszuwischen.«

Schön und gut, dachte Harry, doch er hatte noch einen Grund, warum er Snape beim Quidditch lieber nicht in seiner Nähe haben wollte …

Wie immer nach dem Training blieben die anderen Spieler noch eine Weile beisammen und unterhielten sich, doch Harry machte sich gleich wieder auf den Weg in den Gemeinschaftsraum der Gryffindors, wo er Ron und Hermine beim Schachspiel fand. Schach war das Einzige, bei dem Hermine immer verlor, und Harry und Ron waren der Meinung, das könne ihr nur guttun.

»Sei mal einen Augenblick ruhig«, sagte Ron, als Harry sich neben ihn setzte. »Ich muss mich konzen–« Dann sah er Harrys Gesicht. »Was ist denn mit dir los? Du siehst ja furchtbar aus.«

Mit leiser Stimme, damit ihn niemand im Umkreis hören konnte, berichtete Harry den beiden von Snapes plötzlichem und finsterem Wunsch, ein Quidditch-Schiedsrichter zu sein.

»Spiel nicht mit«, sagte Hermine sofort.

»Sag, dass du krank bist«, meinte Ron.

»Tu so, als ob du dir das Bein gebrochen hättest«, schlug Hermine vor.

»Brich dir das Bein *wirklich*«, sagte Ron.

»Das geht nicht«, sagte Harry. »Wir haben keinen Reserve-Sucher. Wenn ich passe, kann Gryffindor überhaupt nicht spielen.«

In diesem Moment stürzte Neville kopfüber in den Gemeinschaftsraum. Wie er es geschafft hatte, durch das Porträtloch zu klettern, war ihnen schleierhaft, denn seine Beine waren zusammengeklemmt, und sie erkannten sofort, dass es der Beinklammer-Fluch sein musste. Offenbar war er den ganzen Weg hoch in den Gryffindor-Turm gehoppelt wie ein Hase.

Allen war nach Lachen zumute, außer Hermine, die aufsprang und den Gegenfluch sprach. Nevilles Beine sprangen auseinander und zitternd rappelte er sich hoch.

»Was ist passiert?«, fragte ihn Hermine und schleppte ihn hinüber zu Harry und Ron, wo er sich setzte.

»Malfoy«, sagte Neville mit zitternder Stimme. »Ich hab ihn vor der Bibliothek getroffen. Er sagte, er würde nach jemandem suchen, bei dem er diesen Fluch üben könnte.«

»Geh zu Professor McGonagall!«, drängte ihn Hermine. »Sag es ihr!«

Neville schüttelte den Kopf.

»Ich will nicht noch mehr Schwierigkeiten«, murmelte er.

»Du musst dich gegen ihn wehren, Neville!«, sagte Ron. »Er ist daran gewöhnt, auf den Leuten herumzutrampeln, aber das ist noch kein Grund, sich vor ihn hinzulegen und es ihm noch leichter zu machen.«

»Du brauchst mir nicht zu sagen, dass ich nicht mutig genug bin für Gryffindor, das hat Malfoy schon getan«, schluchzte er.

Harry durchwühlte die Taschen seines Umhangs und zog einen Schokofrosch hervor, den allerletzten aus der Schachtel, die Hermine ihm zu Weihnachten geschenkt hatte. Er gab ihn Neville, der kurz davor schien, in Tränen auszubrechen.

»Du bist ein Dutzend Malfoys wert«, sagte Harry. »Der Sprechende Hut hat dich für Gryffindor ausgewählt, oder? Und wo ist Malfoy? Im stinkigen Slytherin.«

Nevilles Lippen zuckten für ein schwaches Lächeln, als er den Frosch auspackte.

»Danke, Harry … Ich glaub, ich geh ins Bett … Willst du die Karte? Du sammelst die doch, oder?«

Neville ging hinaus und Harry sah sich die Sammelkarte der berühmten Zauberer an.

»Schon wieder Dumbledore«, sagte er. »Er war der Erste, den ich –«

Ihm stockte der Atem. Er starrte auf die Rückseite der Karte. Dann sah er Ron und Hermine an.

Ich hab ihn gefunden!«, flüsterte er. »Ich hab Flamel gefunden! Hab euch doch gesagt, dass ich den Namen schon mal irgendwo gelesen hab. Es war im Zug hierher. Hört mal: ›Professor Dumbledores Ruhm beruht vor allem auf seinem Sieg über den schwarzen Magier Grindelwald im Jahre 1945, auf der Entdeckung der zwölf Anwendungen für Drachenblut und auf seinem Werk über Alchemie, verfasst zusammen mit seinem Partner Nicolas Flamel.‹!«

Hermine sprang auf. Seit sie die Noten für die ersten Hausaufgaben bekommen hatte, war sie nicht mehr so begeistert gewesen.

»Wartet hier!«, sagte sie und rannte die Stufen zu den Mädchenschlafsälen hoch. Harry und Ron hatten kaum Zeit, sich ratlose Blicke zuzuwerfen, als sie schon wieder die Treppe heruntergeflogen kam, ein riesiges altes Buch in den Armen.

»Ich hab einfach nicht daran gedacht, hier drin nachzuschauen!«, flüsterte sie erregt. »Das hab ich schon vor Wochen aus der Bibliothek ausgeliehen, leichte Lektüre.«

»Leicht?«, sagte Ron, doch Hermine hieß ihn, still zu sein, bis sie etwas nachgeschaut hatte, und begann, vor sich hin murmelnd, hastig die Seiten durchzublättern.

Endlich fand sie, was sie gesucht hatte.

»Ich hab's gewusst! Ich hab's *gewusst!*«

»Ist es uns jetzt erlaubt, zu sprechen?«, sagte Ron brummig. Hermine überhörte ihn.

»Nicolas Flamel«, flüsterte sie aufgeregt, »ist der *einzige bekannte Hersteller des Steins der Weisen!*«

Das hatte nicht ganz die von ihr erwartete Wirkung.

»Des was?«, fragten Harry und Ron.

»Ach, *nun hört mal*, lest ihr beiden eigentlich nie? Seht her, lest das hier.«

Sie schob ihnen das Buch zu und Harry und Ron lasen:

Die alte Wissenschaft der Alchemie befasst sich mit der Herstellung des Steins der Weisen, eines sagenhaften Stoffes mit erstaunlichen Kräften. Er verwandelt jedes Metall in reines Gold. Auch zeugt er das Elixier des Lebens, welches den, der es trinkt, unsterblich macht.

Im Laufe der Jahrhunderte gab es viele Berichte über den Stein der Weisen, doch der einzige Stein, der heute existiert, gehört Mr. Nicolas Flamel, dem angesehenen Alchemisten und Opernliebhaber. Mr. Flamel, der im letzten Jahr seinen sechshundertundfünfundsechzigsten Geburtstag feierte, erfreut sich eines ruhigen Lebens in Devon, zusammen mit seiner Frau Perenelle (sechshundertundachtundfünfzig).

»Seht ihr?«, sagte Hermine, als Harry und Ron zu Ende gelesen hatten. »Der Hund muss Flamels Stein der Weisen bewachen! Ich wette, Flamel hat Dumbledore gebeten, ihn sicher aufzubewahren, denn sie sind Freunde, und er wusste, dass jemand hinter dem Stein her ist. Deshalb wollte er ihn aus Gringotts herausschaffen!«

»Ein Stein, der Gold erzeugt und dich nie sterben lässt!«, sagte Harry. »Kein Wunder, dass Snape hinter ihm her ist! *Jeder* würde ihn haben wollen.«

»Und kein Wunder, dass wir Flamel nicht in den *Jüngeren Entwicklungen in der Zauberei* gefunden haben«, sagte Ron. »Er ist nicht gerade der Jüngste, wenn er sechshundertfünfundsechzig ist, oder?«

Am nächsten Morgen, während sie in Verteidigung gegen die dunklen Künste die verschiedenen Möglichkeiten, Werwolfbisse zu behandeln, von der Tafel abschrieben, sprachen Harry und Ron immer noch darüber, was sie mit einem Stein der Weisen anfangen würden, wenn sie einen hätten.

Erst als Ron sagte, er würde sich seine eigene Quidditch-Mannschaft kaufen, fiel Harry die Sache mit Snape und dem kommenden Spiel wieder ein.

»Ich werde spielen«, sagte er Ron und Hermine. »Wenn nicht, denken alle Slytherins, ich hätte Angst, es mit Snape aufzunehmen. Ich werd's ihnen zeigen ... das wird ihnen das Grinsen vom Gesicht wischen, wenn wir gewinnen.«

»Solange wir dich nicht vom Spielfeld wischen müssen«, sagte Hermine.

Je näher jedoch das Spiel rückte, desto nervöser wurde Harry, und mochte er noch so aufschneiderisch vor Ron und Hermine getan haben. Die anderen Spieler waren auch nicht gerade gelassen. Die Vorstellung, sie könnten Slytherin in der Hausmeisterschaft überholen, war traumhaft, denn seit fast sieben Jahren hatte das keine Mannschaft mehr geschafft, doch würde ein so parteiischer Schiedsrichter das zulassen?

Harry wusste nicht, ob er es sich nur einbildete, doch ständig und überall lief er Snape über den Weg. Manchmal fragte er sich sogar, ob Snape ihm vielleicht folgte und versuchte, ihn irgendwo allein zu erwischen. Die Zaubertrankstunden wurden allmählich zu einer Art wöchentlicher Folter, so gemein war Snape zu Harry. Konnte Snape denn eigentlich wissen, dass sie die Geschichte mit dem Stein der Weisen herausgefunden hatten? Harry konnte sich das nicht vorstellen – doch manchmal hatte er das fürchterliche Gefühl, Snape könne Gedanken lesen.

Am folgenden Nachmittag wünschten ihm Ron und Hermine viel Glück für das Spiel, und Harry wusste, dass sie sich fragten, ob sie ihn jemals lebend wiedersehen würden. Das war nicht gerade tröstlich. Während Harry seinen Quidditch-Umhang anzog und seinen Nimbus Zweitausend aufnahm, hörte er kaum etwas von den ermutigenden Worten Woods.

Ron und Hermine hatten inzwischen einen Platz auf den Rängen gefunden, neben Neville, der nicht verstand, warum sie so grimmig und besorgt aussahen und warum sie ihre Zauberstäbe zum Spiel mitgebracht hatten. Harry hatte keine Ahnung, dass Ron und Hermine insgeheim den Beinklammer-Fluch geübt hatten. Auf die Idee gebracht hatte sie Malfoy, der ihn an Neville ausprobiert hatte, und nun waren sie bereit, ihn Snape auf den Hals zu jagen, wenn er auch nur die geringsten Anstalten machte, Harry zu schaden.

»Also, nicht vergessen, es heißt *Locomotor Mortis*«, murmelte Hermine, während Ron seinen Zauberstab den Ärmel hochschob.

»Ich *weiß*«, fauchte Ron. »Nerv mich nicht.«

Unten in der Umkleidekabine hatte Wood Harry zur Seite genommen.

»Ich will dich ja nicht unter Druck setzen, Potter, aber wenn wir je einen schnellen Schnatz-Fang gebraucht haben, dann jetzt. Bring das Spiel unter Dach und Fach, ehe Snape anfangen kann, die Hufflepuffs zu bevorzugen.«

»Dort draußen ist die ganze Schule!«, sagte Fred Weasley, der durch die Tür hinausspähte. »Sogar – mein Gott – Dumbledore ist gekommen!«

Harrys Herz überschlug sich.

»*Dumbledore?*«, sagte er und stürzte zur Tür, um ihn mit eigenen Augen zu sehen. Fred hatte Recht. Dieser silberne Bart konnte nur Dumbledore gehören.

Harry hätte vor Erleichterung laut auflachen können.

Nun war er sicher. Snape würde jetzt, da Dumbledore zusah, nicht einmal den Versuch wagen, ihm etwas anzutun.

Vielleicht sah Snape deshalb so wütend aus, als die Mannschaften auf das Spielfeld liefen. Auch Ron hatte das bemerkt.

»Ich hab Snape noch nie so böse gucken sehen«, erklärte
er Hermine. »Schau – weg sind sie. Autsch!«

Jemand hatte Ron gegen den Hinterkopf gestoßen. Es
war Malfoy.

»Oh, tut mir leid, Weasley, hab dich gar nicht gesehen.«

Mit breitem Grinsen sah Malfoy Crabbe und Goyle an.

»Frag mich, wie lange Potter sich diesmal auf seinem
Besen hält? Will jemand wetten? Wie wär's mit dir, Weasley?«

Ron antwortete nicht; Snape hatte Hufflepuff gerade
einen Strafwurf zugesprochen, weil George Weasley ihn
mit einem Klatscher getroffen hatte. Hermine, die alle
Finger im Schoß gekreuzt hatte, schaute mit zusammengezogenen Augenbrauen unablässig Harry nach, der wie
ein Falke über dem Spiel kreiste und Ausschau nach dem
Schnatz hielt.

»Weißt du eigentlich, wie sie die Leute für die Gryffindor-Mannschaft aussuchen?«, sagte Malfoy ein paar Minuten später mit lauter Stimme, als Snape den Hufflepuffs
schon wieder einen Strafwurf zusprach, diesmal ganz ohne
Grund. »Sie nehmen Leute, die ihnen leidtun. Seht mal,
da ist Potter, der keine Eltern hat, dann die Weasleys, die
kein Geld haben – du solltest auch in der Mannschaft sein,
Longbottom, du hast kein Hirn.«

Neville wurde hellrot, drehte sich jedoch auf seinem
Platz herum und sah Malfoy ins Gesicht.

»Ich bin ein Dutzend von deinesgleichen wert, Malfoy«,
stammelte er.

Malfoy, Crabbe und Goyle heulten laut auf vor Lachen, doch Ron, der immer noch nicht die Augen vom Spiel abzuwenden wagte, sagte: »Gib's ihm, Neville.«

»Longbottom, wenn Hirn Gold wäre, dann wärst du ärmer als Weasley, und das will was heißen.«

Rons Nerven waren wegen der Angst um Harry ohnehin schon zum Zerreißen gespannt.

»Ich warne dich, Malfoy, noch ein Wort –«

»Ron!«, sagte Hermine plötzlich, »Harry –!«

»Was? Wo?«

Harry war überraschend in einen atemberaubenden Sturzflug gegangen, und ein Stöhnen und Jubeln drang aus der Menge. Hermine stand auf, die gekreuzten Finger im Mund, und Harry schoss wie eine Kugel in Richtung Boden.

»Du hast Glück, Weasley, Potter hat offenbar Geld auf dem Boden herumliegen sehen!«, sagte Malfoy.

Das war zu viel für Ron. Bevor Malfoy wusste, wie ihm geschah, war Ron schon auf ihm und drückte ihn zu Boden. Neville zögerte erst, dann kletterte er über seine Sitzlehne, um Ron zu helfen.

»Los, Harry!«, schrie Hermine und sprang auf ihren Sitz, um zu sehen, wie Harry direkt auf Snape zuraste – sie bemerkte nicht einmal, dass Malfoy und Ron sich unter ihrem Sitz wälzten, und auch nicht das Stöhnen und Schreien, das aus dem Knäuel drang, das aus Neville, Crabbe und Goyle bestand.

Oben in der Luft riss Snape seinen Besen gerade rechtzeitig herum, um etwas Scharlachrotes an ihm vorbeischießen zu sehen, das ihn um Zentimeter verfehlte – im nächsten Moment hatte Harry seinen Besen wieder in die Waagrechte gebracht; den Arm triumphierend in die Höhe gestreckt, hielt er den Schnatz fest in der Hand.

Die Zuschauer tobten; das musste ein Rekord sein, niemand konnte sich erinnern, dass der Schnatz jemals so schnell gefangen worden war.

»Ron! Ron! Wo bist du? Das Spiel ist aus! Harry hat gewonnen! Wir haben gewonnen! Gryffindor liegt in Führung!«, schrie Hermine, tanzte auf ihrem Sitz herum und umarmte Parvati Patil in der Reihe vor ihr.

Harry sprang einen Meter über dem Boden von seinem Besen. Er konnte es nicht glauben. Er hatte es geschafft – das Spiel war zu Ende; es hatte kaum fünf Minuten gedauert. Gryffindors kamen aufs Spielfeld gerannt, und ganz in der Nähe sah er Snape landen, mit weißem Gesicht und zusammengekniffenen Lippen – dann spürte Harry eine Hand auf der Schulter und er sah hoch in das lächelnde Gesicht von Dumbledore.

»Gut gemacht«, sagte Dumbledore leise, so dass nur Harry es hören konnte. »Schön, dass du nicht diesem Spiegel nachhängst ... hattest was Besseres zu tun ... vortrefflich ...«

Snape spuckte mit verbittertem Gesicht auf den Boden.

Einige Zeit später verließ Harry allein den Umkleideraum, um seinen Nimbus Zweitausend zurück in die Besenkammer zu stellen. Er konnte sich nicht erinnern, jemals glücklicher gewesen zu sein. Nun hatte er wirklich etwas getan, auf das er stolz sein durfte – keiner konnte jetzt mehr sagen, er hätte nur einen berühmten Namen. Die Abendluft hatte noch nie so süß gerochen. Er ging über das feuchte Gras und sah noch einmal, wie durch einen Schleier von Glück, die letzte Stunde: die Gryffindors, die herbeigerannt kamen, um ihn auf die Schultern zu nehmen; in der Ferne Hermine, die in die Luft sprang, und Ron, der ihm mit blutverschmierter Nase zujubelte.

Harry hatte den Schuppen erreicht. Er lehnte sich gegen

die Holztür und sah hoch zum Schloss, dessen Fenster in der untergehenden Sonne rot aufleuchteten. Gryffindor in Führung. Er hatte es geschafft, er hatte es Snape gezeigt …

Wo er gerade an Snape dachte …

Eine vermummte Gestalt eilte die Schlosstreppen herunter. Offenbar wollte sie nicht gesehen werden, denn raschen Schrittes ging sie in Richtung des verbotenen Waldes. Harry sah ihr nach und sein eben errungener Sieg schwand ihm aus dem Kopf. Er erkannte den raubtierhaften Gang dieser Gestalt: Snape, der sich in den verbotenen Wald stahl, während die andern beim Abendessen waren – was ging da vor?

Harry sprang auf seinen Nimbus Zweitausend und stieg empor. Still glitt er über das Schloss hinweg und sah Snape rennend im Wald verschwinden. Er folgte ihm.

Die Bäume standen so dicht, dass er nicht sehen konnte, wohin Snape gegangen war. Schleifen drehend ließ er sich weiter sinken. Erst als er die Baumwipfel berührte, hörte er Stimmen. Er schwebte in die Richtung, aus der sie kamen, und landete geräuschlos auf einer turmhohen Buche.

Vorsichtig kletterte er an einem ihrer Äste entlang, den Besen fest umklammernd, und versuchte durch die Blätter hindurch etwas zu erkennen.

Unten, auf einer schattendunklen Lichtung, stand Snape. Doch er war nicht allein. Neben ihm stand Quirrell. Harry konnte seinen Gesichtsausdruck nicht erkennen, doch er stotterte schlimmer denn je. Harry spitzte die Ohren, um etwas von dem zu erhaschen, was sie sagten.

»… w-weiß nicht, warum Sie mich a-a-ausgerechnet hier treffen wollen, Severus …«

»Oh, ich dachte, das bleibt unter uns«, sagte Snape mit eisiger Stimme. »Die Schüler sollen schließlich nichts vom Stein der Weisen erfahren.«

Harry lehnte sich weiter vor. Quirrell murmelte etwas. Snape unterbrach ihn.

»Haben Sie schon herausgefunden, wie Sie an diesem Untier von Hagrid vorbeikommen?«

»A-a-ber, Severus, ich –«

»Sie wollen mich doch nicht zum Feind haben, Quirrell«, sagte Snape und trat einen Schritt auf ihn zu.

»I-ich weiß nicht, w-was Sie –«

»Sie wissen genau, was ich meine.«

Beim lauten Schrei einer Eule fiel Harry fast aus dem Baum. Er brachte sich noch rechtzeitig ins Gleichgewicht, um zu hören, wie Snape sagte: »… Ihr kleines bisschen Hokuspokus. Ich warte.«

»A-aber i-ich –«

»Sehr schön«, unterbrach ihn Snape. »Wir sprechen uns bald wieder, wenn Sie Zeit hatten, sich die Dinge zu überlegen, und sich im Klaren sind, wem Sie verpflichtet sind.«

Er warf sich die Kapuze über den Kopf und entfernte sich von der Lichtung. Es war jetzt fast dunkel, doch Harry konnte Quirrell sehen, der so unbeweglich dastand, als sei er versteinert.

»Harry, wo hast du *gesteckt?*«, keifte Hermine.

»Wir haben gewonnen! Du hast gewonnen! Wir haben gewonnen!«, rief Ron und klatschte Harry auf den Rücken. »Und ich hab Malfoy ein blaues Auge verpasst, und Neville hat versucht, es allein mit Crabbe und Goyle aufzunehmen! Er ist immer noch bewusstlos, aber Madam Pomfrey sagt, es wird schon wieder – redet die ganze Zeit davon, es Slytherin zu zeigen! Im Gemeinschaftsraum warten alle auf dich – wir machen ein Fest, Fred und George haben ein bisschen Kuchen und was zu trinken aus der Küche organisiert.«

»Das ist jetzt nicht so wichtig«, sagte Harry außer Atem. »Suchen wir uns erst mal ein Zimmer, wo wir allein sind, und dann wartet ab, was ich euch erzähle …«

Er sah erst nach, ob Peeves drin war, bevor er die Tür hinter ihnen schloss, und dann erzählte er ihnen, was er gesehen und gehört hatte.

»Also hatten wir Recht, es *ist* der Stein der Weisen, und Snape versucht Quirrell zu zwingen, ihm zu helfen. Er hat ihn gefragt, ob er wüsste, wie er an Fluffy vorbeikommen kann – und er hat etwas über Quirrells ›Hokuspokus‹ gesagt – ich wette, es gibt noch mehr außer Fluffy, was den Stein bewacht, eine Menge Zaubersprüche wahrscheinlich, und Quirrell wird einige Gegenflüche zum Schutz gegen die schwarze Magie ausgesprochen haben, die Snape durchbrechen muss.«

»Du meinst also, der Stein ist nur sicher, solange Snape Quirrell nicht das Rückgrat bricht?«, fragte Hermine bestürzt.

»Nächsten Dienstag ist er weg«, meinte Ron.

Norbert,
der Norwegische Stachelbuckel

Quirrell musste freilich mutiger sein, als sie dachten. In den folgenden Wochen schien er zwar blasser und dünner zu werden, doch es sah nicht danach aus, als ob ihm Snape schon das Rückgrat gebrochen hätte.

Jedes Mal, wenn sie an dem Korridor im dritten Stock vorbeigingen, drückten Harry, Ron und Hermine die Ohren an die Tür, um zu hören, ob Fluffy dahinter noch knurrte. Snape huschte in seiner üblichen schlechten Laune umher, was sicher bedeutete, dass der Stein noch dort lag, wo er hingehörte. Immer wenn Harry in diesen Tagen an Quirrell vorbeikam, schenkte er ihm ein Lächeln, das ihn aufmuntern sollte, und Ron hatte angefangen die andern dafür zu tadeln, wenn sie bei Quirrells Stottern lachten.

Hermine jedoch hatte mehr im Kopf als den Stein der Weisen. Sie hatte begonnen einen Zeitplan für die Wiederholung des Unterrichtsstoffes aufzustellen und ihre gesamten Notizen mit verschiedenen Farben angestrichen. Harry und Ron hätten sich nicht darum gekümmert, doch sie lag ihnen ständig damit in den Ohren.

»Hermine, es ist noch eine Ewigkeit bis zu den Prüfungen.«

»Zehn Wochen«, meinte sie barsch. »Das ist keine Ewigkeit, das ist für Nicolas Flamel nur eine Sekunde.«

»Aber wir sind nicht sechshundert Jahre alt«, erinnerte

sie Ron. »Und außerdem, wozu wiederholst du den Stoff eigentlich, du weißt doch ohnehin alles.«

»Wozu ich wiederhole? Seid ihr verrückt? Euch ist doch klar, dass wir diese Prüfungen schaffen müssen, um ins zweite Schuljahr zu kommen? Sie sind sehr wichtig, ich hätte schon vor einem Monat anfangen sollen zu büffeln, ich weiß nicht, was in mich gefahren ist …«

Unglücklicherweise schienen die Lehrer ganz genauso zu denken wie Hermine. Sie halsten ihnen eine Unmenge von Hausaufgaben auf, so dass sie in den Osterferien nicht annähernd so viel Spaß hatten wie noch in den Weihnachtsferien. Wenn Hermine neben ihnen die zwölf Anwendungen von Drachenblut aufzählte oder Bewegungen mit dem Zauberstab übte, konnten sie sich kaum entspannen. Harry und Ron verbrachten den größten Teil ihrer freien Zeit stöhnend und gähnend mit Hermine in der Bibliothek und versuchten mit ihren vielen zusätzlichen Hausaufgaben fertig zu werden.

»Das kann ich mir nie merken«, platzte Ron eines Nachmittags los, warf seine Feder auf den Tisch und ließ den Blick sehnsüchtig aus dem Fenster der Bibliothek schweifen. Seit Monaten war dies der erste wirklich schöne Tag. Der Himmel war klar und vergissmeinnichtblau und in der Luft lag ein Hauch des kommenden Sommers.

Harry, der in *Tausend Zauberkräutern und -pilzen* nach »Diptam« suchte, sah erst auf, als er Ron sagen hörte: »Hagrid, was machst du denn in der Bibliothek?«

Hagrid, der in seinem Biberfellmantel hier recht fehl am Platze wirkte, schlurfte zu ihnen herüber. Hinter dem Rücken hielt er etwas versteckt.

»Nur mal schauen«, sagte er mit unsicherer Stimme, die sogleich ihre Neugier erregte. »Und wonach schaut ihr denn?« Plötzlich sah er sie misstrauisch an. »Nicht etwa immer noch nach Nicolas Flamel?«

»Ach was, das haben wir schon ewig lange rausgefunden«, sagte Ron wichtigtuerisch, »*und* wir wissen auch, was dieser Hund bewacht, es ist der Stein der W–«

»*Schhhh!*«, Hagrid sah rasch nach links und rechts, ob jemand lauschte. »Schreit das doch nicht so herum, was ist denn los mit euch?«

»Wir wollten dich tatsächlich ein paar Dinge fragen«, sagte Harry, »nämlich was außer Fluffy noch dazu da ist, diesen Stein zu bewachen –«

»SCHHHH!«, zischte Hagrid wieder. »Hört mal, kommt später rüber zu mir, ich versprech euch zwar nicht, dass ich irgendwas erzähle, aber quasselt bloß nicht hier drin rum, die Schüler sollen's nämlich nicht wissen. Nachher heißt's noch, ich hätt's euch gesagt –«

»Bis später dann«, sagte Harry.

Hagrid schlurfte davon.

»Was hat er hinter dem Rücken versteckt?«, sagte Hermine nachdenklich.

»Glaubt ihr, es hat was mit dem Stein zu tun?«

»Ich seh mal nach, in welcher Abteilung er war«, sagte Ron, der vom Arbeiten genug hatte. Eine Minute später kam er mit einem Stapel Bücher in den Armen zurück und ließ sie auf den Tisch knallen.

»*Drachen!*«, flüsterte er. »Hagrid hat nach Büchern über Drachen gesucht! Seht mal: *Drachenarten Großbritanniens und Irlands; Vom Ei zum Inferno: Ein Handbuch für Drachenhalter.*«

»Hagrid wollte immer einen Drachen haben, das hat er mir schon gesagt, als wir uns zum ersten Mal begegnet sind«, sagte Harry.

»Aber das ist gegen unsere Gesetze«, sagte Ron. »Der Zaubererkonvent von 1709 hat die Drachenzucht verboten, das weiß doch jedes Kind. Die Muggel merken es doch gleich, wenn wir Drachen im Garten hinter dem Haus halten – außerdem kann man Drachen nicht zähmen, es ist zu gefährlich. Du solltest mal sehen, wie sich Charlie bei den wilden Drachen in Rumänien verbrannt hat.«

»Aber es gibt doch keine wilden Drachen in *Großbritannien?*«, fragte Harry.

»Natürlich gibt es welche«, sagte Ron. »Den Gemeinen Walisischen Grünling und den Schwarzen Hebriden. Das Zaubereiministerium hat alle Hände voll zu tun, das zu vertuschen, kann ich euch sagen. Unsere Leute müssen die Muggel, die welche gesehen haben, ständig mit Zaubersprüchen verhexen, damit sie es wieder vergessen.«

»Und was in aller Welt hat dann Hagrid vor?«, sagte Hermine.

Als sie eine Stunde später vor der Hütte des Wildhüters standen und an die Tür klopften, bemerkten sie überrascht, dass alle Vorhänge zugezogen waren. Hagrid rief: »Wer da?«, bevor er sie einließ und rasch die Tür hinter ihnen schloss.

Drinnen war es unerträglich heiß. Obwohl es draußen warm war, loderte ein Feuer im Kamin. Hagrid machte ihnen Tee und bot ihnen Wiesel-Sandwiches an, die sie ablehnten.

»Nun, ihr wolltet mich was fragen?«

»Ja«, sagte Harry. Es machte keinen Sinn, um den heißen Brei herumzureden. »Wir haben uns gefragt, ob du uns sagen kannst, was den Stein der Weisen außer Fluffy sonst noch schützt.«

Hagrid sah ihn missmutig an.

»Kann ich natürlich nicht«, sagte er. »Erstens weiß ich es selbst nicht. Zweitens wisst ihr schon zu viel, und deshalb würd ich nichts sagen, selbst wenn ich könnte. Der Stein ist aus einem guten Grund hier. Aus Gringotts ist er fast gestohlen worden – ich nehm an, das habt ihr auch schon rausgefunden? Das haut mich allerdings um, dass ihr sogar von Fluffy wisst.«

»Ach, hör mal, Hagrid, du willst es uns vielleicht nicht sagen, aber du *weißt* es, du weißt alles, was hier vor sich geht«, sagte Hermine mit warmer, schmeichelnder Stimme. Hagrids Bart zuckte, und sie konnten erkennen, dass er lächelte. »Wir fragen uns nur, wer für die Bewachung *verantwortlich* war.« Hermine drängte weiter. »Wir fragen uns, wem Dumbledore genug Vertrauen entgegenbringt, um ihn um Hilfe zu bitten, abgesehen natürlich von dir.«

Bei ihren letzten Worten schwoll Hagrids Brust an. Harry und Ron strahlten zu Hermine hinüber.

»Nun gut, ich denk nicht, dass es schadet, wenn ich euch das erzähl … lasst mal sehen … er hat sich Fluffy von mir geliehen … dann haben ein paar von den Lehrern Zauberbanne drübergelegt … Professor Sprout, Professor Flitwick, Professor McGonagall«, er zählte sie an den Fingern ab, »Professor Quirrell, und Dumbledore selbst hat natürlich auch was unternommen. Wartet mal, ich hab jemanden vergessen. Ach ja, Professor Snape.«

»*Snape?*«

»Ja, ihr seid doch nicht etwa immer noch hinter dem her? Seht mal, Snape hat geholfen, den Stein zu *schützen*, da wird er ihn doch nicht stehlen wollen.«

Harry wusste, dass Ron und Hermine dasselbe dachten wie er. Wenn Snape dabei gewesen war, als sie den Stein mit den Zauberbannen umgaben, musste es ein Leichtes für ihn gewesen sein, herauszufinden, wie die andern ihn geschützt hatten. Wahrscheinlich wusste er alles, außer, wie es schien, wie er Quirrells Zauberbann brechen und an Fluffy vorbeikommen sollte.

»Du bist der Einzige, der weiß, wie man an Fluffy vorbei-kommt, nicht wahr, Hagrid?«, fragte Harry begierig. »Und du würdest es niemandem erzählen, oder, nicht mal einem der Lehrer?«

»Kein Mensch weiß es außer mir und Dumbledore«, sagte Hagrid stolz.

»Nun, das ist schon mal was«, murmelte Harry den an-dern zu. »Hagrid, könnten wir ein Fenster aufmachen? Ich komme um vor Hitze.«

»Geht nicht, Harry, tut mir leid«, sagte Hagrid. Harry sah, wie er einen Blick zum Feuer warf. Auch Harry sah hinüber.

»Hagrid – was ist *das denn?*«

Doch er wusste schon, was es war. Unter dem Kessel, im Herzen des Feuers, lag ein riesiges schwarzes Ei.

»Ähem«, brummte Hagrid und fummelte nervös an sei-nem Bart. »Das … ähm…«

»Wo hast du es her, Hagrid?«, sagte Ron und beugte sich über das Feuer, um sich das Ei näher anzusehen. »Es muss dich ein Vermögen gekostet haben.«

»Hab's gewonnen«, sagte Hagrid. »Letzte Nacht. War un-ten im Dorf, hab mir ein oder zwei Gläschen genehmigt und mit 'nem Fremden ein wenig Karten gezockt. Glaube, er war ganz froh, dass er es losgeworden ist, um ehrlich zu sein.«

»Aber was fängst du damit an, wenn es ausgebrütet ist?«, fragte Hermine.

»Na ja, ich hab 'n bisschen was gelesen«, sagte Hagrid und zog ein großes Buch unter seinem Kissen hervor. »Aus der Bibliothek – *Drachenzucht für Haus und Hof* – ist ein we-nig veraltet, klar, aber da steht alles drin. Das Ei muss im Feuer bleiben, weil die Mütter es beatmen, seht ihr, und wenn es ausgeschlüpft ist, füttern sie es alle halbe Stunde mit einem Eimer voll Schnaps und Hühnerblut. Und da, schaut, wie man die Drachen an den Eiern erkennt – was ich hier habe, ist ein Norwegischer Stachelbuckel. Sind selten, die Stachelbuckel.«

Hagrid sah sehr zufrieden aus; Hermine allerdings nicht.

»Hagrid, du lebst in einer *Holzhütte*«, sagte sie.

Doch er hörte sie nicht. Vergnügt summend stocherte er im Feuer herum.

Nun gab es also noch etwas, um das sie sich Sorgen machen mussten: Was sollte mit Hagrid geschehen, wenn jemand herausfand, dass er einen gesetzlich verbotenen Drachen in seiner Hütte versteckte?

»Frag mich, wie es ist, wenn man ein geruhsames Leben führt«, seufzte Ron, als sie sich Abend für Abend durch all die zusätzlichen Hausaufgaben quälten. Hermine hatte inzwischen begonnen, auch für Harry und Ron Stundenpläne für die Wiederholungen auszuarbeiten. Das machte die beiden fuchsteufelswild.

Eines Tages dann, sie waren gerade beim Frühstück, brachte Hedwig wieder einen Zettel von Hagrid. Er hatte nur zwei Worte geschrieben: *Er schlüpft.*

Ron wollte Kräuterkunde schwänzen und schnurstracks hinunter zur Hütte gehen, doch Hermine mochte nichts davon hören.

»Hermine, wie oft im Leben sehen wir noch einen Drachen schlüpfen?«

»Wir haben Unterricht, das gibt nur Ärger, und das ist nichts im Vergleich zu dem, was Hagrid erwartet, wenn jemand herausfindet, was er da treibt –«

»Sei still!«, flüsterte Harry.

Nur ein paar Meter entfernt war Malfoy wie angewurzelt stehen geblieben, um zu lauschen. Wie viel hatte er gehört? Malfoys Gesichtsausdruck gefiel Harry überhaupt nicht.

Ron und Hermine stritten sich auf dem ganzen Weg zur Kräuterkunde, und schließlich ließ sich Hermine breitschlagen, während der großen Pause zu Hagrid zu laufen. Als am Ende der Stunde die Schlossglocke läutete, warfen die drei sofort ihre Kellen hin und rannten über das Schlossgelände zum Waldrand. Hagrid begrüßte sie mit vor Aufregung rotem Gesicht.

»Es ist schon fast raus.« Er schob sie hinein.

Das Ei lag auf dem Tisch. Es hatte tiefe Risse. Etwas in seinem Innern bewegte sich; ein merkwürdiges Knacken war zu hören.

Sie stellten ihre Stühle um den Tisch herum und sahen mit angehaltenem Atem zu.

Mit einem plötzlichen lauten Kratzen riss das Ei auf. Das Drachenbaby plumpste auf den Tisch. Es war nicht gerade hübsch; Harry kam es vor wie ein verschrumpelter schwarzer Schirm. Seine knochigen Flügel waren riesig im Vergleich zu seinem dünnhäutigen rabenschwarzen Körper, es hatte eine lange Schnauze mit weit geöffneten Nüstern, kleine Hornstummel und hervorquellende orangerote Augen.

Es nieste. Aus seiner Schnauze flogen ein paar Funken.

»Ist es nicht *schön?*«, murmelte Hagrid. Er streckte die Hand aus, um den Kopf des Drachenbabys zu streicheln. Es schnappte nach seinen Fingern und zeigte dabei seine spitzen Fangzähne.

»Du meine Güte, es kennt seine Mammi!«

»Hagrid«, sagte Hermine, »wie schnell wachsen eigentlich Norwegische Stachelbuckel?«

Hagrid wollte gerade antworten, als mit einem Mal die Farbe aus seinem Gesicht wich – er sprang auf und rannte ans Fenster.

»Was ist los?«

»Jemand hat durch den Spalt in den Vorhängen reinge-schaut, ein Junge, er rennt zurück zur Schule.«

Harry sprang zur Tür und sah hinaus. Selbst auf diese Entfernung gab es keinen Zweifel, wer es war.

Malfoy hatte den Drachen gesehen.

Etwas an dem Lächeln, das die ganze nächste Woche über auf Malfoys Gesicht hängen blieb, machte Harry, Ron und Hermine sehr nervös. Ihre freie Zeit verbrachten sie größ-tenteils in Hagrids abgedunkelter Hütte, wo sie versuchten ihm Vernunft beizubringen.

»Lass ihn einfach laufen«, drängte Harry. »Lass ihn frei.«

»Ich kann nicht«, sagte Hagrid. »Er ist zu klein. Er würde sterben.«

Sie sahen den Drachen an. In nur einer Woche war er um das Dreifache gewachsen. Aus seinen Nüstern schwebten kleine Rauchkringel hervor. Hagrid vernachlässigte schon seine Pflichten als Wildhüter, denn der Drache nahm ihn ständig in Anspruch. Auf dem Boden verstreut lagen Hüh-nerfedern und leere Schnapsflaschen.

»Ich will ihn Norbert nennen«, sagte Hagrid und blick-te den Drachen mit feuchten Augen an. »Er kennt mich jetzt ganz gut, seht mal her. Norbert! Norbert! Wo ist die Mammi?«

»Er hat nicht mehr alle Tassen im Schrank«, murmelte Ron in Harrys Ohr.

»Hagrid«, sagte Harry laut, »gib Norbert noch zwei Wo-chen und er ist so lang wie dein Haus. Malfoy könnte jeden Augenblick zu Dumbledore gehen.«

Hagrid biss sich auf die Unterlippe.

»Ich … ich weiß, ich kann ihn nicht ewig behalten, aber

ich kann ihn auch nicht einfach aussetzen, das kann ich einfach nicht.«

Harry wandte sich jäh zu Ron um.

»Charlie«, sagte er.

»Du hast sie auch nicht mehr alle«, sagte Ron. »Ich bin Ron, weißt du noch?«

»Nein, Charlie, dein Bruder Charlie. In Rumänien. Der Drachenforscher. Wir könnten ihm Norbert schicken. Charlie kann sich um ihn kümmern und ihn dann in die Wildnis aussetzen!«

»Einfach genial!«, sagte Ron. »Wie wär's damit, Hagrid?«

Und am Ende war Hagrid einverstanden, Charlie eine Eule zu schicken und ihn zu fragen.

Die nächste Woche schleppte sich zäh dahin. Mittwochabend, nachdem die andern zu Bett gegangen waren, saßen Hermine und Harry noch lange im Gemeinschaftszimmer. Die Wanduhr hatte gerade Mitternacht geschlagen, als das Porträt zur Seite sprang. Ron ließ Harrys Tarnumhang fallen und erschien aus dem Nichts. Er war unten in Hagrids Hütte gewesen und hatte ihm geholfen, Norbert zu füttern, der inzwischen körbeweise tote Ratten verschlang.

»Er hat mich gebissen!«, sagte er und zeigte ihnen seine Hand, die mit einem blutigen Taschentuch umwickelt war. »Ich werd eine ganze Woche lang keine Feder mehr halten können. Ich sag euch, dieser Drache ist das fürchterlichste Tier, das ich je gesehen hab, aber so wie Hagrid es betüttelt, könnte man meinen, es sei ein niedliches, kleines Schmusehäschen. Nachdem er mich gebissen hat, hat Hagrid mir auch noch vorgeworfen, ich hätte dem Kleinen Angst gemacht. Und als ich zur Tür raus bin, hat er ihm gerade ein Schlaflied gesungen.«

Am dunklen Fenster kratzte etwas.

»Es ist Hedwig!«, sagte Harry und lief rasch hinüber, um sie einzulassen. »Sie hat bestimmt Charlies Antwort!«

Mit zusammengesteckten Köpfen lasen sie den Brief.

Lieber Ron,

wie geht es dir? Danke für den Brief – den Norwegischen Stachelbuckel würde ich gerne nehmen, aber es wird nicht leicht sein, ihn hierher zu bringen. Ich glaube, das Beste ist, ihn ein paar Freunden von mir mitzugeben, die mich nächste Woche besuchen kommen. Das Problem ist, dass sie nicht dabei gesehen werden dürfen, wenn sie einen gesetzlich verbotenen Drachen mitnehmen.

Könntest du den Stachelbuckel am Samstag um Mitternacht auf den höchsten Turm setzen? Sie können dich dort treffen und ihn mitnehmen, während es noch dunkel ist. Schick mir deine Antwort so bald wie möglich.

Herzlichst

Charlie

Sie sahen einander an.

»Wir haben den Tarnumhang«, sagte Harry. »Das wird nicht so schwierig sein – ich glaube, er ist groß genug, um zwei von uns und Norbert zu verstecken.«

Dass die anderen beiden ihm zustimmten, war ein Zeichen dafür, wie mitgenommen sie von der vergangenen Woche waren. Sie würden alles tun, um Norbert loszuwerden – und Malfoy dazu.

Einen Haken gab es freilich. Am nächsten Morgen war Rons verletzte Hand auf die doppelte Größe angeschwollen. Er wusste nicht, ob es ratsam war, zu Madam Pomfrey zu gehen – würde sie einen Drachenbiss erkennen? Es wurde

Nachmittag und nun hatte er keine andere Wahl mehr. Der Biss hatte eine hässliche grüne Färbung angenommen. Es sah so aus, als ob Norberts Reißzähne giftig waren.

Am Abend rannten Harry und Hermine in den Krankenflügel, wo sie Ron in fürchterlichem Zustand im Bett vorfanden.

»Es ist nicht nur meine Hand«, flüsterte er, »auch wenn die sich anfühlt, als ob sie gleich abfallen würde. Malfoy hat Madam Pomfrey gesagt, er wolle sich eines meiner Bücher borgen, und so konnte er reinkommen und mich in aller Ruhe auslachen. Er hat gedroht, ihr zu sagen, was mich wirklich gebissen hat – ich hab ihr gesagt, es sei ein Hund gewesen, aber ich glaube nicht, dass sie mir glaubt – ich hätte ihn beim Quidditch-Spiel nicht verprügeln sollen, deshalb macht er das.«

Harry und Hermine versuchten Ron zu beruhigen.

»Bis Samstag um Mitternacht ist alles vorbei«, sagte Hermine, doch das besänftigte Ron überhaupt nicht. Im Gegenteil, mit einem Mal saß er kerzengerade im Bett und brach in Schweiß aus.

»Samstag um Mitternacht!«, sagte er mit heiserer Stimme. »O nein, o nein, mir fällt gerade ein, Charlies Brief war in dem Buch, das Malfoy mitgenommen hat, er weiß, dass wir uns Norbert vom Hals schaffen wollen.«

Harry und Hermine konnten darauf nichts mehr entgegnen. Gerade in diesem Moment kam Madam Pomfrey ins Zimmer und bat sie zu gehen, denn Ron brauche etwas Schlaf.

»Es ist zu spät, um den Plan jetzt noch zu ändern«, sagte Harry zu Hermine. »Das wird wohl die einzige Chance sein, Norbert loszuwerden, und wir haben jetzt nicht die Zeit, um Charlie noch eine Eule zu schicken. Wir müssen es riskieren. Und wir haben schließlich den Tarnumhang, von dem weiß Malfoy nichts.«

Sie gingen zu Hagrid, um ihm ihren Plan zu erzählen, und fanden Fang, den Saurüden, mit verbundenem Schwanz vor der Hütte sitzen. Hagrid öffnete ein Fenster, um mit ihnen zu sprechen.

»Ich kann euch jetzt nicht reinlassen«, schnaufte er, »Norbert ist in einer schwierigen Phase, aber damit werd ich schon fertig.«

Sie erzählten ihm von Charlies Brief, und seine Augen füllten sich mit Tränen, wenn auch vielleicht nur deshalb, weil Norbert ihn gerade ins Bein gebissen hatte.

»Aaah! Schon gut, er hat nur meinen Stiefel – spielt nur – schließlich ist er noch ein Baby.«

Das Baby knallte mit dem Schwanz gegen die Wand und ließ die Fenster klirren. Harry und Hermine gingen zum Schloss zurück mit dem Gefühl, der Samstag könne gar nicht schnell genug kommen.

Für Hagrid wurde es allmählich Zeit, sich von Norbert zu verabschieden, und er hätte ihnen leidgetan, wenn sie nicht so aufgeregt überlegt hätten, wie sie am besten vorgehen sollten. Es war eine sehr dunkle, wolkige Nacht, und als sie bei Hagrid ankamen, war es schon ein bisschen spät. Sie hatten in der Eingangshalle warten müssen, bis Peeves, der Tennis gegen die Wand spielte, den Weg frei machte.

Hagrid hatte Norbert schon in einen großen Korb gepackt.

»Er hat 'ne Menge Ratten und ein wenig Schnaps für die Reise«, sagte er mit dumpfer Stimme. »Und ich hab seinen Teddybären eingepackt, falls er sich einsam fühlt.«

Aus dem Korb drang ein schauriges Geräusch, und Harry

kam es vor, als ob dem Teddybären gerade der Kopf abgerissen würde.

»Mach's gut, Norbert«, schluchzte Hagrid, als Harry und Hermine den Korb mit dem Tarnumhang bedeckten und dann selbst darunterschlüpften. »Mammi wird dich nie vergessen!«

Wie sie es schafften, den Korb zum Schloss hochzubringen, wussten sie selbst nicht. Mitternacht rückte tickend näher, während sie Norbert die Marmorstufen zur Eingangshalle emporhievten und die dunklen Korridore entlangschleppten. Noch eine Treppe hoch und noch eine – selbst eine von Harrys Abkürzungen machte die Arbeit nicht viel leichter.

»Gleich da«, keuchte Harry, als sie den Gang zum höchsten Turm erreicht hatten.

Vor ihnen bewegte sich etwas und vor Schreck ließen sie beinahe den Korb fallen. Dass sie unsichtbar waren, hatten sie ganz vergessen, und so verdrückten sie sich in die Schatten und starrten auf die dunklen Umrisse zweier Gestalten, die drei Meter entfernt miteinander rangen. Eine Lampe flammte auf.

Professor McGonagall, ein Haarnetz über dem Kopf und in einen Morgenmantel mit Schottenmuster gehüllt, hielt Malfoy am Ohr gepackt.

»Strafarbeit!«, rief sie. »Und zwanzig Punkte Abzug für Slytherin! Mitten in der Nacht umherschleichen, wie *können* Sie es wagen –«

»Sie verstehen nicht, Professor, Harry Potter ist auf dem Weg – er hat einen Drachen!«

»Was für ein ausgemachter Unsinn! Woher nehmen Sie die Stirn, mir solche Lügen zu erzählen! Kommen Sie, ich werde mit Professor Snape über Sie sprechen, Malfoy!«

Die steile Wendeltreppe zur Spitze des Turms schien

danach die leichteste Übung der Welt. Erst als sie in die kalte Nachtluft hinausgetreten waren, warfen sie den Mantel ab, froh, endlich wieder frei atmen zu können. Hermine legte einen kleinen Stepptanz hin.

»Malfoy bekommt eine Strafarbeit! Ich könnte singen vor Freude!«

»Tu's lieber nicht«, riet ihr Harry.

Beim Warten machten sie sich über Malfoy lustig, während Norbert in seinem Korb tobte. Zehn Minuten vergingen und dann kamen vier Besen aus der Dunkelheit herabgeschwebt.

Charlies Freunde waren ein lustiges Völkchen. Sie zeigten Harry und Hermine das Geschirr, das sie für Norbert zusammengebastelt hatten, so dass sie ihn zwischen sich aufhängen konnten. Alle zusammen halfen, Norbert sicher darin unterzubringen, dann schüttelten Harry und Hermine den andern die Hände und dankten ihnen herzlich.

Endlich war Norbert auf dem Weg … fort … fort … *verschwunden.*

Sie schlichen die Wendeltreppe wieder hinab, nun, da Norbert fort war, mit Herzen so leicht wie ihre Hände. Kein Drache mehr, Malfoy bekam eine Strafarbeit, was konnte ihr Glück jetzt noch stören?

Die Antwort darauf wartete am Fuß der Treppe. Als sie in den Korridor traten, erschien aus der Dunkelheit plötzlich das Gesicht von Filch.

»Schön, schön, schön«, flüsterte er. »Jetzt haben wir *wirklich* ein Problem.«

Oben auf dem Turm lag der Tarnumhang.

Der verbotene Wald

Es hätte nicht schlimmer kommen können.

Filch brachte sie hinunter ins Erdgeschoss ins Studierzimmer von Professor McGonagall, und da saßen sie und warteten, ohne ein Wort miteinander zu reden. Hermine zitterte. Ausreden, Alibis und hanebüchene Vertuschungsgeschichten schossen Harry durch den Kopf, die eine kläglicher als die andere. Diesmal konnte er sich nicht vorstellen, wie sie sich aus diesem Schlamassel herauswinden sollten. Sie saßen in der Falle. Wie konnten sie nur so dumm sein und den Umhang vergessen? Professor McGonagall würde aus keinem Grund der Welt gutheißen, dass sie nicht im Bett lagen und in tiefster Nacht in der Schule umherschlichen, geschweige denn, dass sie auf dem höchsten Turm waren, der, außer im Astronomie-Unterricht, für sie verboten war. Wenn sie dann noch von Norbert und dem Tarnumhang erfahren hatte, konnten sie genauso gut schon ihre Koffer packen.

Hatte Harry geglaubt, noch schlimmer könne es nicht kommen? Welch ein Irrtum. Als Professor McGonagall auftauchte, hatte sie Neville im Schlepptau.

»Harry!«, platzte Neville los, kaum dass er die beiden erblickt hatte, »ich hab versucht dich zu finden, weil ich dich warnen wollte, Malfoy hat nämlich gesagt, du hättest einen Dra–«

Harry schüttelte heftig den Kopf, um Neville zum Schweigen zu bringen, doch Professor McGonagall hatte ihn gesehen. Sie baute sich vor den dreien auf und sah aus, als könne sie besser Feuer spucken als Norbert.

»Das hätte ich von keinem von Ihnen je geglaubt. Mr. Filch sagt, Sie seien auf dem Astronomieturm gewesen. Es ist ein Uhr morgens. *Erklären Sie mir das bitte.*«

Zum ersten Mal fand Hermine keine Antwort auf die Frage eines Lehrers. Sie starrte auf ihre Pantoffeln, stumm wie eine Statue.

»Ich glaube, ich weiß ganz gut, was geschehen ist«, sagte Professor McGonagall. »Es braucht kein Genie, um das herauszufinden. Sie haben Draco Malfoy irgendeine haarsträubende Geschichte über einen Drachen aufgebunden, um ihn aus dem Bett zu locken und in Schwierigkeiten zu bringen. Ich habe ihn bereits erwischt. Ich nehme an, Sie finden es auch noch lustig, dass Longbottom hier etwas aufgeschnappt hat und daran glaubt?«

Harry versuchte dem verdutzt und beleidigt dreinblickenden Neville in die Augen zu schauen und ihm stumm zu bedeuten, dass dies nicht stimmte. Der arme, tollpatschige Neville – Harry wusste, was es ihn gekostet haben musste, sie im Dunkeln zu suchen, um sie zu warnen.

»Ich bin sehr enttäuscht«, sagte Professor McGonagall. »Vier Schüler aus dem Bett in einer Nacht! Das ist mir noch nie untergekommen. Miss Granger, wenigstens Sie hätte ich für vernünftiger gehalten. Was Sie angeht, Mr. Potter, so hätte ich gedacht, Gryffindor bedeutete Ihnen mehr als alles andere. Sie alle werden Strafarbeiten bekommen – ja, auch Sie, Mr. Longbottom, *nichts* gibt Ihnen das Recht, nachts in der Schule umherzustromern, besonders dieser Tage ist es gefährlich – und fünfzig Punkte Abzug für Gryffindor.«

»Fünfzig?« Harry verschlug es den Atem. Sie würden die Führung verlieren, die er noch im letzten Quidditch-Spiel erobert hatte.

»Fünfzig Punkte für *jeden*«, schnaubte Professor McGonagall durch ihre lange, spitze Nase.

»Professor – bitte –«

»Sie *können* doch nicht –«

»Sagen Sie mir nicht, was ich kann und was nicht, Potter. Gehen Sie jetzt wieder zu Bett, Sie alle. Ich habe mich noch nie dermaßen für Schüler von Gryffindor geschämt.«

Einhundertfünfzig Punkte verloren. Damit lag Gryffindor auf dem letzten Platz. In einer Nacht hatten sie alle Chancen auf den Hauspokal zunichtegemacht. Harry hatte das Gefühl, als hätte sich ein riesiges Loch in seinem Magen aufgetan. Wie konnten sie das jemals wiedergutmachen?

Harry tat die ganze Nacht kein Auge zu. Stundenlang, so kam es ihm vor, hörte er Neville in sein Kissen schluchzen. Ihm fiel nichts ein, womit er ihn hätte trösten können. Er wusste, dass Neville, wie ihm selbst, angst und bange war vor dem Morgen. Was würde geschehen, wenn die anderen aus ihrem Haus erfuhren, was sie getan hatten?

Als die Gryffindors am nächsten Morgen an den riesigen Stundengläsern vorbeigingen, welche die Hauspunkte anzeigten, dachten sie zunächst, es müsse ein Irrtum passiert sein. Wie konnten sie plötzlich hundertfünfzig Punkte weniger haben als gestern? Und dann verbreitete sich allmählich die Geschichte: Harry Potter, der berühmte Harry Potter, ihr Held aus zwei Quidditch-Spielen, hatte ihnen das eingebrockt, er und ein paar andere dumme Erstklässler.

Harry, bisher einer der beliebtesten und angesehensten Schüler, war nun der meistgehasste. Selbst Ravenclaws und Hufflepuffs wandten sich gegen ihn, denn alle hatten sich darauf gefreut, dass Slytherin den Hauspokal diesmal nicht erringen würde. Überall, wo Harry auftauchte, deuteten die Schüler auf ihn und machten sich nicht einmal die Mühe, ihre Stimmen zu senken, wenn sie ihn beleidigten.

Die Slytherins dagegen klatschten in die Hände, wenn er vorbeiging, sie pfiffen und johlten: »Danke, Potter, wir schulden dir noch was!«

Nur Ron hielt zu ihm.

»In ein paar Wochen haben sie es alle vergessen. Fred und George haben während ihrer ganzen Zeit hier 'ne Unmenge Punkte verloren, aber die Leute mögen sie trotzdem noch.«

»Sie haben nie hundertfünfzig Punkte auf einmal verloren, oder?«, sagte Harry niedergeschlagen.

»Nun – nein«, gab Ron zu.

Es war ein wenig zu spät, um den Schaden wiedergutzumachen, doch Harry schwor sich, von nun an würde er sich nie mehr in Dinge einmischen, die ihn nichts angingen. Vom Herumstromern und Spionieren hatte er die Nase voll. Er schämte sich so sehr, dass er zu Wood ging und ihm seinen Rücktritt aus der Mannschaft anbot.

»Rücktritt?«, donnerte Wood. »Wozu soll das gut sein? Wie sollen wir denn jemals wieder Punkte gutmachen, wenn wir nicht mehr beim Quidditch gewinnen können?«

Doch selbst Quidditch machte keinen Spaß mehr. Die anderen Spieler wollten beim Training nicht mit Harry sprechen, und wenn sie über ihn reden mussten, nannten sie ihn »den Sucher«.

Auch Hermine und Neville ging es nicht gut. Nicht so schlecht wie Harry zwar, weil sie nicht so bekannt waren, doch auch mit ihnen wollte keiner mehr sprechen. Im Unterricht mochte Hermine nicht mehr auf sich aufmerksam machen, sie ließ den Kopf hängen und arbeitete still vor sich hin.

Harry war beinahe froh, dass die Prüfungen vor der Tür standen. Die ganzen Wiederholungen, die nötig waren, lenkten ihn von seinem Elend ab. Er, Ron und Hermine blieben unter sich und mühten sich bis spät in den Abend, sich die Zutaten komplizierter Gebräue in Erinnerung zu rufen, sich Zaubersprüche und Zauberbanne einzuprägen und die Jahreszahlen großer Entdeckungen in der Zauberei und von Koboldaufständen auswendig zu lernen ...

Dann, etwa eine Woche bevor die Prüfungen beginnen sollten, wurde Harrys jüngster Entschluss, seine Nase nicht in Dinge zu stecken, die ihn nichts angingen, unerwartet auf die Probe gestellt. Eines Nachmittags, auf dem Rückweg von der Bibliothek, hörte er in einem der Klassenzimmer vor ihm jemanden wimmern. Er ging weiter und hörte Quirrells Stimme.

»Nein – nein – nicht schon wieder, bitte –«

Es klang, als würde ihm jemand drohen. Harry trat sachte näher.

»Gut – schon gut –«, hörte er Quirrell schluchzen.

Im nächsten Moment kam Quirrell, seinen Turban richtend, aus dem Klassenzimmer gestürzt. Er war blass und sah aus, als würde er gleich in Tränen ausbrechen. Raschen Schrittes verschwand er; Harry hatte nicht das Gefühl, dass er ihn bemerkt hatte. Er wartete, bis Quirrells Schritte verklungen waren, und spähte dann in das Klassenzimmer. Es war leer, doch am andern Ende war eine Tür weit geöffnet. Harry war schon auf halbem Wege dorthin, als ihm einfiel, dass er sich vorgenommen hatte, sich nicht mehr in fremde Angelegenheiten zu mischen.

Dennoch: Zwölf Steine der Weisen hätte er gewettet, dass es Snape war, der soeben das Zimmer verlassen hatte, und nach dem zu schließen, was Harry mitgehört hatte, gewiss mit federnden Schritten. Quirrell schien nun doch nachgegeben zu haben.

Harry ging zurück in die Bibliothek, wo Hermine Ron

in Astronomie abfragte. Harry berichtete ihnen, was er gehört hatte.

»Snape hat es also geschafft!«, sagte Ron. »Wenn Quirrell ihm gesagt hat, wie er seinen Schutzzauber gegen die schwarze Magie brechen kann –«

»Da ist allerdings immer noch Fluffy«, sagte Hermine.

»Vielleicht hat Snape herausgefunden, wie er an ihm vorbeikommt, ohne Hagrid zu fragen«, sagte Ron und ließ den Blick über die Unmenge von Büchern gleiten, die sie umgaben. »Ich wette, irgendwo hier drin gibt es ein Buch, das erklärt, wie man an einem riesigen dreiköpfigen Hund vorbeikommt. Also, was sollen wir tun, Harry?«

In Rons Augen erschien wieder das Funkeln kommender Abenteuer, doch Hermine antwortete, noch bevor Harry den Mund aufmachen konnte.

»Zu Dumbledore gehen. Das hätten wir schon vor Ewigkeiten tun müssen. Wenn wir selbst irgendwas unternehmen, werden wir am Ende sicher noch rausgeworfen.«

»Aber wir haben keinen *Beweis!*«, sagte Harry. »Quirrell hat zu viel Angst, um sich auf unsere Seite zu schlagen. Snape muss nur behaupten, er wisse nicht, wie der Troll an Halloween hereingekommen ist, und sei überhaupt nicht im dritten Stock gewesen – wem glauben sie wohl, uns oder ihm? Es ist ein offenes Geheimnis, dass wir ihn nicht ausstehen können, Dumbledore wird denken, wir hätten die Geschichte erfunden, damit er Snape rauswirft. Filch würde uns auch nicht helfen, und wenn es um sein Leben ginge, er ist zu gut mit Snape befreundet, und je mehr Schüler rausgeworfen werden, desto besser, wird er denken. Und vergiss nicht, wir sollten eigentlich gar nichts über den Stein oder Fluffy wissen. Da müssen wir eine Menge erklären.«

Hermine sah überzeugt aus, Ron jedoch nicht.

»Und wenn wir nur ein wenig rumstöbern –«

»Nein«, sagte Harry matt, »wir haben genug rumgestöbert.«

Er entfaltete eine Karte des Jupiters und begann die Namen seiner Monde auswendig zu lernen.

Am Morgen darauf beim Frühstück wurden Harry, Hermine und Neville Briefe zugestellt. Sie lauteten alle gleich:

Ihre Strafarbeit beginnt um elf Uhr heute Abend.
Sie treffen Mr. Filch in der Eingangshalle.
Prof. M. McGonagall

In der ganzen Aufregung über die verlorenen Punkte hatte Harry ganz vergessen, dass sie noch Strafarbeiten vor sich hatten. Gleich würde Hermine klagen, wieder sei eine ganze Nacht für die Wiederholungen verloren, doch sie sagte kein Wort. Wie Harry hatte sie das Gefühl, nichts Besseres verdient zu haben.

Um elf Uhr an diesem Abend verabschiedeten sie sich im Gemeinschaftsraum von Ron und gingen mit Neville hinunter in die Eingangshalle. Filch wartete schon – und Malfoy. Harry hatte gar nicht mehr daran gedacht, dass es auch Malfoy erwischt hatte.

»Folgt mir«, sagte Filch, zündete eine Laterne an und führte sie nach draußen.

»Ich wette, ihr überlegt es euch das nächste Mal, ob ihr noch mal eine Schulvorschrift brecht, he?«, sagte er und schielte sie von der Seite her an. »O ja ... harte Arbeit und Schmerzen sind die besten Lehrmeister, wenn ihr mich fragt ... Jammerschade, dass sie die alten Strafen nicht mehr anwenden ... Könnt euch ein paar Tage lang in Handschellen legen und von der Decke hängen lassen, die Ketten hab ich noch in meinem Büro, halt sie immer gut

eingefettet, falls sie doch noch mal gebraucht werden ...
Schön, los geht's, und denkt jetzt bloß nicht ans Weglaufen, dann wird's nur noch schlimmer für euch.«

Sie machten sich auf den Weg über das dunkle Schlossgelände. Neville schniefte unablässig. Harry fragte sich, worin die Strafe wohl bestehen würde. Es musste etwas wirklich Schreckliches sein, sonst würde sich Filch nicht so vergnügt anhören.

Der Mond war sehr hell, doch die Wolken, die über ihn dahintrieben, tauchten sie immer wieder in Dunkelheit. Vor ihnen konnte Harry die Fenster von Hagrids Hütte erkennen. Dann hörten sie einen Ruf aus der Ferne.

»Bist du das, Filch? Beeil dich, ich will aufbrechen.«

Harry wurde leichter ums Herz; wenn sie mit Hagrid arbeiten würden, dann konnte es ihnen nicht so schlecht ergehen. Die Erleichterung stand ihm wohl ins Gesicht geschrieben, denn Filch sagte: »Du glaubst, ihr werdet euch mit diesem Hornochsen einen netten Abend machen? Überleg's dir lieber noch mal, Junge – es geht in den Wald, und es würde mich wundern, wenn ihr in einem Stück wieder rauskommt.«

Bei diesen Worten stöhnte Neville leise auf und Malfoy blieb wie angewurzelt stehen.

»In den Wald?«, wiederholte er, wobei er nicht mehr so kühl klang wie sonst. »Wir können da nachts nicht reingehen – da treibt sich allerlei herum – auch Werwölfe, hab ich gehört.«

Neville packte den Ärmel von Harrys Umhang und gab ein ersticktes Geräusch von sich.

»Das sind schöne Aussichten, nicht wahr?«, sagte Filch, wobei sich seine Stimme vor Schadenfreude überschlug. »Hättet an die Werwölfe denken sollen, bevor ihr euch in Schwierigkeiten gebracht habt.«

Hagrid kam ihnen mit langen Schritten aus der Dunkelheit entgegen, mit Fang bei Fuß. Er trug seine große Armbrust und hatte einen Köcher mit Pfeilen über die Schulter gehängt.

»Wird allmählich Zeit«, sagte er. »Warte schon 'ne halbe Stunde. Alles in Ordnung, Harry, Hermine?«

»Ich wär lieber nicht so freundlich zu ihnen, Hagrid«, sagte Filch kalt, »schließlich sind sie hier, um sich ihre Strafe abzuholen.«

»Deshalb bist du zu spät dran«, antwortete Hagrid mit einem Stirnrunzeln. »Hast ihnen 'ne Lektion erteilt, was? Nicht deine Aufgabe, das zu tun. Du hast deine Sache erledigt und ich übernehme ab hier.«

»Bei Morgengrauen bin ich zurück«, sagte Filch, »und hol die Reste von ihnen ab«, fügte er gehässig hinzu, drehte sich um und machte sich mit in der Dunkelheit hüpfender Laterne auf den Weg zurück zum Schloss.

Nun wandte sich Malfoy an Hagrid.

»Ich gehe nicht in diesen Wald«, sagte er und Harry bemerkte mit Genugtuung den Anflug von Panik in seiner Stimme.

»Du musst, wenn du in Hogwarts bleiben willst«, sagte Hagrid grimmig. »Du hast was ausgefressen und jetzt musst du dafür bezahlen.«

»Aber das ist Sache der Bediensteten, nicht der Schüler. Ich dachte, wir würden die Hausordnung abschreiben oder so was. Wenn mein Vater wüsste, was ich hier tue, würde er –«

»– dir sagen, dass es in Hogwarts eben so zugeht«, knurrte Hagrid. »Die Hausordnung abschreiben! Wem nützt das denn? Du tust was Nützliches oder du fliegst raus. Wenn du glaubst, dein Vater hätte es lieber, wenn du von der Schule verwiesen wirst, dann geh zurück ins Schloss und pack deine Sachen. Los jetzt!«

Malfoy rührte sich nicht vom Fleck. Voll Zorn sah er Hagrid an, doch dann senkte er den Blick.

»Na also«, sagte Hagrid. »Nun hört mal gut zu, weil es gefährlich ist, was wir heute Nacht tun, und ich will nicht, dass einer von euch sich unnötig in Gefahr bringt. Folgt mir kurz hier rüber.«

Er führte sie dicht an den Rand des Waldes. Mit hochgehaltener Laterne wies er auf einen engen, gewundenen Pfad, der zwischen den dicht stehenden schwarzen Bäumen verschwand. Als sie in den Wald hineinsahen, zerzauste ihnen eine leichte Brise die Haare.

»Seht mal her«, sagte Hagrid, »seht ihr das Zeug, das da auf dem Boden glänzt? Silbriges Zeug? Das ist Einhornblut. Irgendwo ist da ein Einhorn, das von irgendetwas schwer verletzt worden ist. Das ist jetzt das zweite Mal in einer Woche. Letzten Mittwoch hab ich ein totes gefunden. Wir versuchen jetzt das arme Tier zu finden. Vielleicht müssen wir es auch von seinem Leiden erlösen.«

»Und was passiert, wenn das andere – was das Einhorn verletzt hat – uns zuerst findet?«, fragte Malfoy, ohne dass er die Furcht aus der Stimme verbannen konnte.

»In diesem Wald ist nichts, was euch etwas zuleide tut, solange ich und Fang dabei sind«, sagte Hagrid. »Und bleibt auf'm Weg. Also dann, wir teilen uns in zwei Gruppen und folgen der Spur in verschiedene Richtungen. Hier ist überall Blut, das Tier muss sich mindestens seit gestern Nacht herumschleppen.«

Malfoy warf einen raschen Blick auf Fangs lange Zähne. »Ich will Fang.«

»Na gut, aber ich warn dich, er ist ein Feigling«, sagte Hagrid. »Also gehen Harry, Hermine und ich in die eine Richtung und Draco, Neville und Fang in die andere. Und wenn einer von uns das Einhorn findet, schicken wir grüne

Funken aus, klar? Holt eure Zauberstäbe hervor und probiert das mal – sehr gut – und wenn einer in Gefahr ist, schickt rote Funken aus und wir kommen zu Hilfe – also, seid vorsichtig – und nun los.«

Der Wald war schwarz und still. Sie legten ein Stück des Wegs gemeinsam zurück und stießen dann auf eine Gabelung. Harry, Hermine und Hagrid gingen nach links, Malfoy, Neville und Fang nach rechts.

Sie gingen schweigend, die Augen auf die Erde gerichtet. Hie und da beleuchtete ein Mondstrahl einen Fleck silbrig blauen Blutes auf den herabgefallenen Blättern.

Harry bemerkte, dass Hagrid sehr besorgt aussah.

»*Könnte* ein Werwolf die Einhörner töten?«, fragte Harry.

»Nicht schnell genug«, sagte Hagrid. »Es ist nicht leicht, ein Einhorn zu fangen, sie sind mächtige Zaubergeschöpfe. Ich hab noch nie gehört, dass eines verletzt wurde.«

Sie kamen an einem moosbewachsenen Baumstumpf vorbei. Harry konnte Wasser plätschern hören, irgendwo in der Nähe musste ein Bach sein. An manchen Stellen entlang des gewundenen Pfades war noch Einhornblut.

»Alles in Ordnung mit dir, Hermine?«, flüsterte Hagrid. »Keine Sorge, es kann nicht weit weg sein, wenn es so schwer verletzt ist, und dann können wir – HINTER DEN BAUM!«

Hagrid packte Harry und Hermine und schubste sie vom Pfad in die Deckung einer riesigen Eiche. Er zog einen Pfeil aus dem Köcher, spannte ihn auf die Armbrust und hielt sie schussbereit in die Höhe. Die drei spitzten die Ohren. Ganz in der Nähe raschelte etwas über die toten Blätter. Es hörte sich an wie ein Mantel, der über den Boden schleifte. Hagrid spähte den dunklen Pfad hoch, doch nach einer Weile entfernte sich das Geräusch.

»Ich wusste es«, murmelte er. »Da ist etwas im Wald, was nicht hierher gehört.«

»Ein Werwolf?«, fragte Harry.

»Das war kein Werwolf und auch kein Einhorn«, sagte Hagrid grimmig. »Gut, folgt mir, aber vorsichtig jetzt.«

Sie gingen jetzt langsamer, gespannt auf das leiseste Geräusch achtend. Plötzlich, auf einer Lichtung vor ihnen, bewegte sich etwas.

»Wer da?«, rief Hagrid. »Zeig dich – ich bin bewaffnet!«

Und es erschien – war es ein Mann oder ein Pferd? Bis zur Hüfte ein Mann mit rotem Haar und Bart, doch darunter hatte er den glänzenden, kastanienbraunen Körper eines Pferdes mit langem, rötlichem Schwanz. Harry und Hermine hielten den Atem an.

»Ach, du bist es, Ronan«, sagte Hagrid erleichtert. »Wie geht's?«

Er trat vor und schüttelte die Hand des Zentauren.

»Einen guten Abend dir, Hagrid«, sagte Ronan. Er hatte eine tiefe, melancholische Stimme. »Wolltest du gerade auf mich schießen?«

»Man kann nie vorsichtig genug sein, Ronan«, sagte Hagrid und tätschelte seine Armbrust. »Was Böses streift in diesem Wald herum. Das sind übrigens Harry Potter und Hermine Granger, Schüler vom Schloss oben. Und das, ihr beiden, ist Ronan. Er ist ein Zentaur.«

»Das haben wir schon bemerkt«, sagte Hermine matt.

»Guten Abend«, sagte Ronan. »Schüler seid ihr? Und lernt ihr viel da oben in der Schule?«

»Ähm –«

»Ein wenig«, sagte Hermine schüchtern.

»Ein wenig. Nun, das ist doch schon etwas«, seufzte Ronan. Er warf den Kopf zurück und blickte gen Himmel. »Der Mars ist hell heute Nacht.«

»Ja«, sagte Hagrid und schaute ebenfalls empor. »Hör mal, ich bin froh, dass wir dich getroffen haben, Ronan, hier ist nämlich ein Einhorn verletzt worden – hast du was gesehen?«

Ronan antwortete nicht sofort. Unverwandt blickte er gen Himmel, dann seufzte er wieder.

»Die Unschuldigen sind immer die ersten Opfer«, sagte er. »So ist es seit ewigen Zeiten, so ist es auch heute.«

»Ja«, sagte Hagrid, »aber hast du irgendwas gesehen, Ronan? Irgendwas Ungewöhnliches?«

»Der Mars ist hell heute Nacht«, wiederholte Ronan unter dem ungeduldigen Blick Hagrids. »Ungewöhnlich hell.«

»Ja, aber ich meinte etwas Ungewöhnliches mehr in der Nähe«, sagte Hagrid. »Du hast also nichts Seltsames bemerkt?«

Doch wieder dauerte es eine Weile, bis Ronan antwortete. Endlich sagte er: »Der Wald birgt viele Geheimnisse.«

Eine Bewegung in den Bäumen hinter Ronan ließ Hagrid erneut seine Armbrust heben, doch es war nur ein zweiter Zentaur, mit schwarzem Haar und schwarzem Körper und wilder aussehend als Ronan.

»Hallo, Bane«, sagte Hagrid. »Wie geht's?«

»Guten Abend, Hagrid. Ich hoffe, dir geht's gut?«

»Gut genug. Hör mal, ich hab gerade Ronan gefragt, hast du in letzter Zeit irgendetwas Merkwürdiges hier gesehen? Es ist nämlich ein Einhorn verletzt worden – weißt du was darüber?«

Bane kam näher und stellte sich neben Ronan. Er blickte gen Himmel.

»Der Mars ist hell heute Nacht«, sagte er nur.

»Das haben wir schon gehört«, sagte Hagrid verdrießlich. »Nun, wenn einer von euch etwas sieht, lasst es mich wissen, bitte. Wir verschwinden wieder.«

Harry und Hermine folgten ihm, über ihre Schultern auf Ronan und Bane starrend, bis die Bäume ihnen die Sicht verdeckten.

»Versuch niemals, niemals, einem Zentauren eine klare Antwort zu entlocken«, sagte Hagrid verärgert. »Vermaledeite Sternengucker. Interessieren sich für nichts, was näher ist als der Mond.«

»Gibt es viele von *denen* hier im Wald?«, fragte Hermine.

»Oh, schon einige ... Bleiben allerdings meist unter sich, aber wenn ich mich ein wenig unterhalten will, tauchen sie schon mal auf. Sind nämlich tiefe Naturen, diese Zentauren ... sie kennen sich aus ... machen nur nicht viel Aufhebens davon.«

»Glaubst du, was wir vorhin gehört haben, war ein Zentaur?«, sagte Harry.

»Hat sich das für dich angehört wie Hufe? Nee, wenn du mich fragst, das hat die Einhörner gejagt – hab so was noch nie im Leben gehört.«

Sie gingen weiter durch dichten, dunklen Wald. Harry warf ständig nervöse Blicke über die Schulter. Er hatte das unangenehme Gefühl, dass sie beobachtet wurden, und war sehr froh, dass sie Hagrid und seine Armbrust dabeihatten. Soeben waren sie um eine Windung gebogen, als Hermine Hagrids Arm packte.

»Hagrid! Sieh mal! Rote Funken, die andern sind in Schwierigkeiten!«

»Ihr beide wartet hier!«, rief Hagrid. »Bleibt auf dem Weg, ich hol euch dann!«

Sie hörten ihn durch das Unterholz brechen. Voller Angst blieben sie zurück und sahen sich an. Schließlich hörten sie nichts mehr außer dem Rascheln der Blätter um sie her.

»Du denkst nicht etwa, dass ihnen etwas zugestoßen ist, oder?«, flüsterte Hermine.

»Das wär mir bei Malfoy egal, aber wenn Neville ... Es ist nämlich unsere Schuld, dass er überhaupt hier ist.«

Die Minuten schleppten sich dahin. Ihre Ohren schienen schärfer als normal zu sein. Harry kam es vor, als könnte er jeden Seufzer des Windes, jeden knackenden Zweig hören. Was war eigentlich los? Wo waren die andern?

Endlich kündete ein lautes Knacken Hagrids Rückkehr an. Malfoy, Neville und Fang waren hinter ihm. Hagrid rauchte vor Zorn. Malfoy, so schien es, hatte sich zum Scherz von hinten an Neville herangeschlichen und ihn gepackt. In panischem Schreck hatte Neville die Funken versprüht.

»Wir können von Glück reden, wenn wir jetzt noch irgendwas fangen, bei dem Aufruhr, den ihr veranstaltet habt. Und jetzt bilden wir neue Gruppen – Neville, du bleibst bei mir und Hermine, Harry, du gehst mit Fang und diesem Idioten. Tut mir leid«, fügte er zu Harry gewandt flüsternd hinzu, »aber dich wird er nicht so schnell erschrecken und wir müssen es jetzt schaffen.«

Und so machte sich Harry mit Malfoy und Fang ins Herz des Waldes auf. Sie gingen fast eine halbe Stunde lang tiefer und tiefer hinein, bis der Pfad sich fast verlor, so dicht standen die Bäume. Harry hatte den Eindruck, dass das Einhornblut allmählich dicker wurde. Auf den Wurzeln eines Baumes waren Spritzer, als ob das arme Tier sich hier in der Nähe voll Schmerz herumgewälzt hätte. Weiter vorn, durch die verschlungenen Äste einer alten Eiche hindurch, konnte Harry eine Lichtung erkennen.

»Sieh mal«, murmelte er und streckte den Arm aus, damit Malfoy stehen blieb.

Etwas Hellweißes schimmerte auf dem Boden. Vorsichtig traten sie näher.

Es war das Einhorn und es war tot. Harry hatte nie etwas

so Schönes und so Trauriges gesehen. Seine langen, schlanken Beine ragten verquer in die Luft und seine perlweiße Mähne lag ausgebreitet auf den dunklen Blättern.

Harry trat noch einen Schritt näher, als ein schleifendes Geräusch ihn wie angefroren innehalten ließ. Ein Busch am Rande der Lichtung erzitterte … Dann kam eine vermummte Gestalt aus dem Schatten und kroch über den Boden auf sie zu wie ein staksendes Untier. Harry, Malfoy und Fang standen da wie erstarrt. Die vermummte Gestalt erreichte das Einhorn, senkte den Kopf über die Wunde an der Seite des Tiers und begann sein Blut zu trinken.

»AAAAAAAAAAAARRRH!«

Malfoy stieß einen fürchterlichen Schrei aus und machte sich auf und davon – mit Fang an seinen Fersen. Die vermummte Gestalt hob den Kopf und sah zu Harry herüber – an ihr herunter tropfte Einhornblut. Das Wesen stand auf und kam rasch auf Harry zu – er war vor Angst wie gelähmt.

Dann durchstieß ein Schmerz seinen Kopf, wie er ihn noch nie verspürt hatte, es war, als ob seine Narbe Feuer gefangen hätte – halb blind stolperte er rückwärts. Hinter sich hörte er Hufe, Pferdegalopp, und etwas sprang einfach über ihn hinweg und stürzte sich auf die Gestalt.

Der Schmerz in Harrys Kopf war so stark, dass er auf die Knie fiel. Nach ein oder zwei Minuten war er vorüber. Als er aufsah, war die Gestalt verschwunden. Ein Zentaur stand über ihm, nicht Ronan oder Bane; dieser sah jünger aus; er hatte weißblondes Haar und den Körper eines Palominos.

»Geht es Ihnen gut?«, fragte der Zentaur und half Harry auf die Beine.

»Ja – danke – was war das?«

Der Zentaur antwortete nicht. Er hatte eindrucksvoll blaue Augen, wie blasse Saphire. Er musterte Harry sorg-

279

fältig, und seine Augen verweilten auf der Narbe, die sich nun bläulich von Harrys Stirn abhob.

»Sie sind der junge Potter«, sagte er. »Besser, Sie gehen zurück zu Hagrid. Der Wald ist nicht sicher – besonders für Sie. Können Sie reiten? Dann geht es schneller.

Mein Name ist Firenze«, fügte er hinzu und ließ sich auf die Vorderbeine sinken, damit Harry ihm auf den Rücken klettern konnte.

Plötzlich hörte Harry von der anderen Seite der Lichtung noch mehr galoppierende Hufe. Mit wogenden, schweißnassen Flanken brachen Ronan und Bane durch die Bäume.

»Firenze!«, donnerte Bane, »was tust du da? Du hast einen Menschen auf dem Rücken! Kennst du keine Scham? Bist du ein gewöhnliches Maultier?«

»Ist dir klar, wer das ist?«, entgegnete Firenze. »Das ist der junge Potter. Je schneller er den Wald verlässt, desto besser.«

»Was hast du ihm erzählt«, brummte Bane. »Ich muss dich nicht daran erinnern, Firenze, wir haben einen Eid abgelegt, uns nicht gegen den Himmel zu stellen. Haben wir nicht in den Bewegungen der Planeten gelesen, was kommen wird?«

Ronan scharrte nervös mit den Hufen.

»Ich bin sicher, Firenze hat nur das Beste im Sinn gehabt«, sagte er in seiner düsteren Stimme.

Bane schlug wütend mit den Hinterbeinen aus.

»Das Beste! Was hat das mit uns zu tun? Zentauren kümmern sich um das, was in den Sternen steht! Es ist nicht unsere Aufgabe, wie Esel herumstreunenden Menschen nachzulaufen!«

Firenze stellte sich plötzlich zornig auf die Hinterbeine, so dass Harry sich an seinen Schultern festklammern musste, um nicht abzurutschen.

»Siehst du nicht dieses Einhorn?«, brüllte Firenze Bane an. »Verstehst du nicht, warum es getötet wurde? Oder haben die Planeten dir dieses Geheimnis nicht verraten? Ich stelle mich gegen das, was in diesem Wald lauert, ja, Bane, mit Menschen an meiner Seite, wenn es sein muss.«

Und Firenze wirbelte herum; Harry klammerte sich an ihn, so gut er konnte, und sie stürzten sich zwischen die Bäume, Ronan und Bane hinter sich lassend.

Harry hatte keine Ahnung, was da vor sich ging.

»Warum ist Bane so wütend?«, fragte er. »Was war eigentlich dieses Wesen, vor dem du mich gerettet hast?«

Firenze ging nun im Schritt und ermahnte Harry, wegen der tiefen Äste den Kopf gesenkt zu halten, doch er antwortete nicht auf seine Fragen. Ohne ein Wort zu sagen, schlugen sie sich durch die Bäume, so lange schweigend, dass Harry dachte, Firenze wolle nicht mehr mit ihm sprechen. Sie drangen nun jedoch durch ein besonders dichtes Stück Wald und Firenze hielt plötzlich inne.

»Harry Potter, wissen Sie, wozu Einhornblut gebraucht wird?«

»Nein«, sagte Harry, verdutzt über die seltsame Frage. »Wir haben für Zaubertränke nur das Horn und die Schweifhaare benutzt.«

»Das ist so, weil es etwas Grauenhaftes ist, ein Einhorn abzuschlachten«, sagte Firenze. »Nur jemand, der nichts zu verlieren und alles zu gewinnen hat, könnte ein solches Verbrechen begehen. Das Blut eines Einhorns wird ihn am Leben halten, selbst wenn er nur eine Handbreit vom Tod entfernt ist – doch zu einem schrecklichen Preis. Er hat etwas Reines und Schutzloses gemeuchelt, um sich selbst zu retten, aber nun hat er nur noch ein halbes Leben, ein verfluchtes, von dem Augenblick an, da das Blut seine Lippen berührt.«

Harry blickte starr auf Firenzes Hinterkopf, der im Mondlicht silbern gesprenkelt war.

»Aber wer könnte so verzweifelt sein?«, fragte er sich laut. »Wenn man für immer verflucht ist, dann ist der Tod doch besser, oder?«

»Das ist wahr«, stimmte Firenze zu, »außer wenn man nur lange genug leben muss, um noch etwas anderes zu trinken – etwas, das einem alle Stärke und Macht zurückbringt – etwas, das bewirkt, dass man nie sterben wird. Mr. Potter, wissen Sie, was in diesem Augenblick in der Schule versteckt ist?«

»Der Stein der Weisen! Natürlich – das Lebenselixier! Aber ich verstehe nicht, wer –«

»Können Sie sich niemanden denken, der seit Jahren darauf wartet, an die Macht zurückzukehren, der sich ans Leben klammert und auf seine Chance lauert?«

Es war, als hätte sich plötzlich eine eiserne Faust um Harrys Herz geschlossen. Über dem Rascheln der Bäume schien er noch einmal zu hören, was Hagrid gesagt hatte in jener Nacht, da sie sich kennen gelernt hatten: »Manche sagen, er sei gestorben. Stuss, wenn du mich fragst. Weiß nicht, ob er noch genug Menschliches in sich hatte, um sterben zu können.«

»Meinen Sie«, sagte Harry mit krächzender Stimme, »das war *Vol*–«

»Harry! Harry, geht's dir gut?«

Hermine rannte den Pfad entlang auf sie zu, Hagrid keuchte hinter ihr her.

»Mir geht's gut«, sagte Harry, ohne recht zu wissen, was er sagte. »Das Einhorn ist tot, Hagrid, es liegt dort hinten auf der Lichtung.«

»Ich werde Sie nun verlassen«, murmelte Firenze, als Hagrid davoneilte, um das Einhorn zu untersuchen. »Sie sind jetzt sicher.«

Harry glitt von seinem Rücken herunter.

»Viel Glück, Harry Potter«, sagte Firenze. »Die Planeten wurden schon einige Male falsch gedeutet, selbst von Zentauren. Ich hoffe, diesmal ist es genauso.«

Er wandte sich um und verschwand in leichtem Galopp in den Tiefen des Waldes, einen zitternden Harry hinter sich zurücklassend.

Ron, der auf ihre Rückkehr hatte warten wollen, war im Gemeinschaftsraum eingenickt. Während Harry ihn unsanft wachrüttelte, rief er etwas über Quidditch-Fouls. Nach wenigen Augenblicken freilich war er hellwach, als Harry ihm und Hermine zu erzählen begann, was im Wald geschehen war.

Harry konnte nicht ruhig sitzen. Er schritt vor dem Feuer auf und ab. Noch immer zitterte er.

»Snape will den Stein für Voldemort … und Voldemort wartet draußen im Wald … und die ganze Zeit über haben wir geglaubt, Snape wolle nur reich werden …«

»Hör auf, den Namen zu nennen!«, sagte Ron in einem angstdurchtränkten Flüstern, als glaubte er, Voldemort könnte sie belauschen.

Harry hörte ihn nicht.

»Firenze hat mich gerettet, aber er hätte es eigentlich nicht tun dürfen … Bane war wütend deswegen … er hat etwas gesagt von Einmischung in die Offenbarung der Planeten … Sie müssen wohl zeigen, dass Voldemort zurückkommt … Bane denkt, Firenze hätte Voldemort nicht daran hindern dürfen, mich zu töten … Ich glaube, das steht auch in den Sternen.«

»Hörst du endlich auf, diesen Namen zu nennen!«, zischte Ron.

»Wir müssen also nur darauf warten, dass Snape den Stein stiehlt«, fuhr Harry in fieberhafter Aufregung fort,

»dann kann Voldemort kommen und mich erledigen … Nun, ich denke, Bane würde glücklich darüber sein.«

Hermine sah verängstigt aus, doch sie hatte ein Wort des Trostes.

»Harry, alle sagen, Dumbledore sei der Einzige, vor dem Du-weißt-schon-wer je Angst hatte. Mit Dumbledore in der Nähe wird dich Du-weißt-schon-wer nicht anrühren. Und außerdem, wer sagt eigentlich, dass die Zentauren Recht haben? Das klingt für mich wie Wahrsagerei, und Professor McGonagall sagt, das sei ein sehr ungenauer Ableger der Zauberei.«

Der Himmel war schon hell, als ihr Gespräch verstummte. Erschöpft gingen sie zu Bett, der Hals tat ihnen weh. Doch die Überraschungen der Nacht waren noch nicht vorbei.

Als Harry seine Bettdecke zurückzog, fand er darunter, fein säuberlich zusammengefaltet, seinen Tarnumhang. Ein Zettel war daran gepinnt:

Nur für den Fall …

Durch die Falltür

Auch in den folgenden Jahren blieb es für Harry immer ein Rätsel, wie er es geschafft hatte, die Jahresabschlussprüfungen zu überstehen, wo er doch jeden Moment damit rechnete, Voldemort könne hereinplatzen. Doch die Tage flossen zäh dahin und hinter der verschlossenen Tür war Fluffy zweifellos noch immer putzmunter.

Es war schwülheiß, besonders in den großen Klassenzimmern, wo sie ihre Arbeiten schrieben. Für die Prüfungen hatten sie neue, ganz besondere Federn bekommen, die mit einem Zauberspruch gegen Schummeln behext waren.

Sie hatten auch praktische Prüfungen. Professor Flitwick rief sie nacheinander in sein Klassenzimmer und ließ sich zeigen, ob sie eine Ananas über einen Schreibtisch Stepp tanzen lassen konnten. Bei Professor McGonagall mussten sie eine Maus in eine Schnupftabaksdose verwandeln – Punkte gab es, wenn es eine schöne Dose wurde, Punktabzug, wenn sie einen Schnurrbart hatte. Snape machte sie alle nervös; sie spürten seinen Atem im Nacken, während sie verzweifelt versuchten, sich an die Zutaten für den Vergesslichkeitstrank zu erinnern.

Harry strengte sich an, so gut er konnte, und versuchte den stechenden Schmerz in seiner Stirn zu vergessen, der ihn seit seinem Ausflug in den Wald nicht mehr losließ. Neville meinte, Harry litte unter besonders schlimmer Prüfungsangst, weil er nicht schlafen konnte, doch in Wahrheit hielt ihn jener altbekannte Alptraum wach, nur war er jetzt noch schrecklicher, weil darin eine vermummte, blut-verschmierte Gestalt auftauchte.

Ron und Hermine dagegen schienen sich nicht so viele Gedanken um den Stein zu machen, vielleicht, weil sie nicht gesehen hatten, was Harry gesehen hatte, oder weil ihnen keine Narbe auf der Stirn brannte. Der Gedanke an Voldemort machte ihnen gewiss Angst, doch er besuchte sie ja nicht unablässig in ihren Träumen, und sie waren mit ihrem Wiederholungsstoff so beschäftigt, dass sie keine Zeit hatten, sich den Kopf darüber zu zerbrechen, was Snape oder jemand anderes vorhaben könnte.

Die allerletzte Prüfung hatten sie in Geschichte der Zauberei. Eine Stunde lang mussten sie Fragen über schrullige alte Zauberer beantworten, die selbstumrührende Kessel erfunden hatten, und dann hatten sie frei, eine ganze herrliche Woche lang, bis es die Zeugnisse gab. Als der Geist von Professor Binns sie anwies, ihre Federkiele aus den Händen zu legen und ihre Pergamentblätter zusammenzurollen, ließ sich auch Harry von den Jubelschreien der anderen mitreißen.

»Das war viel leichter, als ich dachte«, sagte Hermine, als sie sich den Grüppchen anschlossen, die auf das sonnendurchflutete Schlossgelände hinauspilgerten. »Die Benimmregeln für Werwölfe von 1637 und den Aufstand von Elfrich dem Eifrigen hätte ich gar nicht pauken müssen.«

Hermine sprach hinterher immer gern die Arbeiten durch, aber Ron meinte, ihm werde ganz schlecht bei dem Gedanken. Also wanderten sie hinunter zum See und legten sich unter einen Baum. Die Weasley-Zwillinge und Lee Jordan kitzelten die Tentakel eines riesigen Tintenfischs, der sich im ufernahen warmen Wasser suhlte.

»Endlich keine Lernerei mehr«, seufzte Ron und streckte sich glücklich auf dem Gras aus. »Du könntest auch etwas fröhlicher aussehen, Harry, wir haben noch eine Woche, bis wir erfahren, wie schlecht wir abgeschnitten haben, also kein Grund, sich jetzt schon Sorgen zu machen.«

Harry rieb sich die Stirn.

»Ich möchte wissen, was das *bedeutet!*«, stieß er zornig hervor. »Meine Narbe tut die ganze Zeit weh – das ist schon mal vorgekommen, aber so schlimm war es noch nie!«

»Geh zu Madam Pomfrey«, schlug Hermine vor.

»Ich bin nicht krank«, sagte Harry. »Ich glaube, es ist ein Warnzeichen ... es bedeutet Gefahr ...«

Ron mochte sich deswegen nicht aus der Ruhe bringen lassen, dafür war es ihm zu heiß.

»Entspann dich, Harry. Hermine hat Recht, der Stein ist in Sicherheit, solange Dumbledore hier ist. Außerdem haben wir immer noch keinen Beweis dafür, dass Snape herausgefunden hat, wie er an Fluffy vorbeikommen kann. Einmal hat er ihm fast das Bein abgerissen und so schnell wird Snape es nicht wieder versuchen. Und ehe Hagrid Dumbledore im Stich lässt, spielt Neville Quidditch in der englischen Nationalmannschaft.«

Harry nickte, doch er konnte ein untergründiges Gefühl nicht abschütteln, dass er etwas zu tun vergessen hatte – etwas Wichtiges. Er versuchte es den andern zu erklären, doch Hermine meinte: »Das sind nur die Prüfungen. Gestern Nacht bin ich aufgewacht und war schon halb durch meine Aufzeichnungen über Verwandlungskunst, bis mir einfiel, dass wir das schon hinter uns haben.«

Harry war sich jedoch ganz sicher, dass dieses beunruhigende Gefühl nichts mit dem Schulstoff zu tun hatte. Seine Augen folgten einer Eule, die mit einem Brief im Schnabel am hellblauen Himmel hinüber zur Schule flatterte. Hagrid war der Einzige, der ihm je Briefe schickte. Hagrid würde Dumbledore nie verraten. Hagrid würde nie jemandem erzählen, wie man an Fluffy vorbeikam … nie … aber –

Plötzlich sprang Harry auf die Beine

»Wo willst du hin?«, sagte Ron schläfrig.

»Mir ist eben was eingefallen«, sagte Harry. Er war bleich geworden. »Wir müssen zu Hagrid, und zwar gleich.«

»Warum?«, keuchte Hermine, mühsam Schritt haltend.

»Findest du es nicht ein wenig merkwürdig«, sagte Harry, den grasbewachsenen Abhang emporhastend, »dass Hagrid sich nichts sehnlicher wünscht als einen Drachen und dann überraschend ein Fremder auftaucht, der zufällig gerade ein Ei in der Tasche hat? Wie viele Leute laufen mit Dracheneiern herum, wo es doch gegen das Zauberergesetz ist? Ein Glück, dass er Hagrid gefunden hat. Warum hab ich das nicht schon vorher gesehen?«

»Worauf willst du hinaus?«, fragte Ron, doch Harry, der jetzt über das Schlossgelände zum Wald hinüberrannte, antwortete nicht.

Hagrid saß in einem Lehnstuhl vor seiner Hütte, die Ärmel und Hosenbeine hochgerollt; über eine große Schüssel gebeugt enthülste er Erbsen.

»Hallooh«, sagte er lächelnd. »Fertig mit den Prüfungen? Wollt ihr was trinken?«

»Ja, bitte«, sagte Ron, doch Harry schnitt ihm das Wort ab.

»Nein, keine Zeit, Hagrid, ich muss dich was fragen. Erinnerst du dich noch an die Nacht, in der du Norbert gewonnen hast? Wie sah der Fremde aus, mit dem du Karten gespielt hast?«

»Weiß nicht«, sagte Hagrid lässig, »er wollte seinen Kapuzenmantel nicht ablegen.«

Er sah, wie verdutzt die drei waren, und hob die Augenbrauen.

»Das ist nicht so ungewöhnlich, da gibt's 'ne Menge seltsames Volk im Eberkopf – das ist einer von den Pubs unten im Dorf. Hätt 'n Drachenhändler sein können, oder? Sein Gesicht hab ich nicht gesehen, er hat seine Kapuze aufbehalten.«

Harry ließ sich langsam neben der Erbsenschüssel zu Boden sinken.

»Worüber habt ihr gesprochen, Hagrid? Hast du zufällig Hogwarts erwähnt?«

»Könnte mal vorgekommen sein«, sagte Hagrid und runzelte die Stirn, während er sich zu erinnern versuchte. »Ja ... er hat mich gefragt, was ich mache, und ich hab ihm gesagt, ich sei Wildhüter hier ... Er wollte hören, um was für Tiere ich mich kümmere ... also hab ich's ihm gesagt ... und auch, dass ich immer gerne einen Drachen haben wollte ... und dann ... ich weiß nicht mehr genau, weil er mir ständig was zu trinken spendiert hat ... Wartet mal ... ja, dann hat er gesagt, er hätte ein Drachenei und wir könnten darum spielen, Karten, wenn ich wollte ... aber er müsse sicher sein, dass ich damit umgehen könne, er wolle es nur in gute Hände abgeben ... Also hab ich ihm gesagt, im Vergleich zu Fluffy wär ein Drache doch ein Kinderspiel ...«

»Und schien er ... schien er sich für Fluffy zu interessieren?«, fragte Harry mit angestrengt ruhiger Stimme.

»Nun – ja – wie viele dreiköpfige Hunde trifft man schon, selbst um Hogwarts herum? Also hab ich ihm gesagt, Fluffy ist ein Schoßhündchen, wenn man weiß, wie man ihn beruhigt, spiel ihm einfach 'n wenig Musik vor, und er wird auf der Stelle einschlafen –«

Plötzlich trat Entsetzen auf Hagrids Gesicht.

»Das hätt ich euch nicht sagen sollen!«, sprudelte er hervor. »Vergesst es! Hei – wo lauft ihr hin?«

Harry, Ron und Hermine sprachen kein Wort miteinander, bis sie in der Eingangshalle ankamen, die nach dem sonnendurchfluteten Schlosshof sehr kalt und düster wirkte.

»Wir müssen zu Dumbledore«, sagte Harry. »Hagrid hat diesem Fremden gesagt, wie man an Fluffy vorbeikommt, und unter diesem Mantel war entweder Snape oder Voldemort – es muss ganz leicht gewesen sein, sobald er Hagrid betrunken gemacht hat. Ich kann nur hoffen, dass Dumbledore uns glaubt. Firenze hilft uns vielleicht, wenn Bane ihn nicht daran hindert. Wo ist eigentlich Dumbledores Arbeitszimmer?«

Sie sahen sich um, als hofften sie, ein Schild zu sehen, das ihnen den Weg wies. Nie hatten sie erfahren, wo Dumbledore lebte, und sie kannten auch keinen, der jemals zu Dumbledore geschickt worden war.

»Dann müssen wir eben –«, begann Harry, doch plötzlich drang eine gebieterische Stimme durch die Halle.

»Was machen Sie drei denn hier drin?«

Es war Professor McGonagall, mit einem hohen Stapel Bücher in den Armen.

»Wir möchten Professor Dumbledore sprechen«, sagte Hermine recht kühn, wie Harry und Ron fanden.

»Professor Dumbledore sprechen?«, wiederholte Professor McGonagall, als ob daran etwas faul wäre. »Warum?«

Harry schluckte – was nun?

»Es ist sozusagen geheim«, sagte er, bereute es jedoch gleich, denn Professor McGonagalls Nasenflügel fingen an zu beben.

»Professor Dumbledore ist vor zehn Minuten abgereist«, sagte sie kühl. »Er hat eine eilige Eule vom Zaubereiministerium erhalten und ist sofort nach London geflogen.«

»Er ist *fort?*«, sagte Harry verzweifelt. »*Gerade eben?*«

»Professor Dumbledore ist ein sehr bedeutender Zauberer, Potter, er wird recht häufig in Anspruch genommen –«

»Aber es ist wichtig.«

»Etwas, das Sie zu sagen haben, ist wichtiger als das Zaubereiministerium, Potter?«

»Sehen Sie«, sagte Harry und ließ alle Vorsicht fahren, »Professor – es geht um den Stein der Weisen –«

Was immer Professor McGonagall erwartet hatte, das war es nicht. Die Bücher in ihren Armen plumpsten zu Boden.

»Woher wissen Sie das?«, prustete sie los.

»Professor, ich glaube – ich *weiß* – dass Sn… dass jemand versuchen wird den Stein zu stehlen. Ich muss Professor Dumbledore sprechen.«

Sie musterte ihn mit einer Mischung aus Entsetzen und Misstrauen.

»Professor Dumbledore wird morgen zurück sein«, sagte sie schließlich. »Ich weiß nicht, wie Sie von dem Stein erfahren haben, aber seien Sie versichert, dass niemand in der Lage ist, ihn zu stehlen, er ist bestens bewacht.«

»Aber, Professor –«

»Potter, ich weiß, wovon ich spreche«, sagte sie barsch. Sie bückte sich und hob die Bücher auf. »Ich schlage vor, Sie gehen alle wieder nach draußen und genießen die Sonne.«

Doch das taten sie nicht.

»Heute Nacht passiert es«, sagte Harry, sobald er sicher war, dass Professor McGonagall sie nicht mehr hören konnte. »Heute Nacht steigt Snape durch die Falltür. Er hat alles herausgefunden, was er braucht, und jetzt hat er Dumbledore aus dem Weg geschafft. Diesen Brief hat er geschickt. Ich wette, im Zaubereiministerium kriegen sie einen gewaltigen Schrecken, wenn Dumbledore dort auftaucht.«

»Aber was können wir –«

Hermine blieb der Mund offen. Harry und Ron wirbelten herum.

Snape stand hinter ihnen.

»Einen schönen Nachmittag«, sagte er sanft.

Sie starrten ihn an.

»An so einem Tag solltet ihr nicht hier drin sein«, sagte er mit einem merkwürdigen, gequälten Lächeln.

»Wir waren –«, begann Harry, völlig ahnungslos, was er eigentlich sagen wollte.

»Seid besser etwas vorsichtiger«, sagte Snape. »So, wie ihr hier herumhängt, könnte man auf den Gedanken kommen, dass ihr etwas ausheckt. Und Gryffindor kann sich nun wirklich nicht leisten, noch mehr Punkte zu verlieren, oder?«

Harry wurde rot. Sie waren schon auf dem Weg nach draußen, als Snape sie zurückrief.

»Ich warne dich, Potter, noch so eine Nachtwanderung, und ich werde persönlich dafür sorgen, dass du von der Schule verwiesen wirst. Einen schönen Tag noch.«

Er schritt in Richtung Lehrerzimmer davon.

Draußen auf den steinernen Stufen drehte sich Harry zu den andern um.

»Ich weiß jetzt, was wir tun müssen«, flüsterte er. »Einer von uns muss ein Auge auf Snape haben – vor dem Lehrerzimmer warten und ihm folgen, wenn er es verlässt. Am besten du, Hermine.«

»Warum ich?«

»Ist doch klar«, sagte Ron. »Du kannst so tun, als ob du auf Professor Flitwick wartest.« Er ahmte Hermines Stimme nach: »Oh, Professor Flitwick, ich mache mir solche Sorgen, ich glaube, ich habe Frage vierzehn b falsch beantwortet …«

»Ach, hör auf damit«, sagte Hermine, doch sie war einverstanden, Snape zu überwachen.

»Und wir warten am besten draußen vor dem Korridor im dritten Stock«, sagte Harry zu Ron. »Komm mit.«

Doch dieser Teil des Plans schlug fehl. Kaum hatten sie

die Tür erreicht, die Fluffy von der Schule trennte, als Professor McGonagall abermals auftauchte. Und diesmal verlor sie die Beherrschung.

»Sie glauben wohl, man könne schwerer an Ihnen vorbeikommen als an einem Bündel Zauberbanne, was!«, wütete sie. »Genug jetzt von diesem Unfug! Wenn mir zu Ohren kommt, dass Sie noch einmal hier in der Nähe rumstromern, ziehe ich Gryffindor weitere fünfzig Punkte ab! Ja, Weasley, von meinem eigenen Haus!«

Harry und Ron gingen in den Gemeinschaftsraum. »Wenigstens ist Hermine Snape auf den Fersen«, meinte Harry gerade, als das Porträt der fetten Dame zur Seite klappte und Hermine hereinkam.

»Tut mir leid, Harry!«, klagte sie. »Snape ist rausgekommen und hat mich gefragt, was ich da zu suchen hätte, und ich habe gesagt, ich würde auf Flitwick warten. Snape ist reingegangen und hat ihn geholt, und ich konnte mich eben erst loseisen. Ich weiß nicht, wo Snape hin ist.«

»Tja, das war's dann wohl«, sagte Harry.

Die andern beiden starrten ihn an. Er war blass und seine Augen glitzerten.

»Ich gehe heute Nacht raus und versuche als Erster zum Stein zu kommen.«

»Du bist verrückt!«, sagte Ron.

»Das kannst du nicht machen!«, sagte Hermine. »Nach dem, was McGonagall und Snape gesagt haben? Sie werden dich rauswerfen!«

»NA UND?«, rief Harry. »Versteht ihr nicht? Wenn Snape den Stein in die Hände kriegt, dann kommt Voldemort zurück! Hast du nicht gehört, wie es war, als er versucht hat, die Macht zu übernehmen? Dann gibt es kein Hogwarts mehr, aus dem wir rausgeschmissen werden können! Er würde Hogwarts dem Erdboden gleichmachen oder es in eine Schule für schwarze Magie verwandeln! Punkte zu verlieren spielt jetzt keine Rolle mehr, begreift ihr das denn nicht? Glaubt ihr etwa, er lässt euch und eure Familien in Ruhe, wenn Gryffindor den Hauspokal gewinnt? Wenn ich erwischt werde, bevor ich zum Stein komme, sei's drum, dann muss ich zurück zu den Dursleys und darauf warten, dass mich Voldemort dort findet. Das heißt nur, dass ich ein wenig später sterbe, als ich ohnehin müsste, denn ich gehe niemals auf die dunkle Seite! Ich steige heute Nacht durch diese Falltür, und nichts, was ihr beide sagt, wird mich aufhalten. Voldemort hat meine Eltern umgebracht, erinnert ihr euch?«

Zornfunkelnd sah er sie an.

»Du hast Recht, Harry«, sagte Hermine leise.

»Ich nehme den Tarnumhang«, sagte Harry. »Ein Glück, dass ich ihn zurückbekommen habe.«

»Aber passen wir alle drei darunter?«, sagte Ron.

»Alle … alle drei?«

»Aach, hör doch auf, glaubst du etwa, wir lassen dich alleine gehen?«

»Natürlich nicht«, sagte Hermine energisch. »Wie glaubst du eigentlich, dass du ohne uns zu dem Stein kommst? Ich an deiner Stelle würde mir die Bücher vornehmen, da könnte vielleicht was Nützliches drinstehen …«

»Aber wenn wir erwischt werden, werdet ihr auch rausgeworfen.«

»Das möcht ich erst mal sehen«, entgegnete Hermine mit entschlossener Miene. »Flitwick hat mir schon verraten, dass ich bei ihm in der Prüfung eine Eins plus habe. Mit der Note werfen die mich nicht raus.«

Nach dem Abendessen saßen die drei abseits in einer Ecke des Gemeinschaftsraums. Sie waren nervös, aber niemand kümmerte sich um sie; mit Harry sprach ohnehin keiner von den Gryffindors mehr. An diesem Abend nahm Harry das zum ersten Mal mit Gleichmut hin. Hermine blätterte durch alle ihre Aufzeichnungen, um vielleicht auf einen der Zauberbanne zu stoßen, die sie gleich versuchen würden zu brechen. Harry und Ron redeten nicht viel miteinander. Beide dachten über das nach, was sie gleich unternehmen würden.

Allmählich leerte sich der Raum, es wurde Zeit zum Schlafengehen.

»Hol jetzt besser den Umhang«, murmelte Ron, als Lee Jordan endlich gähnend und sich streckend hinausging. Harry rannte nach oben in ihr dunkles Schlafzimmer. Er zog den Umhang hervor, und dann fiel sein Blick auf die Flöte, die ihm Hagrid zu Weihnachten geschenkt hatte. Er steckte sie ein für Fluffy – nach Singen war ihm nicht besonders zumute.

Dann rannte er wieder hinunter in den Gemeinschaftsraum.

»Wir sollten den Umhang am besten hier anziehen und zusehen, dass wir alle drei darunterpassen – wenn Filch einen unserer Füße allein umherwandern sieht –«

»Was habt ihr vor?«, sagte eine Stimme aus der Ecke.

Neville tauchte hinter einem Sessel auf, mit Trevor in der Hand, die aussah, als hätte sie wieder einmal einen Fluchtversuch unternommen.

»Nichts, Neville, nichts«, sagte Harry und versteckte hastig den Umhang hinter dem Rücken.

Neville starrte auf ihre schuldbewussten Gesichter.

»Ihr geht wieder raus«, sagte er.

»Nein, nein, nein«, sagte Hermine. »Nein, das tun wir nicht. Warum gehst du nicht zu Bett, Neville?«

Harry warf einen Blick auf die Standuhr bei der Tür. Sie

durften jetzt nicht noch mehr Zeit verlieren, vielleicht spielte Snape gerade in diesem Moment Fluffy ein Schlaflied.

»Ihr könnt nicht rausgehen«, sagte Neville, »sie erwischen euch wieder und Gryffindor kriegt noch mehr Ärger.«

»Das verstehst du nicht«, sagte Harry, »es ist wichtig.«

Doch Neville sprach sich offensichtlich gerade eisernen Mut zu, etwas Verzweifeltes zu tun.

»Ich lass euch nicht gehen«, sagte er und sprang hinüber zum Porträtloch. »Ich – ich kämpfe gegen euch!«

»*Neville*«, schrie Ron auf, »geh weg von dem Loch und sei kein Idiot –«

»Nenn mich nicht Idiot!«, sagte Neville. »Ich will nicht, dass ihr noch mehr Regeln brecht! Ihr habt mir auch gesagt, ich solle mich gegen die anderen wehren!«

»Ja, aber nicht gegen *uns*«, sagte Ron erschöpft. »Neville, du weißt nicht, was du tust.«

Er trat einen Schritt vor, und Neville ließ Trevor fallen, die mit ein paar Hüpfern verschwand.

»Na komm schon, versuch mich zu schlagen!«, sagte Neville und hob die Fäuste. »Ich bin bereit!«

Harry wandte sich Hermine zu.

»*Unternimm was*«, sagte er verzweifelt.

Hermine trat vor.

»Neville«, sagte sie. »Das tut mir jetzt arg, arg leid.«

Sie hob den Zauberstab.

»*Petrificus Totalus!*«, schrie sie, mit ausgestrecktem Arm auf Neville deutend.

Nevilles Arme schnappten ihm an die Seiten. Seine Beine klappten zusammen. Mit vollkommen versteinertem Körper schwankte er ein wenig auf der Stelle und fiel dann, steif wie ein Brett, mit dem Gesicht voraus auf den Boden.

Hermine stürzte zu ihm und drehte ihn um. Nevilles

Kiefer waren zusammengepresst, so dass er nicht mehr sprechen konnte. Nur seine Augen bewegten sich noch und sahen sie mit dem Ausdruck äußersten Entsetzens an.

»Was hast du mit ihm gemacht?«, flüsterte Harry.

»Das ist die Ganzkörperklammer«, sagte Hermine niedergeschlagen. »Oh, Neville, es tut mir ja so leid.«

»Wir mussten es tun, Neville, keine Zeit jetzt, um es zu erklären«, sagte Harry.

»Später wirst du es schon verstehen, Neville«, sagte Ron, als sie über ihn stiegen und sich den Tarnumhang überwarfen.

Den versteinerten Neville zurückzulassen kam ihnen nicht als besonders gutes Omen vor. Nervös, wie sie waren, sah jede Statue wie Filch aus, klang jeder ferne Windhauch wie Peeves, der auf sie herabsauste.

Am Fuß der ersten Treppe bemerkten sie, dass oben, fast am Ende der Treppe, Mrs. Norris lauerte.

»Ach, geben wir ihr einen Fußtritt, nur dieses eine Mal«, flüsterte Ron Harry ins Ohr, doch Harry schüttelte den Kopf. Sie kletterten vorsichtig um sie herum, und Mrs. Norris richtete ihre leuchtenden Augen auf sie, rührte sich jedoch nicht vom Fleck.

Sie trafen niemanden sonst, bis sie die Treppe erreichten, die hoch zum dritten Stock führte. Peeves hüpfte auf halber Höhe umher und zog den Teppich auf den Stufen locker, um die Darübergehenden ins Stolpern zu bringen.

»Wer da?«, fragte er plötzlich, als sie zu ihm hochstiegen. Seine gemeinen schwarzen Augen verengten sich. »Ich weiß, ihr seid da, auch wenn ich euch nicht sehen kann. Wer seid ihr, Gespenster oder kleine Schulbiester?«

Er stieg empor und blieb lauernd in der Luft schweben.

»Sollte Filch rufen, sollte ich, wenn etwas Unsichtbares umherschleicht.«

Harry schoss eine Idee durch den Kopf.

»Peeves«, sagte er heiser flüsternd, »der Blutige Baron hat seine Gründe, unsichtbar zu bleiben.«

Peeves fiel vor Schreck fast aus der Luft. Er konnte sich gerade noch rechtzeitig abfangen und blieb einen halben Meter über der Treppe hängen.

»Verzeihung vielmals, Eure Blutigkeit, Herr Baron, Sir«, sagte er schleimig. »Meine Schuld, ganz meine Schuld – ich hab Sie nicht gesehen – natürlich nicht, Sie sind unsichtbar – verzeihen Sie dem alten Peeves diesen kleinen Scherz, Sir.«

»Ich bin geschäftlich hier, Peeves«, krächzte Harry. »Bleiben Sie heute Nacht von hier fern.«

»Das werde ich, Sir, das werde ich ganz gewiss tun«, sagte Peeves und stieg wieder in die Lüfte. »Hoffe, die Geschäfte gehen gut, Herr Baron, ich werde Sie nicht belästigen.«

Und er schoss davon.

»*Genial*, Harry!«, flüsterte Ron.

Ein paar Sekunden später standen sie draußen vor dem Korridor im dritten Stock – und die Tür war nur angelehnt.

»Schöne Bescherung«, sagte Harry leise. »Snape ist schon an Fluffy vorbei.«

Die offene Tür schien allen dreien eindringlich zu sagen, was sie erwartete. Unter dem Umhang wandte sich Harry an die beiden andern.

»Wenn ihr jetzt zurückwollt, mach ich euch keinen Vorwurf«, sagte er. »Ihr könnt den Umhang nehmen, ich brauche ihn jetzt nicht mehr.«

»Red keinen Stuss«, sagte Ron.

»Wir kommen mit«, sagte Hermine.

Harry stieß die Tür auf.

Die Tür knarrte und ein tiefes, grollendes Knurren drang an ihre Ohren. Wie im Wahn schnüffelte der Hund mit allen drei Schnauzen nach ihnen, auch wenn er sie nicht sehen konnte.

»Was liegt da zwischen seinen Beinen?«, flüsterte Hermine.

»Sieht aus wie eine Harfe«, sagte Ron. »Snape muss sie dagelassen haben.«

»Er wacht sicher auf, sobald man aufhört zu spielen«, sagte Harry. »Nun, dann mal los ...«

Er setzte Hagrids Flöte an die Lippen und blies hinein. Es war keine richtige Melodie, doch kaum hatte er einen Ton hervorgebracht, kroch schon die Müdigkeit in die Augen des Untiers. Harry wagte kaum Luft zu holen. Allmählich wurde das Knurren des Hundes schwächer – er torkelte und tapste ein wenig mit den Pfoten, fiel auf die Knie, plumpste dann vollends zu Boden und versank in tiefen Schlaf.

»Spiel weiter«, ermahnte Ron Harry, als sie aus dem Mantel schlüpften und zur Falltür krochen. Sie näherten sich den riesigen Köpfen und spürten den heißen, stinkenden Atem des Hundes.

»Ich glaube, wir können die Tür hochklappen«, sagte Ron und spähte über den Rücken des Tiers. »Willst du zuerst gehen, Hermine?«

»Nein, will ich nicht!«

»Schon gut.« Ron biss die Zähne zusammen und stapfte vorsichtig über die Beine des Hundes. Er bückte sich und zog am Ring der Falltür; sie schwang auf.

»Was siehst du?«, fragte Hermine neugierig.

»Nichts – alles dunkel – hinunterklettern können wir nicht, es bleibt uns nichts übrig, als zu springen.«

Harry, der noch immer Flöte spielte, winkte Ron und deutete auf sich.

»Du willst zuerst? Bist du sicher?«, fragte Ron. »Ich weiß nicht, wie tief das Loch ist. Gib Hermine die Flöte, damit er nicht wach wird.«

Harry gab ihr die Flöte. Während der wenigen Sekunden der Stille knurrte und zuckte der Hund, doch in dem Augenblick, da Hermine zu spielen begann, fiel er wieder in tiefen Schlaf.

Harry stieg über ihn hinweg und blickte durch die Öffnung der Falltür. Er sah in bodenlose Schwärze.

Er stieg durch die Luke, bis er nur noch an den Fingerspitzen baumelte. Dann sah er hoch zu Ron und sagte: »Wenn mir etwas passiert, kommt nicht hinterher. Geht gleich in die Eulerei und schickt Hedwig zu Dumbledore, ja?«

»Gut«, sagte Ron.

»Wir sehen uns gleich, hoffentlich …«

Und Harry ließ sich fallen. Kalte, feuchte Luft rauschte an ihm vorbei, und er fiel immer weiter, weiter und –

FLUMMPPH. Mit einem merkwürdig dumpfen Aufschlag landete er auf etwas Weichem. Er setzte sich auf; seine Augen hatten sich noch nicht an die Dunkelheit gewöhnt, und so ertastete er mit den Händen seine Umgebung. Es fühlte sich an, als würde er auf einer Art Pflanze sitzen.

»Alles in Ordnung!«, rief er nach oben zu dem Lichtfleck der offenen Luke, die jetzt so groß wirkte wie eine Briefmarke. »Ich bin weich gelandet, ihr könnt springen!«

Ron folgte ihm ohne Zögern. Er landete auf allen vieren neben Harry.

»Was ist das für ein Zeug?«, waren seine ersten Worte.

»Weiß nicht, eine Art Pflanze. Ich glaube, sie soll den Sturz abfedern. Komm runter, Hermine!«

Die ferne Musik verstummte. Der Hund gab einen lauten Kläffer von sich, doch Hermine war schon gesprungen. Sie landete auf Harrys anderer Seite.

»Wir müssen Meilen unter der Schule sein«, sagte sie.

»Ein Glück, dass diese komische Pflanze hier ist«, sagte Ron.

»*Glück?*«, kreischte Hermine. »Schaut euch nur an!«

Sie sprang auf und stakste mühsam zu einer feuchten Wand hinüber. Sie musste alle Kraft aufwenden, denn kaum dass sie gelandet war, hatte die Pflanze begonnen, Ranken wie Schlangen um ihre Fußknöchel zu winden. Und ohne dass sie es gemerkt hatten, waren Harrys und Rons Beine schon fest mit langen Trieben verschnürt.

Hermine hatte es geschafft, sich zu befreien, bevor die Pflanze sich an ihr festgesetzt hatte. Nun sah sie entsetzt zu, wie die beiden Jungen verzweifelt versuchten die Schlingen von sich abzureißen, doch je mehr sie sich sträubten, desto fester und schneller wand sich die Pflanze um sie.

»Haltet still!«, befahl ihnen Hermine. »Ich weiß, was das ist – es ist eine Teufelsschlinge!«

»Oh, gut, dass ich weiß, wie das, was mich umbringt, heißt, das ist eine große Hilfe«, fauchte Ron und beugte sich nach hinten, damit die Pflanze sich nicht um seinen Hals schlingen konnte.

»Sei still, ich versuch mich zu erinnern, wie man sie umbringen kann!«, sagte Hermine.

»Na dann beeil dich, ich ersticke!«, würgte Harry hervor, der mit den Schlingen um seine Brust kämpfte.

»Teufelsschlinge, Teufelsschlinge … Was hat Professor Sprout gesagt? – Sie mag das Dunkle und Feuchte –«

»Dann mach Feuer!«, ächzte Harry.

»Ja – natürlich – aber hier gibt es kein Holz!«, schrie Hermine händeringend.

»BIST DU VERRÜCKT GEWORDEN?«, brüllte Ron. »BIST DU NUN EINE HEXE ODER NICHT?«

»Ach ja!«, sagte Hermine und riss ihren Zauberstab hervor, schwang ihn, murmelte etwas und schickte einen Strom der gleichen bläulichen Flämmchen gegen die Pflanze, mit denen sie schon Snape angekokelt hatte. Nach wenigen Augenblicken spürten die Jungen, dass die Schlingen sich lockerten und die Pflanze vor dem Licht und der Hitze auswich. Zitternd und mit den Schlingen schlagend, löste sie sich von Harry und Ron und sie konnten die Pflanze schließlich vollends abschütteln.

»Ein Glück, dass du in Kräuterkunde aufgepasst hast, Hermine«, sagte Harry, als er zu ihr an die Wand sprang und sich den Schweiß vom Gesicht wischte.

»Ja«, sagte Ron, »und ein Glück, dass Harry den Kopf nicht verliert, wenn's brenzlig wird – ›es gibt kein Holz‹ – *also wirklich!*«

»Da lang«, sagte Harry und deutete auf den einzigen Weg, der sich bot, einen steinernen Gang.

Alles, was sie außer ihren Schritten hören konnten, war ein sanftes Rieseln von Wasser, das die Wände herablief. Der Gang neigte sich in die Tiefe und Harry musste an Gringotts denken. Mit plötzlichem, schmerzhaftem Herzpochen fiel ihm ein, dass angeblich Drachen die Verliese in der Zaubererbank bewachten. Wenn sie nun auf einen Drachen stießen, auf einen ausgewachsenen Drachen – Norbert war schon schlimm genug gewesen …

»Kannst du etwas hören?«, flüsterte Ron.

Harry lauschte. Von oben schien ein leises Rascheln und Klimpern zu kommen.

»Glaubst du, das ist ein Geist?«

»Ich weiß nicht … hört sich an wie Flügel.«

»Da vorn ist Licht und etwas bewegt sich.«

Sie erreichten das Ende des Ganges und sahen vor sich eine strahlend hell erleuchtete Gruft, deren Decke sich hoch über ihnen wölbte. Sie war voller kleiner, diamanthaller Vögel, die im ganzen Raum umherflatterten und herumhüpften. Auf der anderen Seite der Gruft war eine schwere Holztür.

»Glaubst du, sie greifen uns an, wenn wir durchgehen?«, sagte Ron.

»Wahrscheinlich«, sagte Harry. »Sie sehen zwar nicht gerade bösartig aus, aber ich glaube, wenn sie alle auf einmal auf uns losgehen ... Nun, es bleibt uns nichts anderes übrig ... Ich renne hinüber.«

Er holte tief Luft, bedeckte das Gesicht mit den Armen und stürmte durch die Gruft. Er rechnete jede Sekunde damit, dass sich die Vögel mit scharfen Schnäbeln und Klauen auf ihn stürzten, doch nichts geschah. Harry erreichte die Tür, ohne dass sie sich um ihn kümmerten. Er drückte die Klinke, doch die Tür war verschlossen.

Die beiden anderen folgten ihm. Sie zogen und rüttelten an der Tür, doch sie gab nicht um Haaresbreite nach, nicht einmal, als es Hermine mit ihrem Alohomora-Spruch probierte.

»Was nun?«, sagte Ron.

»Diese Vögel ... sie können nicht einfach zum Anschauen hier sein«, sagte Hermine.

Sie betrachteten die Vögel, die funkelnd über ihren Köpfen umherschwirrten – *funkelnd?*

»Das sind keine Vögel!«, sagte Harry plötzlich, »das sind Schlüssel! Geflügelte Schlüssel, seht genau hin. Das muss also heißen ...« Er sah sich in der Gruft um, während die anderen beiden zu dem Schlüsselschwarm emporschauten.

»... ja, seht mal! Besen! Wir müssen den Schlüssel zur Tür einfangen!«

»Aber es gibt *hunderte* davon!«

Ron untersuchte das Türschloss.

»Wir suchen nach einem großen, altmodischen Schlüssel – vermutlich silbern, wie die Klinke.«

Sie packten jeder einen Besen, stießen sich hoch in die Luft und fegten inmitten der Wolke aus Schlüsseln herum. Sie grabschten und pickten nach ihnen, doch die verhexten Schlüssel schossen pfeilschnell davon oder tauchten weg, so dass es unmöglich schien, einen zu fangen.

Nicht umsonst jedoch war Harry der jüngste Sucher seit einem Jahrhundert. Er hatte ein Talent dafür, Dinge zu sehen, die anderen verborgen blieben. Eine Weile wedelte er durch den Wirbel der Regenbogenfedern, dann fiel ihm ein großer silberner Schlüssel mit einem geknickten Flügel auf. Er sah aus, als hätte ihn schon jemand gepackt und grob ins Schlüsselloch gesteckt.

»Der dort!«, rief er den andern zu. »Dieser große – dort – nein, dort – mit himmelblauen Flügeln – auf der einen Seite ist er ganz zerzaust.«

Ron sauste in die Richtung, in die Harry deutete, krachte gegen die Decke und fiel fast von seinem Besen.

»Wir müssen ihn einkreisen!«, rief Harry, ohne den Schlüssel mit dem beschädigten Flügel aus den Augen zu lassen. »Ron, du kommst von oben – Hermine, du bleibst unten, falls er abtaucht – und ich versuche ihn zu fangen. Los, JETZT!«

Ron kam im Sturzflug heruntergeschossen, Hermine raste steil nach oben wie eine Rakete; der Schlüssel wich beiden aus. Harry raste ihm hinterher, der Wand entgegen, er beugte sich weit vor und presste den Schlüssel mit der Hand gegen die Wand. Es gab ein hässliches Knirschen. Die Gruft hallte von Rons und Hermines Jubelrufen.

Sie ließen sich schnell auf den Boden herunter und

Harry lief mit dem widerspenstigen Schlüssel in der Hand zur Tür. Er rammte ihn in das Schloss, drehte ihn um – und es klickte. Kaum hatte sich das Schloss geöffnet, flatterte der Schlüssel wieder los, nun, da er zweimal gefangen worden war, sehr mitgenommen aussehend.

»Seid ihr bereit?«, fragte Harry die anderen beiden, die Hand auf der Türklinke. Sie nickten. Er öffnete die Tür.

Die nächste Gruft war so dunkel, dass sie überhaupt nichts sehen konnten. Doch als sie einen Schritt hineintaten, flutete Licht durch den Raum, und ihnen bot sich ein verblüffender Anblick.

Sie standen am Rande eines riesigen Schachbretts, im Rücken der schwarzen Schachfiguren, allesamt größer als sie und offenbar aus einer Art schwarzem Stein gemeißelt. Ihnen gegenüber, auf der anderen Seite der Gruft, standen die weißen Figuren. Harry, Ron und Hermine erschauderten – die riesigen weißen Figuren hatten keine Gesichter.

»Und was sollen wir jetzt tun?«, flüsterte Harry.

»Ist doch klar«, sagte Ron. »Wir müssen uns durch den Raum spielen.«

Hinter den weißen Figuren konnten sie eine weitere Tür sehen.

»Wie?«, sagte Hermine nervös.

»Ich glaube«, sagte Ron, »wir müssen Schachmenschen werden.«

Er ging vor zu einem schwarzen Springer, streckte die Hand aus und berührte ihn. Sofort erwachte der Stein zum Leben. Das Pferd scharrte und der Ritter wandte seinen behelmten Kopf zu Ron hinunter.

»Müssen wir – ähm – mit euch kämpfen, um hinüberzukommen?«

Der schwarze Ritter nickte. Ron drehte sich zu den andern um.

»Lasst mich mal nachdenken …«, sagte er. »Ich denke, wir müssen die Plätze von drei der Schwarzen einnehmen …«

Harry und Hermine sahen schweigend zu, wie Ron nachdachte. Schließlich sagte er: »Hört mal, seid nicht beleidigt, aber keiner von euch beiden ist besonders gut im Schach.«

»Wir sind nicht beleidigt«, sagte Harry rasch. »Sag uns einfach, was wir tun sollen.«

»Gut. Harry, du nimmst den Platz dieses Läufers ein, und Hermine, du gehst rüber auf den Platz des Turms.«

»Was ist mit dir?«

»Ich bin ein Springer«, sagte Ron.

Die Schachfiguren hatten offenbar zugehört, denn in diesem Augenblick kehrten ein Springer, ein Läufer und ein Turm den weißen Figuren den Rücken und schritten vom Platz. Sie ließen drei leere Quadrate zurück, auf denen Harry, Ron und Hermine ihre Plätze einnahmen.

»Weiß zieht im Schach immer zuerst«, sagte Ron und spähte über das Brett. »Ja … schaut …«

Ein weißer Bauer war zwei Felder vorgerückt.

Ron begann die schwarzen Figuren zu führen. Wo immer er sie hinschickte, sie rückten schweigend auf ihre Plätze. Harry zitterten die Knie. Was, wenn sie verloren?

»Harry, rück vier Felder schräg nach rechts.«

Richtig mit der Angst zu tun bekamen sie es erst, als der andere Springer geschlagen wurde. Die weiße Dame schlug ihn zu Boden und schleifte ihn vom Brett, wo er mit dem Gesicht nach unten bewegungslos liegen blieb.

»Ich musste das zulassen«, sagte Ron erschüttert. »Deshalb kannst du jetzt diesen Läufer schlagen, Hermine, geh los.«

Wenn die Weißen eine ihrer Figuren schlagen konnten,

zeigten sie niemals Gnade. Nach kurzer Zeit lagen haufenweise übereinander gekrümmte schwarze Spieler entlang der Wand. Zweimal bemerkte Ron gerade noch rechtzeitig, dass Harry und Hermine in Gefahr waren. Er selbst jagte auf dem Brett umher und schlug fast so viele weiße Figuren, wie sie schwarze verloren hatten.

»Wir haben es gleich geschafft«, murmelte er plötzlich. »Lasst mich nachdenken ... lasst mich nachdenken ...«

Die weiße Königin wandte ihm ihr leeres Gesicht zu.

»Ja ...«, sagte Ron leise, »das ist die einzige Chance ... Ich muss geschlagen werden.«

»NEIN!«, riefen Harry und Hermine.

»So ist es eben im Schach!«, herrschte sie Ron an. »Manchmal muss man Figuren opfern! Ich mache meinen Zug und sie schlägt mich, dann könnt ihr den König schachmatt setzen. Harry!«

»Aber –«

»Willst du Snape aufhalten oder nicht?«

»Ron –«

»Hör zu, wenn du dich nicht beeilst, dann ist er mit dem Stein auf und davon!«

Darauf gab es nichts mehr zu sagen.

»Fertig?«, rief Ron mit blassem Gesicht, aber entschlossen. »Ich springe, und trödelt nicht, wenn ihr gewonnen habt.«

Er sprang vor und die weiße Dame stürzte sich auf ihn. Mit ihrem steinernen Arm schlug sie Ron heftig gegen den Kopf und er brach auf dem Boden zusammen. Hermine schrie, blieb aber auf ihrem Feld. Die weiße Dame schleifte Ron zur Seite. Offenbar hatte sie ihn bewusstlos geschlagen.

Harry ging mit zitternden Knien drei Felder nach links. Der weiße König nahm seine Krone ab und warf sie

Harry zu Füßen. Sie hatten gewonnen. Die Schachfiguren verbeugten sich zum Abschied und gaben die Tür auf ihrer Seite frei. Mit einem letzten verzweifelten Blick zurück auf Ron stürmten Harry und Hermine durch die Tür und rannten den nächsten Gang entlang.

»Was, wenn er –?«

»Er wird schon wieder auf die Beine kommen«, sagte Harry, gegen seine Zweifel ankämpfend. »Was, meinst du, kommt als Nächstes?«

»Wir haben den Zauber von Sprout hinter uns, das war die Teufelsschlinge, Flitwick muss die Schlüssel verhext haben, Professor McGonagall hat die Schachfiguren lebendig gemacht, bleibt noch der Zauber von Quirrell und der von Snape …«

Sie waren an eine weitere Tür gelangt.

»Einverstanden?«, flüsterte Harry.

»Mach schon.«

Harry stieß die Tür auf.

Ein widerlicher Gestank schlug ihnen entgegen und beide hielten sich den Umhang vor die Nase. Mit tränenden Augen sahen sie einen Troll, alle viere von sich gestreckt und mit einer blutigen Wunde am Kopf, auf dem Boden liegen, noch größer sogar als der, mit dem sie es schon aufgenommen hatten.

»Ich bin heilfroh, dass wir uns den sparen können«, flüsterte Harry, als sie vorsichtig über eines seiner massigen Beine stapften. »Komm weiter, mir verschlägt es den Atem.«

Er öffnete die nächste Tür, und beide wagten kaum hinzusehen, was wohl als Nächstes kommen würde. Doch hier drin war nichts besonders Furcht erregend, nur ein Tisch mit sieben aneinandergereihten Flaschen, die alle unterschiedliche Gestalt hatten.

»Snapes Zauber«, sagte Harry. »Was müssen wir tun?«

Kaum waren sie über die Schwelle getreten, loderte hinter ihnen im Türrahmen ein Feuer hoch. Es war kein gewöhnliches Feuer: Es war purpurrot. Im gleichen Augenblick schossen schwarze Flammen im Türbogen gegenüber auf. Sie saßen in der Falle.

»Schau mal!« Hermine griff nach einem zusammengerollten Blatt Papier, das neben den Flaschen lag. Harry sah ihr über die Schulter und las:

Die Gefahr liegt vor euch, die Rettung zurück,
Zwei von uns helfen, bei denen habt ihr Glück,
Eine von uns sieben, die bringt euch von dannen,
Eine andere führt den Trinker zurück durch die Flammen,
Zwei von uns enthalten nur guten Nesselwein,
Drei von uns sind Mörder, warten auf eure Pein.
Wählt eine, wenn ihr weiterwollt und nicht zerstäuben hier.
Euch helfen sollen Hinweis' – und davon ganze vier:
Erstens: so schlau das Gift versteckt mag sein,
's ist immer welches zur Linken vom guten Nesselwein;
Zweitens: die beiden an den Enden sind ganz verschied'ne Leut,
doch wenn ihr wollt weitergehen, so ist keine davon euer Freund;
Drittens: wie ihr deutlich seht, sind alle verschieden groß.
Doch weder der Zwerg noch der Riese enthalten euren Tod.
Viertens: die zweite von links und die zweite von rechts werden gleichen Geschmack haben,
so verschiedene Gestalt sie auf den ersten Blick auch haben.

Hermine seufzte laut auf, und Harry sah verblüfft, dass sie lächelte, das Letzte, wonach ihm zumute war.

»*Ausgezeichnet*«, sagte Hermine. »Das ist nicht Zauberei, das ist Logik, ein Rätsel. Viele von den größten Zauberern haben keine Unze Logik im Kopf, die säßen hier für immer in der Falle.«

»Aber wir doch auch, oder?«

»Natürlich nicht«, sagte Hermine. »Alles, was wir brauchen, steht hier auf diesem Papier. Sieben Flaschen: drei enthalten Gift; zwei Wein; eine bringt uns sicher durch das schwarze Feuer und eine bringt uns zurück durch das purpurne.«

»Aber woher sollen wir wissen, welche wir trinken müssen?«

»Gib mir eine Minute Zeit.«

Hermine las das Papier mehrmals durch. Dann ging sie vor den Flaschen auf und ab, vor sich hin murmelnd und auf sie deutend. Schließlich klatschte sie in die Hände.

»Ich hab's«, sagte sie. »Die kleinste Flasche bringt uns durch das schwarze Feuer, zum Stein.«

Harry musterte die kleine Flasche.

»Sie reicht nur für einen«, sagte er. »Das ist kaum ein Schluck.«

Sie sahen sich an.

»Welche führt zurück durch die Purpurflammen?«

Hermine deutete auf eine bauchige Flasche am rechten Ende der Reihe.

»Die trinkst du«, sagte Harry. »Nein, hör zu, geh zurück und nimm Ron mit, schnappt euch zwei Besen aus dem Raum mit den fliegenden Schlüsseln, die bringen euch durch die Falltür und an Fluffy vorbei; fliegt sofort in die Eulerei und schickt Hedwig zu Dumbledore, wir brauchen ihn. Vielleicht kann ich Snape eine Weile hin-

halten, aber im Grunde kann ich es nicht mit ihm aufnehmen.«

»Aber, Harry, was ist, wenn Du-weißt-schon-wer bei
ihm ist?«

»Tja, das letzte Mal hab ich Glück gehabt«, sagte Harry
und deutete auf seine Narbe. »Vielleicht hab ich ja noch
mal Glück.«

Hermines Lippen zitterten und plötzlich rannte sie auf
Harry zu und warf die Arme um ihn.

»Hermine!«

»Harry, du bist ein großer Zauberer, das weißt du.«

»Ich bin nicht so gut wie du«, sagte Harry ganz verlegen.
Sie ließ ihn los.

»Wie ich?«, sagte Hermine. »Bücher! Schlauheit! Es gibt
wichtigere Dinge – Freundschaft und Mut und – o Harry,
sei *vorsichtig!*«

»Trink du zuerst«, sagte Harry. »Du bist dir sicher, was
wo drin ist?«

»Vollkommen«, sagte Hermine. Sie nahm einen großen
Schluck aus der runden Flasche und erschauderte.

»Es ist kein Gift?«, sagte Harry beängstigt.

»Nein, aber es ist wie Eis.«

»Schnell, geh, bevor es nachlässt.«

»Viel Glück, pass auf dich auf –«

»GEH!«

Hermine wandte sich um und ging geradewegs durch
das purpurne Feuer.

Harry holte tief Luft und nahm die kleinste Flasche in
die Hand. Er wandte sich den schwarzen Flammen zu.

»Ich komme«, sagte er und leerte die kleine Flasche mit
einem Zug.

Es war wirklich wie Eis, das seinen Körper durchströmte. Er stellte die Flasche zurück, nahm all seinen Mut zu-

sammen und machte sich auf; er sah die schwarzen Flammen an seinem Körper hochzüngeln, doch er spürte sie nicht. Einen Moment lang konnte er nichts sehen außer dunklem Feuer, dann war er auf der anderen Seite, in der letzten Gruft.

Jemand war schon da – doch es war nicht Snape. Es war auch nicht Voldemort.

Der Mann mit den zwei Gesichtern

Es war Quirrell.

»*Sie!*«, stieß Harry hervor.

Quirrell lächelte. Kein Zucken war mehr in seinem Gesicht.

»Ja, ich«, sagte er gelassen. »Ich habe mich gefragt, ob ich Sie hier treffen würde, Potter.«

»Aber ich dachte – Snape –«

»Severus?« Quirrell lachte und es war nicht sein übliches zittrig schrilles Lachen, es war kalt und scharf. »Ja, Severus scheint der richtige Mann dafür zu sein, nicht wahr? Recht nützlich, dass er umherschwirrt wie eine zu groß geratene Fledermaus. Wer würde neben ihm den a-a-armen st-stotternden P-Professor Quirrell verdächtigen?«

Harry konnte es nicht fassen. Das durfte einfach nicht wahr sein.

»Aber Snape hat versucht mich umzubringen!«

»Nein, nein, nein. *Ich* habe es getan. Ihre Freundin Miss Granger hat mich versehentlich umgerempelt, als sie beim Quidditch-Spiel zu Snape hinüberrannte, um ihn anzuzünden. Sie hat meinen Blickkontakt zu Ihnen unterbrochen. Ein paar Sekunden mehr und ich hätte Sie von diesem Besen heruntergehabt. Ich hätte es schon vorher geschafft, wenn Snape nicht einen Gegenzauber gemurmelt hätte, um Sie zu retten.«

»Snape hat versucht mich zu *retten*?«

»Natürlich«, sagte Quirrell kühl. »Warum, glauben Sie,

wollte er beim nächsten Spiel der Schiedsrichter sein? Er wollte dafür sorgen, dass ich es nicht noch einmal versuche. Wirklich eigenartig ... wenn Dumbledore dabei ist, kann ich ohnehin nichts ausrichten. Alle anderen Lehrer dachten, Snape wolle verhindern, dass Gryffindor gewinnt, und damit hat er sich richtig unbeliebt gemacht ... was für eine Zeitverschwendung, wenn ich Sie heute Nacht schließlich doch umbringe.«

Quirrell schnippte mit den Fingern. Aus der Luft peitschten Seile hervor, die sich fest um Harrys Körper wickelten.

»Ihre Neugier bringt Sie um Kopf und Kragen, Potter. Sie sind an Halloween in der Schule umhergeschlichen und sind auf mich gestoßen. Ich wollte mir ansehen, wie der Stein bewacht ist.«

»*Sie* haben den Troll hereingelassen?«

»Gewiss. Ich habe ein glückliches Händchen, wenn es um Trolle geht. Sie haben ja gesehen, was ich mit dem in der Kammer dort hinten angestellt habe. Nun, während alle andern umherliefen und ihn suchten, ging Snape, der mich schon im Verdacht hatte, leider geradewegs in den dritten Stock, um mir den Weg abzuschneiden – und mein Troll hat es nicht nur versäumt, Sie totzuschlagen, dieser dreiköpfige Hund hat es nicht einmal fertiggebracht, Snapes Bein ganz abzubeißen.

Und jetzt, Potter, warten Sie hier ganz ruhig. Ich muss mir diesen interessanten Spiegel näher ansehen.«

Erst jetzt erkannte Harry, was hinter Quirrell stand. Es war der Spiegel Nerhegeb.

»Dieser Spiegel ist der Schlüssel zum Stein«, murmelte Quirrell und klopfte suchend am Rahmen entlang. »Typisch Dumbledore, sich so etwas einfallen zu lassen ... aber er ist in London ... bis er zurückkommt, bin ich längst über alle Berge ...«

Harrys Gedanken drehten sich einzig darum, wie er Quirrell am Sprechen halten und ihn vom Spiegel ablenken konnte.

»Ich habe Sie und Snape im Wald gesehen –«, plapperte er hastig drauflos.

»Ja«, sagte Quirrell gleichmütig, während er um den Spiegel herumging, um sich die Rückseite anzusehen. »Da war er mir schon auf die Pelle gerückt und wollte wissen, wie weit ich gekommen war. Er hat mich die ganze Zeit über verdächtigt. Hat versucht mich einzuschüchtern – als ob er das könnte, wenn ich Lord Voldemort auf meiner Seite habe ...«

Quirrell kam hinter dem Spiegel hervor und sah begierig hinein.

»Ich sehe den Stein ... Ich überreiche ihn meinem Meister ... aber wo ist er?«

Harry drückte mit aller Kraft gegen seine Fesseln, doch die Seile gaben nicht nach. Er *musste* Quirrell davon abhalten, seine ganze Aufmerksamkeit dem Spiegel zu widmen.

»Aber Snape kam mir immer so vor, als würde er mich richtig hassen.«

»Oh, das tut er auch«, sagte Quirrell nebenher, »Himmel, ja. Er und Ihr Vater waren zusammen in Hogwarts, haben Sie das nicht gewusst? Sie haben sich gegenseitig verabscheut. Aber er wollte nie, dass Sie *sterben*.«

»Aber vor ein paar Tagen hab ich Sie schluchzen gehört. Ich dachte, Snape würde Sie bedrohen ...«

Zum ersten Mal huschte ein ängstliches Zucken über Quirrells Gesicht.

»Manchmal«, sagte er, »fällt es mir schwer, den Anweisungen meines Meisters zu folgen – er ist ein großer Zauberer und ich bin schwach –«

»Sie meinen, er war in diesem Klassenzimmer bei Ihnen?« Harry blieb der Mund offen.

»Er ist bei mir, wo immer ich bin«, sagte Quirrell leise. »Ich traf ihn bei meiner Reise um die Welt. Damals war ich noch ein einfältiger junger Mann, mit dem Kopf voll lächerlicher Vorstellungen über Gut und Böse. Lord Voldemort hat mir gezeigt, wie falsch ich dachte. Es gibt kein Gut und Böse, es gibt nur Macht, und jene, die zu schwach sind, um nach ihr zu streben … Seit damals bin ich sein treuer Diener, auch wenn ich ihn viele Male enttäuscht habe. Er musste sehr streng mit mir sein.« Quirrell zitterte plötzlich. »Fehler vergibt er nicht so einfach. Als es mir nicht gelungen ist, den Stein aus Gringotts zu stehlen, war er höchst ungehalten. Er hat mich bestraft … und beschlossen, mich näher im Auge zu behalten …«

Quirrells Stimme verlor sich. Harry fiel der Besuch in der Winkelgasse ein – wie konnte er nur so dusslig gewesen sein? An jenem Tag hatte er Quirrell dort *gesehen* und ihm im Tropfenden Kessel die Hand geschüttelt.

Quirrell fluchte leise vor sich hin.

»Ich verstehe nicht … ist der Stein *im Innern* des Spiegels? Sollte ich ihn zerschlagen?«

Harry raste der Kopf.

Was ich im Augenblick mehr als alles auf der Welt möchte, dachte er, ist, den Stein vor Quirrell zu finden. Wenn ich in den Spiegel schauen würde, müsste ich mich eigentlich dabei sehen, wie ich den Stein finde. Und das heißt, ich wüsste, wo er versteckt ist! Doch wie kann ich hineinsehen, ohne dass Quirrell bemerkt, was ich vorhabe?

Er versuchte sich ein wenig nach links zu bewegen, um vor das Glas zu kommen, ohne Quirrells Aufmerksamkeit zu erregen, doch die Seile waren zu fest um seine Knöchel gespannt: Er stolperte und fiel zu Boden. Quirrell achtete nicht auf ihn. Er sprach immer noch mit sich selbst.

»Was tut dieser Spiegel? Wie wirkt er? Hilf mir, Meister!«

Und zu Harrys Entsetzen antwortete eine Stimme und diese Stimme schien von Quirrell selbst zu kommen.

»Nutze den Jungen … Nutze den Jungen …«

Quirrell drehte sich zu Harry um.

»Ja, Potter, komm her.«

Er klatschte einmal in die Hände und Harrys Fesseln fielen von ihm ab. Langsam kam Harry auf die Beine.

»Komm her«, wiederholte Quirrell. »Schau in den Spiegel, und sag mir, was du siehst.«

Harry trat zu ihm.

»Ich muss lügen«, dachte er verzweifelt. »Ich muss hineinsehen und ihn darüber belügen, was ich sehe, das ist alles.«

Quirrell stellte sich dicht hinter ihn. Harry atmete den merkwürdigen Geruch ein, der von Quirrells Turban auszugehen schien. Er schloss die Augen, trat vor den Spiegel und öffnete sie wieder.

Er sah zuerst sein Spiegelbild, bleich und verängstigt. Doch einen Augenblick später lächelte ihn das Spiegelbild an. Es schob die Hand in die Tasche und zog einen blutroten Stein hervor. Es zwinkerte ihm zu und ließ den Stein in die Tasche zurückgleiten – und in diesem Moment spürte Harry etwas Schweres in seine wirkliche Tasche fallen. Irgendwie – unfasslicherweise – *besaß er den Stein.*

»Nun?«, sagte Quirrell ungeduldig. »Was siehst du?«

Harry nahm all seinen Mut zusammen.

»Ich sehe mich, wie ich Dumbledore die Hand schüttle«, reimte er sich zusammen. »Ich … ich hab den Hauspokal für Gryffindor gewonnen.«

Quirrell fluchte erneut.

»Aus dem Weg«, sagte er. Harry trat zur Seite und spürte den Stein der Weisen an seinem Bein. Konnte er es wagen, zu fliehen?

Doch er war keine fünf Schritte gegangen, als eine hohe Stimme ertönte, obwohl sich Quirrells Lippen nicht bewegten.

»Er lügt ... Er lügt ...«

»Potter, komm hierher zurück!«, rief Quirrell. »Sag mir die Wahrheit! Was hast du gesehen?«

»Lass mich zu ihm sprechen ... von Angesicht zu Angesicht ...«

»Meister, Ihr seid nicht stark genug!«

»Ich habe genügend Kraft ... dafür ...«

Harry hatte das Gefühl, als würde ihn eine Teufelsschlinge auf dem Boden anwurzeln. Er konnte keinen Muskel bewegen. Versteinert sah er zu, wie Quirrell die Hände hob und seinen Turban abwickelte. Was ging da vor? Der Turban fiel zu Boden. Quirrells Kopf sah seltsam klein aus ohne ihn. Dann drehte er sich langsam auf dem Absatz um.

Harry hätte geschrien, aber er brachte keinen Ton hervor. Wo eigentlich Quirrells Hinterkopf hätte sein sollen, war ein Gesicht, das schrecklichste Gesicht, das Harry jemals gesehen hatte. Es war kreideweiß mit stierenden roten Augen und, einer Schlange gleich, Schlitzen als Nasenlöchern.

»Harry Potter ...«, flüsterte es.

Harry versuchte einen Schritt zurückzutreten, doch seine Beine wollten ihm nicht gehorchen.

»Siehst du, was aus mir geworden ist?«, sagte das Gesicht. »Nur noch Schatten und Dunst ... Ich habe nur Gestalt, wenn ich jemandes Körper teile ... aber es gibt immer jene, die willens sind, mich in ihre Herzen und Köpfe einzulassen ... Einhornblut hat mich gestärkt in den letzten Wochen ... du hast den treuen Quirrell gesehen, wie er es im Wald für mich getrunken hat ... und sobald ich das Elixier des Lebens besitze, werde ich mir meinen eigenen

Körper erschaffen können ... Nun ... warum gibst du mir nicht diesen Stein in deiner Tasche?«

Er wusste es also. Plötzlich strömte das Gefühl in Harrys Beine zurück. Er stolperte rückwärts.

»Sei kein Dummkopf«, schnarrte das Gesicht. »Rette besser dein eigenes Leben und schließ dich mir an ... oder du wirst dasselbe Schicksal wie deine Eltern erleiden ... Sie haben mich um Gnade angefleht, bevor sie gestorben sind ...«

»LÜGNER!«, rief Harry plötzlich.

Quirrell ging rückwärts auf ihn zu, so dass Voldemort ihn im Auge behalten konnte. Das böse Gesicht lächelte jetzt.

»Wie rührend ...«, zischte es. »Ich weiß Tapferkeit immer zu schätzen ... Ja, Junge, deine Eltern waren tapfer ... Ich habe deinen Vater zuerst getötet und er hat mir einen mutigen Kampf geliefert ... aber deine Mutter hätte nicht sterben müssen ... sie hat versucht dich zu schützen ... Gib mir jetzt den Stein, wenn du nicht willst, dass sie umsonst gestorben ist.«

»NIEMALS!«

Harry sprang hinüber zur Flammentür, doch Voldemort schrie: »PACK IHN!«, und im nächsten Augenblick spürte Harry, wie Quirrells Hand sich um sein Handgelenk schloss. Sogleich schoss ein messerscharfer Schmerz durch Harrys Narbe; sein Kopf fühlte sich an, als wolle er entzweibersten; er schrie und kämpfte mit aller Kraft und zu seiner Überraschung ließ Quirrell ihn los. Der Schmerz in seinem Kopf ließ nach – fiebrig blickte er sich nach Quirrell um und sah ihn vor Schmerz zusammengekauert auf dem Boden sitzen und auf seine Finger starren – vor seinen Augen trieben sie blutige Blasen.

»PACK IHN! PACK IHN!«, kreischte Voldemort erneut.

Mit einem Hechtsprung riss Quirrell Harry von den Füßen; Harry fiel auf den Rücken, Quirrell war auf ihm, mit beiden Händen fest um seinen Hals – Harrys Narbe machte ihn fast blind vor Schmerz, doch er hörte, wie Quirrell laut aufschrie.

»Meister, ich kann ihn nicht festhalten – meine Hände – meine Hände!«

Und obwohl Quirrell Harry mit den Knien zu Boden presste, ließ er seinen Hals los und starrte entgeistert auf seine Handflächen – die, wie Harry sehen konnte, verbrannt waren und fleischig rot glänzten.

»Dann töte ihn, Dummkopf, und scher dich fort!«, schrie Voldemort.

Quirrell hob die Hand, um einen tödlichen Fluch auszustoßen, doch Harry streckte unwillkürlich die Hand aus und presste sie auf Quirrells Gesicht.

»AAAARRH!«

Quirrell rollte von ihm herunter, nun auch im Gesicht übersät mit Brandblasen, und jetzt wusste Harry: Quirrell konnte seine nackte Haut nicht berühren, ohne schreckliche Schmerzen zu leiden – seine einzige Chance war, Quirrell festzuhalten und ihm anhaltende Qualen zu bereiten, so dass er keinen Fluch aussprechen konnte.

Harry sprang auf die Füße, griff Quirrell am Arm und packte so fest zu, wie er konnte. Quirrell schrie und versuchte Harry abzuschütteln – der Schmerz in Harrys Kopf wurde immer heftiger – er konnte nichts mehr sehen – er konnte nur Quirrells schreckliche Schreie und Voldemorts Rufe hören: »TÖTE IHN! TÖTE IHN!« – und auch andere Stimmen, vielleicht in seinem Kopf, die riefen: »Harry! Harry!«

Er spürte, wie Quirrells Arm seinem Griff entwunden wurde, wusste, dass nun alles verloren war, und fiel ins Dunkel, tief … tief …tief …

Vor seinen Augen glitzerte etwas Goldenes. Der Schnatz! Er versuchte nach ihm zu greifen, doch seine Arme waren zu schwer. Er blinzelte. Es war gar nicht der Schnatz. Es war eine Brille. Wie merkwürdig. Er blinzelte wieder. Das lächelnde Gesicht von Albus Dumbledore tauchte verschwommen über ihm auf.

»Guten Tag, Harry«, sagte Dumbledore.

Harry starrte ihn an. Dann kam die Erinnerung: »Sir! Der Stein! Es war Quirrell! Er hat den Stein! Sir, schnell –«

»Beruhige dich, mein Junge, du bist nicht ganz auf der Höhe der Ereignisse«, sagte Dumbledore. »Quirrell hat den Stein nicht.«

»Wer hat ihn dann? Sir, ich –«

»Harry, bitte beruhige dich, oder Madam Pomfrey wirft mich am Ende noch hinaus.«

Harry schluckte und sah sich um. Er musste im Krankenflügel sein. Er lag in einem Bett mit weißen Leintüchern, und neben ihm stand ein Tisch, der aussah wie ein Marktstand voller Süßigkeiten.

»Gaben von deinen Freunden und Bewunderern«, sagte Dumbledore strahlend. »Was unten in den Kerkern zwischen dir und Professor Quirrell geschehen ist, ist vollkommen geheim, und so weiß natürlich die ganze Schule davon. Ich glaube, deine Freunde, die Herren Fred und George Weasley, zeichnen verantwortlich für den Versuch, dir einen Toilettensitz zu schicken. Zweifellos dachten sie, es würde dich amüsieren. Madam Pomfrey jedoch meinte, er sei vielleicht nicht besonders hygienisch, und hat ihn beschlagnahmt.«

»Wie lange bin ich schon hier?«

»Drei Tage. Mr. Ronald Weasley und Miss Granger werden sehr erleichtert sein, dass du wieder zu dir gekommen bist, sie waren höchst besorgt.«

»Aber, Sir, der Stein –«

»Wie ich sehe, lässt du dich nicht ablenken. Nun gut, der Stein. Professor Quirrell ist es nicht gelungen, dir den Stein abzunehmen. Ich bin rechtzeitig dazugekommen, um dies zu verhindern, obwohl du dich auch allein sehr gut geschlagen hast, muss ich sagen.«

»Sie waren da? Hat Hedwig Sie erreicht?«

»Wir müssen uns in der Luft gekreuzt haben. Kaum hatte ich London erreicht, war mir klar, dass ich eigentlich dort sein sollte, wo ich gerade hergekommen war. Ich kam gerade noch rechtzeitig, um Quirrell von dir herunterzureißen.«

»Das waren *Sie*.«

»Ich fürchtete schon, zu spät zu kommen.«

»Sie waren fast zu spät, lange hätte ich ihn nicht mehr vom Stein fernhalten können.«

»Es ging nicht um den Stein, mein Junge, sondern um dich. Die Anstrengung hat dich fast umgebracht. Einen schrecklichen Moment lang hielt ich dich für tot. Und was den Stein angeht, er wurde zerstört.«

»Zerstört?«, sagte Harry bestürzt. »Aber Ihr Freund, Nicolas Flamel –«

»Ach, du weißt von Nicolas?«, sagte Dumbledore und klang dabei recht vergnügt. »Du hast gründliche Arbeit geleistet. Nun, Nicolas und ich hatten ein kleines Gespräch und sind zu dem Schluss gekommen, dass dies das Beste ist.«

»Aber das heißt, er und seine Frau werden sterben.«

»Sie haben genug Elixier vorrätig, um ihre Angelegenheiten regeln zu können, und dann, ja, dann werden sie sterben.«

Dumbledore lächelte beim Anblick von Harrys verblüfftem Gesicht.

»Für jemanden, der so jung ist wie du, klingt es gewiss unglaublich, doch für Nicolas und Perenelle ist es im Grunde nur, wie wenn sie nach einem sehr, *sehr* langen Tag zu Bett gingen. Schließlich ist der Tod für den gut vorbereiteten Geist nur das nächste große Abenteuer. Weißt du, eigentlich war der Stein gar nichts so Wundervolles. Geld und Leben, so viel du dir wünschst! Die beiden Dinge, welche die meisten Menschen allem andern vorziehen würden – das Problem ist, die Menschen haben den Hang, genau das zu wählen, was am schlechtesten für sie ist.«

Harry lag da und wusste nicht, was er darauf sagen sollte. Dumbledore summte ein wenig und lächelte die Decke an.

»Sir?«, sagte Harry. »Ich habe nachgedacht ... Selbst wenn der Stein weg ist, wird Vol-, ich meine, Du-weißt-schon-wer –«

»Nenn ihn Voldemort, Harry. Nenn die Dinge immer beim richtigen Namen. Die Angst vor einem Namen steigert nur die Angst vor der Sache selbst.«

»Ja, Sir. Nun, Voldemort wird versuchen auf anderem Wege zurückzukommen. Ich meine, er ist nicht für immer auf und davon, oder?«

»Nein, Harry, das ist er nicht. Er ist immer noch irgendwo da draußen, vielleicht auf der Suche nach einem anderen Körper, der ihn aufnimmt ... weil er nicht wirklich lebendig ist, kann er nicht getötet werden. Quirrell hat er dem Tod überlassen; seinen Gefolgsleuten erweist er genauso wenig Gnade wie seinen Feinden. Wie auch immer, Harry, vielleicht hast du nur seine Rückkehr an die Macht hinausgezögert; er braucht nur jemand anderen, der bereit ist, eine neue Schlacht zu schlagen, bei der er wohl verlieren wird – und wenn er immer wieder abgewehrt wird, wieder und wieder, vielleicht kehrt er dann nie an die Macht zurück.«

Harry nickte, hielt aber sogleich inne, denn sein Kopf schmerzte davon. Dann sagte er: »Sir, es gibt einige andere Dinge, die ich gern wissen möchte, falls Sie es mir erklären können ... Dinge, über die ich die Wahrheit wissen will ...«

»Die Wahrheit.« Dumbledore seufzte. »Das ist etwas Schönes und Schreckliches und sollte daher mit großer Umsicht behandelt werden. Allerdings werde ich deine Fragen beantworten, außer wenn ich einen sehr guten Grund habe, der dagegen spricht, und in diesem Falle bitte ich dich um Nachsicht. Ich werde natürlich nicht lügen.«

»Gut ... Voldemort sagte, er hätte meine Mutter nur getötet, weil sie ihn daran hindern wollte, mich zu töten. Aber warum wollte er mich überhaupt töten?«

Dumbledore seufzte diesmal sehr tief.

»Herrje, gleich das Erste, was du mich fragst, kann ich dir nicht sagen. Nicht heute. Nicht jetzt. Eines Tages wirst du es erfahren ... schlag es dir erst einmal aus dem Kopf, Harry. Wenn du älter bist ... Ich weiß, das hörst du gar nicht gern ... wenn du bereit bist, wirst du es erfahren.«

Und Harry wusste, dass es keinen Zweck hatte, zu streiten.

»Aber warum konnte Quirrell mich nicht berühren?«

»Deine Mutter ist gestorben, um dich zu retten. Wenn es etwas gibt, was Voldemort nicht versteht, dann ist es Liebe. Er wusste nicht, dass eine Liebe, die so mächtig ist wie die deiner Mutter zu dir, ihren Stempel hinterlässt. Keine Narbe, kein sichtbares Zeichen ... so tief geliebt worden zu sein, selbst wenn der Mensch, der uns geliebt hat, nicht mehr da ist, wird uns immer ein wenig schützen. Es ist deine bloße Haut, die dich schützt. Quirrell, voll Hass, Gier und Ehrgeiz, der seine Seele mit der Voldemorts teilt, konnte dich aus diesem Grunde nicht anrühren. Für ihn war es eine tödliche Qual, jemanden zu berühren, dem etwas so Wunderbares widerfahren ist.«

Dumbledore fand nun großen Gefallen an einem Vogel, der draußen auf dem Fenstersims hockte, und Harry hatte Zeit, seine Augen an der Bettdecke zu trocknen. Als er seine Stimme wiedergefunden hatte, sagte er: »Und der Tarnumhang – wissen Sie, wer mir den geschickt hat?«

»Aah, es traf sich, dass ihn dein Vater mir anvertraut hat, und ich dachte, dir gefiele er vielleicht.« Dumbledore zwinkerte mit den Augen. »Nützliche Dinge ... dein Vater hat ihn damals meistens genommen, um in die Küche zu huschen und etwas zum Naschen zu stibitzen.«

»Und da ist noch etwas anderes ...«

»Dann schieß los.«

»Quirrell sagte, dass Snape –«

»*Professor* Snape, Harry.«

»Ja, er – Quirrell sagte, er hasst mich, weil er auch meinen Vater hasste. Ist das wahr?«

»Nun, sie haben sich gegenseitig heftig verabscheut. Ganz ähnlich wie du und Mr. Malfoy. Und dann hat dein Vater etwas getan, was ihm Snape nie verzeihen konnte.«

»Was?«

»Er hat sein Leben gerettet.«

»*Was?*«

»Ja ...«, sagte Dumbledore, in Gedanken vertieft, »merkwürdig, wie es in den Köpfen der Menschen zugeht. Professor Snape konnte es nicht ertragen, in der Schuld deines Vaters zu stehen ... Ich bin mir sicher, dass er sich dieses Jahr deshalb so bemüht hat, dich zu schützen, weil er das Gefühl hatte, dass er und dein Vater dann quitt wären. Dann konnte er endlich wieder an deinen Vater denken und ihn in aller Ruhe hassen ...«

Harry versuchte das zu verstehen, doch sein Kopf fing davon an zu pochen und er gab es auf.

»Und, Sir, da ist noch etwas ...«

»Nur noch das eine?«

»Wie habe ich den Stein aus dem Spiegel bekommen?«

»Ah, nun, ich freue mich, dass du mich danach fragst. Es war eine meiner vortrefflicheren Ideen, und unter uns gesagt, das will schon was heißen. Sieh mal, nur jemand, der den Stein *finden* wollte – finden, nicht benutzen –, sollte ihn bekommen können, die andern würden nur sehen, wie sie Gold herstellen oder das Lebenselixier trinken. Mein Hirn überrascht mich gelegentlich ... Nun, genug der Fragen. Ich schlage vor, du fängst mal an mit diesen Süßigkeiten. Ah! Bertie Botts Bohnen jeder Geschmacksrichtung! In meiner Jugend hatte ich leider das Pech, auf eine zu stoßen, die nach Erbrochenem schmeckte, und ich fürchte, seither habe ich meine Schwäche für sie verloren – aber ich denke, mit einer kleinen Toffee-Bohne bin ich auf der sicheren Seite, meinst du nicht?«

Lächelnd schob er sich die goldbraune Bohne in den Mund. Kurz darauf würgte er sie wieder hervor: »Meine Güte! Ohrenschmalz!«

Madam Pomfrey war eine nette Dame, aber sehr streng.

»Nur fünf Minuten«, bettelte Harry.

»Kommt nicht in Frage.«

»Sie haben Professor Dumbledore ja auch hereingelassen ...«

»Ja, natürlich, er ist der Schulleiter, das ist etwas ganz anderes. Du brauchst *Ruhe*.«

»Ich ruhe doch, sehen Sie, ich liege im Bett und alles. Ach, bitte, Madam Pomfrey ...«

»Na, meinetwegen«, sagte sie. »Aber *nur* fünf Minuten.«

Und sie ließ Ron und Hermine herein.

»*Harry!*«

Hermine schien drauf und dran, ihm schon wieder um

den Hals zu fallen, und Harry war froh, dass sie es bleiben ließ, denn der Kopf tat ihm immer noch sehr weh.

»O Harry, wir dachten schon, du würdest – Dumbledore war so besorgt –«

»Die ganze Schule spricht darüber«, sagte Ron. »Was ist denn *wirklich* passiert?«

Es war eine jener seltenen Gelegenheiten, bei denen die wahre Geschichte noch unerhörter und aufregender ist als die wildesten Gerüchte. Harry erzählte ihnen alles: von Quirrell, vom Spiegel, vom Stein und von Voldemort. Ron und Hermine waren sehr gute Zuhörer; sie rissen an den richtigen Stellen Mund und Augen auf, und als Harry ihnen erzählte, was unter Quirrells Turban zum Vorschein gekommen war, schrie Hermine laut auf.

»Der Stein ist also vernichtet?«, sagte Ron schließlich. »Flamel wird einfach *sterben*?«

»Das habe ich gesagt, aber Dumbledore glaubt, dass – wie war es noch mal? – ›für den gut vorbereiteten Geist der Tod nur das nächste große Abenteuer ist‹.«

»Ich hab ja immer gesagt, dass er völlig von der Rolle ist«, sagte Ron und schien recht beeindruckt davon, wie verrückt sein großes Vorbild war.

»Und was ist mit euch geschehen?«, sagte Harry.

»Nun, ich bin rausgekommen«, sagte Hermine. »Ich habe Ron aufgepäppelt – das hat eine Weile gedauert –, wir sind zur Eulerei hochgerast, um Dumbledore zu benachrichtigen, und da laufen wir ihm in der Eingangshalle über den Weg – er wusste schon Bescheid und sagte nur: Harry ist hinter ihm her, nicht wahr?, und ist losgesaust in den dritten Stock.«

»Glaubst du, er wollte, dass du es tust?«, sagte Ron. »Wo er dir doch den Umhang deines Vaters geschickt hat und alles?«

»*Also*«, platzte Hermine los, »wenn das stimmt – möchte ich doch sagen – das ist schrecklich, du hättest umgebracht werden können.«

»Nein, ist es nicht«, sagte Harry nachdenklich. »Er ist ein merkwürdiger Mensch, dieser Dumbledore. Ich glaube, er wollte mir eine Chance geben. Er weiß wohl mehr oder weniger alles, was hier vor sich geht. Ich wette, er hat recht gut geahnt, was wir vorhatten, und anstatt uns aufzuhalten, hat er uns gerade genug beigebracht, um uns zu helfen. Dass er mich herausfinden ließ, wie der Spiegel wirkt, war wohl kein Zufall. Mir kommt es fast so vor, als meinte er, ich hätte das Recht, mich Voldemort zu stellen, wenn ich konnte …«

»Ja, Dumbledore ist auf Draht, allerdings«, sagte Ron stolz. »Hör mal, du musst für die Jahresabschlussfeier morgen wieder auf den Beinen sein. Die Punkte sind alle gezählt und Slytherin hat natürlich gewonnen – du warst beim letzten Quidditch-Spiel nicht dabei, Ravenclaw hat uns weggeputzt ohne dich – aber das Essen ist sicher gut.«

In diesem Moment kam Madam Pomfrey herübergewirbelt.

»Ihr habt jetzt fast fünfzehn Minuten gehabt, nun aber RAUS«, sagte sie bestimmt.

Nachdem er die Nacht gut geschlafen hatte, fühlte sich Harry fast wieder bei Kräften.

»Ich möchte zum Fest«, erklärte er Madam Pomfrey, die gerade seine vielen Schachteln mit Süßigkeiten aufstapelte. »Ich kann doch, oder?«

»Professor Dumbledore sagt, es sei dir erlaubt, zu gehen«, sagte sie spitz, als ob ihrer Meinung nach Professor Dumbledore nicht erkannte, wie gesundheitsgefährdend Feste sein konnten. »Und du hast noch einen Besucher.«

»Oh, gut«, sagte Harry. »Wer ist es?«

Kaum hatte er gefragt, schlüpfte Hagrid durch die Tür. Wie immer, wenn er sich in Räumen aufhielt, sah er verboten groß aus. Er setzte sich neben Harry, warf ihm einen Blick zu und brach in Tränen aus.

»Es war – alles – mein – verfluchter – Fehler!«, schluchzte er, das Gesicht in den Händen vergraben. »Ich hab dem bösen Wicht gesagt, wie er an Fluffy vorbeikommen kann! Ausgerechnet ich! Es war das Einzige, was er nicht wusste, und ich hab's ihm gesagt. Du hättest sterben können! Und alles für ein Drachenei! Ich rühr kein Glas mehr an! Man sollte mich rausschmeißen und mich zwingen, als Muggel zu leben!«

»Hagrid!«, sagte Harry, entsetzt darüber, dass es Hagrid vor Gram und Reue schüttelte und große Tränen an seinem Bart herunterkullerten. »Hagrid, er hätte es schon irgendwie herausgefunden, wir sprechen immerhin von Voldemort, er hätte es rausgefunden, auch wenn du es ihm nicht gesagt hättest.«

»Du hättest sterben können!«, wiederholte Hagrid. »Und nenn ja nicht den Namen!«

»VOLDEMORT«, brüllte Harry, und Hagrid bekam einen solchen Schreck, dass ihm das Weinen verging. »Ich hab ihn gesehen und ich nenne ihn bei seinem Namen. Bitte krieg dich wieder ein, wir hatten den Stein, er ist zerstört, er kann ihn nicht benutzen. Nimm einen Schokofrosch, ich hab ganze Wagenladungen davon …«

Hagrid wischte sich mit dem Handrücken die Nase und sagte: »Da fällt mir ein – ich hab ein Geschenk für dich.«

»Kein Wiesel-Sandwich, oder?«, sagte Harry mit besorgter Miene und endlich ließ Hagrid ein leises Glucksen hören.

»Nee. Dumbledore hat mir gestern dafür freigegeben.

Hätt mich natürlich stattdessen rausschmeißen sollen – jedenfalls, das ist für dich ...«

Es sah aus wie ein schönes, in Leder gebundenes Buch. Harry öffnete es neugierig. Es war voller Zaubererfotos. Von jeder Seite des Buches lächelten und winkten ihm seine Mutter und sein Vater entgegen.

»Hab Eulen an alle alten Schulfreunde deiner Eltern geschickt und sie um Fotos gebeten ... Wusste, dass du keine hast ... Magst du es?«

Harry brachte kein Wort hervor, doch Hagrid verstand ihn.

An diesem Abend ging Harry allein den Weg hinunter zum Jahresabschlussfest. Madam Pomfrey, die noch einigen Wirbel veranstaltet hatte, weil sie ihn noch ein letztes Mal untersuchen wollte, hatte ihn aufgehalten, und so war die Große Halle schon voller Schüler. Sie war in den Farben der Slytherins, Grün und Silber, ausgeschmückt, denn sie hatten den Hauspokal nun im siebten Jahr in Folge gewonnen. Ein riesiges Transparent mit der Slytherin-Schlange bedeckte die Wand hinter dem Hohen Tisch.

Als Harry hereinkam, trat ein kurzes Schweigen ein und dann begannen alle auf einmal laut durcheinanderzureden. Er rutschte auf einen Platz am Gryffindor-Tisch zwischen Ron und Hermine und versuchte die Schüler nicht zu beachten, die aufstanden, um ihn zu sehen.

Glücklicherweise kam nur wenige Augenblicke später Dumbledore herein. Das Geplapper erstarb.

»Wieder ein Jahr vorbei!«, rief Dumbledore ausgelassen. »Und bevor wir die Zähne in unser köstliches Festessen versenken, muss ich euch mit dem schwefligen Geschwafel eines alten Mannes belästigen. Was für ein Jahr! Hoffentlich sind eure Köpfe ein wenig voller als zuvor ... ihr habt jetzt den ganzen Sommer vor euch, um sie wieder hübsch leer zu räumen, bevor das nächste Schuljahr anfängt ...

Nun, wie ich es verstehe, muss jetzt dieser Hauspokal überreicht werden, und auf der Tabelle sieht es wie folgt aus: an vierter Stelle Gryffindor mit dreihundertundzwölf Punkten; an dritter Hufflepuff mit dreihundertundzweiundfünfzig; Ravenclaw hat vierhundertundsechsundzwanzig und Slytherin vierhundertundzweiundsiebzig Punkte.«

Vom Tisch der Slytherins brach ein Sturm aus Jubelrufen und Fußgetrappel los. Harry sah Draco Malfoy mit dem Becher auf den Tisch hauen. Von dem Anblick wurde ihm fast schlecht.

»Ja, ja, gut gemacht, Slytherin«, sagte Dumbledore. »Allerdings müssen auch die jüngsten Ereignisse berücksichtigt werden.«

In der Halle wurde es sehr leise. Das Lächeln auf den Gesichtern der Slytherins verblasste.

»Ähem«, sagte Dumbledore. »Ich habe hier noch ein paar letzte Punkte zu vergeben. Schauen wir mal. Ja ...

Zuerst – an Mr. Ronald Weasley ...«

Ron lief purpurrot an; er sah aus wie ein Radieschen mit einem schlimmen Sonnenbrand.

»... für die beste Schachpartie, die in Hogwarts seit vielen Jahren gespielt wurde, verleihe ich Gryffindor fünfzig Punkte.«

Fast hoben die Jubelschreie der Gryffindors die verzauberte Decke noch höher in die Lüfte; die Sterne über ihren Köpfen schienen zu erzittern. Nicht zu überhören war Percy, der den anderen Vertrauensschülern mitteilte: »Mein Bruder, müsst ihr wissen! Mein jüngster Bruder! Ist durch McGonagalls riesiges Schachspiel gekommen!«

Endlich kehrte wieder Ruhe ein.

»Zweitens – Miss Hermine Granger ... für den Einsatz kühler Logik im Angesicht des Feuers verleihe ich Gryffindor fünfzig Punkte.«

Hermine begrub das Gesicht in den Armen; Harry hatte das sichere Gefühl, dass sie in Tränen ausgebrochen war. Tischauf, tischab waren die Gryffindors vollkommen aus dem Häuschen – sie hatten hundert Punkte mehr.

»Drittens – Mr. Harry Potter ...«, sagte Dumbledore. In der Halle wurde es totenstill. »... für seine Unerschrockenheit und seinen überragenden Mut verleihe ich Gryffindor sechzig Punkte.«

Ein ohrenbetäubendes Tosen brach los. Wer noch rechnen konnte, während er sich heiser schrie, wusste, dass Gryffindor jetzt vierhundertundzweiundsiebzig Punkte hatte – genauso viel wie Slytherin. Sie hatten im Kampf um den Hauspokal Gleichstand erreicht – hätte Dumbledore Harry doch nur einen Punkt mehr gegeben.

Dumbledore hob die Hand. In der Halle wurde es allmählich still.

»Es gibt viele Arten von Mut«, sagte Dumbledore lächelnd. »Es verlangt einiges an Mut, sich seinen Feinden entgegenzustellen, doch genauso viel, den eigenen Freunden in den Weg zu treten. Deshalb vergebe ich zehn Punkte an Mr. Longbottom.«

Jemand draußen vor der Großen Halle wäre vielleicht auf den Gedanken gekommen, dass eine Explosion stattgefunden hätte, so ohrenbetäubend war der Lärm, der am Tisch der Gryffindors losbrach. Harry, Ron und Hermine standen jubelnd und schreiend auf, als Neville, weiß vor Schreck, unter einem Haufen Leute begraben wurde, die ihn alle umarmen wollten. Noch nie hatte er auch nur einen Punkt für Gryffindor geholt. Harry, immer noch jubelnd, stupste Ron in die Rippen und deutete auf Malfoy,

der so aussah, als hätte ihm gerade jemand die Ganzkörperklammer auf den Hals gejagt.

»Das heißt«, rief Dumbledore über den stürmischen
Applaus hinweg, denn auch die Ravenclaws und die Hufflepuffs feierten den Fall von Slytherin, »wir müssen ein
wenig umdekorieren.«

Er klatschte in die Hände. Im Nu waren die grünen Girlanden scharlachrot und das Silber hatte sich in Gold verwandelt; die riesige Schlange der Slytherins verschwand
und ein gewaltiger Gryffindor-Löwe trat an ihre Stelle.
Snape schüttelte Professor McGonagall mit einem schrecklich gezwungenen Lächeln die Hand. Er warf einen Blick
zu Harry hinüber, und Harry wusste sofort, dass sich Snapes
Gefühle ihm gegenüber nicht um ein Jota geändert hatten.
Besorgt war er deshalb nicht. So würde das Leben nächstes
Jahr ganz normal weitergehen, so normal jedenfalls, wie es
in Hogwarts eben sein konnte.

Es war der beste Abend in Harrys Leben, besser noch als
der Sieg im Quidditch oder Weihnachten oder Bergtrolle
erlegen ... niemals würde er diesen Abend vergessen.

Fast wäre Harry entfallen, dass die Zeugnisse noch kommen mussten, und sie kamen auch. Zu ihrer großen Überraschung hatten er und Ron mit guten Noten bestanden;
Hermine war natürlich die Jahresbeste. Selbst Neville, dessen gute Noten in Kräuterkunde die miserablen in Zaubertränke wettmachten, hatte es mit Hängen und Würgen
geschafft. Gehofft hatten sie, dass Goyle, der fast so dumm
war wie fies, vielleicht rausfliegen würde, doch auch er
schaffte es. Jammerschade, doch wie Ron sagte, man kann
im Leben nicht alles haben.

Und plötzlich waren ihre Schränke leer, ihre Koffer gepackt, Nevilles Kröte wurde in einer Ecke der Toiletten

umherkriechend gefunden; alle Schüler bekamen Zettel in die Hand, auf denen sie ermahnt wurden, während der Ferien nicht zu zaubern (»Ich hoffe immer, dass sie diese Zettel mal vergessen«, sagte Fred Weasley enttäuscht); Hagrid stand bereit, um sie zur Bootsflotte hinunterzuführen, mit der er sie über den See fuhr; sie bestiegen den Hogwarts-Express; während sie schwatzten und lachten, wurde das Land allmählich grüner; sie aßen Bertie Botts Bohnen jeder Geschmacksrichtung und sahen Muggelstädte vorbeiziehen; sie legten ihre Zaubererumhänge ab und zogen Jacken und Mäntel an; und dann fuhren sie auf Gleis neundreiviertel in den Bahnhof von King's Cross ein.

Es dauerte eine ganze Weile, bis sie alle vom Bahnsteig herunter waren. Ein verhutzelter alter Wachmann stand oben an der Fahrkartenschranke und ließ sie jeweils zu zweit oder zu dritt durch das Tor, so dass sie nicht alle auf einmal aus einer festen Mauer herausgepurzelt kamen und die Muggel erschreckten.

»Ihr müsst uns diesen Sommer über besuchen kommen«, sagte Ron, »ihr beide – ich schick euch eine Eule.«

»Danke«, sagte Harry. »Ich brauche was, auf das ich mich freuen kann.«

Unter Geschubse und Gedrängel näherten sie sich dem Tor zur Muggelwelt. Manche von den anderen Schülern riefen:

»Tschau, Harry!«

»Bis dann, Potter!«

»Immer noch berühmt«, sagte Ron und grinste ihn an.

»Nicht da, wo ich hingehe, das kann ich dir versprechen«, sagte Harry.

Er, Ron und Hermine gingen zusammen durch das Tor.

»Da ist er, Mum, da ist er, schau!«

Es war Ginny Weasley, Rons kleine Schwester, doch sie deutete nicht auf Ron.

»Harry Potter«, kreischte sie. »Schau, Mum! Ich kann ihn sehen –«

»Sei leise, Ginny, und man zeigt nicht mit dem Finger auf Leute.«

Mrs. Weasley lächelte ihnen entgegen.

»Ein anstrengendes Jahr hinter euch?«, sagte sie.

»Sehr«, sagte Harry. »Danke für die Plätzchen und den Pulli, Mrs. Weasley.«

»Ach, gern geschehen, mein Junge.«

»Bist du bereit?«

Es war Onkel Vernon, immer noch purpurrot im Gesicht, immer noch mit Schnurrbart, immer noch wütend darüber, wie Harry nur so gelassen einen Käfig mit einer Eule in einem Bahnhof voller normaler Menschen herumtragen konnte. Hinter ihm standen Tante Petunia und Dudley, entsetzt beim bloßen Anblick von Harry.

»Sie müssen Harrys Familie sein«, sagte Mrs. Weasley.

»Man mag es so ausdrücken«, sagte Onkel Vernon. »Beeil dich, Junge, wir haben nicht den ganzen Tag Zeit.« Er schritt davon.

Harry blieb für ein Abschiedswort bei Ron und Hermine stehen.

»Wir sehen uns dann im Sommer.«

»Ich hoffe, du hast – ähm – schöne Ferien«, sagte Hermine und sah ein wenig zweifelnd Onkel Vernon nach, entsetzt darüber, dass jemand so unfreundlich sein konnte.

»Oh, ganz bestimmt«, sagte Harry, und sie waren überrascht, dass sich ein verschmitztes Lächeln über sein Gesicht breitete. »*Die* wissen ja nicht, dass wir zu Hause nicht zaubern dürfen. Ich werde diesen Sommer viel Spaß haben mit Dudley …«

Das magische Finale

Joanne K. Rowling
**Harry Potter
und die Heiligtümer des Todes**
768 Seiten
Taschenbuch
ISBN 978-3-551-35407-5

An eine Rückkehr nach Hogwarts ist für Harry nicht
zu denken. Zunächst muss er die fehlenden Horkruxe
finden, um zu vollenden, was Dumbledore und er
begonnen haben. Erst wenn sie alle zerstört sind, ist
Voldemorts Schreckensherrschaft gebannt. Mit Ron
und Hermine begibt sich Harry auf eine gefährliche
Reise. Als die drei auf die rätselhaften Heiligtümer
des Todes stoßen, zögert Harry dieser Spur zu folgen.
Er ahnt: Am Ende des Weges wartet der Dunkle Lord.

www.carlsen.de